システィーナの聖母

ワシーリー・グロスマン後期作品集

齋藤紘一訳

みすず書房

システィーナの聖母　ワシーリー・グロスマン後期作品集　目次

I　短篇小説・随想

凡例

一、本書は、ヨシフ・スターリンの没後、すなわち一九五三年以後に執筆されたワシーリー・グロスマンの作品から「システィーナの聖母」を含む短篇九篇、中篇一篇を収め、副題を「ワシーリー・グロスマン後期作品集」とした。

一、底本には *Гроссман, Эксимо*, 2010 を使用した。ただし、「アベル」は *Старый учитель*, Советский писатель, 1962 に、「キスロヴォーツクで」はウェブサイト Lib.Ru にそれぞれ収載されているテキストを用いた。

一、訳註には文中に〔　〕で入れたものと、1、2、3……の番号をふり、作品末（Ⅰ部）または章ごと（Ⅱ部）に記したものがある。

一、「あなた方に幸あれ！」に編集部作成の関連地図を付した。

I

短篇小説・随想

燐

1

三十年前、大学を卒業したわたしはドンバスに働きにいき、ドンバスにある炭鉱でもっとも深くてもっとも熱い《スモリャンカ-11》のガス分析研究室の化学技師に任命された。《スモリャンカ》の主立坑の深さは八百三十二メートルあり、東の斜面の坑道は一キロメートル以上の深いところにあった。《スモリャンカ》は評判が悪かった――ガスと粉塵がまるで地下の津波かなにかのようにとつぜんに突出することがあった。ガス突出が起きると、数百トンの粉炭と粉塵が地下の採掘場を覆った。ソ連でもっとも深い、もっとも危険な、もっともガスの発生しやすい炭鉱――わたしは気分が高揚し、意気に燃えていた。ステップの夜の道を点々と照らす小さな灯りの流れるような連なり、霧の中で長く尾を引いてうなるサイレンの音、黒いぼた山、冶金工場上空の不気味な照り返し――わたしはドンバスの詩情に圧倒されてしまった。

しかし、この二つの大きな力――気分の高揚と詩情――も、モスクワと大好きなモスクワの友人たちとを恋しく思うわたしの愚かで《少年じみた》気持ちを、抑えることはできなかった。

わたしは炭鉱の住宅団地にある二部屋のアパートをあてがわれた。技術者地区には空いている一戸建て住宅がなかったのである。

アパートは整ったものだった——部屋は広く、大きな台所、石炭置場、板張りの納戸が二つあった。そうしたアパートは所帯道具を持ち込んで家族と住むのに向いていた。だがわたしがアパートに運び込んだのは、バネのきいたマットレス、やかん、コップ、ナイフとフォークであった。脚付き台のないマットレスは、部屋の真ん中の灯りの下に置いた。マットレスに腰をかけてお茶を飲むときは、垂直に立てたトランクがテーブルの代わりをした。当時のわたしは小食で、もっぱらタバコを吸っていた。歯を悪くしていて、朝まで部屋の中を歩き回りながらタバコを吸っていることもあった。痛みがすこし和らげば、マットレスに横になって本を読みながらタバコを吸っていた。朝までには部屋中が煙だらけで、灰皿がわりの空缶に吸殻が入りきらないほどになった。

夕方になると、とても人恋しくてならなかった。何か月というもの、客として訪ねてくる人など誰もいなかった。わたしは内気で、同僚と親しくなることもなかった。炭坑内では採炭夫と坑道掘削労働者とに感嘆していたが、地上に出ると彼らはわたしを笑いものにし、近所の採炭夫や導火線点火係の奥さん連中は、なにもないわたしの部屋を窓からのぞきこんでは、変わり者だと言っていた。部屋に家具がなく台所に食器がないのが彼らには笑えたのである。わたしは朝食をとらなかった。夜に数十本のタバコを吸った後では食欲がなかった。食堂の食事はひどいものだった——苛酷な一九三〇年という年だった。全面的集団化[1]の年であり、第一次五カ年計画[2]が始まったところだった。

大きな仕事が遂行されてはいたが、部門長、坑夫長、炭鉱支配人といった周囲の人々が小市民的で視野の狭いことに、わたしは驚かされた。すなわち、そこにあるのは、どこで何を手に入れるかとか、ロストフから来た妻が何を持ってきてマリウーポリ〔ジダーノフ市の旧称〕から来た義母が何を持ってきたかとかいうような会話、むやみやたらと飲む大量のウオッカ、粗野でみだらなとてつもなく馬鹿げた小噺《アネクドート》、上司の陰口、誰が誰に意地悪をしたかといった会話であった。そして、理解できないことだが、そうしたものすべてと、ソ連でもっとも深い炭鉱――不気味な《スモリャンカ-11》――における詩情とロマンチシズムにあふれたつらくて危険な労働とが不思議とマッチしていた。

昼間、わたしは働いていた。晩はなにもない家族用のバラガン（ドンバスではアパートのことをそう呼んでいる）に一人でいた。わたしは一人ぼっちであり、歯痛がしていた。歯痛だけはわたしから離れなかった。手で頬を押さえて何時間も部屋を歩き回り、タバコをつぎつぎと吸った。ときには長いうめき声を出した……

その後で、マットレスに横になり、何錠かのアスピリンを立て続けに服用した。すると痛みが引いていき、アスピリンのきいている二、三時間のあいだ、眠るのであった。

わたしは気がふさいでいた。妻に嫉妬していた。妻はめったに手紙をくれなかった――彼女は大学卒業を控えて、とても忙しかったのである。

わたしはモスクワが恋しかった――アスファルトの歩道、夕べのモスクワの通りが恋しかった。わたしは、遊歩道《ブールヴァール》、映画『マブーゾ〔マブゼ〕博士の秘密』『ニーベルンゲン』『インドの墓』[3]のかかる映画館《アルス》のことを思い出していた。ジプシー女のモロゾワが歌うブロンナヤ通りのビヤホールの緑がかった黄色をした世界の心地よさを思い出していた。しかし何よりもわたしが恋しがったのは、友人たちのことであった。わたしには素晴らしい友人たち――聡明で、熱血漢で、陽気で、この世のあらゆること、すなわち、政治、アインシュタイン、詩、絵画、ブッシュとドリヴォの歌[4]、ウオッカと交響楽に興味を持っている友人たち——がいた。わたしたちは論争をし、たくさんの本を読み、ビールとウオッカを飲み、毎夜、遊歩道をぶらつきまわり、雀が丘の下のモスクワ川で水浴びをした。合唱をし、馬鹿げたことをし、一度などはほろ酔いの若者たちとパトリアルシャ池のところで喧嘩を始めたこともあった。この喧嘩でわたしは華々しい活躍はしなかった——戦闘現場を離れて、傍観者を決め込んだのである。友人たちはこのことで長いことわたしを責めた。

わたしたちは毎土曜、数学者のジェーニカ・ドゥマルスキーのところか化学者のクルグリャクのところに集まった。ドゥマルスキーは家族と住んでいたが、騒々しくて野卑な仲間たちは、土曜ごとに集まっては、彼の家で気分よく自由気ままにしていた。両親はかわいい才能豊かな息子を大事にしていた。それで、家庭内におけるジェーニカに対する個人崇拝が彼の友人たちに対しても及んでいたのである。

ときどきわたしたちは大勢して彼の家に残って夜を明かした。わたしたちのために床に毛布が敷かれ、ベッドの枕やソファのクッションが動員された。

ドゥマルスキーの家にはピアノがあった。ジェーニャは音楽が好きだった。土曜の集まりにしばしば彼は若いピアニストのテディクを招いた。ドゥマルスキーは優秀な学生とみなされていた。実際、彼は有名な教授、多くの数学研究書の著者になった。しかし彼は視野の狭い専門家ではなかった。政治経済学とマルクス主義哲学に夢中になった。プロレタリアートの哲学をより深く理解するために、ジェーニカは労働者として工場に入ったりもした。彼は肉体的にも素晴らしいものを持っており、少なからずスポーツをしていた。勉強をし、工場で働きながらも、コンサートに行ったりする時間があった。女の子たちとは複雑だったり単純だったりするロマンスを繰り広げていた。そしてわたしたちの土曜日の集まりでは、中心人物であった。パトリアルシャ池での喧嘩では、ジェーニャ・ドゥマルスキーの拳が闘いの行方の多くを決したのであった。

土曜日の集まりがクルグリャクの独身者用の小さな部屋で開かれるときには、わたしたちは騒ぎまくった——雷のような大きな声で歌ったり論争をしたりした。もっとも、論争のテーマは、特殊相対性と一般相対性[5]、ブローク[6]以降の詩、工業化と超工業化といったインテリっぽいものではあったが、わたしたちはロシア語にはそれ以上にどぎつい言葉がないほどのどぎつい言葉で互いを呼びあっていた。

わたしたちの仲間はひどく雑多な人間の集まりの様相を呈していた。すなわち、数学者のドゥマルスキー、高等技術学校生のワーニカ・メドロフ、音楽家のテディク、地質学と絵画といういわばウマとダマシカを一つにしたようなミーシカ・セミョーノフといった具合である。わたしは化学者だったが、化学はわたしの心を満足させてはいなかった。わたしたちの仲間に、アブラーシャ（アブラメオと呼ばれていた）が入った。もじゃもじゃの髪が干し草のように突っ立ち、顔が大きくて血色のよくない彼は、ありえないような経歴の持ち主であった——十五歳半で連隊を指揮し、十七歳で県のチェー・カー秘密警察の上級取調官、その後コムソモールの県委員会書記になった。その当時の彼は素足にサンダルを履いて歩いていた。冬も夏も帽子をかぶらず、縮れたひげは目の近くにまで生えていた。彼は党ではキリストと綽名されていた。わたしたちは彼をアブラム・グタング[7]と呼んでいた。モスクワ大学の学生になってから、彼が陽気な人間であり、狂信とは無縁で、クロスワードやクイズが好きで、五目並べや〇×遊びに熱中するまったく子どもっぽい人間であることが分かった。アブラーシャは大の女好きという点で抜きんでており、彼ならどんな女子学生だって口説き落とせるとみられていた。

わたしたちのなかの女好きの二人——アブラメオとドゥマルスキー——はウオッカには関心がなかった。わたしたちのなかでたいへんな大酒のみとみなされていたのは、ワーニャ・メドロフとミーシカ・セミョーノフであった。

　のちにわが国の機械製造部門の指導者となったメドロフは、バスの低い声で話をしていた。大学では社会活動家であった。いつも革ジャンパーを羽織っていて、夜も脱がないでいるのではと思えた。額の広い不機嫌そうな顔で、エセーニン[8]をとても尊敬していた。肩幅が広くてがっしりとしていたが、女の子にはもてなかった。彼には《十七年間、女と寝たことのないやつ》という長ったらしい、うれしくない綽名がついていた。

　ミーシカ・セミョーノフは酔っぱらうと暴れることがよくあった。力があり、酒を飲むことと心のこもった会話とのためには何事も無視することができ、わたしたちの仲間うちでは合唱の際の不動のリーダーとみなされていた。

　いろいろな人間がいた――性格という点でも、専門という点でも、運命という点でも、希望という点でも。しかし、何かしら全員を結びつけるものがあった――それは、燐《りん》のように光るもの、地の塩であることである！

　実際、こうした無鉄砲で陽気な学生、口角泡を飛ばす論客、悪態好きな人間、呑み助たちは、その後、著名な人間になった。ジェーニカ・ドゥマルスキーは招聘されてソルボンヌで特別連続講義を行った。そして、彼の著作はアメリカのいくつもの数学講座で学ばれもした。わたしたちのピアニストがコンサートをすると、音楽院から何ブロックも離れたところで『余分なチケットはありませんか』と訊かれたりした。そのテジカ〔テディクの愛称形〕が四十五歳のテオドールとなってニューヨークにデビューした時には、カーネギーホールでは全員が立ち上がって彼を迎えた。《十七年間、女と寝たことのないやつ》のイワンは、巨大な工作機械製造公団の主任設計技師になった。何百という若い技術者が彼のアイデアをもとに仕事に取り組んでいた。

彼は多くの勲章を授与され、複数回スターリン賞の受賞者となり、のちにはレーニン賞を受賞した。一年に二、三回、彼は特別機に乗ってヨーロッパや海の向こうの会議や大会に出かけていた。アブラメオもまた優れた人間、著名な活動家になったであろうと、わたしは確信している。しかし、彼の命は断ち切られてしまった。一九三七年に死んだのである。[9] それからミーシャ・セミョーノフだが、《ああ、なぜおまえはわたしに口づけたのか、気の狂うほどの情熱を胸に隠して》[10]と歌って全員を圧倒したわたしたちの合唱のリーダーは、今ではもうアカデミー会員である。一方で、学士会館は最近彼の絵画展を開催し、プロの画家たちがミーシャのステップの風景画を高く評価した。最後にわたしも有名になった。残念だが、化学者としてではなかった。わたしたちの仲間のなかで唯一、燐と塩とを持っておらず、大学の教室で輝くことのなかったのは、ダヴィド・アブラモヴィチ・クルグリャクだった。

　彼とわたしは化学科で学び、いっしょに定量分析、定性分析を行った。いっしょに学生食堂に通った。クルグリャクはサドーヴォ＝サモチェチナヤに部屋があった。知り合って最初のころ、あるとき、わたしは本を借りに彼のところに立ち寄った——小さな部屋はきれいで居心地がよく、絨毯があり、本棚があった。わたしはクルグリャクのところがとても気に入った。彼はどうやらわたしが立ち寄ったことを喜んでくれたらしい。わたしが小さなソファに腰を下ろしていると、クルグリャクは緑のラシャを張った折りたたみ式のトランプ用机をわたしのほうに寄せて、お茶をごちそうしてくれた。窓から風が入ってきはしないかと訊いたり、半熟卵を作ろうと言ってくれたりした。

　わたしは彼のところにたびたび行くようになった。わたしたちはいっしょに試験の準備をした。夜、わたしは彼のところにときどき泊まったりしたが、朝に氷のように冷たい炊事場で顔を洗うときには、すでにクルグリャクは床を掃いてきれいにし、タバコその他で汚れた空気を入れ換え、出来立ての平型パンを店から買ってきて、お茶を入れているのであった。

あるとき、わたしは友人たちにクルグリャクの話をし、土曜の例会を彼のところで開催することを提案した。嘲笑好きで聡明かつ気難し屋の友人たちは、わたしの同級生に対し好感を持った。彼は気に入られたのである。仲間に新しい人を入れようとする試みは何回もあったが、うまくいかないのが普通だった——わたしたちは新たな候補を嘲笑し、全員一致でお断りしていたのである。しかしながら、もちろんわたしたちは、クルグリャクが天賦の才のない人間だということは理解していた。ラビンドラナート・タゴールにこんな言葉がある。《おお、遥かなる天の彼方に、おお、あなたの横笛の甲高い誘いの響きが》[11]。横笛がクルグリャクを遥かなる天の彼方へと誘っていないことは、わたしたちにははっきりしていた。

彼は積分が苦手だった。熱力学の諸法則の結論を機械的に暗記していた。念入りに勉強した本の頁の記述について述べながら、彼はいつも《質問で僕を困らせないでくれよな》と言っていた。

しかしながら、わたしたちが彼に気に入ってもらえたのは、わたしたちが異色の人物だったからではまったくなかった。彼がよろこんで部屋を使わせてくれたのは、学生気分の貴族たちが彼に畏敬の念を起こさせたからではまったくなかった。彼は酒を飲むのが好きだったのである。彼には交際している女の子がたくさんいたが、それは女子学生ではなかった。

彼は《素晴らしい》《素晴らしいことだ》という言葉が好きで頻繁に口にしていた。土曜日の集まりのメンバーについては、《なんという素晴らしい人たちなのだ》と言っていた。そして大学の軽食堂のソーセージについては、明るい茶色の目を輝かせながら、《これは素晴らしい》[12]と言った。

彼はとても貧しいユダヤ人家庭の出身であった。父親はポレシエの営林署の職員で、兄が一人いてパン焼き職人、姉妹は縫製工だった。彼らはみんなロシア語が満足に話せなかった。RとLの区別がはっきりせず、歌うような話しぶりであった。そして、クルグリャクが自分の家族をモスクワっ子やレニングラードっ子に紹介するときに、落ち着きはらって堂々としているのが、わたしには気に入っていた。ユダヤ人街特有のつましさを気にするなんてことは、彼の頭には浮かびもしなかったのである。

わたしは大学でいっしょに勉強する彼しか知らなかったけれど、そして、あまりなじみのない、いわばわたしとは違う生育環境の出身のように思えたけれど、手元不如意な時にはなにはさておき、彼のところに行った。ある夜、電車に乗り遅れて（当時、わたしは郊外のヴェシニャキに住んでいた）、とつぜん夜に泊まるところのない羽目になり、マネージ広場に立って、誰のところに泊まりに行くかと考えた。決めるのに長くはかからなかった――クルグリャクのところに出かけたのである。

あるとき、日曜日に、わたしとアブラメオは信じられないほど馬鹿げた、ならず者がやるみたいないたずらを始めた。アブラメオがわたしたちの友人全員に電話をかけて、わたしがチンピラに襲われ、裸にされてさんざんに殴られ、頭を血まみれにして裸足の下着姿で、新聞社の編集部の彼のところに助けを求めてきたと告げたのである。アブラメオは編集者の仕事をしていたのではなく、夜の守衛であった。それで当然のことながら、わたしの立場はよくなかった――アブラメオから離れることは一瞬たりともできなかったし、そのうち編集部には職員がやってきはじめるのである。『みんな、なんとかしてくれ』――アブラメオはそう言って電話を切った。全員がやってきた。最初に大きな包みを持ってやってきたのは、クルグリャクだった。彼の到着する頃にはわたしはソファに横になっていた。アブラメオがわたしを新聞紙で覆い、わたしの額には赤インクをこれ見よがしにふりかけた細長い白い紙が包帯よろしくしっかりとつけられていた。その紙にはきわめて卑猥な侮辱的な言葉が書いてあった。クルグリャクはわたしを見ると床に包みを放り投げてソファに駆け寄り、わたしをのぞきこむようにした。当然のことながらそこに書いてあることを読んだ。書いてあったのは、彼に向けてのものだったのである。

わたしとアブラメオは床の上を笑い転げた。その後で、わたしたちはクルグリャクが持ち込んできたものをひとつひとつ手に取ってみた。そしてまたまた床の上を笑い転げた――クルグリャクの父親の破れた冬物外套、革底をつけたフェルト製の黒長靴、擦り切れた毛皮帽、クルグリャクの新しい服。服はいいものだったが、夏物であった。あらゆることがわたしたちにはとてもおかしかった。新たに誰かがやってくるたびに、わたしたちはクルグリャクが持ってきたものを見せた。そしてまたまた全員で大声をあげて笑った。

しかし、クルグリャクが最初にやってきたことと、彼のほかには誰も被害者に着せるものを持ってこなかったこととに、もちろんわたしは気づいていた。『きみはどうしてこんなに遅かったの』――誰かやってくるたびにわたしはしつこく質問した。それぞれの言い訳には説得力があった。ミーシカ・セミョーノフは、その日、自分の絵を画家ファーリクに見てもらっていた。興奮したので、当然のことながら、絵を見せたあと彼はビヤホールに行ってビールを飲んだのである。テジカは日曜日ごとに著名な医師であるおじいさんのところで食事をしていた。この習慣を破るわけにはいかなかった。親友のジェーニカ・ドゥマルスキーは近く数学サークルで発表予定の報告用資料をレーニン図書館で準備していた。一番遅く現れたのは、《十七年間、女と寝たことのないやつ》のイワンだった――ワーニャ〔イワンの愛称形〕は自分の家に呼んでくれた工場の現場主任と飲んでいたので、庶民を怒らせるわけにはいかなかった――半リットル瓶を飲んで空け、しばらく話をしていなければならなかったのである。

誰も被害者になにも持ってこなかったのは当然のことである――レーニン図書館からフェルト製長靴をついでに持ってこられないのはご承知のとおりである。

要するにわたしたちはクルグリャクを心行くまで笑いものにしたのである。この出来事の終わり方も滑稽だった――全員でビヤホールにモロゾワを聴きに行ったのだが、馬鹿にされたクルグリャクは包みを抱えて家へと帰った。

彼は汚い言葉でわたしたちを罵った。しかし、彼がそうひどくは怒っていないと感じられた。

「一つだけ残念なことがある」彼は言った。「エステルのところで、とてもおいしいブイヨンが出されていたのに、自分はまだそれを食べおえてはいなかった」

そうこうするうちに、勉学の時期は終わった。大学の実験室、夜間の散歩、学生らしい論争、陽気で知的な土曜日の集まり、モスクワの夜の灯り、そして、暗い秋の朝だか寒い一月の夜だかになんの意味もなんの根拠もなくいきなり不意に最高の幸せで満たしてくれるあの酔ったような澄明な心の軽やかさが、過去のものとなってしまった。

友人たちはモスクワに残ったが、わたしは炭鉱の団地に暮らしていた。ぬかるんだ道に足を取られながら、地盤の悪い土地のグライ層〔排水不良地に見られる粘土質の青みがかった地層〕の黒ずんだ山のそばを歩いていた。秋の空はひどくうっとうしく、寒々としていた。長時間坑内にいた後に昇降機で上がってきても、わたしは地表の空気がうれしくはなかった。

わたしはとてもひどく憂鬱だった。歯が痛むだけではなかった。孤独に悩むだけではなかった。わたしの心には葛藤があったのである。若者だったときには、わたしは原子核エネルギーを解放すると決めていた。それ以前の子どもの頃には、生きたたんぱく質[13]をレトルトの中で作りたかった。夢はかなえられなかった。

夜、眠れないままに、歯痛に苦しみながら、わたしはモスクワのことを考えていた。あんなことがみんな本当にあったのだろうか！　ドゥマルスキーとのエントロピーについての会話と書きとめておきたくなるほどの彼の警句が、キプリング[14]の《……ほこり、ほこり、歩いていく長靴から立つほこり……》という詩が、

《黒い人……黒い人……》と陰気な声で読んでいるワーニカが、鍵盤の上を走る若いピアニストの指と妙なる音楽のせいでの目の涙が、ミーシカ・セミョーノフの《ああ、なぜおまえはわたしに口づけたのか》という雷鳴のような歌声とミーチェンカ・カラマーゾフ[15]のような絶望的なふるまい――彼はある時一度、《熱的な死を運命づけられている世界に生きていたくはない》とこめかみにピストルを当てたことがあった。ミーシカが引き金を引こうとしたその瞬間にドゥマルスキーが彼の腕を押したので、弾丸はミーシカの狂気の吹きまくる頭を血まみれにしてから天井にあたった――が、あったのだろうか。

五月の明るい夜々、ペテルブルクの白夜の到来を告げる女使者たち！　あった、あった、そうしたことは、もちろん、みんなあった。あの、モスクワの生活は続いていた。しかし、わたしはそこから飛び出してしまったのであった。

どうやらわたしは病気になったらしかった。毎晩、歯痛がしないときに眠りにつくと、頭が汗びっしょりになり、髪がはりつき、汗のしずくが額を流れた。わたしは歯痛ではなく、冷たい流れが顔や首筋や胸をくすぐるので目が覚めた。皮膚の色つやが失われ、顔色が悪くなり、熱っぽくなって、咳をするようになった。朝から疲れとだるさを感じた。炭鉱の病院で《レントゲン》を撮ってもらい、《新しくできた結核性の結節で両肺がすっかり覆われている》と言われて愕然とした。結核症、肺結核、肺病……

わたしは夜にマットレスに腰を掛け、タバコを吸い、歯痛で顔をしかめながら、悪筆で書きなぐられた医者の宣告文を繰り返し読んだ。なのに、妻はやはりわたしのところにやって来ないでいた。もう三週間もわたしの電報に返事をしてこなかった。

そのうちに、わたしはつらくてどうしようもなくなった。それで、ドゥマルスキーに手紙を書くことにした――だって、彼とわたしは予科の低学年の頃から一緒に勉強してきたのだから。長い時間をかけ数晩かかって手紙を書き、自らの憂鬱な思いも病気のことも、あらゆることを書いた。手紙はそれを読んで自分でも泣き出すほどに悲しいものであったが、それでもわたしは気が楽になった。

《モスクワ、ペトロフカ、一〇番地……》という住所の書かれた封筒を見て、とてもいい気分だった。もちろん、ドゥマルスキーに手紙を書いたのは正しい判断だった。自分の絶望の気持ちを母親に書くことはわたしにはできなかった。母は手紙を読んだら、悲しみで病気になっただろう。手紙を書くなら男友達に、子ども時代の友に、書くべきであった。それでわたしはそうしたのである。

わたしは返事を待つようになった。いつ来るのか日数を計算した。さらに五日の猶予を与え、その後さらにもう五日を与えた。妻との手紙のやり取りから、わたしはそうしたことには経験を積んでいた。しかし、返事は来なかった。わたしはがっかりし、自分が侮辱されたように感じた。やがてわたしは手紙がどこかに紛れてしまったのだと思うことにした。ついでドゥマルスキーからの返事の手紙がどこかに紛れてしまったのだと思うことにした。結局は、そうしたことすべてを忘れることで気分は落ち着いた。

夏の終わりのある日、わたしは仕事のあとで、階段つきの張り出し玄関のところに腰を下ろし、タバコを吸いながら夕焼けを見ていた。空が煙っているドンバスでは、夕焼けが素晴らしく美しいことがよくあるのである。歯が痛くなかったので、わたしは静かな夕景に、炭鉱の団地の人気のない通りの上空に照り映える残照に、見とれていられた。

とつぜん、わたしたちの町ではまったく見かけないような人物が目に入った――格子縞の外套を着て黄色いトランクを手に持った男が、ここら辺ではよくみる柵と木製の管が空に突き出た便所とを背景にして、歩いていた。上空には茜色の光に満ちた雲が浮かんでいた。男は家々の番号をのぞきこむようにしていた。それはクルグリャクであった。ああ、どんなにわたしが彼を見て喜んだことか。その彼のことを、奇妙なことだが、眠れぬ夜々にわたしが思い出すことはほとんどなかった。

2

三十年が過ぎた。わたしはすでに長いことモスクワに住んでいる。化学には従事していない。一方、わたしが加わらなくても、原子力エネルギーは人間の悲しみと人間の幸福のために使われるようになった。若い日にあった燐のように光るものが期待を裏切ることはなかった。わたしの青春時代の友人たちはこの三十年間に多くの働きをなしとげた。もちろん、わたしたちが以前のように頻繁に顔を合わせることはなかった――仕事、家庭、子ども、子どもどころか孫がいた！

それにもかかわらず、祝日や誕生日だけではなく、わたしたちは会っていた。ときどきドゥマルスキーは、若かった頃と同じようにとつぜんに電話をかけてきた、《いいかね、ボストン交響楽団のコンサートのチケットが二枚あるのだが、行くかい》。そしてコンサートが終わると、昔どおりに目配せしあった、《レストランにでもちょっと、どうだい》。そして、夜のトベリ遊歩道を散歩したあと、語り合った。家庭でのことや政治の話をし、たびたび友人たちの話をした。

まだ戦争前のあるとき、わたしは自分がドンバスからドゥマルスキーに宛てて書いた手紙のことを思い出した。

「きみはあれを受け取ったのかね」

彼はうなずいた。

「受け取った」

「どうして返事をくれなかったのだ！」

「あのな、なんというか、余裕がなかったのだ、赦してくれ」

わたしは赦してやった。もちろんわたしは、この出来事をときどき思い出すことがあった。しかし、わたしは赦してやった。


一人クルグリャクだけは、人生がうまくいかなかった。彼は著名な建設技師にも、世界的に有名なピアニストにも、アカデミー会員にもならず、砕氷船も造らなかった。

彼は現場の化学者になった。そのうえ、現場の化学者の仕事は彼に合ってはいなかった。わたしたち全員にはお人好しのおとなしい人間に思えたが、彼は上司とうまくいかず、つねに職場をくびになっていた。戦争が始まる少し前にまた工場から解雇され、彼はどうしても職を見つけられず、結局、なにかまったくしがないポストに就くことになった。

《きみは要するにどこで働いているのだね》と訊かれると、彼はにやりと笑ってこう答えていた、《ええと、協同組合『無駄な労働』でだよ》――そう言ってから、やめてくれとでもいうように手をひと振りするのであった。

戦争が始まった。そしてわたしたち全員が参加した。ドゥマルスキーは力学研究所で高速飛行機の耐久性の計算の際に大きな役割を果たす複雑な数学問題の処理の指揮に当たっていた。《十七年間、女と寝たことのないやつ》イワンは、戦車製造に関連する国防委員会の特別な課題を、大佐という肩書で遂行していた。彼はその綽名にもかかわらず、戦争開始までにすでに四人の子の父親であった。わたしは司令部勤務員となり、中佐の肩章を着けていた。わたしたちのテオドールでさえ、少佐の制服を着て軍の病院でコンサートをしていた。わたしたちのなかで唯一、高射砲班員となり兵卒として戦ったのは、クルグリャクである。彼は戦争がまさに終わるという頃になってから肩に横縫いして着ける軍曹の肩章をもらい、負傷したあと動員解除された。大した栄誉もなく軍務を終えたのである――《戦功章》メダルさえもらわなかった。

わたしたちはこれを面白がった。でも、心の中では困惑していた。とくに彼が一兵卒としての任務のつらさ、おぞましさについて語るときにそうだった。わたしたちはそれに似たことを毛筋ほどさえ経験したことがないのに、全員が戦争に関係する勲章を少なからぬ数もらっていたのである。

しかしわたしをことに感動させたのは、ある一つの、言ってみればまったくの些細なことである。わたしたちの家族は一九四一年に疎開をした。人気のなくなったわたしのアパートには、エゼリ島出身のエストニア人の年老いた乳母、ジェニー・ゲンリホヴナが残っていた。これは、人はいいがこれといった役には立たない人間で、白い襟のついた黒くて長いドレスを着ていた。老婆らしい小さな頬にはポチンと小さな赤みがあった。

戦争が二年目に入ると、ジェニー・ゲンリホヴナは飢えのせいでむくんで、ふっくらとなりはじめた。正直な人間であることが邪魔をして、主人の家財道具を売り払えなかったのである。彼女はわたしの友人たちに助けを求めようとした――友人たちのうちの何某かがモスクワにいて、なにかしらの援助を彼女に約束した。しかし、戦争騒ぎのどさくさのなかで、どうやら忘れてしまったようだ。でも、気の小さい彼女は、思いきってあらためて自分のことを思い出させてみることができないでいた。その頃、クルグリャクの所属する高射砲中隊はモスクワ近郊の何とかいう軍事施設の防衛に当たっていた。あるとき彼が、わたしに関する情報があるかどうかを確かめに、わたしたちのアパートにやってきた。老婆は自身の窮状を彼には話さなかった。防水厚布の長靴を履いた兵士に援助を求めることなんてできない、と思えたのである。

しかし一週間後に、クルグリャクが不意に彼女のところに現れた――何個かのジャガイモ、キビ、バターひとかけらを持ってきてくれたのである。その後も一度か二度、彼は自分なりの贈り物を持ってきてくれた。わたしには兵士の姿が目に浮かぶ。兵士の身につけている外套、ミトン、長靴、帽子はすべて異常なほどに大きくて、兵士自身は小柄である。そしてその小柄な兵士の手には小さな網目の買い物袋があり、何個かのジャガイモと穀類の入った紙袋とが入っている。小柄な兵士はとてつもなく大きなモスクワの町を、戦争の心労で疲れきった数千の人々のそばを、大股で元気よく歩いていく。とてつもなく大きな組織であるソヴィエト砲兵隊に属する中隊の指揮官から、彼は許可を得たのである。彼には大事な任務がある。これといった役には立たない老婆に、ジャガイモの入った網目の買い物袋を持っていくのである。

戦後、世界にはいろいろな出来事がすくなからずあった。毛沢東は新しい中国の先頭に立った。インドは独立した。国際連合が生まれた。ソ連では、都市や工場や農業の復興のための巨大なプログラムが展開された。海を挟んだ両陣営で、水素爆弾がつくられた。

わたしの友人たちの戦後の人生は、さまざまな形で進行した——いささか面白くないやや困難な人生もあれば、例えばテディクとメドロフの場合には、人生はロケットのように飛び上がった——政府指導者たちと面会したり、定期航空便でニューヨークやワシントンへ飛んだり、新聞に肖像が出たりした。

しかし総じて言えば、ロケットのように飛び上がらなかった人たちにも、人生はその歩みを進めていた——ドゥマルスキーは何篇かの数学の論文を発表し、彼をアカデミー会員に推薦する提起がなされた。セミョーノフには、野放図な暮らし、つまりウオッカが、どうやらその影を落としはじめた。狭心症があらわれたのである。しかしながら、彼は自分を病人とは認めないでいた——永久凍土地帯の総合調査団の先頭に立ち、ミーシカを団長とする古生物学者たちによる発見は、国内外の多くの人を驚かせた。彼は以前どおり鯨飲もするし、タバコをひっきりなしに吸いもしていた。

だが、クルグリャクの戦後の人生はというと、まったくうまくいかなかった。彼もまた健康が悪化してしまった。胃が痛みだし、医者は潰瘍と診断した。彼は独身だったから、食事療法を守らなかった――彼はかつてわたしたちが土曜日に集まって騒々しくしていた部屋に住み続けていた。彼は子ども向けのアニリン絵具を製造する何とかという産業コンビナートで、化学者として働くだけではなく管理者もしていて、不足する原料、生産に必要な化学薬品の調達をしていた。

ある時、新年を目前に控えて、わたしのところに不意に、クルグリャクのお兄さん――髪が黒くて目の大きな、チャーリー・チャップリンに似た七十歳のベラルーシ人――がやってきた。彼がわたしに話してくれたところでは、なんらかの法律違反と不法行為との関連で、社会主義財産横領および投機取締部《オー・ベー・エフ・エス》――横領や投機との闘いの担当部門――が産業コンビナートの管理責任者の何人かを逮捕し、そのなかにクルグリャクがいたのだという。

どう見てもそのニュースは面白いものではなかった。クルグリャクがかわいそうになった。それでいて、彼のことを悪く思うようになった。問題がなんだかとるに足らない商売上のことなのも面白くなかった。

どうやったらダヴィドの力になれますか？　考えてみます。ひょっとしたらクルグリャクの力になれると思います。わたしはそう言った。老人は感謝の気持ちでいっぱいになって、貴重な時間をおとりして、と詫びながら、自分の弟の友人たちが大した人物であること、力のある人物であることに大きな期待を寄せながら、帰っていった。

老人の話からは、わたしたちの友人の罪がどんなものであるのか、どの程度の罪であるのか――実際に法律に違反することに手を染めたのか、あるいは誰かの悪事に気づかなかったのか、気づいてもそれを暴く力と勇気がなかったのか――が理解できなかった。

わたしは仲間たちにクルグリャクの話をした――全員が悲しんだ。問題がうまく収まることへの期待を全員が表明した。力にならなければならないだろうという点では全員が一致した。しかし、わたしをも含めた全員にとって、手工業協同組合での出来事にかかわることは不愉快なことだった。

しかしながら、問題はうまくは収まらなかった。クルグリャクは禁固十年を言い渡されたのである。

わたしたちは再度集まった。今回は、土曜日の集まりへの参加者のうちの二人がクルグリャクへの同情を表明しなかった。イワン・メドロフはこう言った。わたしは配給をめぐるインチキ、コネ、詐欺をこれまでずっと軽蔑してきた、そのようなことに関わりをもつ人間には、たとえそれが自分の父親、兄弟、子ども時代からの友人であろうと、同情はできない。テオドールはこう言った。自分の有する感覚の中で一番強いのは美的感覚である。よくないことだとは思うが、わたしはクルグリャクに反発を感じて、それに打ち勝つことができない。

わたしたちは口角泡を飛ばして言い争った。しかし、そのことでなにも変わることはなかった。そのうえ、この論争は要するに議論のための議論であった――本当のことを言えば、わたしも含めてわたしたちの誰も、闘いに身を投げうったり手紙を書いたりクルグリャクのことで口を利いたりするようなことは、したくなかった。クルグリャクのお兄さんが年に二、三度わたしのところに来たときに心からとても親切にしてやることに、わたしは自らの良心の慰めを見つけた。肘掛椅子に座らせてやり、茶を出したり、ダヴィドの健康状態についてあれこれ質問したり、金銭的援助を申し出たりしたのである。わたしはため息をついてこう言いもした。

「ああ、わたしが彼を助けてやりたいとどんなに思っているか、分かっていただければいいのですが。わたしたちはみんな、あなたとともに、彼の不幸を分かち合っているのです」

わたしは老人に、ダヴィドに手紙を書きますと言った。しかし、彼はやめてくれとでもいうように手を振りはじめた。

「なんということを、あなた。面会の時にダヴィドが言いましたよ。あなたが手紙を書かないように、あなたにとって悪いことになりかねないから、と」。わたしは大いに感激した。

「手紙を出される時には、その都度かならず、わたしから心からよろしくと、書きそえてください」

しかしながら、自分に手紙を書くなとクルグリャクが言ったことがわたしを感激させただけではなく喜ばせてもいたことに、わたしは気づいていたのだった。

一方、わたしたちが会う時には、学生時代のことを思い出しながら、誰かがこう口にするのがいつものことだった。

「さあ、みんな、クルグリャクの健康のために乾杯しよう」。この乾杯の言葉は好意をもって受け入れられていたが、一度だけメドロフが怒ってこう発言したことがあった。

「どうも今日はクルグリャクのために飲むという気にならん」

わたしはカッとなった。だが、イワンもまた浮かぬ顔をして、大きな声を出しはじめた。

「きみ自身が言うように、彼にいっとき魔が差したのだというのなら、悪魔が惑わした人間のためにわたしが酒を飲むいわれはない。悪魔が彼のために飲めばいいのだ」

クルグリャクのラーゲリでの生活はそう悪いものではなかった。もちろん、ラーゲリはラーゲリである。しかし、それでも、クルグリャクは専門的能力を活かしていた――彼は技術講座で講師をし、一般バラックではなく研究室に付設された小さな部屋で暮らしていた。ラーゲリ当局は彼が小さな野菜畑を作り、ウサギを飼育することを許可していた。

ある時、彼のお兄さんがわたしのところにやってきて、クルグリャクが技術書数冊とどうやら全ソ国家規格らしい表のようなものを送ってくれるよう頼んできたと言った。

わたしはそうしたものすべての入手に取りかかり、ドゥマルスキーに電話をした——技術的なことにはわたしより彼のほうが近いところにいた。ドゥマルスキーは本と資料を手に入れると約束した。

わたしは二度ほど催促をした。彼は、ああ、と言った、《どうして忘れてしまったのだろうか》。しかし、結局のところ、わたしもそのことは忘れてしまった。

ある時、わたしはクルグリャクのお兄さんと通りで出会い、自分が約束を果たしていないことを不意に思い出して、謝りはじめた。しかし、彼はわたしをほっとさせてくれた——本も表も彼はもうとっくに送っていたのである。

時が流れ、クルグリャクがラーゲリにいることにわたしたちも慣れた。ときおりクルグリャクのことを思い出しては、わたしたちはこう言った、《ダヴィドのお兄さんのところに顔を出すべきなのだろうね。電話がないのは不便なものだよ》。クルグリャクのお兄さんは遠いところに住んでいた。そこに行くのには地下鉄に乗ったあと、路面電車に乗らなければならなかった。結局、わたしは彼のところには出かけずじまいになってしまった。クルグリャクのことを思い出すたびに、わたしは不愉快な気分になった。時が流れ、数か月がたち、数年が過ぎるのに、わたしはずっと彼のお兄さんのところに出かけられないでいるのである。

人生は過ぎていった——仕事、仕事上での出会いや友達との交流、旅行、家族をめぐる喜怒哀楽、あちこちの保養所型の休息の家での滞在、別荘《ダーチャ》の建設。そう、いろんなことがあった。

ある時、わたしたちは祝日にドゥマルスキーのアパートに集まった。たまたまテーブルには奥さんも子どもたちもいなかった。それでわたしたちは、自分たちが昔そうであったような人間であることを、と同時に自分たちが現在そうなっているような人間であることを、ことのほかはっきりと知ることになった。

　頭の白くなった人間たちがテーブルについていた。わたしたちは悲しくなった。と同時に嬉しくなった。わたしたちは人生を無駄には過ごさなかったのである――わたしたちは勝利者なのである。

　わたしたちの肩にはどんなにつらい仕事がのしかかったことか。わたしたちは少なからぬことをやり遂げたのである！　ほら、あれがある、うろつきまわった数千キロのタイガやツンドラが。なんと多くの鉱物資源が開発されたことか。ほら、あれ、あれがある、わたしの友人たちの着想がそこに根づいている飛行機や砕氷船、素晴らしい機械、工作機械のオートメーション・ラインが、プロペラの堅牢性とターボジェット・エンジンの推力を決定する論理的根拠となる反駁しようのない方程式が。ほら、あれがある、わたしたちの愛するピアニストの両の手が。彼の音楽がモスクワとレニングラード、ベルリンとニューヨークのコンサート・ホールでどれほどの喜びをもたらしたことか。なんと多くの仕事、なんと多くの本、なんと多くの着想があることか。

　奇妙なことであるが、その晩、わたしたちは同じように感じ、同じように考え、同じように喜ぶとともに悲しんでいた。そして、それと同時に、わたしたちは、自分たちを喜ばせ悲しませているもののことを、口に出さないでいた。

　そう、頭は白くなってはいるが、わたしたちは勝利者なのである。しかしそれでも、悲しい。そこには老いがあった。

　その晩に、わたしたちがクルグリャクのことを思い出すことはなかった。ひょっとすると、思い出さないでいる必要があったのかもしれない。その晩にテーブルの席についていたのは、人生を無駄には過ごさなかった勝利者たちだったのである。

クルグリャクは勝利者ではなかった。彼の身に起きた災厄がなかったとしても、それでもやはり勝利者たちのなかにはいなかったかもしれない。
「さあ、みんな、歌おう」ドゥマルスキーが提案した。そして、わたしたちはいっせいに歌いはじめた。

ああ、なぜおまえはわたしに口づけたのか、
気の狂うほどの情熱を胸に隠して……

わたしたちは二十歳であったときに大声で歌っていたように、あたりを圧するほどの大きな声で歌った。わたしたちの耳をつんざくような歌声でガラスがカタカタ音を立てた。わたしたちのピアニストがこのコーラスのなかで歌うのがとても好きであること、しゃがれ声になるほどの大声で歌っていることが、わたしにはいつも楽しかった。音程もパートも無視してわたしたちは歌っていたのだが、このコーラスがほんのすこしの類音にもひどく悩まされるテオドールを楽しませていた。この歌にそうした力があったのは、どうやら音楽的なハーモニーやメロディのせいではなかったようだ。これは、歌っているのが白髪頭の者たち、無駄には人生を過ごさなかった者たち、勝利者たちだからなのであった。

3

一九五〇年代の初めに、わたしの人生に困難な時期がやってきた。それが、どうやって、なぜ、起きたかについては、話したくない。しかし、まさに起きたのである。

ドンバスの炭鉱《スモリャンカ－11》のなにもない家族用のバラガンに住んでいる時のわたしに、ここモスクワで、家族に囲まれ、周囲に友人たちがいて、愛する書物があり自分の仕事で忙しいこのわたしが、ドンバス時代のそれよりももっと強い憂愁と孤独にとらえられることがありうるなどと、想像できただろうか。わたしは孤独であり、打ちひしがれていた。若い時に《スモリャンカ》で歯痛に苦しみながらタバコをひっきりなしに吸い、なにもない部屋を歩き回っていたことが、しばしば思い出された。若かったあの頃のわたしは、モスクワを、友人たちを、妻を、恋しく思っていた。妻はわたしから遠く離れたところで暮らしていて、わたしのところに急いでやってこなかった。わたしを愛していなかったからだ。

だがここでは、わたしのすぐそばに妻がいた。わたしはモスクワに住んでいた。受話器を取りさえすれば、友人たちの声を聞くことができた。なのに、まさにいま、わたしはこれまでなかったほどに孤独であり、不幸であった。おまけに頭は白くなってしまった——多くのことがなし遂げられはしたが、生きているのがわたしにはつらかった。

電話はわたしの机の上にあったが、沈黙していた。その頃、新聞にはわたしのことが悪く書かれていた。多くの罪でわたしを告発していた。

わたしを告発するのは不当だとわたしは考えていた。もちろん、あらゆる被告が、告発されるのは不当だと考えるものである。しかし、有罪判決を出された者と被告がいつも完全に有罪とは限らないのである。わたしについて悪いことばかりが書かれ、集会ではわたしについて悪いことばかりが言われていた。その一方で、わたしの机の上で電話は沈黙していた。

ドゥマルスキーは電話をかけてこなかった……かつて彼がドンバスからのわたしの手紙に返事をくれなかったことを、わたしは思い出した。今、わたしは彼に自分の災厄について手紙を書く必要はなかった——彼はその災厄のことを新聞で知っていた。しかし、時は流れていったが、それでもドゥマルスキーは沈黙していた。わたしの友人たちは沈黙していた。メドロフも、ミーシカ・セミョーノフも、テディクも、誰もわたしのところには来なかった。

しかし、なによりもわたしを苦しませたのは、ドゥマルスキーの沈黙であった。だって、彼とわたしは子どもの頃からの友達だったのである。わたしたちは就学前の予科で、後ろから二番目の学童用腰掛付き机に、前の席にわたしが、後ろの席に彼が座っていたのである。

わたしには、彼の沈黙を赦してやるに十分な精神的な寛大さも、精神的な空虚さもなかった。

この面白くない時期に、ある時わたしのところに、クルグリャクのお兄さんがやってきた。彼はまったく年老いてしまっていたが、髪は以前どおり黒かった。最近彼がクルグリャクに面会したことが分かった。クルグリャクに会いにラーゲリに行ってきたのである。ラーゲリからのニュースは、いつものように、素晴らしいものであった。わたしはとっくに気づいていたが、ラーゲリからのニュースというものはいつも素晴らしいものであり、悪いものなどありえないのである。クルグリャクは元気だった。潰瘍は心配するほどのものではなく、ラーゲリ当局は彼によくしてくれていた。収監日数は一日を三日として計算してくれていた。

——彼はまじめに働いており、まもなく出所できることに期待を寄せていた。面会の際に彼がわたしにと言って、お兄さんにメモを渡した。ラーゲリには新聞が来ていた。それでクルグリャクはわたしの身に起きたことについて知っていたのである。

彼はそのメモにわたしへの慰めの言葉を数言書いていた。わたしといっしょに一晩あれこれ話ができないことを残念がっていた。

すべては過ぎてゆく。わたしにとっての困難な時期は過ぎ去り、新たな困難な時期はまだやってきてはいなかった。そして、机の上の電話はふたたび鳴りだしていた。

そしてふたたびわたしが、小柄な人間のことを、才能豊かなわたしの素晴らしい友人たちが若い頃にその家に集まった不運な現場化学者のことを、それほどしばしば思い出すことはなかった。

一九五八―六二年

1 一九三〇年一月の共産党中央委員会決定により、主要穀物生産地帯では一九三〇年秋までに（いかなることがあっても三一年秋までに）、そのほかの地域では三一年秋までに（いかなることがあっても三二年春までに）、農業の集団化、すなわち、コルホーズの設営を完了することが指示された。

2 国民経済を計画的に発展させるために、ソ連では五年を区切りとする経済計画が立てられた。第一次五カ年計画は一九二九年春に採択された。

3 オーストリア出身の映画監督でドイツ映画の黄金期をつくったフリッツ・ラング（一八九〇―一九七六）がかかわった作品。ここで言う『マブーゼ博士の秘密』は一九二二年の監督作品『ドクトル・マブゼ』と思われる。ラングは一九三二年に『怪人マブゼ博士』を監督したが、当時の宣伝相ゲッベルスにより上映禁止とされ、三四年にフランスに亡命している。『ニーベルンゲン』（一九二四年）は『ジークフリート』と『クリームヒルトの復讐』の二部作であるが、ラングは前者については監督と脚本を、後者については監督を担当している。『インドの墓』（一九二一年）については、脚本を担当している。

4 アラン・ダドレイ・ブッシュ（一九〇〇―九五）はイギリスの作曲家、ピアニスト。アナトリー・

ドリヴォ（一八九三―一九六五）はモスクワ音楽院教授。一九三〇―四〇年代、歌手としても知られた。

5　相対性原理とは、一定のクラスの座標系が互いに同等で、物理法則がそれらのあいだの座標変換で形を変えないという原理。形を変えないことを「共変」という。特殊相対性理論は一九〇五年、アインシュタインが互いに等速運動をする慣性系に関する相対性原理と光速度不変の原理とに基づいて構成した体系。彼はのちに加速度を持つ座標系への変換も含めた一般座標変換にまで共変性を拡大した。これが一般相対性原理である。

6　アレクサンドル・ブローク（一八八〇―一九二一）。ペテルブルク生まれ、ロシア象徴主義を代表する詩人。化学者メンデレーエフの娘と結婚、美と調和を体現する神秘の女性と世界の変貌とを重ねた処女詩集『麗しの淑女』（一九〇四）を妻に捧げた。やがて民衆的モチーフや社会変動の予感に満ちたテーマに向かった。十月革命に民衆の精神と神話的祝祭をみる叙事詩「十二」、ヨーロッパにおけるロシアの歴史的使命を訴える詩「スキタイ」など。

7　「猿から進化した最初の人間はユダヤ人だった」とするユダヤ人が、その最初の人間をオランウータン（orang-utang　マレー語で「森の人」の意味）をもじって「アブラム・グタング」と呼んだというダーウィンの進化論をモチーフにしたロシアの小噺がある。

8　セルゲイ・エセーニン（一八九五―一九二五）。「最後の農村詩人」と自称した抒情詩人。農村ユートピアを夢想したが、やがて農民反乱を描いた詩劇『プガチョフ』で新境地を開く。その後、アメリカ人舞踏家イサドラ・ダンカンや作家トルストイの孫娘ソフィアと結婚。西洋の機械文明に絶望し、革命にも幻滅、自死。スターリン時代には不遇な評価を受けたが、その詩は多くの人に愛された。

9　スターリン時代のなかでも一九三七年は「大粛清」の年とされ、エジョフが長官を務める内務人民委員部（ＮＫＶＤ）によって、多くのボリシェヴィキそしてエジョフが自らの裁判で語ったところでは「一万四千人のチェキスト（政治警察職員）」が犠牲になった。

10　ピョートル・バトリン（？―一九二三）の歌ったセンチメンタルな歌「ああ、なぜおまえはわたしに口づけたのか」のリフレイン部分。

11　ラビンドラナート・タゴール（一八六一―一九四一）はインドの詩人、思想家。アジアで最初のノーベル文学賞受賞者。引用は彼の「庭師」より。

12　ベラルーシ、ウクライナ、ポーランド、ロシア四か国にまたがるおよそ十三万平方キロメートルの森林と沼沢からなる地域。

13　ソ連の生化学者でモスクワ大学教授のオパーリン（一八九四―一九八〇）は、地球上における無機物質からの有機物、さらには生命の発生を論じた。おそらく、ここではオパーリンが一九三六年に地球上における生命発生の一段階としてその生成を想定した有機物質（コアセルベート）のことが言われている。

14　ラドヤード・キプリング（一八六五―一九三六）。イギリスの作家。『ジャングルブック』など。ここでは詩「ブーツ」の中のライトモチーフの詩句が引用されている。

15　ミーチェンカはドミトリーの愛称形。ドミトリーはドストエフスキー『カラマーゾフの兄弟』で激情の人として描かれるカラマーゾフ家の長男である。

アベル（八月六日）

I

その日の夕方、葉や草の匂いが強くたちこめ、あたりは明るく澄んだ優しい静けさに包まれていた。司令官の家の前の花壇では、白い大きな花々の重たげな花びらがバラ色に染まっていた。やがてその花が陰った。夜になったのである。花は、暗青色の濃い闇の中に押し込められていた重くて密度の高い石からまるで切り出されでもしたかのように、白く見えた。塩気を感じさせる腐ったような臭いと熱気とを発散する、島を取り巻く静かな海は、黄緑色からバラ色へ、スミレ色へと変わった。やがて不安そうに、小刻みな波音が立ちはじめた。そして、ささやかな島の大地の上に、飛行場の建物群の上に、ヤシの茂み、銀色のアンテナ塔の上に、蒸し暑い湿った靄《もや》がかかった。

暗闇の中に、赤や緑の灯りが揺れていた――湾内にいる水上飛行機の信号灯である、星が光りはじめた――蝶のように大きな肉厚の花々とむっとするようなピチャピチャいう沼地の茂みの中に棲むホタルである。

太陽はその鋼鉄のような足で夜の大地を圧し続けていた。それで、涼気もそよという風もなかった。あるのは、いつものうんざりするような温かく湿った空気、体にひっつくシャツ、こめかみの汗だった。

テラスの籐製の肘掛椅子に、同じ飛行機に搭乗する飛行士たちが腰をかけていた。大きな丸い眼鏡をかけた褐色の肌の娘が、白い円筒形の帽子をかぶり糊のきいた白いガウンを着て、盆の上に食べ物を載せて運んできた。そして、黒っぽい冷たいお茶の入ったカップを並べた。

機長であるバレンスは、子どものような小さな手をしていた。その細い指で大洋の上を飛ぶ飛行機の操縦桿を扱うのは無理なように思えた。

しかし飛行士たちは、バレンス中佐の名前が合衆国の海軍航空隊の膨大な人員名簿の上位五人の中に入っていることを知っていた。彼の家を訪問したことがあり、彼と戦闘飛行を共にしたことがある者は、防水エプロンをして両手に小さなじょうろを持ち、自らが植えたチューリップの色や形をくどくどと説明している人間と、口数が少なくて粘り強く、神経質になったり感情に左右されたりすることのない偉大な飛行士とを、自分の頭の中で結びつけることができなかった。

副操縦士のブレクは憂鬱症の人間だとみなされていた。その頭は全体が一様に禿げはじめていた。まばらな髪に透けて見える青白い皮膚を見ると、もの悲しい気分がした。しかし、そのブレクにも情熱はあった。彼は、自分が明日にも社会改革の処方箋を見つけられるような気がしていた。その処方箋は経済発展と全世界の平和へと導いてくれるだろう。しかしながら、その発見が成し遂げられるまでのあいだは、ブレクは四発のエンジンを搭載した爆撃機で飛び回っていた。

三人目の搭乗員である通信士のディーリは、二つの互いに敵対する情熱を体内に有する人間であった。つまり、スポーツに対する情熱と食に対する情熱とである。彼は海軍飛行士のバスケットボール・チームについ最近まで加わっていた。しかし、食に対する情熱のせいで体重が六キロ増えたため、チーム・メンバーからファンへと転向したのである。ディーリには教養があり、理論に強く、電子工学に関する彼の講義は、技手とエンジン担当者たちのあいだで人気があった。

航空士のミッチェルリヒは髪が白くなってきているやせぎすの美男子だが、彼も同じく自分の仕事を熟知していた。彼は一九四一年まで海軍航空隊の操縦士大学校で航行装置に関する授業をしていた。しかし、開戦時に前線行きを志願し、太平洋に展開する連隊の一つに派遣されたのである。彼の人生にはすべてが空しいと思えるほどの不幸な恋愛があったと思われていて、恋人となった女性たちとの別れ際の彼のそっけない冷ややかな態度を、人々はそのことで説明していた。

五人目の搭乗員は、二十二歳の爆撃手のジョゼフ・コナーである。血色がよく、明るい色の目をしていた。大した飛行歴はなかったが、まだ訓練中から成績はつねにトップであった。彼は連隊でいくつかの記録を打ち立てたとされていた。すなわち誰よりも笑う回数が多く、誰よりも遠くまで海を泳ぎ、誰よりも多く女性の筆跡で書かれた手紙をもらっていた。そうした手紙のことでからかわれていたが、彼に手紙を書いてきていたのは母親であった。だから顔を赤くしたのである。彼は酒の席が我慢ならず、それで仲間に隠れて宴会をやっていた――彼が飲んでいたのは温めてうすい膜のできた牛乳であり、一口飲むごとに桃のジャムをスプーンで食べて口直しをしていた。週に二度、彼は家に手紙を書いていた。

搭乗員たちはここ一週間ほど、それまでの連夜の日本列島への飛行とはとつぜんうって変わって、まったくなにもすることがない状態で休息をとっていた。

しかしながら、無聊でうんざりしていたのはコナーのみで、ほかの者はこれも悪くはないと思っていた。正操縦士は、空缶でこしらえた手製の植木鉢に、島の野生植物を移植していた。彼は何種類かの球根植物を自分の国で育ててみようと心に決めたので、家に送る小包を用意するのに忙しかった。小包を送り届けることは、貨物便の定期飛行をやっている友達が引き受けてくれた。

ミッチェルリヒは夜になると主計担当者や燃料倉庫の責任者とポーカーをやったが、北東の風が吹き出してそれほど暑くはなくなると、豊満な胸をした地元民のウエートレスのモリーを相手に、気晴らしをするのであった。その顔から判断して、彼女は十五歳を超えてはいなかった。

ディーリはいろんなバスケットボールの試合の結果を占う曲線を描いていた。やってみるとその作業は手間のかかるもので、長年にわたる資料を駆使するとともに数学の最高分野の知識を援用する必要があった。毎夕、ディーリは炊事場に行って、柔らかい地魚、野菜、果物と合衆国から持ってきた缶詰の香辛料とで、料理をつくっていた。彼は誰も招かずに、ときに眉をあげたり肩をすくめたりしながら、考え込むようにしてゆっくりと食べ、料理の出来がかならずしも納得できないと、同じ料理を何回も繰り返しつくった。

憂鬱症のブレクは、新聞や小冊子の山と一緒にハンモックに横になっていた。彼は色鉛筆で余白に書き込みをしたりしているが、とつぜんまるでエア・ポケットに落ちこむようにして眠りこんでしまうのであった。

コナーは、たくさん泳いだり、母親に手紙を書いたり、小説を読んだりしていた。上官の秘書室にいる娘たちや当地のウエートレスたちに惚れられていることに、気づいてはいなかった。青い目の陽に焼けた彼が、雪のように白い服を着て白い帽子をかぶり、肩にタオルをかけ、まるでイラスト入り雑誌の巻頭頁から抜け出てきたかのように浜辺から戻ってくるとき、島の数少ない女性たちのあいだでは騒ぎが起こり、無線通信がこう伝えるのであった、《あの人が浜から戻ったわよ》。

女性たちの耳はコナーの乗っている四発飛行機が着陸するときのエンジン音を聞き分けることができ、島じゅうに《あの人が着いたわよ》と伝わるのであった。しかし若いサディスト——ジャム大好き人間——の彼は、そのことを知らず、無関心であり、純潔のままであった。

ある時、褐色の肌をしたモリーがミッチェルリヒに言った。何年もずっとあなたの愛を受け入れる用意はできているけれど、青い目をしたあの爆撃手にひと言いわれたら、心の中のあなたへの愛も現実的な理性的判断も、もはやわたしを抑えられはしないわ。ミッチェルリヒは彼女の背中を軽くたたいて答えた、《きみの立場だったら、わたしも同じことをするね》。しかし、コナーがハンモックに横になり口をあけて小説を読んでいる時に、ミッチェルリヒはディーリとブレクの前で彼を馬鹿にして言った、《ほら、張子でできた男の模型だ。第一次性徴の欠如した若い白痴さ》。

立派な男であるミッチェルリヒにどこから急にそんな悪意が生まれたのかが分からないままに、ディーリは笑った。だが、憂鬱症にかかった哲学者で人間のことがよく分かるブレクは言った。

「落ち着けよ、ご老体。何事ももう手遅れだよ！」

総司令部によって島に集められたこれらの軍用水上飛行機搭乗員には、互いを結びつけるようなものはなにもないように、あるいはほぼなにもないように思えた。しかしながら、彼ら全員に共通する特徴が一つだけあった。それは誰をとっても才能があり、その得意分野ではすぐれたスペシャリストであるということであった。これまで見たこともないような完成された型式のエンジン、電子機器、諸装置、照準器の装備された、多くの新機軸と改良の施された飛行機が彼らに与えられた。彼らは最高レベルの技術に慣れてはいたが、このまだ量産には入っていない飛行機に乗った最初のころは、犂《すき》とガソリン・エンジンに慣れたトラクターを運転する農民がいきなり乗用車の《ビュイック》に乗ったときのような感じを全員が受けた。

彼らは頻繁に何回も、長時間飛んだ。昼も夜ものんびりとはさせてもらえなかった。天候が悪化し、突風が起こり、視界が悪くなり、雷雨の範囲が広がれば広がるほど、発進命令を受ける確率が高かった。

司令官は彼らにこう言っていた。お前たちは偵察飛行を行っているのである。航空写真測量のデータは司令部にとって特別に関心のあるものである。

しかしそれでも、重点はどうやら偵察にではなく訓練にあるらしかった。とくにコナーにはそれがはっきりとしていた——飛行のたびに飛行機には、普通のものとはまったく違った形をした並はずれた重量の爆弾が搭載された。もちろん、炸裂爆弾ではなかったし焼夷弾でもなかった。爆弾は地上からさまざまな高度で爆発すると、信号用の圧縮された黒い煙の雲を出した。それらを投下する際には、いつもとは違って数多くの要素を考慮しなければならなかった。それらは後で、航空写真のデータと照合された。もちろん、ジョゼフはすぐにこのつまらない仕事でも腕を上げた。数日前に彼らは司令官のところに呼ばれ、誓約書を取られた。そのうえで、司令官は彼らに新しい兵器について語った。その後で、彼らはここでの会話を口外しないと宣誓した。

多くの軍人に共通して見られる気休めの感情がある。それはこういうものである。俺たちの仕事は言われるとおりに実行するというささやかなものだ。決定すること、命令すること、頭を使うことは、上官に任せておけばいい。俺たちは命をささげるだけで十分だ。

何十回という飛行ののち、彼らは互いに力を合わせることができるようになり、工場でも鉱山でも漁船でも必要である完璧な共同作業ができるようになった。

しかし彼らには、日常的な単純労働にあるとても素敵な、人生を照らし温めてくれるような、人間的な心のつながりはできなかった。

日暮れに夕食をとりながら、彼らは互いに冗談を言い合ったり、その晩、マラリアによる高熱が出たモリーに代わって新しくきたウエートレスをじろじろ見たりしていた。彼らは仕事で死とつねにかかわらざるをえない多くの人々の例にもれず、哲学者を自任するブレクでさえ、人生とは何か、死とは何かを、深く考えてはいなかった。彼らに言わせれば、飛行士の死とは、この職業につきものの危険性や作業ミスによる職務遂行上のこれ以上ない失敗、それも決まって犯してはならない大失敗に過ぎなかった。飛行士の死は、運命や謎の一撃などではなかった――それは技術的な原因と航行上の原因による結果であり、敵の戦闘機と高射砲兵の戦術的新機軸やエンジンの回転数や気象条件による結果なのであった。

飛行士あるいは搭乗員が死ぬと、彼らは質問した、《何があったのか》。

しかし彼らは、《操縦士が目標に向かっているときに、右側のエンジン群から異常音がしだした》とか、《敵の戦闘機と接近したとき、砲がいうことをきかなかった》という答えでは満足しなかった。

彼らはこう訊くのであった、《じゃあ、なぜエンジンが停止したのだね》《砲にいったい何が起きたんだ？なぜいうことをきかなかったのかね》。そして、接続部が壊れた、あるいは燃料が供給されなくなった、あるいは銃弾発射の際の反動で砲の弾薬自動供給装置が作動しなくなったと聞かされても、納得しなかった。

飛行機事故の技術的な根拠をとことん探り出すと、人の死はもはや当然だということになった――人間の死は技術的な問題の一部なのであった。

人間自身が死の原因となることはめったになかった。ある時は、操縦士が飛行中に気が狂った。酔っ払っていたことが分かった操縦士もいた。反射神経の点で後れをとった――茫然自失してしまった操縦士もいた。しかし、こうしたケースにおいても、問題は技術的な欠陥にあるとされた。つまり人間ではなく、やはりエンジンが故障したのである。結局のところ、それが主要な原因だったのである。

もちろん、飛行士たちはときには酒を飲んで、心情を吐露したりもした。どうあがいても、人間は人間なのである。母親、父親、姉妹がいるし、もしも結婚できた後に飛行機のエンジンが不調になれば、この世にさらに一人の寡婦と新たな孤児たちが生まれることになったのである。

その晩、ひどく酔っ払った人間は誰もいなかったけれど、飛行士たちは哲学談義をしていた。「忘れてはいけない」ブレクが言った。「軍人である飛行士は自分が死ぬだけではない。他の人たちを殺してもいるのだ」

ミッチェルリヒは、自分は人間を殺すだけではなく人間をつくることもできると付け加えた。興味深そうにして聴いていた新顔のウエートレスのほうを振り返って言った。

「この点に関してきみを説得してみせる用意がある。もちろん、もっと涼しくなってからだがね」

ジョゼフは恥ずかしさを隠すために、むせて咳こみはじめた。

娘は挑発するように言った。

「そうお？　疑わしいものだわ」

四人は笑いだしたが、コナーはまた咳をした。

「それじゃあ、お盆を置いてくれ」陽気にミッチェルリヒが言った。「気象条件は無視することにしようじゃないか」

「お手並みのほどは知らないが」機長が言った。「礼儀よさという点に関しては、少佐、立派とは言えないね」

自尊心の強いミッチェルリヒは、自分自身を強烈に賛美してやまない人間であった――彼は生えはじめた自分の白髪を、横顔を、足の指を、自分の笑いを、痰のからんだ咳を、グラスを唇へと運ぶしぐさを、自主性を、辛辣さを、愛していた。

しかし、それでも彼は控えめに言った。

「そうはいっても、あなたのおっしゃることも十分に露骨です」

「わたしは女性に対しての露骨な発言に見合った発言をしているのさ」機長は言った。

ウエートレスたちはもはやテラスにはいなかった。それでミッチェルリヒは心から驚きながら言った。

「あの眼鏡をかけた小さなキヌザルに対しての、ですか」

「あのウエートレスはわたしの娘と同じ年の生まれでね」バレンスは言った。

そこでブレクが口をはさんだ。彼は早口の抑揚のない声で言った。「人間は生まれる時も平等なら、死ぬ時も平等だ。だから、平等という二つの深淵のあいだの束の間にすぎない一生においては、黒かろうと白かろうと黄色かろうと、貧しかろうと富んでいようと、そんなことは問題としない法を順守する必要がある」

ディーリはその発言を終いまでは聞いていなかった。

「分かったよ、ブレクの教えはこういうことだな。機長のご機嫌はとり、航空士は非難しなければならない」

しかしそう言われてブレクは、憂鬱症をかなぐり捨てて、よく響く大きな声で通信士に向かって命令するように言った。

「わたし個人をあてこするような卑劣な行為はやめたまえ」

「さあ、みなさん、やめてください」歌うようにしてコナーが言った。「誰が悪いわけでもありません。これはみんな暇すぎるからなんです」

そんな発言を一番年下の意気地なしの甘いもの好きがし、しかも、その発言がもっともであることが滑稽に思えたので、一人ひとりが自分自身を嘲笑するような自己批判の言葉を口にした。

ミッチェルリヒはまったく彼らしくない口調で言った。

「思慮分別があり誠実であっても、人間は同時にまったくのとるに足らない人間でありうる。この点で、人間は他の誰とも平等である。だからこそ、人間はみな兄弟と言われるのさ」

「そのほか、誰でも他人より自分がかわいいという点でも、みんな似ている」ブレクが言った。「これもまた平等に共通している点だ。違いは、ミッチェルリヒのように利己主義を自慢する者もいれば、バレンスのようにそれを隠す者もいるという点だ。また、わたしのように、自己満足のために、自分自身よりも隣人を愛しているふりをする者もいる」

ディーリが言った。

「アーメン。わたしはあなたたちの中にいると、自分を馬鹿だと感じるよ。ノートを取り出して、金言をみんな書きとめたくなる」

バレンスが言った。

「もちろん、わたしのだけは除いてくれよ」

コナーが言った。

「あなたたちみんなには、やることがあります。ところがわたしは暇すぎて、まったくの馬鹿になりそうです。そうなるのもわけないことです」

上機嫌と自己批判とは、数分間続いただけであった。とつぜん戦争の話になった。

ブレクが言った。

「わたしたちが最大の悪——ファシズム——と戦っていることを、忘れちゃいけない。そのような戦いで死んでも惜しくはない。このことだけは覚えておかなければならない」

「そのとおりだ」ディーリが言った。「しかし、ペトルーシカ〔ロシア人形劇に出てくる道化役〕みたいにして燃える飛行機の中で頭からまっさかさまに落ちている時に、それをどうやって記憶にとどめられるかだ。

そんな時には自分の名前さえ忘れるものだ」

ミッチェルリヒが不意に、シューという音を響かせた舌足らずな話し方で、まるで幼児と話をするようにしてジョゼフに訊いた。

「もちろん、死は、ばっちい。死は、ウンチだ。あなたはどう思うの」彼は付け加えた、「しかしながら、戦争の目的の議論なんて、上官たちに任せておけばいいのさ。わが身を危険にさらす、わたしにはそれで十分だ。さもないと、後になって戦争が正しくなかったと分かったりして、またわが身でその責任をとらされることになる」

「責任から逃れられる人間なんていないよ」バレンスが言った。

しかしその発言にみんなが反対しだした――はたして一兵卒に責任などとれるのか。

「わたしが言うのは、純粋に道義的な責任のことだ」バレンスが言い直した。

ブレクが言った。

「いいかね、この戦争では技術がわたしたちを道義的責任から解放してくれている。以前なら棍棒で敵の頭をたたき割り、脳みそを浴びた――そうやって責任をとった。その後になると、槍の長さ、矢の飛ぶ距離というように、どんどん間隔があくようになった。そして、敵の悲鳴が聞こえるだけになった。やがてその距離は、先込め式の火縄銃や大口径の火縄銃を撃つ距離となり、うめき声を耳にすることはもはやなくなり、敵、すなわち雑多な色合いの人間が、灰色の姿が、次いではっきりとはしないシルエットが、やがては小さな点が、倒れるのを目にするだけになった。そのあとは人間だけではなく、砲撃対象の戦艦さえ見えなくなった……誰が責任を負うのか。それは敵を見ている人間――観測手である。だが、そいつは砲撃をしてはいない。砲撃をしている人間――砲手――は、敵を見ていない。手元にあるのはデータ、すなわち数字だけ。

そいつは何に対して責任をとれるのか。いいや、責任をとるのは砲撃をしている人間ではない」

ジョゼフも、一言、二言、発言をした。

「わたしは軍服を着た日本人を一度も見たことがありません」

「だいたい、正直言ってお笑い種だよ。上官たちがあそこで何を望んでいるのかを、なぜガキみたいな人間が知らなければならないのかね」ディーリが言った。「ここで必要なのは、曲線を描いてみることだ――縦軸には着弾距離、横軸には砲撃の責任。曲線は原点に近づき、道義的責任は無限に小さくなって事実上無視しうるようになる。計算の際にはいつでもあることだ」

夜、爆撃手は手紙を書いた。

《お母さん、わたしがどんなにあなたのことを恋しがっているか、分かってもらえたらと思います。ここにいる人たちにわたしが興味を持てないのは、わたしの罪ではありません。彼らの気晴らしや議論、彼らの飲酒には、吐き気がします。

どんなにわたしがあなたのそばにいたいか、そのことだけでも分かってもらえたらと思います。本当のことを言いましょう。それは、世界の誰よりもあなたを愛しているからだけではないのです。そうではなくて、わたしが大人よりも子どもに近く、カクテルや心にもないような会話がわたしには必要ないと分かってもらえるのは、唯一人あなただけだと思うからなのです。わたしが夕方、暗くまで広場に突っ立っていないで食事をしに帰るためには、声をかけてもらう必要があるのです。また眠るとき、きちんと服がたたんであるか、ちゃんと布団をかけているかを、あなたなら見てくれます。ところで、ここでは暑さのせいで彼らはスポーツをしたがらず、きみはどうしてカード遊びその他が好きではないのか、どうして酔っぱらって気のきいた馬鹿話をしないのかと、わたしをからかいます。そして、それには際限がないのです。ブレクは今日の夕方、戦争の目的について解説をしてみせましたが、そんなことがわたしにどんな関係があるのか、わたしには、結局、はっきりとは理解できませんでした。わたしは自分が何を望んでいるのかを知っています――家であなたや家族みんなのそばにいること、自分の部屋、わたしたちの庭や屋敷をふたたび目にすること、あなたと一緒の夕食の席に着き、あなたの声を聞くこと……》

翌朝、司令部に機長が呼ばれた。自分の家に戻ってから、彼は電話で、全員に彼の家に来るよう求めた。みんながやってきたとき、バレンスは庭にいた。彼は、細かい毛がいっぱい生えて褐色をし、琥珀のような黄色い色をした筒状の芽がついた、毛虫に似ている根のようなものを土の中から掘り出し、メモと日付のついた円筒形の紙でくるんでいた。彼の耳や首が赤くなっていた――この時の彼は園芸家であった。

「今夜飛び立つようにとの命令を受けた」そう言って、彼は立ち上がり、背中をぴんとさせて、両手をこすり、目を細めた。すると、園芸家は消えた。

「出撃ですか」四人が同時に訊いた。

「そうだ、新兵器だ。そう言えば、察しがつくだろう。秘密指令の時に司令官が言っていた、あれだ。なぜか今回は客を一人乗せていく。そのほか、《B-29》二機の護送がつく」

「目標と飛行経路は分かっているのですか」ミッチェルリヒが訊いた。

「そうだ。町の名前は失念してしまった。今メモを見てみる。飛行ルートを厳守するよう命令されている。きみたちにそれを伝える」

「通信についてはどうなっていますか」ディーリが訊いた。

「指令がある。一言でいえば、ディーリ、きみが退屈することはない」

「わたしの担当に関する特別指示はありますか」コナーが訊いた。

「ある。しかし多くはない。個々の具体的な目標は与えられていない。幾何学的にみてほぼ町の中心、ということだ。いま見てみるから。指示されているのは、限界高度だけだ。それより低くてもだめだし、高くてもだめで、六千メートルだ」

ブレクは質問をしなかった。彼は正操縦士と副操縦士の置かれた立場の違いを感じては、毎回いらだっていた。人々に指示を与えるのはバレンスではなく、もちろん自分であるべきだったのである。

ミッチェルリヒはバレンスに向かって言った。

「いつもとちょっとばかり違いませんか」

「まったくいつもどおりというわけではない」バレンスはそう言ったが、歯切れが悪かった。

日中、彼らは司令部に二度呼び出された。話し合いが行われ、繰り返し指示を受けた。その後で、彼らは乗客という男に紹介された――青みがかった近眼の目をした、やせて猫背の大佐だった。まるでコンパスで描いたみたいに完全な円形をした白くて大きなはげがある。その物腰と動きからみて、すこしも軍人らしくなかった。

「どこかの医学部教授かな、病院長かな」ミッチェルリヒが言った。

「そう、薬剤師みたいだな。しかし、ひょっとすると副大統領かもしれない」ディーリが言った。

彼らはその乗客の男と一緒に飛行機まで自動車で移動した。

大佐の関心はなによりも爆撃手にあった。彼はジョゼフにしつこく質問をした。自動照準装置、爆弾投下機構のメカニズムをあちこち見てまわった。彼のする質問からは、彼が馬鹿ではないことが感じられた。ひょっとすると、発明者なのか？　誰も彼の名前を聞いてはいなかった。その後で彼らはエンジンや機器が正しく作動するかを点検した。

司令官自らがあらゆることに注意を払っていたが、大佐のほうは基地に戻ってしまった。そのあと彼らは、医師から母親のようなしつこさと気遣いのこもった診察を受けた。彼らのために風呂が沸かされ、就寝するようにと命じられた。

そして今、彼らはテラスに腰を下ろして、冷たい濃いお茶を飲みながら、細い一本の舗装道路や暗闇の中で白っぽく見えるイボタノキの大きな花を眺めたり、静かな波の音や無線通信局の小型発動機の立てるカタカタという音に耳を傾けたりしていた。彼らは飛行にまつわる秘密めいた雰囲気にそれほど興奮してはいなかった。結局のところ、どうでもいいことではないか――偵察であろうと、新兵器であろうと、量産に入る前の新しい飛行機の試験飛行であろうと、最後通牒であろうと、高官の軍事視察であろうと。任務は任務である……

飛行場へと行く道で、ジョゼフは運転手と並んで座っていた。運転手はよく笑う気のいい若者で、色黒で、ギリシャ人みたいだった。自動車は高速で走り、その青い前照灯が周囲全体をおとぎ話のような色調に染めていた。

ジョゼフはこのとき、たぶん、これまでにないほどはっきりと、若者や年老いた者に対しても犬やカエルや蝶や這って歩く虫や鳥に対しても等しく素晴らしく、恵み豊かである、いのちというものの幸せを感じた。彼は幸せすぎて息苦しくなり、暑さを感じた。なにか無分別なことを、それをすれば楽しかった二十二年という歳月が、自分の幅の広い肩や軽快で敏捷な動きや陽気で若々しい心が、生きとし生けるものに対する自分の優しさが、完全なまでに感じとれるようななにかを、してみたくなった。そのせいで、額に汗さえ出た。

自動車が岸辺で止まったとき、ジョゼフはバレンスに言った。

「十分間だけひとりにしてもらっていいですか」

バレンスは頷いた。

「時間はある」

ジョゼフは黒ずんだ木々のほうに向かって走り出し、腰を下ろすと素早く裸になり、冷え切ってはおらずまだ温かい砂浜を水のほうに向かって歩みだした。そして、木々によって覆われ世界全体からは隠された大きなくぼみの中に立った。目の前には広々とした大海原が広がり、海水がゆったりと揺れていた。その瞬間に、自分でもどうしてだか分からないが、幸福感が満ちてくるのを彼はふたたび感じた。

彼は全速力で走って水に飛び込むと、泳ぎはじめた。水は温かく、繰り返し頭を水につけた。唇に塩辛い味がし、髪から流れてきた水がこめかみをくすぐり、目の中に入ってきた。濡れた目で星を見ると、空の星がとくに素敵に見えた。水滴がまつ毛の上で震え、しずくの一つ一つの中に星の光の微小な量子が溶けていた。光は無限ともいえる空間と時間を通過していき、その光をとらえた塩辛いしずくは生きた人間の体のぬくもりで温められていた。それだからおそらく、若者の心にはどこか奇妙な、胸が締めつけられるような甘美な思いが生まれた……彼は泳いだ、自分は生きている、自分は若い。この瞬間、彼の中では過去と現在が一緒になり、一つになっていた。ほら、なんにでも興味があって同情心のあるジョーが、子ども用のエプロンをして、仕事から戻った父親の悲しげな眼を見ている。《ちびちゃん、こんばんは》というしわがれ声が聞こえる。白い雲と温かい海の水という二つの大洋の上に飛び上がった飛行機の四発のエンジンの轟音が聞こえる。そして初めて飲んだ酒で金髪のもじゃもじゃ頭がガンガンする音も……

いつだったか自分は前にも温かい夜の海で泳いだことがある、彼にはそんな気がした。あの時、世界は同じように素晴らしかった。濡れたまつ毛の上の星の光が銀河系と銀河系間の奥深いところや、シリウス、帆座と蠅座、水蛇座とケンタウルス座、[1]大小のマゼラン星雲などからやってくるこの光が、母親が自分にとってそうであるように、なんの不思議もない慣れ親しんだ身近なものに思えた。するとその瞬間に彼は、地上と深海に存在するあらゆる生き物とのつながり、地下の洞窟の水の中にいる視力を持たない変形菌やその優しくかすかな呼気が空間を越えて星からやってきて、柔らかな青みを帯びた涼気となってこのまつ毛に触れるすべての生き物との、自分がその兄弟でもあり息子でもあるような優しい親しみのあるつながりを感じた。

彼はうれしそうな叫び声をあげ、水中にもぐり、浮き上がった。ふたたび水しぶきと水のしずくを通して上方を見上げ、ふたたび声を上げた。そして、タコともサメともつかぬ怪物に今にも足をつかまえられはしないかという子どもらしい恐怖に不意にとらえられて、岸に向かって泳ぎはじめた。

1　帆座は大犬座の南東方、蠅座は南十字座の南隣の天の川の内にあり、水蛇座は南天にある星座。ケンタウルス座は初夏に南の地平線に見える星座。

II

彼らは二時間、空を飛んでいた。飛行機は計器飛行を続けていた。巨大な空間には厚い灰色の霧がかかっていた。

搭乗員はこれ以上ないほどに息が合っていた。それで、人間から見て、飛行機が意志を持つ生きた存在であるように見え、人間に比べてより高度な有機体であるように見えた。

いまや通常の生活とは異なり、人間の決定や行動が計器の針や装置の数字だけで決められていた。いまや高度・速度・圧力・緯度・経度・磁気修正といったものが人間的な情熱や思い出や疑念や愛着にとって代わり、計器類の大小の表示盤の赤や青黒い色の針、光っている数字が、その複雑な世界を表現していた。飛行士たちの心の動きや呼吸は、サイン波の動き・対数のずれ・計測器の示度・電磁場の強さの変化などのたんなる数学的関数になってしまった。

これは驚くべきことであった。飛行機の意志を情熱的に遂行している人間たちの行動を、飛行機がコントロールしているのであった。金属・ガラス・プラスチックでできたいのちなき飛行機が、自らの生きた意志だけに忠実に従いながら、今、人間の意志によって闇の中を飛んでいた。

鳥の胸のように見える装甲を施された機首・プロペラ・明るい色の両翼が、闇と空間を切り裂き、粉砕し、後ろへとはねのけていた――計器飛行をしながら自信をもって目標へと向かって進んでいた。

陸地の上には、海の上の濃い霧と同じような濃い霧が渦巻き、もはや宇宙的でアインシュタイン的な曲率空間[1]だと思えるほどの広大な空間を占拠していた。霧はどんなに強力なレンズでも先を見通せないほどではあったけれど、飛行士たちはその広がりの巨大さのほどはしっかりと感じていた。

乗客の男は禿げた大きな頭を傾けて、円い窓をのぞきこんでいた。湿った霧の中を行く気のめいるような飛行に、彼は度肝を抜かれていた。大きな闇の海を初めて目にしたので、その光景に不安を感じていた。

しかし、円い窓をのぞきこんでいた彼の胸の不安は、大洋を覆う闇を生まれて初めて目にしたことで起きたのではなかった。その不安は、この光景が彼にはすでに馴染みのものであったから、その光景をすでに知っていたから、起きたのであった。彼は母親の朗読する聖書の最初の部分を耳にした時のことを思い出したのである。片方の手を差し伸べた神が天と地と水のいまだ分かれていない混沌の中を飛んでいた。子ども時代の彼の頭の中に生まれた形のない混沌は、そのようなものであった——その混沌は、今ここに渦巻いている混沌のようにして渦巻いていた。それは、重くもあり軽くもあるように思われた。その中に、闇も、いのちも、死という永遠の氷も、天空の軽やかさも、鉱石や土や水という黒ずんだ重みも隠れていた。

乗客の男は片手を伸ばして、痛風で太めになった自分の長い指を見た。短い毛が生え、爪の手入れは十分にされていた。何十年も万年筆を使っているせいで指にできた小さなたこが、触れてみてそれと感じられた。しかし、眼下の底なしの霧は霧のままであった。彼はその手を下ろした。

飛行機が日本列島の上に出ようとしていたときに、太陽が昇りはじめた。

朝の最初の光が若い爆撃手の乱れた金髪の髪に触れ、頭の周囲に光り輝く雲ができた。若者は前かがみになって照準装置をのぞきこんだ。そして、息をひそめながらいくつもの機器の針を追い、いくつもの機器によって位置が決定される照準線のゆっくりとした滑らかな動きを最終的にチェックし始めた。照準線はまだ対照標準点からは遠い位置を示していた。

二人の操縦士は操縦パネルの前に座っていた。ブレクが操縦パネルから遠のくように身をそらし、演奏を終えたピアニストがするような動きを両方の手で繰り返した。飛行機が目標に達する時点では正操縦士が飛行機を操縦することになっていた。

ブレクはミッチェルリヒと視線を交わした。彼らは互いにウインクをしあった。二人とも仕事が正確に進んでいることを喜んでいた。つまり、闇の中を約二千キロメートルの無視界飛行をし、間もなく、あらかじめ指示されていた海岸地点に着くのであった。そこには誇っていいものがあった。つまり、人間が行動の正確さという点で装置に近づきつつあったのである。もし真空管がその自動的な働きをやめて役に立たなくなっても、人間が一時的にそれにとって代わることができたかもしれない。《ボーイング》に乗った若者たちもまた負けてはいなかった。

通信士のディーリは何回か深呼吸をした。飛行前に受け取った指示では、今ならひと息つけるはずであった——飛行中ずっと維持してきた交信は、今は中断して、《目標に向かいます》という信号で再開することになっていた。ディーリはポケットの中の板チョコを手で探ると手慣れた動きで割り、チョコレートの大きな塊を口に入れた。

《これでたぶんもっと気楽になれるぞ》彼は突き出た自分の頬を横目で見ながらそう思った。

乗客の男はあらためて円い窓にはりついた。黒ずんで重たそうな海から太陽が泳ぎ出ようともどかしげにしていた。そしてすっと水から離れると、空中に移った。するとすぐに、海岸沿いの山の雪の頂がバラ色になりはじめ、松の生えた灰色のなだらかな斜面が輝きだした。広大な水の空間が緑色とオレンジ色を帯びた黄色っぽい色とで染まった。海面が生き生きとしているのに、その音が聞こえないのが奇妙に思えた——力強い水の上では、寄せては返す何千という波の音が、高く低くとどろき、響き、ささやいていたのだから。

陸地と海が接するあそこのところ、遠くの山々によって朝の太陽からさえぎられた半円形の杯形の盆地に、闇の最後の一瞬をまどろんでいる夜明けの町が、靄《もや》に包まれて横たわっていた。

急速に溶けていく薄闇の中から、防波堤の輪郭や港の諸施設が浮き出てきた。町中の公園の茂みや空き地や通りがそれと見分けられた。いくつにも分かれた川の三角洲《デルタ》がキラッと光った。

乗客の男は円い窓から目を離して、飛行士たちを見まわした。一つは角ばっていて、もう一つは丈が高く少し前かがみの、白い立襟の軍服を着た二つの背中はパイロットたちである。前の日にニューヨークのコンサートについて質問をしてきたミッチェルリヒは、地図の上に印をつけていた。ディーリはチョコレートを熱心にしゃぶりながら、落ち着いて装置を見守っていた。

乗客の男は唇を軽く動かしていたが、彼の言葉はエンジンの轟音や耳元の騒がしい音で聞き取れなかった。ジョゼフが男のほうを振り返った。老人の目がかたずをのむようにして若者の手を見ていた。人差し指に昨日母親に手紙を書いた後のインクのしみがついた、爪の伸びた学童のような手が、乗客の男をうっとりとさせているようであった。とにかく、世界中の誰も——大統領も、学校の教師も、空軍元帥のアーノルド[2]も、天才アインシュタインを筆頭とする物理学者も、デュポンも、生みの母親も——誰ひとりとして、この瞬間に、この未熟な青年のそばに立ってはいなかった。

しかし、本当にそうなのだろうか。大洋を越えてこの指にまでつながっている何本もの糸は、切れてしまったのだろうか。

言葉はほとんど聞こえなかった。しかしながら、はっきりとはしないその響きで、というよりはむしろ唇の動きで、ジョゼフには頭の大きな薬剤師が祈っているのが分かった。ジョゼフ自身はそうした複雑な思考とは無縁であった。彼のやるべきことは遠隔操作装置のスイッチを入れることだった。それから先は自動的に進むのであった。

ジョゼフは磨き上げられた白いボタンを押した——ボタンが旋盤で作られた鋼鉄製の受け穴の中に押し込まれた。するとまもなく、人差し指のふくらみに軽い衝撃があり、爆弾が目標に向かって落下しはじめたことが確かめられた。この瞬間がいつもコナーには心地よかった——重苦しい緊張状態から解放されほっとする瞬間なのである。そうした瞬間には、爆弾が飛行機の胴体からではなく自分自身の内臓から切り離されたような気がするのであった。泳いでいる者が下のほうへと引っ張られる錘《おもり》から解放された時のように、すぐにのびのびと楽に呼吸できるようになるのであった。

今のところ爆弾が決められたとおりに落下していると期待しながら、彼は立体測定装置をのぞきこんだ。強力で何物も見逃さないレンズが、大きな手のひらの上に載せて持ち上げるかのようにして、大地と海をジョゼフの目へと近づけた。彼は、この日の朝の何千という数の細部にいたるまで見た。すなわち、打ち寄せてしぶきをあげ息づいている大洋の水、くねくねと果てしなく続く破れたレースのような白みがかったバラ色の砕けた波の泡、ダイヤモンドでできた鱗のように輝く水を張った田んぼの緑、西のほうへと足早に流れていく町を。町からは、異国の町々に満ち溢れているような、とくに朝の時間にはそうであるような、あの強烈な魅力が匂い立っていた。異国の目慣れない家々と通りの光景、蜘蛛の巣状の道、色鮮やかないくつもの屋根を、彼の目は素早くとらえていた。一方、心はこうささやいていた。異国のこの町では、この朝早くには、美しい娘たちが眠そうにして微笑んでいる、学校へと走っていく生徒たちを母親たちが窓から見送っている、老人たちはふたたび迎えられた朝に、溢れる暖かさと光と青い空の朝に、喜んでいる……

まさにその瞬間に、一かけらのウランが落下を終え、その一部が物質であることをやめた。爆弾は二千フィートという所定の高度で炸裂した。光が、あらゆるものを圧し潰しあらゆるものを焼きつくす死の光が閃いた。

それは素早く鋭い斧のように打ち下ろされた。目を圧迫し、頭蓋を締めつけた。太陽のプロミネンスにも似た深紅色・金色・青色・紫色の炎が、朝の大気を成層圏にいたるまで切り裂き、大地とその上に生きるものすべてをとてつもなく美しい光で照らした——その光は灰色であると同時に言いようのないほどに鮮やかでもあった。もっとも鮮やかな熱帯の太陽よりも、雪原に輝くもっとも鮮やかな冬の太陽よりも、百倍も鮮やかであった。

光り輝く球は、まるで新しく生まれた星ででもあるかのように、勢いよく空へと昇った。亜成層圏で広がって巨大なキノコのようになり、輝く火柱に変わった。

乗客の男には思えた——閃光が走り地球がこれまで知らなかった七億度という温度が生じた空中の爆心直下の地上でできた漏斗状の穴から、焼き尽くされて灼熱の原子の蒸気となった鉄・アルミ・花崗岩・ガラス・花・葉が、原子の蒸気となった人間の目、乙女のお下げにした黒髪・心臓・血・骨が、渦巻いて上がってきている——そして巨大な立方体の空間を満たしてきている。

その瞬間、すべてののぞき窓が自動的に閉まり、諸装置のスイッチが切れた。飛行機は自らがもたらした原子爆弾による爆風で台風並みの衝撃を感じた。耳を聾された乗客の男は床に倒れ、目をつむった。天と地と水がふたたび混沌に戻ってしまったような気がした……人間は自らがその父にして子である悪についに打ち勝つことなしに、創世記の章を閉じてしまった……

乗客の男には一瞬そんなふうに思えた。しかし彼が目をあけると、操縦桿を握って座ったままでいる正操縦士の小さな手が目に入った。この両の手は石でつくられたものだ——そう思えるほどにそれは、冷たくびくともしないものに見えた。

次の瞬間、通信士の声が聞こえた。乗客の男は思った。

《大統領はすでにみんなご存知だ……》

十四歳のやせっぽちの少年である彼が小さな町の静かな夕方の通りを歩きながら、独り言を言っていた。通りがかりの人たちが彼のほうを振り返っては笑っていた……飛行機の中でしようとしたのと同じように、彼は暗い空に向かって片手をあげて、誓いの言葉を発していた、《僕はこの一生を一つのことに、エネルギーを解き放つことに捧げます。一時間たりとも時間を無駄にせず、一歩たりとも脇道にそれたりしません。錬金術師にできなかったことが、僕たちにはできるでしょう。暮らしは素晴らしいものになるでしょう。人間は星に向かって飛び出すでしょう》。

航空士のミッチェルリヒが乗客の男が立ち上がるのに手を貸し、革製の低い座席に座らせた。航空士は血の気のない唇でにやりと笑った。

「昨日、冬のコンサートの話でわたしを興奮させてくれたのは、あなたでしたね……」

ブレクは両方の目を手で撫でた。

「ナイフで切られたみたいにズキズキ痛む。しかし、われわれはあいつらにパール・ハーバーの仕返しをたっぷりしてやった。まさに脳天をね」

乗客の男は思った。

《奇妙だ！　昨夕からわたしはあの若者に催眠術をかけられたようになっていたが、爆発の瞬間から、あの若者にはまったく興味がなくなった。あそこにいた人たち、下にいた人たちは、今はどこにいるのだろうか》

ラジオ局は沈黙してはいなかった。何千という新聞が号外を出した。二十億に上る人が、前夜にはなんの興味もなかった死の町について、話をしていた。死者の数について、九万人から五十万人までのじつにさまざまな数字が口の端に上っていた。

数百万もの人間が絶滅収容所で殺されたことをファシズムの時代に知った人々も、ウラン爆弾の想像を絶する人を殺傷する速さには震撼させられた。一秒の間に、爆発後一秒間で、死者と死につつある者の数が七万人に達したのである！　殲滅する手段がこれほど高度に発達した以上、国家の繁栄と偉大さ、諸民族の幸せ、民族間の平和という名のもとに人類が滅亡するという見通しも、それほど非現実的なものではないと思えるようになった。誰もがそう感じた。

政治家、哲学者、軍人、ジャーナリスト、マスコミの人間は、爆発直後に、ウラン爆弾の力強い一撃は、人類に対する犯罪の廉《かど》でファシズムに報復するとともに、日本による抵抗を大いに麻痺させたことで、すべての母親が自分の子どもたちのいのちのために渇望する平和の到来を加速させるものであると論証した。こうした論証は、日本の大本営においても東京の皇居においてもすぐに理解された。

日本人の四歳の小さな子どもには、そうしたことはなにも理解できなかった。その子は夜明けに目を覚まして、むっちりした両手をおばあちゃんのほうに差し伸べた。吊った蚊帳の向こうの薄暗がりの中に、おばあちゃんの白い髪と金歯が見えた。涙がいつもにじんでいるおばあちゃんの細い目が黒っぽいしわの中で微笑んでいた。それは自分がおばあちゃんにはかわいくてならないからだということを、その子は知っていた――おばあちゃんは目覚めて孫を目にするのがうれしいのである。そのうえ、今日は特別に素晴らしい日なのである。お腹の具合がよくなったので、その子は重湯よりもっといいものを試しに食べてみることになっていた。

この子にも、この子のおばあちゃんにも、そのほかの数百人の子どもたちにも、その子どもたちの母親やおばあちゃんたちにも、なぜまさに自分たちがパール・ハーバーやアウシュヴィッツの報いを受けなければならないのかが理解できなかった。しかしながらこの出来事においては、政治家、哲学者、マスコミの人間がこの個別論的なテーマが切実なテーマだと考えることはなかった。

夕方、飛行士たちは食後にテラスに座り、酒を飲んだ。全員が興奮してしゃべり、他人の言うことなどほとんど聞いてはいなかった。日中に彼らは、そのような人たちからの公用電報を受けるよりも火星からの電波信号を受けるほうが容易だと思えるほどの高い地位にある人たちから、感謝の言葉を受けとっていた。

ひどく蒸し暑かった。天井につけられた飛行機のプロペラみたいに大きな扇風機が音もなく回っているのが、無意味に思えるほどであった。

機長が手すりのところに行った。昨日と同じく、高くて大きな漆黒の空には南の星がまたたき、暗い大地の上にはさまざまな花の花弁がぼんやりと浮かぶように見えていた。

バレンスがテーブルにいる仲間のほうに顔を向けた。

「わたしはこれまで、草ぼうぼうの昔からある公園だとか、ずうずうしくのさばるゴボウやイラクサだとか、熱帯の繁茂する森だとかにイライラさせられてきた。大地から生えてくる何千という猛々しくてどれも同じように見える植物なんか悪魔にでも食われろ、だ。わたしはいつも信じていたのさ、園芸家たちがこうした雑草を撲滅して、この世にはユリ、プラタナス、樫、ブナ、小麦が勝利をおさめることを、ね」

「分かりますよ」不気味にいたずらっぽく笑いながら、アメリカ・インディアンのような赤い顔をしたミッチェルリヒが言った。「すべてが明白です。機長とわたしは反雑草派です」

彼の首は赤黒かった。パサついた白髪がこの火のような赤黒さのせいですぐにも燃え上がるように思えた。彼は酒を長い時間、大量に飲むと、このように赤黒くなるのであった。彼はバレンスのところにコップを持っていって言った。

「園芸家たちの成功のために」

バレンスは飲み干して、空になったコップをテラスの手すりの上に置いた。

「園芸家たちを称賛するなんて、たくさんだ」

副操縦士が説明した。

「今日のところは、バレンスは植物学と菜食主義のことを考えたくないのさ」

「なあ、ブレク、これはすべてたわごとだよ。話すに値しない。しかし、ジョゼフはどこにいるのかね、わたしは彼と酒が飲みたい」バレンスが言った。

「彼はちょっと出ていった。手を洗っている」

「わたしの見るところ、彼はもう四回も手を洗っている」

「仕方がないですよ、母親がそう教えたのです」ミッチェルリヒが言った。

「ジョーが鉄製のボタンを押した時、薬剤師は誰のために祈っていたのですかね。あいつらのためですかね、われわれのためですかね」ディーリが訊いた。

「そのことに興味があるのなら、訊いてみればよかったな。今ごろあの男はもうワシントンで報告をしているぞ、《ミッチェルリヒは女たらしで、ディーリは大食らいだ》って。大統領は頭を抱えているよ」

「大統領があなたとわたしの名前を耳にすることが、愉快なのですか」ミッチェルリヒが訊いた。「そんなことはみんな、わたしにはどうでもいいことです」

「なぜ愉快じゃないのだね。考えてみたまえ、そうした任務のための人選がどのようになされたかを！　ええ？　そうやって選ばれたのが、わたしたち搭乗員なのだ」

「少しも分かりませんね」テラスに戻ったコナーが言った。「あなたたちは、みんな、なんら変わってはいない」

「きみ、飲むのをもうすこし控えろよ、ジョゼフ。とにかくこれは牛乳じゃないのだから。すべての歴史の記録は書き直される。しかもわたしに言わせれば、直ちに、さ」

「これは戦争なのだ」ブレクが言った。「忘れるなよ、これは獣との、ファシズムとの戦争なのだ」

ジョゼフは片手をあげて、自分の爪をじっと見ていた。

「ここでは園芸家たちのために杯をあげた」バレンスが言った。「わたしにはいつも、それがもっとも道徳的に清い血を流さずに行われる仕事に思えていた。でも、今は、修道院のために乾杯するほうがずっとよい、と思った。どうかね？」

「とにかく、わたしが鉄製のボタンを押したのです、あなたではなく。分かりましたよ！」

「そう騒ぐものじゃない。島じゅうを起こしてしまうぞ！」

「何がおかしいのですか。ええ、ディーリ？　彼らがどこに行ったかに、関心がないのですか」ジョゼフが通信士に向かって叫んだ。

「アベルよ、アベル。きみの兄のカインはどこにいる？[3]」

「カインは普通の若者です。アベルよりそう悪いわけではありません。そうです、あの町にはわれわれみたいな人間がいっぱいいたのです。違いは、われわれは生きているが、彼らは生きていたということです。そうでしょう、ブレク？　あらゆることについて考えるべき時だって、あなた自身が言っていました」

「きみの言うことを聞いているなんて、実際、飽き飽きだ」ブレクが言った。「酒のうえでの馬鹿げた考えなんて誰に必要なのかね。いいかね、人間は死んでほどなくよみがえる。しかし、もしも馬鹿な人間であれば、それっきりだ」

彼の額とこめかみに赤い染みが浮き出ていた。

「きみのことを注意して見ているが、コナー、きみはわたしに負けないくらい飲んだ」ディーリが言った。

「わたしが？　あなたは目が見えなくなったのです！　ほら、この娘さんたちが証人です。わたしが飲んだのは二リットルです」

「ウエートレスに証言をさせるのもいいが、しかし、それは不可能だ」

「娘さんたち、どれくらいわたしは飲みました？　本当のことだけを言ってください！」

「もう寝る時間じゃないのか」ブレクがそう言って立ち上がった。

「わたしは寝ません。わたしは考えなければなりません」

「ほら、ごらん、きみは飲みすぎたのだ。考えるのは今度にするさ」

「いいかい、ジョゼフ。年長者の忠告は聞くものだ」ブレクが言った。「行って、寝るのだ。地上に生命がありうるかなんて問題は、われわれのいないところで天文学者に解いてもらうがいい」

「赤ん坊は女の子と寝させてやることだ。それが赤ん坊にとって菩提樹《リンデン》のハーブ・ティかキイチゴの煎じ薬の代わりになるだろう。きみは朝、幸せな気持ちで元気に目覚めるさ」ミッチェルリヒがあいづちを打った。

「ごらんよ、ディーリはもういびきの曲線を描いているぞ」

「きみは自分の手のひらや指を見るのは、もういい加減にやめたらどうだ」機長が叫んだ。

彼らは昼に顔を合わせた。よく眠りひげをそり、これから先の長い休暇のことを考えて微笑んでは目を細めていた。

目を射るような真昼の太陽が、飛行機の翼の上で輝いていた。その陰りを知らぬ永遠の煌めきを反射するには、太平洋という広大な鏡でさえ足りないように思えた。太陽の光は燦々と惜しげもなく降り注ぎ、空間を満たし、人間や鳥や動物がものを見る邪魔をしていた。

バレンスはテーブルの上に新聞の束を置いてから言った。

「あなたたちはぐっすり寝ていたね。わたしはひとりで朝食をとったよ、誰も郵便物を受け取らなかったしね。ここで何が起きたかを耳にした人間も、一人もいなかった」

「いったい何が起きたのですか」

「ジョゼフが夜明けに衛生部隊に連れて行かれた。彼は頭がおかしくなったのだ」

同僚たちの顔を見てから、彼は言った。

「すっかりおかしくなったのではなくて、おかしくなったみたいなのだ。彼は夜中に泳ぎに行ったが、机の上に手紙を残していた。その後で浜辺で首を吊ろうとした。歩哨が彼を発見し、すべてがうまくいった。わたしは彼の手紙の最初の数語を読んだ。読み返すほどのものではない。不気味な手紙で、まるでまさになにもかも母親が悪いと言わんばかりだ」

ブレクはショックを受け、喉をつまらせながら言った。

「いいかね、バレンス。昨日きみは忘れていたが、修道院のほかに精神病院もあるのさ。わたしはすぐに気づいたよ、彼の様子が変だ、ってね。しかし、大丈夫だ。もしそれが一生続くようなものでなければ、数週間で治るさ」

一九五三年

1　一般相対性理論には、非ユークリッド幾何学の一つであるリーマン幾何学が応用されている。これは曲面を高次元に一般化したリーマン空間上で成り立つものである。

2　ヘンリー・アーノルド（一八八六―一九五〇）。ライト兄弟にも飛行を学び、一九一一年、アメリカ陸軍最初期のパイロットのひとりとなった。第二次世界大戦ではアメリカ陸軍航空軍司令官に就任、対日独戦で航空作戦を指揮し、「アメリカ空軍の父」とされる。初代にして唯一の空軍元帥に昇格したのは、引退後の一九四九年であった。

3　アベルは旧約聖書の「創世記」にでてくるアダムとエヴァとの子。羊を飼う者。カインの弟。カインはアダムとエヴァとの長子。土を耕す者。カインはその献げ物に主が目をとめず、弟アベルの献げ物には目をとめたことから弟に嫉妬し、弟を殺害した。

キスロヴォーツクで

ニコライ・ヴィクトローヴィチがすでに白衣を脱いで帰り支度をしていたとき、庭で町いちばんのイチゴをつくっているので有名なアンナ・アリスタルホヴナが息を切らせながら言った。

「ニコライ・ヴィクトローヴィチ、大佐が車で訪ねて来られました」

「仕方がない、大佐は大佐だからな」ニコライ・ヴィクトローヴィチはそう言うと、ふたたび白衣を羽織りはじめた。

あくびでもしかねないような自分の落ち着きぶりに、アンナ・アリスタルホヴナが感嘆したような表情をみせるのが、彼には分かっていた。だが実際は、彼は大佐の来訪にアンナ・アリスタルホヴナに劣らぬくらい怯えており、不安であった。それに妻と観劇に行く予定があり、遅れたくはなかった。

しかし、女性の前では自分を実際よりもよく見せるのが彼には当たり前のことになっていた。彼はこれまでずっとその気配りの周到さで女性に好かれてきたのだし、評判を失うのは残念だったので、自分の特徴の多くが外見とは違うことを女性たちに見せようとはしないのであった。

しかも、もう頭は白くなっているが、実際に彼はやはり美しかった――すらっとして背が高く、動きも軽やかで、いつも趣味のいい服装をしていた。すらっとしていて美しい顔立ちで、肖像画家がこの世を美しいものにする使命を帯びた偉大な人間たちに努めて賦与しようとするような、そんな表情をしていた。

女性たちは彼を好きになったが、ニコライ・ヴィクトローヴィチがその外見とはまるで似ておらず、まったく普通の人間であることや、世の中の問題に無関心であり、文学や音楽には門外漢であること、エレガントな服装や快適な暮らしの諸設備や大粒の宝石を象嵌したオレンジ・イエローの大きな指輪には目がないが、医師という自分の仕事はたいして好きでないこと、レストランでおいしい食事をとることや休暇に国際列車でモスクワに行き、自分と同じように美しくて背が高くエレガントな妻のエレーナ・ペトローヴナといっしょに劇場の一階平土間の観覧席に姿を現して、これぞ理想のカップルと賛嘆の的になるのが好きだということは、彼女たちの頭にはついぞ思い浮かばなかった。

彼は上流社会風の生活と華美に惹かれ、暮らし向きのことを考えて、大学病院で働いたりはせずに、政府の豪勢なキスロヴォーツク[1]保養所の主任医師となった。もちろん、科学的な研究などはしなかった。しかし、医務下士官に囲まれて大理石の列柱の間を歩きながら、顔見知りである国家の主人である人物たちと、勿体をつけると同時に気軽に挨拶をかわすのは、とても気分のよいことであった……

彼が好きなヒーローは『三銃士』のアトス[2]であった。《この本はわたしの聖書だ》、友人たちにそう語っていた。

彼は若い時には高額を賭けてポーカーをやっていたし、競馬通とみなされてもいた。モスクワに行くと、党史にその名前が残っていたり、肖像が『プラウダ』に載ったりする著名な自分の患者たちに、ときどき電話をかけた。そして、彼らが自分に愛想よくしてくれることに満足するのであった。

ドイツ国防軍の機械化部隊と山岳狙撃兵部隊がキスロヴォーツクに迫りはじめたときに、彼は疎開をしなかった。快適なモロッコ革製の肘掛椅子や豪奢で快適な家具が好きな彼は、暖房貨車の居心地の悪さやけむいストーブや熱湯の入ったブリキのやかんにたじろいだのである。

そしてエレーナ・ペトローヴナは、同じようにドイツ人に対してなんらの共感ももたないまま、彼の決定に同意したのである。彼女は彼と同じく、象嵌の施された古いテーブルとマホガニーの長椅子、磁器、クリスタル・ガラス、絨毯をとても愛していた。

エレーナ・ペトローヴナは外国の衣装が好きであった。そして知り合いの女性やソヴィエト高官の妻たちにうらやましがられるようなものを、とくに気に入っていた。彼女は婦人連に知られていない珍しい繊維製品を着用するときには、控え目でどこか疲れたような、から騒ぎや虚飾には関心がないという顔をしてみせていた……

ニコライ・ヴィクトローヴィチは、キスロヴォーツクの通りでドイツ軍の機械化部隊の偵察隊を見かけたとき、気が滅入るとともにパニックに陥った。ドイツ軍兵士の顔、林立する自動小銃、鉤十字のついたヘルメットが、胸糞の悪い耐え難いものに思えた。

彼は、たぶん、人生において初めての眠れぬ一夜を明かした……パヴロフスク風〔パヴロフスクはパーヴェル一世が一七八二年にペテルブルク近郊に建造した宮殿〕の書き物机とかトルクメニスタン製の絨毯がなんだというのだ。どうやら自分は、疎開をしないという軽はずみなことをしてしまったようだ。

一晩中、彼は子ども時代の友人で義勇兵として国内戦に出かけて行ったヴォロージャ・グラデッツキーのことを思い出していた……

グラデッツキーはやせていて、頬が落ちくぼみ血色が悪かったが、古びた外套に革のベルトを締めて、片足を軽く引くようにしながら、通りを駅のほうに向かって歩いていった。背後には、家、妻、息子たちなど彼の愛するもののすべて、彼にとって大切なもののすべてが残された。二人は長いこと会ってはいなかった。しかし、グラデッツキーの運命の響かせる音は、ニコライ・ヴィクトローヴィチのところにまで届いていた。

その夜、彼はまるで、二つの道――自分の道とグラデッツキーの道――を目の当たりにしているかのようであった。その二つのなんと違うことか！

グラデッツキーは帝政時代にギムナジウムの最上級生のクラスから除籍された。その後追放され、やがて故郷に戻った。一九一四年に戦争が始まると、彼は軍隊にとられ、負傷したあと一九一五年の末頃に家に戻った……でも彼のボリシェヴィキとしての心は、世俗的なものへの愛着よりもつねに強かった。それで、国と人民の日々の歩みにおけるあらゆる苛酷な出来事、血塗られた事件が、彼の人生と運命に重なることになった……

一方、ニコライ・ヴィクトローヴィチのほうは、ボリシェヴィキの地下活動には参加しなかった。警察に追われることも、コルチャーク[3]との戦いの前線で攻撃する大隊を率いることもなかった。一九二一年にグラデッツキーのように郡食糧委員を務めることもなかった。歯を食いしばり心を鬼にして自分の若いころの友人である左派や右派の反対派を激しく非難することも、ウラルの大規模な建設現場で眠られぬ夜々を過ごすことも、白熱電球が煌々と灯る夜のクレムリンの執務室へと報告書をもって走ることもなかった……

ニコライ・ヴィクトローヴィチは知人の助けを借りて、第一騎兵隊への動員をまぬかれた。医学部で学び、のちに彼の妻となった美しいレーナ・クセノフォントヴァにメロメロになった。村に行っては家族の毛皮外套、外套、父親の狩猟用長靴を粉や塩漬けのラードや蜂蜜と代えた――そうすることで母親と年老いた伯母を助けていたのである……ロマンに満ちた嵐の時代に、彼の生活は少しもロマンチックではなかった。たしかに、ときには塩漬けのラードと蜂蜜の代わりに村から密造酒を持ち帰ったりもした。そんなときには、灯明皿の光の中でパーティを開き、歌やダンスや言葉あて遊びをしたり、極寒の炊事場や薄暗い玄関で接吻をしたりした。そして毛布を掛けた窓の向こう側からは、銃声や長靴の重い足音が聞こえていた……

国は国としての生を生きていた。しかし、ニコライ・ヴィクトローヴィチの人生が、脅威、貧困、苦難、戦争に直面することはなかった……そしてたまたまこんなことになった。すなわち、前線や建設現場での勝利の日々が彼にとっては絶望の日々となった。つまり、彼はあの女性に捨てられたのである。だが、民衆にとっての苛酷で恐ろしい年は、彼にとっての愛と栄光の年となった……

そしていま、彼は自分の部屋の薄暗い窓辺に立って、戦車のキャタピラーのきしむ音、喉にかかったような号令の掛け声といった戦争にともなう騒がしい音に聞き耳を立てていた。下士官たちの持つ懐中電灯の小さな光に見入っていた。

……戦争の始まる一年前、目の下にオリーブ色の嚢状のものができたしわだらけの白髪の男が、サナトリウムにやってきた。ニコライ・ヴィクトローヴィチには、疲れきった様子をしたその男が自分のギムナジウム時代の友達のヴォロージャ・グラデッツキーだと分かった……

これは奇妙な邂逅であった。彼らは喜びかつ警戒した。互いに惹かれあい、互いに反発しあった。彼らは腹を割って話をしたいと望むとともにそうした会話を恐れもした。子ども時代、学校時代の信頼が突如として彼らに生まれて、まるで学校でのいたずらについて男子用トイレの中で互いに信頼しきってひそひそささやきあっていた時代が戻ったかのようであったが、同時に、ニコライ・ヴィクトローヴィチと病気の党活動家とのあいだには深い溝があった。

サナトリウムでは季節ごとに誰かしら名のある人物が療養をしていた。そうした人物の来訪についてはあらかじめモスクワから伝えられ、その到着までに豪奢な部屋が空けられた。そしてその人物が帰った後に同僚たちはこう言うのであった、『それはわたしたちのところにブジョンヌイが来ていた年のことでした』。[4]

そうした人物として戦争の前年のその年に来ていたのは、レーニンの友達の古参ボリシェヴィキで、有名なアカデミー会員、若い時代に服役中の中央監獄で素晴らしい革命歌を作詞したサーヴァ・フェオフィーロヴィチその人であった……

グラデッツキーはその彼とよく会っていた——彼らはいっしょに散歩をしたり、宵を過ごしたりしていた。ときおり老人の具合がよくないときには、サーヴァ・フェオフィーロヴィチの部屋に二人の食事が運ばれたりした。

ある時、公園を散歩していたサーヴァ・フェオフィーロヴィチとグラデッツキーが、ニコライ・ヴィクトローヴィチと出会った。彼らは月桂樹の茂みの下のベンチに腰を掛けた。ニコライ・ヴィクトローヴィチは、どんな高官であろうと病人でありさえすれば、その心の中にお構いなしに入っていける権利を有するサナトリウム一番の医師としての力と、同時に、その大きな白い手で何度もレーニンと握手をし、大きな頭の白髪が薄くなったがっしりとした老人と自分が並んで座っていることによる驚きとの二つがいっしょになって、なじみであるとともにつねに奇妙に感じられ、うんざりさせられると同時に心地よく感じられる、そんな気分になっていた。

グラデッツキーが言った。

「ニコライ・ヴィクトローヴィチとわたしは、ギムナジウムでの友達なのです。いいですか、サーヴァ・フェオフィーロヴィチ、彼とわたしはあなたに関係したことで対立したことがあったのです」

老人は驚いたような声をあげた。それでグラデッツキーが、ニコライ・ヴィクトローヴィチの忘れていた話をしたのである。昔々のギムナジウムの時代に、グラデッツキーはサークルの集まりにニコライ・ヴィクトローヴィチを誘った。そこでは革命歌を覚えることになっていた。グラデッツキーがニコライ・ヴィクトローヴィチになぜ来なかったのかと訊いたときに、ニコライ・ヴィクトローヴィチはこう答えた。知り合いの女子学生に名の日の祝い[5]に招かれたからさ。このことを最後に、彼の非合法活動は終わったらしい。ひろく知られていたその時の歌は、サーヴァ・フェオフィーロヴィチが監獄で書いたものであった。

老人は優しく笑った。

「それは戦争〔第一次世界大戦〕の二年ほど前のことだったと言うのかね？　そのときには、わたしはワルシャワの中央監獄にいたよ」

通常の回診のときに、ニコライ・ヴィクトローヴィチはグラデッツキーに言った。

「驚いたよ。サーヴァ・フェオフィーロヴィチの心臓は、多くの若者の心臓よりもいいし、若いのだ。ずっときれいな音をしている！」

するとグラデッツキーが急に、昔のギムナジウムの時代のような信頼しきった態度で、心を込めて話しはじめた。

「だって彼は超人だからね。彼には人間離れした力があるのさ！　いいかね、人間離れした力があるというのは、オリョールの中央監獄を耐え抜いたから、ワルシャワの中央監獄もひもじい地下活動生活も寒いヤクーツクでの流刑も極貧の亡命暮らしその他も耐え抜いたからではないのだ[6]。

彼の人間離れした力は違うところにある。その力こそが、ブハーリンの無実を確信していながら、革命の名のもとにその死刑を求める演説を彼にさせたのだ。その力こそが、才能ある若い学者たちをたちの悪いいかがわしいリストに名前が載っているということだけで大学から追い払うことを、彼にさせたのだ。いいかね、そうしたことをすることが、レーニンの友人である人間にとってたやすいことだと思うかね。子どもや女性や老人の命を、そうした人たちを憐れみながら、心の中では震えながら、奪うことが、革命の名で偉大とも言えるほど苛酷になることが、たやすいことだと思うかね。本当だよ、わたしは自分の経験でそのことを知っている。心に力があるかないかは、そうしたことで試されるのだ」

戦争前のその邂逅のことが、まさにドイツ軍がやってきたその夜に、ニコライ・ヴィクトローヴィチには思い出されたのである。それで彼は、自分のみじめさと弱さを感じながら、以前どおりに若くて驚くほど美しいエレーナ・ペトローヴナに言った。

「レーナ、僕たちはなんということをしてしまったのだろうね。気がついたら、ここで、ドイツ人といっしょにいる！」

彼女は真顔で言った。

「それがろくでもないことは、分かっています。でも、大丈夫よ、コーリャ。ここに誰がいようと、それがドイツ人だろうと、イタリア人だろうと、ルーマニア人だろうと、わたしたちが自分らしくしているからって、他の人たちに迷惑をかけたいと望んでいるわけではない。そのことだけがわたしたちの救いよ。生き延びるのよ……」

「しかし、いいかね、なんか不気味だ。ドイツ人がいるのに、僕たちが残っている。ほかならぬガラクタのせいで」

しかし彼は、自分が革命サークルの集会よりも女子学生の名の日の祝いを大事にした話をグラデッツキーが笑いながらレーニンの年老いた友人にしたことは、妻には話さなかった。その女子学生はレーナ・クセノフォントヴァという名前だったのである。

エレーナ・ペトローヴナはいら立って言った。

「なぜあなたは、ガラクタだなんて言うの？　このガラクタの中にわたしたちの人生の歳月があるのよ！　わたしたちの磁器なのよ、チューリップの形をしたクリスタル・ガラスのワイングラスも、海のバラ色をした貝殻も、絨毯も。あなた自身、おっしゃったわ、絨毯は四月の色に織り上げられていて春の匂いがする、って。これらの物が、わたしたちなのよ！　これまで生きてきたとおりにしていましょう……それ以外にわたしたちに何が残っているというの。これまでずっと愛してきたものを愛さないでどうするのよ」

彼女は、とても白い細くて長い手で、テーブルを何回かたたいた。テーブルをたたくその拍子に合わせて、しつこく言った。

「そう、そう、そうよ、そうなのよ。わたしたちは、こうなのよ。どうしようもないわ——これが、わたしたちなのよ」

「いいことを言うね」彼が言った。彼らが自分たちの人生について真剣に話をすることはめったになかった。それで彼は彼女の言葉で慰められたのである。

彼らは生活を続けた。そして生活は続いていた。ニコライ・ヴィクトローヴィチは町の警備指令本部に呼び出され、負傷した赤軍兵士の入っている病院の医師になることを提案された。彼にはとても恵まれた配給切符が支給され、エレーナ・ペトローヴナにはそれより幾分か劣る配給切符が支給された——パン、砂糖、エンドウ豆が手に入った。家にはコンデンス・ミルク、溶かしたバター、蜂蜜の蓄えがあった。それで、ドイツの配給食糧に自分の蓄えを足して、エレーナ・ペトローヴナは十分においしい料理をたっぷりと作っていた。彼らは以前どおりに、毎朝、コーヒーを飲んだ。それが彼らの長年の習慣であった。コーヒーの蓄えは大量にあった。一方、女の牛乳売りが以前どおりに良質の牛乳を配達しにきていた。それに牛乳はドイツ軍がやってくる前に比べて概して高くはなく、変わったのは支払いの通貨だけであった。

そして市場《バザール》では、よい鶏肉、新鮮な卵、走りの野菜が買えた。しかも値段は目の玉が飛び出るほど高くはなかった。ちょっとばかりおいしいものを食べたくなると、彼らはプレス・キャビアを挟んだサンドイッチを食べた——権力不在状態のどさくさに、ニコライ・ヴィクトローヴィチは保養所の倉庫からキャビアを二缶持ち帰っていたのである。

町にはカフェが開かれていた。映画館ではドイツ映画が上映されていた。その何本かは、たまらないほど退屈であった。ナチが若者をいかに教育し、若者が思想的に貧弱なわがままで役立たずな人間から、いかに自覚的、意志的、戦闘的な人間になっていくかという内容であった。だが、なかには素晴らしい映画もあった。とくにニコライ・ヴィクトローヴィチとエレーナ・ペトローヴナが気に入ったのは、『レンブラント』であった。ロシア語の劇場も開かれた——そこには優れた俳優たちがいた。とくに、有名なブリュメンタール＝タマリン[7]は並はずれてよかった。最初のうち劇場はシラーの『たくらみと恋』だけを上演していた。だがやがて、イプセン、ハウプトマン[8]、チェーホフをかけるようになり、劇場に行ってもまあまあ観ていられた。そして、町に仲間である知的な人々——医者たち、俳優たち、とても上品な教養のある人、レーニングラード出身の人、劇場の美術担当者——がいることが分かった。そして、それなりに胸のときめくようなことのある生活が続いていたのである。ニコライ・ヴィクトローヴィチのところには、戦前と同じように、磁器もクリスタル・ガラスも古い家具の有するなんとも言えない曲線も評価することのできる客たち、ペルシャ絨毯の心躍るような絵が分かる人たちが集まった。そして、そうした人たちが、B軍集団の司令部に属する大佐や将官や警備指令本部と町の管理当局から、できるだけ遠く離れていようとしていること、カフカスの主人である元帥のリスト[9]が催すレセプションへの招待がないとなると、彼らが悲しむのではなく喜ぶということが分かった。しかしながら招待を受ければ、彼らはもちろん、すこしはよい身なりをし、自分の妻が流行にあった服装をしているかどうか、おかしな田舎者に見られたりしないかどうか、気をもむのであった。ニコライ・ヴィクトローヴィチが働いていた病院は、それぞれがあまり大きくはない三つの病棟に分かれていた。彼には看護婦二人と衛生兵二人がついていた。

負傷兵の食事は、食糧が倉庫に大量にあったので、まあまあなものであった。医薬品と包帯も十分にあった。ニコライ・ヴィクトローヴィチが一番気を使うことは、ドイツ当局に病院のことを思い出させないことであった――彼は軽傷者が収容所に移されはしないかと恐れていた。それゆえ彼らを絶対安静の状態のままにさせておいた。

サナトリウムの公園の奥にある小さな建物のことを、ドイツ人たちはまったく忘れているように思えた。軽傷者たちはトランプ遊び《パドキドノイ・ドゥラク》をしたり、中年の看護婦たちと仲良くなったり、ニコライ・ヴィクトローヴィチを崇拝したりしていた。彼らには自分たちが天国でのような静かな暮らしができているのは彼のおかげだと思えていた。

ニコライ・ヴィクトローヴィチが病院から家に帰ると、妻はこう訊いた。

「ねえ、わたしたちの子どもたちはあそこでどうしているの」

彼らには子どもがなかった。それで二人は、傷を負った若い赤軍兵士たちをそう呼ぶようになったのである。彼は笑いながら、小さな病院での面白い出来事を妻に話して聞かせた。

しかしドイツ人は、公園の奥にある離れの建物のことをまったく忘れてしまったわけではなかった。ある時ニコライ・ヴィクトローヴィチはサナトリウムにある管理当局の支所に呼び出され、病院にいる負傷者のリストを提出するよう求められた。ニコライ・ヴィクトローヴィチはリストを作成しながら、不安になった。しかしながら、管理事務所の小役人はリストを手にすると、それに目を通しもせずに、無造作に書類束の中に入れた。明らかに何らかの報告のために、形式的手続きのためにリストが必要だったのである。前線のドイツ軍は勝利し続けていた。彼らの戦況報告は歓喜に満ちたものであり、ニコライ・ヴィクトローヴィチはそれらを努めて読まないようにしていた……

まもなく複数のサナトリウムが開設され、そこでは尉官と将官だけではなくドイツ帝国の知識人たちも治療を受けることになるという噂がすでに流れていた。

誰かのアパートの部屋には知識人であるドイツ人が宿泊していて、その人たちがどうやらヒトラーやヒムラーを恐れているらしいこと、ゲシュタポの近くに住んでいる人たちが話をしているような恐ろしいことをどうやら是認してはいないらしいことが分かった。そして、生活はおおむね以前あったものとどこか似たようなものとなった。以前どおりに、ニコライ・ヴィクトローヴィチは自分の家が快適なことやエレーナ・ペトローヴナが魅力的なことを喜び、あの時、サークルの集会よりレーナ・クセノフォントヴァの名の日の祝いのほうを大事にしたのはよかったと信じていた。

なのに、食事をして少し休息をしてから妻と劇場に『沈鐘』〔一八九七年、ゲアハルト・ハウプトマン作の戯曲〕を観に行くために、ニコライ・ヴィクトローヴィチがまさに家に帰ろうとしていたその時に、砂利道に音を立てながら離れの建物に自動車が近づき、中から頬骨の出たわし鼻の太った人間が降りてきたのである。灰色の目をした金髪の男で、ソヴィエトの地区農業技師に、あるいは商店主に、あるいはお手伝いさんたちのグループ委員会で社会保険をテーマに講義をする講師に、とてもよく似ていた。

軍帽、肩章のついた灰色の軍服、ベルト、腕章、鉤十字の党章、胸にある鉄十字勲章が、この男がゲシュタポの職員であり、保安省での肩書がドイツ国防軍の隊付大佐に相当することを表していた。

ニコライ・ヴィクトローヴィチは背が高く、温室育ちである。品のいい白髪と美しい赤みを帯びた顔、そしてきざに見えるほどに非常に表情豊かな目をしている。その彼が、そこいらにあるろくでもない低級な材料でできたような野卑でずんぐりむっくりした背の低いドイツ人と並ぶと、著名で快活な領主のように見えた。ロシアの大貴族か異国の公爵のように見えた。

しかし、それはそう見えただけであった。

「あなたはドイツ語を話しますか《ジィー・シュプレッヒェン・ドイッチュ》」

「はい《ヤヴォール》」ニコライ・ヴィクトローヴィチは答えた。ドイツ語は子ども時代にアフグスタ・カルロヴナが教えてくれた。

「おお」彼は思った。自分はなんという優雅さを、用意のよさを、媚とへつらいを、従順で愛想よく立派でありたいという熱烈な願いを、この優しい声音の《はい《ヤヴォール》》に込めたことか。

そしてドイツ人のほうは、髪の白い美しい貴族の声を聞き、何事もお見通しのその神のごとき眼差しで——そこにあるのは死と生のみという神のごとき高みにおいてその行為がなされている存在の眼差しで——彼を一瞥して、自分がどんな相手と話をしているのかをすぐさま判断した。

ナチの秘密諜報機関《ジッヒャー・ディーンスト》の背の低い太った職員は、巨大な人間の山を片づけなければならなかった。

彼は、何千という人間を打倒し、叩きつけ、屈服させ、だめにしてきていた。そのなかには、カトリックも、正教徒も、戦闘機乗りも、王政派の貴族の人間も、党活動家も、神の啓示を受けて規範を踏みつけにした詩人も、世を捨てた熱狂的な修道女もいた。強情を張りながら、あるいは執拗に抵抗しながら、あるいは笑い話みたいに信じられないほどあっさりと、生命の脅しの前にはすべてが瓦解し、叩き割られ、あおむけになって吹き飛んでいった。しかしながら、結果は同じことであり、例外があるということはすなわち規則があるということであった。クリスマス・ツリーを前にした子どものように、ナチの秘密諜報機関《ジッヒャー・ディーンスト》のサンタクロースがあるときは差し出し、あるときは取り上げるぞと脅す、単純で粗雑なおもちゃをもらおうと、人々は押し合いへし合いしていた……誰もが生きたがっていた——ヴォルフガング・ゲーテも、ゲットー出身のシュムリク〔ユダヤ人の代表的な名前の一つ〕も……果たすべき任務は難しいものではなかった。小役人は、粗野な表現あるいは皮肉な表現をひとつも使わずに、その任務について短くはっきりした言葉で述べた。そして、任務とは関係のないことについて、つまり、文化的に進んだ人々が軍と国家の世界史的活動にはたった一つのモラル、すなわち国家のためというモラルしかないことをとてもよく理解しているということについて、二言三言、口にさえした。ドイツ人医師たちはすでにとっくにそのことを理解していたのである。

ニコライ・ヴィクトローヴィチはせわしなくうなずきながら、おとなしく聞いていた。そして彼の美しい目には、先生の言うことならなんでも全部よく真面目に記憶しようと努力する生徒がみせるようなおもねりの色があった。できるだけしっかりと記憶し自分のものにしようとするその態度には、先生の言うことを理解しようとする生徒の意欲ではなく、力に従おうとする下僕のような心が表れていた。

そして温室育ちの貴族である保養地の医師の顔を見ながら、ゲシュタポの小役人は鷹揚にこう考えていた。ここには笑うようなことはなにもない——誘惑とはそれほどに強いものなのだ。保養地という恵まれた環境の中で花壇と泡立ちながらさらさらと流れる体にいいロシアの水とに囲まれて甘やかされた暮らしを何年もしていたので、この男はこんなにもその暮らしの奴隷となってしまっているのだ。この男のところには、もちろん、仕立てのいい服がたくさんあり、アパートの部屋には高価な昔からの家具がある。この男は、値段の高い高カロリー食料品を備蓄しておいた。この男はおそらく、家ではサナトリウムの倉庫から盗んだキャビアを食べているのだろう。この男は、クリスタル・ガラス、あるいは琥珀のパイプ、あるいは象牙でできた握りのステッキを集めているに違いない……そして、もちろん、美しい妻がいる……

首の太い背の低い男は、ろくでもない低級な材料でできてはいるが、そう単純ではなかった。彼の仕事は人間の心の中の秘中の秘とされるものとかかわっていた。そして、見抜く力という点では、もちろんその他まだいくつかの点でも、彼は神に引けをとらなかった。

彼らはいっしょに病院を出た。ニコライ・ヴィクトローヴィチは、離れの建物のドアのそばに二人のドイツ人歩哨が立っているのを目にした。病院を出るのも病院に入るのも、もはや誰も自由にはできなかった。

ゲシュタポの小役人は家まで送ろうと、ニコライ・ヴィクトローヴィチに言った。それで、軍司令部の自動車の硬い座席に座って、彼らは世界的に知られた保養地の小さな町の感じのよい通りや快適な家々を黙って眺めていた。

彼はニコライ・ヴィクトローヴィチと別れの挨拶をする直前に、すでに話したことを短く繰り返した。

「朝、医者のあなたを自動車が迎えに来る。病院の全職員を、短時間、病院から遠ざけなければならない。ニコライ・ヴィクトローヴィチがこの任務の医学的な部分を遂行し終え、覆いをかけた衛生隊のトラックが病院を出てから、重傷者と障害者の全員がドイツ軍司令部の命令により町の外にある専門病院に移されたと、職員に対して説明しなければならない。ニコライ・ヴィクトローヴィチは当然のことながら口外してはならない。たぶん、この任務がみなに知られないことは、誰よりもあなたのためになることだ」

ニコライ・ヴィクトローヴィチはエレーナ・ペトローヴナにすべてを語って聞かせたあと、『僕を許してくれ』と言った。その後、二人は沈黙していた。

彼女が言った。

「ところで、劇場にあなたが着ていくものを用意しておいたわ。わたしのドレスにはアイロンをかけておいた」

彼は黙っていた。やがて彼女が言った。

「そうする以外にあなたにはなかった。あなたは正しいわ」

「いいかね、思えば、とにかくこの二十年間、僕がきみを連れないで劇場に行ったことは一度もなかった」

「今日だってわたしはあなたといっしょよ。その劇場にわたしたちはもちろんいっしょに行くのよ」

「きみは気でも狂ったのか！」彼は叫んだ。「きみは、どうして？」

「あなたはここにはいられない。ということは、わたしもそうよ」

彼は彼女の両方の手にキスをしはじめた。彼女は彼の首を抱いて、唇にキスをした。彼の白くなった頭にキスをしはじめた。

「素敵なあなた」彼女は言った。「どれほどたくさんの孤児を残すことになるのか」

「かわいそうな子どもたちだ。だが、僕にはなにもできない。そうするしかない」

「わたしはその子どもたちのことを言っているのではないの。わたしが言っているのはここにいるわたしたちの孤児たちのことよ」

彼らはとても陳腐な振る舞いをした。彼らは劇場に着ていくために用意されたものを身に着けた。彼女はフランス製の香水を振りかけた。その後で、二人は夕食をとった。プレス・キャビアを食べ、ワインを飲んだ。彼は彼女と杯を触れ合わせて乾杯をした。彼女の指にキスをした。二人はまさにレストランにやってきた恋人同士のようであった。その後、パテフォンをかけて、ヴェルチンスキー[10]の陳腐な歌に合わせてダンスをして泣いた。なぜなら、ヴェルチンスキーを崇拝していたからである。その後、二人は自分たちの子どもたちと別れのキスをしたのだが、それはまったく陳腐なものであった。つまり、別れに臨んで二人は磁器や絵画にキスをし、絨毯やマホガニーを撫でたのである……彼はロッカーを開けて彼女の下着類や履物その他に接吻をしたのである……

やがて、彼女が荒々しい声で言った。

「さあ、わたしを毒で殺して、狂犬を殺すみたいに。そして、あなたも毒を飲むのよ！」

一九六二―六三年

1　キスロヴォーツクは北カフカス中央部スターヴロポリ地方の都市で、大カフカス山脈北麓に位置する。ロシア有数の鉱泉保養地。

2　アレクサンドル・デュマの小説『三銃士』（一八四四）に出てくる三人の銃士の一人。最年長、メランコリックなところが魅力の、美男子で高貴なリーダー的存在。

3　アレクサンドル・コルチャーク（一八七三―一九二〇）。帝政ロシア海軍提督で内戦期に反革命軍を率いた。日露戦争時には旅順開城後、捕虜になり、第一次世界大戦では黒海艦隊司令官。革命後、イギリスの支持の下にオムスクで成立した「全ロシア政府」の最高執政官に就任、ウラル以東のほぼ全域に軍事独裁政権を敷いた。やがて赤軍に敗北、イルクーツクで銃殺された。

4　セミョーン・ブジョンヌイ（一八八三―一九七三）は内戦時代に赤軍騎兵部隊を結成、伝説的英雄として国民のあいだで人気が高かった。

5　自分の洗礼名をあやかった聖人の祭日に祝う個人的な祝日。

6　ニコライ・ブハーリン（一八八八―一九三八）。主著『史的唯物論』などが影響を与えた代表的理論家であり、「党の寵児」と呼ばれた。政治局員、コミンテルン書記長、党中央紙『プラウダ』編集長を歴任。ネップ（新経済政策）を支持し、スターリンらの農業集団化に反対し、一九二七年

《右翼偏向》と攻撃されて失脚、三四年自己批判して復帰したが三七年に逮捕、銃殺された。

7　フセヴォロド・ブリュメンターリ＝タマリン（一八八一―一九四五）。俳優、舞台監督。ドイツ人を祖父に、有名な俳優を両親にペテルブルクに生まれる。戦時中ドイツ軍に協力を求められ、一九四二年占領下のキエフで劇場のトップに就任する。ドイツによるラジオ放送で、スターリンの声を真似ながら同胞に対しスターリン体制を非難し降伏をすすめ、また被占領地域住民に対しては占領に協力するように呼びかけた。同年、ソ連の最高軍事法廷は本人不在のまま彼に対し死刑を宣告した。その後ドイツに逃げ、ミュンジンゲンで死去。

8　ゲアハルト・ハウプトマン（一八六二―一九四六）。ドイツの作家。自然主義作家として出発し、戯曲を手がける。ロマン主義、象徴主義も取り込んだ多様な作品を生んだ。一九一二年ノーベル文学賞受賞。第二次世界大戦中はドイツ国内にとどまった。

9　ヴィルヘルム・リスト（一八八〇―一九七一）。一九四二年夏、カフカスに進撃するドイツ軍の攻勢《エーデルワイス作戦》をになったA軍集団の司令官。

10　アレクサンドル・ヴェルチンスキー（一八八九―一九五七）。キエフ生まれの歌手・芸人・俳優。革命前夜のモスクワで黒いピエロ姿で自作のバラードを歌い、衝撃を与えた。一九二〇年、トルコに出国、パリ、米国、上海、ハルビンなどの亡命ロシア人居住地を放浪し、四三年、帰国。二〇年代にボリス・フォミンが作曲した「長い道」をいちはやくレコーディングしたが、西側ではこの曲は六八年にイギリス人歌手メリー・ホプキンが歌う「悲しき天使」として世界的にヒットした。

動物園

1

ベルリン動物園の動物たちは、わずかにそれと分かるうなりにも似た低音の響きを聞きながら、不安を感じていた。それは、聞きなれた夜間爆撃の際のヒューという音や轟音でもないし、連続的に鳴り響く大型高射砲の炸裂音でもなかった。

まだ戦闘が大ベルリンを環状に取り巻く鉄道線と環状高速道路からは遠いところで行われていたときに、クマ、ゾウ、ゴリラ、ヒヒの鋭敏な耳は、どうにかやっと聞き分けられるそうした響きが運んでくるなにか新たなもの、夜間爆撃とは異なったものを、とらえはじめていたのである。

獣たちに不安が生じたのは、新たなもの、変わったものの到来が感じられたからだった。動物園の壁のそばを行き来する戦車の立てるきしむような音が、頻繁に聞こえるようになった。それは乗用車の走る聞きなれたシューという音や路面電車の鳴らすチンチンという音とは似ていなかった。建物の上を通る市の鉄道の騒音とは似ていなかった。聞きなれない音を立てるやつらは、ほとんどいつも群れをなして移動していた。そいつらからは油の燃えるような臭いがし、ガソリンで走るやつらのおなじみの臭いとは違っていた。

鳴り響く音は日ごとにさまざまに変化していた。町の騒音は、檻の中の住人たちには、ステップでのごわごわした草のざわめき、あるいは赤道直下の森での革のような肉厚の葉にあたる雨の音、あるいは北の海の岸辺で氷の立てるギシギシいう音のように、ごく自然な耳なれた騒音として受け止められていたのだが、昼あるいは夜の到来とともにはっきりと強まったり弱まったりしていた町の騒音が変化してしまい、太陽や月の動きと切り離されてしまった。今では、夜、普通なら町が寝静まっているころに、人の声、足音、唸るようなエンジン音といった地上の騒音があたりに満ちるのであった。

空で鳴るヒューという音と轟音、空から聞こえてくるブーンという単調な音、こうしたものすべては、以前なら、夜の時間や夜の冷気と、星々や月と固く結びついていた。それなのに今では、空での騒がしさはほとんど弱まらず、太陽が出ているときにも、夜明けにも、日暮れにも、続いているのであった。動物たちの血の中には、ステップや森林での火災、八月のツンドラで上がるくすぶる煙に対する永遠の恐怖が生きているが、すべての動物が不安でいたたまれなくなるような臭いが、靄《もや》のかかった空気中に漂っていった。すぐにシャリッと形を崩してしまう黒っぽい灰が、地上にふわふわ落ちてきていた。つまり、各省庁の文書が燃やされていたのである――檻の中の動物たちは、おびえながら、鼻を鳴らしくしゃみを繰り返しながら、その臭いを嗅いでいた。

変化は、朝から晩まで檻から檻へと移動しながら歩いていた人たちが急にいなくなったことにも見られた。残ったのは鉄とコンクリート、すなわち壮大にして不可知な運命であった。

一日のあいだに檻の前を通り過ぎたのは三人、老婆と少年と兵士であった。動物たちは、人間の子どもにあるような素朴さと観察力で彼らを見分け、記憶した。老婆の目は苦悩に満ちていた。檻の住人たちに向けられたその目は、同情を求めていた。兵士の目からは、死の恐怖がじっとこちらを見つめていた。猛獣たちはもはや生存競争には参加していなかったが、生存は続けていた。それで、兵士は猛獣たちを羨んでいたのである。クマやゴリラに向けられた少年の薄い青色の目には、愛情に満ちた賛嘆と町の家を出て森へ行きたいという夢とがあった。

老婆と兵士と子どもは、悲しみ、恐怖、愛情を持って動物たちのところにやってきたのである。そうしたものは、目から目へと伝わり、気づかれずにはいなかった。

さらにもう二人が見にきた。一人はオレンジ色の襟のついた病院の白衣を着た負傷兵で、丸めた柔らかい綿と包帯で頭をぐるぐる巻きにし、ギプスで固めた片手をガーゼで吊っていた。もう一人は痩せた若い女性で、赤い十字のついた円形の糊のきいた帽子をかぶっていた。二人はベンチに腰掛けていたが、一度もこちらを振り返らなかった。つまり、動物園の住人たちは彼らの目も顔もみなかった。二人は互いに寄り添うようにして腰掛けていた。戦争に翻弄された若い農夫と若い娘である。

外見は人間に似た、大きな力を持つ存在である飼育員たちも変化してしまった。彼らは長いこと、毎晩の狩りで必ず手に入る肉を、檻の住人たちと分け合っていた。

だが近頃では飼育員たちの狩りの獲物が乏しくなってしまい、獲物をまったく持って帰らないこともあった。ひょっとすると、騒音と火事に恐れをなして、野鳥がどこかへ行ってしまったのかもしれない。ひょっとすると、飼育員たちは身をもって飢えを経験しつつあるので、狩りの場所を変えるか、草食動物を新しい放牧地に連れていこうとしているのかもしれなかった。トラやライオンは飢えを感じて、檻から檻へと飛び回るスズメやネズミを捕まえてみようとした。しかし、スズメとネズミは彼らを恐れなかった。この活気のないおとなしい存在が町の猫たちと似ているのは外見だけに過ぎないことを、もうとっくに知っていたのである。

不安の原因はさらにもう一つあった。それは朝の空気の素晴らしさのなかに、アスファルトを突き破って出てくる若草や黒みを増してきたいのち溢れる枝々、肉食動物さえ草食動物になりたいという気にさせる木々の葉のみずみずしさと柔らかさのなかにあった。

魅力溢れる四月という日々、息をするのに疲れた老人にとっても世界は新しいもの、いつもとは違うものとなってきている。すぐそばを滑るようにして痕跡も残さずに通り過ぎていくあらゆるものが、くっきりと際立つようになってきている。この時期、広場の踏みならされた土も、側溝の水も、黒ずんだ夕暮れ時のアスファルトも、バスのくもったガラスの上の雨滴も、みんないつもとは違い、うきうきとして目に入ってくる。

それだから、地下から響いてくるような遠い轟音も、春の匂いも、火事の匂いも、そうしたもののすべてが、動物園の多くの住人を変化や新しい運命がきっと来ると期待するうきうきした気分にさせたのであった。

彼らの中には、子どものうちに捕まえられ、自由についてなにも覚えていないものがいたし、檻の中で生まれたものもいた。なかには、父親、母親、祖父、祖母がここで生まれたものもいて、血の中からさえ自由という感覚が消えてしまっているように見えた。しかしながら、自由を忘れてしまったり自由を知らなかったりするものや、その祖父がすでに自由を知らなかったものも、おぼろげにではあるが自由の予感を感じていた。それで、甘美なけだるさにとらえられて檻の中をうろつきまわっているのであった。

2

猿小屋担当飼育員のラムは、ゴリラのフリッツにとても愛着を感じていた。見物客、とくに女性は、大型類人猿の褐色をした、むき出しの毛のない顔、黄ばんだ犬歯を見ながら、恐ろしがって叫び声をあげたりした。ゴリラの力のある長い手や玄武岩のような黒い肩は、密に生えた毛のせいでさらにより太く、より盛り上がって見えた。

クルップ社の工場に特別発注して作られた鉄格子が、不幸なゴリラを見物客から隔てていた。ゴリラが鉄格子を手でつかむと、人々は不安を感じた。しかし、ラムはこの世にフリッツよりも気立てのやさしい生き物は少ないということを知っていた。太い鉄の棒をひん曲げることのできるその指は、とても心優しい友好的な態度で老人と握手をして、ごちそうにだけでなく挨拶の笑顔に対しても感謝できたのである！　フリッツはラムにキスをさせてくれるよう求めて、青みがかったそのゴムのような唇をかわいらしく突き出したりした。

そして、ゴリラの唇が飼育員のしわの多い首に触れたりすると、ラムは困ったような顔をして微笑むのであった。運命に見放されたような老人に喜んでキスしてくれる人はあまりいない。人々が関心をもってくれず、ときには彼の年寄りじみた顔や継ぎの当たったみすぼらしい衣服をけがらわしそうに見たりするのを、ラムは知っていた。彼が食料品を買おうと行列に並ぶ店では、話しかけてくる人はひとりもいなかった。バスの中で喜んで席を譲ってくれるような人はひとりもいなかった。今日の東部戦線からの戦況ニュースはどうかと訊いてくる人はひとりもいなかった。だから老人は、ゴリラが彼をとても嬉しそうに優しく見ているのを目にすると、少しきまりが悪くなるのであった。

猿小屋担当飼育員の三人の息子は前線で死んだ。四番目の息子は、小間物店員組合の書記だったが、ドイツ国民の生活を手荒く警備している警察に逮捕された。三年経って、手で数掬いほどの量の灰白色の灰の入った黒いプラスチックの小箱と二十九歳の囚人テオドール・ラムが肺炎で死んだという通知状が、ダッハウから送られてきた。灰色のかさかさした塊、うろこ状の黒っぽいもの、焼けた鉱滓のかけら数個――これが、派手なネクタイと明るい色の上着を好み笑い上戸で気のいい褐色の目をした職場合唱団参加者の残したもののすべてであった。警察はヒトラーと闘おうとする従順でない者たちを容赦しなかっただけではなかった。国家秘密警察は罪のない者などこの世にはいないと考えていた。

軽い灰の入った黒いプラスチック製の骨壺は、ダッハウやマウトハウゼンから、多くの家々に送られてきた。国民を無法状態から守り国家の安全を守る警察が夜に連れ去った人々は、そのようにしてようやく帰宅したのである。ラムはきれいごとばかりで表立ってはなにものが言えないヒトラー国家には幸せも満足もないことを理解し、感じていた。少なからぬ人が自由を望んでいた。しかし、そうした人々をどのようにして見つけられただろうか。だって、人々は警察を恐れていたのである。密告を恐れていたのである。口をつぐんでいたのである。

かつてラムは社会民主主義者に共感していた。かつてはベーベル[1]の演説が耳に入ったりした。それなのに、どんなつまらない問題でも、いざ答えを見つけようとすると、彼の硬化症にかかった年老いた脳の中ではあらゆることがごっちゃになってしまうのであった。じつをいうと、彼は自ら進んでドイツの現実について考えるつもりなどなかった。考えるようにさせられたのである。ファシズムが考えるようにさせたのである。他人の意見をそっくり受け売りする人間になることを避けようとした人は、誰でも自分なりに考えようとしていた。年老いた飼育員、年老いた掃除夫、切符売り係、会計係といった人たちが、かつては何人かの個人やエジプト人・ユダヤ人・ギリシャ人・古代ローマ帝国市民といった偉大な国家の市民がほとんどまったくのもの好きから定義づけようとしていたようなことを、無知丸出しの非科学的なやり方ではっきりさせようとしていた。

猛獣たちは世界でもっとも抑圧された生き物である、ラムにはそう思えた。そして彼も抑圧された側にいた。だって、彼はかつて社会民主主義に共感していたのだから。動物園に囚われている猛獣たちに手紙をよこす人はいなかった。猛獣たちは誰とも悲しみを分かち合っていなかった。個としての猛獣の暮らし、彼らの幸せには、誰も関心を持っていなかった。そしてもちろん、動物園が存在するあいだは、一頭として祖国に帰ることはなかった。彼らの骨が森林やステップに撒かれることはなかった。猛獣の無権利状態には際限がなかった。

毎晩、ラムは、動物園の宿舎の一人ぼっちの自分の部屋で、アメリカやイギリスの飛行機の爆音、大砲や爆弾の轟音を聞いていた。静かな夜には乗用車の走る音に聞き耳を立てていた。

動物園の宿舎のそばで軽やかでソフトな自動車のエンジン音が不意にやんで静かになったりすると、ぞっとした。動ずることのない新しいタイプの人間、誰にとっても分かりやすい国民社会主義《ナチズム》の理念、考えることを必要としないヒトラーによって樹立された国家には、不思議な力があった。

夜の自動車がベルリンのどこかの家の前で止まるとき、監視の目が届かないためにまだ鼓動を続けているユダヤ人の心臓があったとすれば、そうしたユダヤ人の心臓はもちろんのこと、すべての心臓が凍りついたのである。ひょっとすると総統自身の胸の中にも、あらゆることをお見通しでどこにでも現れる万能の国家秘密警察に対する夜の恐怖の生ずる瞬間があったかもしれない。

そして今、二人の息子を東部戦線で、もう一人の息子をロンメルのアフリカ軍団で[2]亡くし、強制収容所で死んだ四番目の息子の遺灰の入った骨壺を受け取り、悲しみのせいで死んだ老妻の葬式を出した年寄りのラムが、際立って出来がよかったり特別な能力を見せたりしたことなど一度もなかったうえに硬化症にかかった自分の頭で、考えることを許さない国家の中で考えはじめたのである。

なぜなら、考えること、それが自由なのである！　ヒトラーの国家はまったく別の基盤の上に立っていた。国民社会主義《ナチズム》国家が奇妙な基盤の上に立っていることを、ラムは理解していた。ヒトラーの党が民族の理想として、あるいは闘いにおいてすでに勝ちとられたものとして喧伝しているものすべてを、党は国民から根こそぎ取り上げつつあった。ドイツの自由のために闘うと、ヒトラーは宣言した――なのに、国民は奴隷状態に陥ってしまっていた。国民社会主義ドイツの偉大さは、主権を手に入れた帝国内におけるドイツ人の苦しい従属状態および無権利状態と結びついていた。ドイツの農業は発展し豊かになってきたが、農民は貧しくなっていた。工業が成長してきたが、労働者の賃金は低下していた。ドイツ人の民族的尊厳のための闘いが行われていた――なのに、人々は不快な抑圧の目にあっており、そこにはドイツ人も含まれていた。ヒトラーは、町を美しくし、花壇と公園を造っていた――なのに、これらの町々での生活はますますさえない暗澹たるものになっていた。平和のための全面戦争が声高に叫ばれていたが、人々はたんなる全面戦争の準備をしていた。

生き生きとして自由でいるのは、人々ではなく国家だということになった。生き生きとした国家の中の人間は、石に似ている。それは、爆破したり細かく砕いたり削ったり磨いたりでき、かつ、そうすることが必要なのである。無用な人間は、無用なつまらない石や建設廃材のように、ゴミ捨て場に運んだり溝や穴を埋めるのに使ったりすべきなのである。

悪魔のような選別が行われていた。はっきりした考えと優しい心を持った勇気ある人たち、自由を愛する人たちは、必要なくなった。彼らはゴミ捨て場に運ばれた。花崗岩は石灰岩と砂岩に敗れたのである。ヒトラーの国家は、人々が痩せ細っていく時に、みるみるうちに嬉々として太っていった。脳や心を賞味し、それに舌つづみを打つのが好きだった。人間に残された心や自由や理性が少なくなればなるほど、国家は血色もよく、声も大きく、陽気になっていった。しかしながら、ラムがとくに恐ろしく思えたのは、人間に敵意を有するこの国家でさえなかった。もっとも恐ろしいのは、自由を奪われ国家により石に変えられてしまった人々の多くが、国家に奉仕し、命を国家に捧げ、総統の天才の前に拝跪していることだった。同時にラムの心の中には、奴隷に変えられた人間は運命によって奴隷となるのであり、自らの生まれつきの性質によって奴隷になるのではないという信念が無意識ながらあった。自由への希求を抑えつけることはできるが、根絶はできない、彼はそう感じていた。収容所や監獄には、自由に対する忠誠を貫いている人が少なからずいたのである。

夜には動物園から、オルガンの音のようなライオンの唸り声、気管支炎にかかった時のようなトラの声、ジャッカルの吠え声が聞こえてきた。年老いたライオンのフェニックスが新月に不安な気持ちを掻き立てられていることや、最近二匹の仔を生んだ牝トラのリジーが格子を左右に押し広げて仔たちを自由にさせよう——緑がかった月のもとで遊ばせよう——としていることが、ラムはその声で分かった。これらの唸り声、かすれ声、喉を鳴らす声、咳、吠え声は、夜のベルリンが生み出す他の響きに比べれば、とても愛らしくて、罪のないものであった！

ある時ラムのところに、亡くなった友人の息子であるルドルフがやってきた。ルドルフは親衛隊《エス・エス》に勤務していたが、完全に動員解除されてしまった。結核で肺に空洞ができていることが分かったのである。彼はラムのところに数時間いた。そして、酒をたくさん飲んだからなのか、死の近いことを感じているところへ老人が並んで腰を下ろし、親衛隊員の彼が父親や母親や子ども時代について記憶の中に残していたあらゆるよい思い出に、ラムが老人なりの思い出を重ね合わせていたからなのか、ルドルフは人が告解の際にも言わないようなことをラムに語った。咳で体を揺らしながら、黒ずんだ歯や金歯を見せながら、オレンジ色の小さなガラス瓶に痰を吐きながら、罵りながら、汗をぬぐいながら、すすり泣きながら、彼はしわがれた小さな声で、アウシュヴィッツのガス室と火葬炉について、膨大な数の子どもや女たちがガスでどのように殺されたかについて、彼らの遺体をどのように焼いてその灰を野菜畑の肥料にしたかについて、語ったのである。

ラムは肩章のない制服を着た痩せた若者を見ていた。この病気の親衛隊員、かつて子どものときに両手に抱いたり背中に負ぶってでかけたりした男からは、死臭や肉の焼ける臭いがするように思えた。いちばん嫌なのは、ルドルフが化け物ではないことだった。とにもかくにも彼は人間であった。子ども時代には、とても素晴らしいよい子だったのである。しかし、どうやら、人生が人間をおぞましいものにするだけではなく、人間も人生をおぞましいものにするようである。

夜、老人はベッドから起き上がった。服を着て、空襲警報の鳴るなか、猛獣たちのいるブロックへと出かけた。そこに彼はほぼ夜の明けるまでいた。彼は、年老いたライオンであるフェニックスの涙の出ている病んだ目を、仔を育てている母親ならばどの母親にもみられるかっと見開かれた牝トラのリジーの目を、灰色が濃くなりはじめたハイエナのベルナールの狂人のそれのように思える赤茶色の目を、じっと見ていた。こうした目には、嫌なところは少しもなかった。明け方、家に戻りながら、彼は猿小屋に立ち寄った。フリッツは頭の下にこぶしを置き横になって寝ていて、ラムが近寄ってきたのに気づかなかった。

ゴリラの唇が少し開いていて大きな犬歯がのぞいていたから、恐ろしげな顔に見えるかもしれなかった。

どうやら、眠っているゴリラのところにまでごくなじんだ匂いが達したらしく、ゴリラは目覚めないまま夢の中で、あるいはひょっとするともっと別の何らかの方法で、愛する者のイメージを意識下の意識に想起したようだ。眠りながら唇がかすかにピチャピチャという音を立てはじめ、その顔が、小さな子たちが目覚めはしたがまだすっかりは目覚めてはいないのに、それでも自分をのぞきこむ母親のぬくもりや匂いや微笑を感じるときに見せる、あの何とも言えないほど素晴らしい表情になった。

動物がどれほどの素朴さを持っていたことか！　彼らがどんなに飼育員たちを愛していたことか！　でも、飼育員たちといったら、彼らを口汚くののしったりしていた。しかしフェニックスは、女性飼育員の編み上げ靴のきしむような音を聞くとうれしがった。けれど、女性飼育員のその編み上げ靴はフェニックスの飼育予算で買われたものだった。もちろん編み上げ靴だけではなかった！　孫の男の子たちのためのズボン、孫娘たちのためのエプロン、編み物のための巻き毛糸――みんな、なけなしの動物たちの飼育予算で購入されていた。飼育員たちは、給料では食べるのにやっとであり、給料だけではちゃんとした服装なんてどだい無理だとして、そのことを正当化していた。どうしろというのだ？　そしてラムも、動物たちに対して罪があった。動物園の北側の壁のところに動物好きの人たちがやってきて、自分たちの飼っているリス、アナウサギ、小鳥、熱帯魚のための餌を飼育員たちから買うマーケットに、彼も通っていたのである。ラムは酒が好きだった……

無邪気なフリッツは、もちろん、老人の罪のことは知らなかった。飼育員が砂糖、オレンジ、ニンジン、コメのスープ、牛乳、白パンを自分と分かち合うときには喜んでいた。こうしたことすべてに対し、ラムは良心がとがめていた。それで、獣たちがことさら愛すべきものに思えるのであった。もちろん、獣たちにはツァイス社の光学器械はないし、合成ガソリン生産分野での功績もなかった。しかし、国民社会主義《ナチズム》を考えついたのはともかく獣たちではなかったのである。

自主的に、総統の助けを借りずに、人生を理解するという自らの必要から、四人の息子を失い老妻を弔った人間としての、自分の意志ではどうにもならない、やむにやまれぬ必要から、彼はばかげた逆進化論みたいなものを打ち立てはじめた。ヒトラーの登場で、発展が逆向きに進んでいると、彼には思えたのである。生物が進化の階段を上るのではなく下へと、奈落へと降りている。盲従する人間、卑劣な人間、凡庸な人間、良心のない人間が羽振りを利かせている。自由を愛する人間、独立不羈の人間、頭のいい素晴らしい人間は死んでいった！　逆向きの進化はファシズムの時代に、低級で憐れな新たな種族を生み出しているのであった。

3

動物園の飼育員のなかにはいっぷう変わった人が少なくなかった。しかし、そのいっぷう変わった人たちのあいだでさえ、ラムは変わり者で通っていた。何人かは彼を最高のランクに位置づけていた。すなわち、狂人とみなしていた。

土曜日の午前に、次長がラムに屠殺場への出張を命じた。町の屠殺場が規格に合った肉だけではなく切り落とし肉や骨を動物のために出してくれるよう話をつけて手続きをしてくる仕事を託したのである。動物園はいまやどんな肉でも、死肉さえも受け入れる用意があった。前線が近づいた関係で肉の供給が非常に悪化していた。住民は新鮮ではない塩漬け肉を受け取っており、動物への食料供給どころではなかったのである！

幸せなことに、猿と草食動物はその点で比較的恵まれていた。倉庫には蓄えがあった。だが肉は、冷蔵庫が十分にあったとしても、長期保管はむりなのである。

暖かい四月の朝、ラムはトラックの運転台に乗って屠殺場に出かけた。首都の朝の清掃が行われていた。いろいろな自動車が散水したり、掃き清めたり、道路を引っ掻いたりしていた。そして、きらきら光る水が勢いよくアスファルトの上を走り流れていた。丸いごわごわしたブラシが、水しぶきで虹をつくりながら、ゴシゴシという音を立てていた。戦争による憂色の濃い半ば破壊された大きな町が、春のこの朝は明るくのんびりしたものに見えた。

ラムが屠殺場の事務所に車で近づいた時には、貨車から降ろされた家畜がまだアスファルトの道を広く開かれた屠殺場の門のほうへと追われていた。普通ならこうしたことは夜明けの薄暗いうちに行われていた。しかし、トラックの運転手のブンゲがラムに説明してくれたところでは、この夜は西部の引き込み線への爆撃があったせいで家畜の荷降ろしが遅れてしまったのである。

ゆっくりと移動していく動物たちがトラックの行く手をふさいだ。それでラムは、曇ったほこりだらけのフロントガラスに顔をくっつけて、それぞれにとって最後となる道を歩いている有角獣や羊や豚の群れを見ていた。牝牛と牡牛が、左右に揺れる額の広い重い頭を下に向けて、興奮のせいで乾きすぎた唇を舐めながら、不安でいっぱいだが見かけは無関心で従順そうにして、歩いていた。霧のかかったような美しいその目は、にわか雨でできた楽しそうに煌めく水たまりを見ていた。鼻孔は咲き誇るライラックの花の香りや、貨車の暗さと蒸し暑さの後でことさらうれしく感じられる朝の空気の新鮮さを嗅いでいた。

周囲にあるものすべてが、なんとよそよそしいものであったことか。足下のアスファルトも、灰色のコンクリートの塀も、何階もある食肉コンビナートの建物のピカピカ光る窓も。食肉コンビナートでは、殺された動物のまだ痙攣している温かい死体がコンベヤーで流れるように移動していた！　あらゆる衛生基準に適合するようにして建てられたこの建物の周囲には、かすかにそれと分かる血の臭いが感じられた……考えるということがあまりない一歳の牡牛や仔牛たちでさえ、不安を感じていた。

青と白の作業用上着を着た者たちが、到着した群れを検査しながら動物を棒で叩いたり、大声をあげたり、靴底に金を打った長靴で蹴ったりすることはなかった。作業用上着の者たちは、移動していくまだ生きている肉の品質、平均肥満度、脂肪率を判定していた。モーと鳴いたり、大きな声を出したり、見たり、激しく痙攣したり、ゼイゼイいったりする肉が移動していたのである。しかしながら白と青の作業用上着を着た者たちにとっては、屠殺場の門をくぐった動物は生命あるものではなかった——たんぱく質、脂肪、表皮、角、骨が移動していたのである。

考え込んで群れから後れ、息切れして苦しんでいる年老いた牝牛の目を、家畜追い立て人が粗暴にも鞭打ったのは、生きているとみなされる権利が四つ足の家畜にあることを認めているからであった。屠殺される家畜がそれでもなお最後のギリギリの瞬間まで生きていること、すなわち、強情を張ったり黒い物を怖がったり立ち止まって尿をしたり、あるいは湿ったアスファルトを乾いた舌でサッと舐めてみようという気にとつぜんなったりすること、まさにそのことが家畜追い立て人の敵意を呼び起こすのであった。

牡の仔牛が頭を左右に振ってから、朝がきたことに喜んでいたずらっぽく何度か跳ねた。なのに、虫の知らせを感じて、まるで地中に埋め込まれたかのようにとつぜん動きをやめ、仔牛らしい角の生えた額の広い小さな頭を下げてその角を向かってくる運命に向けた。仔牛は小さな声でモーモー鳴きはじめた、不満を漏らすように、慰めと愛を求めるように……すると、やっとのことで足を運んでいた年老いた赤毛の牝牛が、涙の流れる目で仔牛を見まわしてから、すぐ横で足を止め、仔牛の突き出た温かい首に顔を置いて幼い頭をひと舐めした。二頭の牛が足を止めたために群れの移動が滞った。それで落ち着き払った家畜追い立て人が、仔牛はそのビロードのようなバラ色をした鼻を、年老いた牝牛はその筋張った汚い後ろ足を、こっぴどく棒で打った。

隣り合ったアスファルトの道を、痩せこけて疲れ果てた顔をした羊たちが道のほこりで黒ずんだ灰色になりながら移動していた。羊たちの動きは小刻みであわただしかった――それはいわば、平和な自分の小さな家の薄暗がりの中からいきなり騒然とした生活のための闘いの渦中へと投げだされて茫然自失している中年女性たちの動きであった。いのちのある最後の数分間、羊たちは憐れにも、できるだけ密集しようとしていた。死に臨む羊たちは際限なく無力に見えた。彼らはウサギやネズミや小鳥を笑えなかった。聖書にあるような悲しみと福音書にあるような穢れなさに満ちた羊たちの温和な目が、非難もなく恐怖さえなく、人間を見ていた。そのかわいらしい蹄が、最後となる音をコトコトと小刻みに立てていた。目の詰んだ汚い羊毛の生きた塊となりながら、羊たちは自分には救いがないこと、自分には慈悲がかけられず、希望は考えられもしないことを感じていた。つらい時にあって羊は、壮大な素晴らしい宇宙の中で自分たちに唯一敵意をもたない肉親の羊の体の生きたぬくもりを、傷んでほこりまみれになった毛を通して感じることに慰めを見出していたのである。羊たちは半ば薄暗い密な羊毛の中に頭を埋めた。すると一瞬、その目が、春を、太陽を、空の青さを見ることがなくなった。そして心は、その暗がりの肉親の匂いとぬくもりの中で、運命を共にするという悲しい集団性の中で、束の間の安らぎを得るのであった。

三番目の道を豚が歩いていた。汚れたのもいれば、洗われてバラ色をしたのもいた。その知的な小さな目は恐怖でいっぱいだった。この上ない緊張で神経が耐えられないのか、ほぼひっきりなしに叫ぶような鳴き声が聞こえていた。

さっき牝牛や牡牛が屠殺場の門に入っていった道を、いまは黄色い革製の外套を着た肩幅の広い二人の女性に追われて、労働で疲れきった年老いた馬たちがゆっくりと移動していた。動物園の住人の食料として役立っているのは彼らであった。傷ついた足をすこし引くようにしながら、馬はゆっくりと移動していた。一歩歩むごとに、頭が左右に揺れ、年寄りじみたたてがみと尻尾が跳ね上がっていた。その目には多くの悲しみがあった。労働してきた彼らの年老いた目を見たら、もう心穏やかにはしていられない、そう思えるほどであった。

若い運転手のブンゲは、三度負傷した後に軍隊から放り出された男だが、ラムの横腹を指でつついてこう言った。

「ええ、おやじさん、豚を見てくれよ。きっと、よだれが出るだろう？　どんなソーセージ、どんな胸肉入りのグリーンピース・スープになるのかね。鳴き声を上げながら押し合いへし合いしているのが聞こえるだろう？　ハムになろうと急いでいるのさ。しかし、ハムはおれたちの食卓にはのぼりゃしない。だから、ぽかんと口を開けてみとれたりはしないことだね」

ブンゲは興奮気味に陽気に語っていた。それでも、彼が多少の演技をしていることが、これらの動物の様子が彼にはほんのちょっとばかり、わずかではあるが、不快であることが、感じられた。

猿小屋からやって来た飼育員は黙っていた。するとブンゲが感慨深げに言った。

「羊肉なんて子どものころから好きじゃなかった。えりぬきの若い仔羊肉を出されたって、なんの興味もなかった。おれは軍のカフカスの部隊にいたが、あそこでは牡羊だけを食べる。みんながおれのことを笑っていたよ、痩せたって」

眠っているのではないかと、ブンゲが沈黙しているラムのほうを見た。いいや、猿小屋担当の飼育員は眠ってはいなかった。熱心に窓の外を見ていて、それで沈黙していたのである。老人というものは、いろいろなことを思い出すのである！

4

土曜日の夕方をラムはいつもビヤホールで過ごしていた。ビヤホールの常連客の一人ひとりについて、店主やウエートレスは、たいして深い意味はないちょっとした特徴づけをしている。こういったたぐいのものである、《三月仕込みのビールばかりを飲むやつ》《毎日ネクタイを変えているやつ》《チップをくれないやつ》《『ダス・ライヒ』[3]を読んでいるやつ》。

客たちには綽名がついている。それも的確とはとても言えないような、多くは真実とは対極にあるような定義づけがなされている。すなわち、客が太っていれば、《やせっぽち》と呼ばれる。計算高くけちであれば、《豪遊する男》と呼ばれる。ラムは《おしゃべり》という綽名を頂戴していた。

猿小屋担当の飼育員は、いつもは指を立て軽く動かしてビールのジョッキを注文したりニッケル硬貨でコツコツと音をたてて勘定を済ませたいという希望を知らせたりするのだが、思いがけないことに、この土曜日の夕方は、自分の綽名が自分にふさわしいものであることを証明したのであった。

頭の回転が速く、ビヤホールというテーブルの王国においてはほぼヤハウェ神に匹敵するくらいになんでも知っている、ウエートレス主任の太ったアニー夫人は、あらゆることに気づいた。猿小屋担当飼育員がビールを注文した。するとアニーは、彼のいつもとは違う大げさな身振りから、彼の気が動転しているのが分かった。

アニーのビールのように緑がかった黄色い細い目に、横のほうで老人がウオッカをぎこちなく瓶からビールに急いで注ぐのが見えた。それは禁じられている行為であった。しかし、もちろんアニーは老人になにも言わなかった。けれど彼女はそのあとで、彼のテーブルのそばを通り過ぎながら、これ見よがしにため息をついた。猿小屋から来た年寄りがジョッキに注いだのはコップ半分のウオッカと思っていたが、そうではなかった。コップ一杯のウオッカでさえなかった——彼のジョッキの中のビールは、ほぼ水みたいに、完全に透明になっていた。

アニーは、熱量測定法の実践的な基礎は熱量分析を学ばなくても理解できるように、詳しく分からなくてもなにかが起きたぐらいのことは理解できるのであった……

恐ろしい日々となっていた。日々の日常生活は、ひたすら滝へと向かっていく水の見せかけの静けさみたいなものであった。当たり前に思っていたことがそうではなくなること、たとえば、自分のネクタイを自慢にしていた堅苦しい客が襟が汚れたまま、しかも襟元のボタンをかけないで、ビヤホールに不意にやってきたり、三月仕込みのビールを何年も飲んでいた人が急に火酒を要求したりすることを、アニーは不思議には思わなかった。もっと奇妙なことも起きていたのである。

要するに、老人は飲みすぎてしまった。スポーツマンらしい格好の男がぶらりと入ってきて彼のテーブルに着いた時には、彼はもうその《ダイナマイト》のジョッキを飲み終えようとしていた。

アニーが小さなテーブルのそばを例によって見回って歩いていると、ぶらりと入ってきた男の言っていることが聞こえた——狩りが大成功だったという話のようにも、獲物がなかったという話のようにも聞こえた……

一日たってアニーは、ビヤホール・カフェ・レストランでのスパイ情報収集担当の責任者である保安機関地区事務所職員のラフトと会った。若くはないこの男は、ちょっと小太りで血色はよいが病身であった。思想家みたいに額が上がり、注意深くてもの思いに沈んだような素敵な灰色の目をしていた。彼は情報提供者が来ると、入り口を通行証なしに通れる地区警察署の小部屋の一つに迎え入れた。

アニーはすり減った石の階段を上っていった。ラフトの執務室から出てくるレストラン《アストリア》のウエーター長と、薄暗い廊下でばったり出会った。彼らはウインクを交わした。知り合ってから何年にもなる。若い時に郊外のカフェでいっしょに働きはじめたのである。アニーは歩きながら鼻におしろいをはたき、それでなくてさえ赤い唇に口紅を塗り、胸のときめきとちょっとした不安を感じながら、いわば自分の上司に当たる人の執務室に入った。ラフトを訪ねる際には、そうした感覚がつねにあった。この感覚は会話が始まるとすぐに消える。ラフトは話し相手としてとても魅力があり親しみがあった。しかし、彼の執務室から出るときには、うずくような不安感が戻ってきて、二、三分は続いた。疲れすぎたりビヤホールのガヤガヤいう騒音が頭の中でしたりして眠れない時に、そうした不安感が夜中に生じることがたまにあった。

今回の来訪で、彼女は猿小屋担当飼育員の老人に起きた出来事について語った。責任者のラフトとは話しやすかった。男というものはアニーの顔を見さえすればビールを持ってくるようにと言い、そのことで彼女をいらだたせるのだが、ラフトは酒を飲まなかった。

アニーはラフトがいるので不思議な心の高ぶりを感じていた。まるで、アニーの人生の隠された秘密を知っているきわめて親しい女友達と、楽しく陰口をきいているみたいであった。

「ということは、彼らは悪態をついたということだな」話をしている人間をさらに煽るような、そんな抑制のきいた深い好奇心を表現にこめて、ラフトが一語一語を長く引き伸ばしながら言った。「これは、これは、非常に面白いことになったぞ！」

アニーには、声音をまねたり滑稽な身振りを再現したりして、ビヤホールで起きた出来事を目に浮かぶように演じて見せる能力があった。彼女は頭を上向けて天井の一点を見つめ、誇らかに手を突き出した。

「マルチン・ルターの説教か？」ラフトが質問した。役になりきったアニーは答えなかった。軽蔑するように唇をかみしめ、やがて多少たるんだその頬が膨れて揺れだした。

「どうしてあんたは猛獣たちについてそんなことが言えるのだ！　猛獣なのはあんたで、彼らではない！」不意にアニーがしわがれ声で言いはじめた。ラフトはたちまち体をゆすって笑いだした。

この女の才能は、聞き手のそれまでは知らなかった人間が聞き手の目にはっきりと見え、身ぶりや話や一つ一つのイントネーションをそのとおりだと信じさせるところにあった。痩せた年寄りの猫背も、硬化症にかかってひきつったぶるぶる震える指も、興奮でガクガクする顎も、どうしてこの女は表現できるのか！それが謎に思えた。ほら、ほら、観衆にはそのうち、彼女の頬に灰色のごわごわした剛毛さえ見えるのではないか。しかし、ここで重要なことは、剛毛でも背中でもなかった。重要なことは、ある人間が他人の心の中を覗きこんでいるということであった。

「満腹のトラやライオンが人殺しをするかね。動物は栄養分を摂らなければならない。誰がそのことで彼らを非難できるかね。ところがおまえは日曜日に狩猟に出かけるのを楽しみにしている。おまえは動物の粉々の骨や血まみれの脚や頭を意に介さない。ウサギが子どもみたいに泣いたり叫んだりしていても、おまえはそいつを見下ろし、満腹のせいでゲップをし、やがてそいつの頭を石に打ちつける！」彼女は老人特有の震える声で叫びだした。

ラフトは半ば目を閉じて聞いていた。彼の目の前には、両手をわななかせ顔を引きつらせて狂人のような目をした、憐れな酔っぱらいの老人が立っていた。ラフトには、話を聞いている酔っぱらいたちの顔が見えさえした。笑い声や、《静かに、静かに。彼の話す邪魔をするな》という意地の悪そうな声が聞こえてきさえした。このウエートレスにはあだおろそかにできない才能がある！

「なんだって？　狩猟は恥ずかしくないまともなことだって？　愛情めかしたことをやったり愛情めかした声を出したりすること、飢えたやつらをストリキニーネで中毒させること、そんなのがみんなまともなことなのかい。なんだって？　すまんが、耳がよく聞こえないのだ、できたら、もう一度大きい声でやってくれ……」その際、アニーは片手を耳につけ、白痴みたいに口を半ばあけて聞こうとしている。一瞬ののちには打って変わって、昔の予言者よろしく、悪を糾弾する。「ああ、これは驚いた！　あんたは動物も満足したいがために狩りをすると考えているのかね。それはあんたなのだ。あんたが猟犬を裏切り者に、殺人者にしてしまったのさ！　そして、こうしたことすべては、自分のいのちが助かるためにではなく、遊びのために、よりおいしく食べるためなのさ。え、なんだって？　それから、老犬と老猫を殺したりする！　あんたに愛情と忠誠をささげた動物は、死が近づくと科学研究所に持ち込まれる。そしてそこで、殺される前に彼らは拷問にあうのさ。アパートの部屋から引きずり出される際に《守ってください、助けてください！》と主人にすがる時の、そうした死んでいくものたちの目を、あんたは見たことがあるのかね」。アニーは疲れきってこう言う、「あんたに幸せなんて来ることはないね！」

彼女は咳払いをして鼻をかみ、ハンドバッグから小さな鏡とコンパクトを取り出す――芝居は終わったのだ。しかしながら、どうやら芸術の力は偉大すぎたらしく、ラフトもすぐには職業的な口調で話しはじめることをしないでいる。彼は感嘆し、頭を左右に揺らし、両手を横に広げ、笑うだけではなくため息もついている。半ば狂人のような老人の酔っぱらった滑稽な説教には、心を締めつけるような不安にさせるなにかがやはりあるのである。

「素敵な小品だな。間然するところがないし、十分に練られている。あなたは軽演劇場にだって出演できる」

ラフトは教養のある、如才のない人間である。彼は、ほろ酔い加減になったインテリゲンチャがよく哲学談義をしているレストランとクラブに係わりあっている。アニーが主任をしているビヤホールに関心があるのは、それが帝国総統府からあまり遠くないティーアガルテン地区にあるからにすぎない。彼は机の引出しをあけてアニーにチョコレートを勧めた。酒を飲まない人間なら誰でもそうであるように、彼は甘いものが好きであった。

しかし、仕事は仕事である。分かったのは、狂人の説教が政治的意味合いを帯びた発言を喚起したということである。ぶらりとやってきた客が、どうやらひどく酔っているらしく、こう叫んだ。

「こんな時だ、憐れむべきなのは檻に入れられた動物なんかじゃあねぇ！　おれだって自由がほしいのだ。自由を望んでいるのは、おれだけじゃあねぇ。もしかするとおまえだって望んでいる。しかし、そんなことを総統に言ってみろ！　屠殺場を怖がっているやつなんて、いまはいやしねぇ。人間用のもっといいのがあるのさ！」

酔っぱらいが不意に口を滑らして反国家的な醜悪な発言をした場合にいつも見られるように、もちろん誰も彼を支持などしなかった。しかし、反論もしなかった。つまり、反論もまた面白くないことになりかねなかったから——誰もが聞こえないふりをした。びっくりして目をしばたたかせ、なに食わぬ顔をして自分の席に戻ってしまった。

ラフトとアニーは、長いことこの酔っぱらいの諸特徴を正確に記録していた。アニーはその男についてはなにも知らなかったし、その男といっしょに座っていた者たちは知り合いではなかった。ラフトはとつぜん霊感にとらえられたようにして立ち上がった。

「ああ、アニーさん！　国民社会主義《ナチズム》には主要な敵がいる。そいつ――自由に対する人間の卑しくて愚かな希求――は、東や西から進んでくる戦車や大砲よりも弱いものではない！　自由――それは悪魔の第一番の売春婦だ！　われわれに課された課題のなんと素晴らしいことか。つまり、われわれの拳とわれわれの思想の力で、すべてを思いどおりにできる聡明な人間を、自由という毒から解き放つのだ！　自由への崇拝を断つことは、野獣に対する新しい人間の勝利なのだ！」

ラフトは荒い息をつき、自分が熱くなっていることに苦笑しながら、腰を下ろした。

「だいたい分かった。この老人は気違いだ」ラフトは言った。「しかし、実際のところ、この野獣みたいになった年寄りの口にしたことは全部、下手にうわべを繕った反国家的思想の宣伝だ。猛獣たちとの長いつきあいのせいで、この動物園の老人は自分自身が動物になってしまった。総統ご自身は帝国動物保護協会の後見役を務めておられるが、この老人はドイツ国民の敵だ、もっとも恐ろしい不倶戴天の敵だ。アニーさん、お願いだから、わたしの気分を損なうことをせずに、このチョコレートを食べるなり、お孫さんたちに持ち帰るなりしてくれ」

まるで戦争がオーデル川で行われていないかのように、まるで気の狂った老人の件よりも重大なことがベルリンにはないかのように、彼は注意深くかつ真剣であった。《新秩序》がこうした新しい人間、最上種のドイツ人を生んだのである。

いつものように、ぬくもりの感じられるような印象をもってアニーは退出した。彼女はラフトに惚れていたのである。もちろん、ひそかに、である。そして、いつものことだが、表に出ると一瞬、不快な脱力感にとらえられた。親切で頭のいいあの話し相手に自分が話をした何人かがこれまでに消えたように、動物園のあの狂人は消えるのではないだろうか。しかし、このはっきりとはしない脱力感に、今日はいつまでもつきまとう新たな胸騒ぎがつけ加わった。というのも、あらゆる人の顔に不安の色があり、あらゆる人の目に重苦しい緊張の色があるからである。通りという通りをトランクや大急ぎで荷造りした包みを積んだ自動車が疾走しているからである。

気の早い人がベルリンから西に向かって逃げ出しているのである。

知り合ってから八年、そのあいだにたまった、愛するラフトのあんなにたくさんのメモが、東から西に向かってやってくる者たちの手に全部落ちたりすれば、いいことはない。

アニーは、ひどく憂鬱な気分になってくるのにもかかわらず、ラフトの身ぶり、微笑、イントネーションを数学的と言っていいほど正確にパロディ化しながら、自分自身を嘲笑して言った。

「さあ、尊敬するアニーさん、これは貴重な寸劇だ。あなたにはそれに対する見返りがなければならない。お釣りはいらないよ！」

5

最近、フリッツは年老いた飼育員に対してむくれていた。ラムに対して腹を立てることはフリッツにはできなかった。老人への愛情があまりにも大きかった。彼は羨んでいたのである。ラムには新しく好きな相手ができた。その好きな相手というのは、つまらない心配事に取りつかれてしまっている子だくさんのキヌザルのレルヒェンではなかった。態度に裏表があり老人におべっかを使っている用心深いオマキザルでもなかった。陽気かつ交際好きではあるが、この世のことすべてに対して無関心で利己主義的な、縮れ毛で顔の丸い若いチンパンジーのウリスでもなかった。新しくできたラムの好きな相手というのは、人間なのであった。その相手は外見がラムに似ていた。遠くからでは見間違うくらいだが、近くでは似ていなかった。ひどい身なりの男で、落ちくぼんだ青白い頬とすがるような悲しげな目をしていた。声は小さくてすこしどもる。身のこなしにはそつがなく、遠慮がちだった。

朝に彼らがいっしょに猿小屋にやってきた。その男は、ラムがフリッツの檻に入って朝食の用意をし、空色のカップとバラ色の皿を並べるのを見ていた。

ラムがフリッツに対して以前より思いやりがなくなったわけではなかった。ミルク入りのドングリで作った代用コーヒーも、キャベツとスウェーデンカブで作ったサラダも、芯をくりぬいたブルガリア産の干しリンゴで作ったコンポートも、デザートにグラスで出されるのが恒例の酸っぱいモーゼルワインも、みんないつもと同じような思いやりを込めて出してくれた。いつもどおりの注意深い表情でフリッツのそばに立っていた。それでゴリラは、紙ナプキンで口をぬぐい褐色の指を新しい皿に伸ばしながら、自分のしつけのよさを評価してくれているかどうか、老人を素早く下から見上げた。というのも、フリッツはデザートに手を伸ばしたりせずに、バターのついた茹でジャガイモを熱心に最後まで食べきろうとしているのである。普段なら、そんな時には目が合うのであった。そしてフリッツは、自分の友人の誇りに思ってくれているような優しい視線を思い出しながら、昼食時までを機嫌よくすごすのであった。しかしこの時には、彼らの目が合うことはなかった。檻のそばに立っている連れの人間が老人に声をかけたのである。

フリッツはラムが汚れた皿を重ねて山にするのを手伝った。自分でそれらを盆に載せ、飼育員を扉にまで連れて行った。そこで、いつものように飼育員の肩と頬にキスをした。ラムの連れてきた男が笑いだしたが、人のよさそうなその優しい笑い声がフリッツを悲しませた。

朝食後、ゴリラは内側にある居場所から外に面した夏用の檻のほうに行った。

昼にかけて春のこの時期にしてはいつになく暑くなった。夜中に雨がたくさん降った後なので、むっとするような湿気があった。動物園は、この午前中、とくに閑散としているように見えた。フリッツは木製のボールをほうり上げ、大きな音をさせて隅のほうに転がした。そして格子のところに行き、片手でそれをつかんで、放心したようにしてあたりを見回した。

通りを挟んで隣り合っている痩せたオオカミが、以前とまったく同じように、いつものようにして、背中を丸めてひどく憂鬱そうに檻の中を足早に歩き回っていた。オオカミは檻の一方の端から他方の端まで歩くと後ろ脚で立ち、頭をそらして空中で前脚をせわしなく動かし、向きを変えるとまた格子に沿って走った。オオカミは癒されることのない自由への渇望に突き動かされているのであった。

オオカミがフリッツに気づき、頭を横にひと振りした。そして、走り続けた。足を止めるわけにはいかなかった。というのも、この格子には、この奴隷状態の貧しい空間には、終わりがあるはずであり、そうすれば、自由で幸せで気持ちのいいひんやりとした森の大地を、自分は走れるのである！

同じくいつものように、二頭のツキノワグマが狂信的な執拗さで檻を壊しにかかっていた。一頭は白い胸で檻の格子にのしかかり、鉄格子の太い金属棒をゆすったり、金属棒の間に黒っぽい長い鼻を差し込んだりしていた。もう一頭は細い舌で檻の鉄格子を舐めていた。金属棒が唾液で柔らかくなり、降参してグニャリと曲がれば、山の森というお話の中に出てくるような世界がやってきて、透明な泡立つ川が檻という直角でできたきわめて貧しい世界を飲み込んでくれる、そう思っているようであった。

ヒョウは横になって、亜鉛メッキの床と鉄格子の下部との隙間を自分の柔らかな脚で広げようとしていた。ルールの鉱山労働者の老人が、ある時、ヒョウのやっていることを見ながら、横に並んでいた老婆に言った。

「《クロンプリンツ》の鉱山で埋まった時のことを思い出すよ。おれもこの哀れなやつのように堆積物の中で横になって、指で石をどけようとした。とにかくおれたちだって自由に息がしたいからね」

「黙っていたほうがいいよ」老婆が言った。

しかしもちろんフリッツは、年老いた鉱山労働者が何を言ったかについても、その妻が何を答えたかについても、知るはずがなかった。

牝のトラのリジーは、いつもは仔たちのことで忙しいのだが、この朝は憂鬱でならなかった。音も立てずしなやかに、のっしのっしと檻の中をうろつきまわっていた。つらい思いに悩まされながら、何度もあくびをし、尾を引きずって歩いていた。縞模様の皮の下で、筋肉の塊が石のように硬くなって膨れたり、不意に消えて目立たなくなったりしていた……横になって乳を飲ませてくれとミャーミャー鳴く仔たちに、リジーはいら立っていた。どうやらこの時は、不自由の中に生まれ落ちた仔たちがおぞましいものに思えていたらしい。

ハイエナのベルナールは力なく横になっていた。尻尾を投げ出し、半ば閉じられた赤みがかった涙目が疲労と気力のなさとを表していた。

コンドルとワシは、遠くからは花崗岩の冷たい塊のように見えた。それほどにじっとして動かなかった！大気の薄くなったすでに天空と呼ばれている冷たい高みで育った精神の力のありったけが、その目に集中していた。じっと動かないでいる明るい色のその目には、突き刺すような厳しい力が表現されていた。その目でなら、ダイヤモンドのように、どんな厚さの石にも穴をあけられ、どんなガラスをもカットできるように思えた……肩幅があり背の丸くなったワシは、五十二年間檻の中にいる。天文学に向くと言ってもよいくらいに視力のよいじっと動かない目は、五十二年間、雲の動きを追ってきたのだが、最近では空中を哨戒飛行する戦闘機の後を追っている。永遠の懲役囚の目が表現しているのは、憂愁や苦悩よりも大きな情熱である。自由には、いのちの豊かさがある。天空の空間が格子状の亜鉛メッキされた檻の立方体とは違うように、自由は奴隷状態での生存とは違うのである。

老衰しきったライオンはボサボサの重い頭を硬化症にかかった両脚の上に置いて、寝転んでいた。海綿状になった古靴のかかとにも似たその大きな鼻は乾いており、スイッチを切ったラジオと同じことで、ガソリンやむっとする排気ガスのいやな臭い、食料品店や酒店の貯蔵用穴倉からの悪臭、無数の風呂場や台所から出る不完全燃焼ガスの臭い、ヴェッディング〔ベルリン市内の北西部〕にある工場の煙突群から出るイオウを含んだうんざりするようなガス、川を行くエンジン付き船舶の油じみた悪臭、石造りの建物の谷間に暮らす人々が発する日中の汗の臭いと夕方の酸っぱいようなアルコールの臭いを、感じることはない。

しかしそのライオンが、乾いた鼻を舌でなめて唾液で湿り気を与え、繊細このうえない複雑な装置を始動させて受信を開始する。じっと動かずに寝転んでいるライオンは、黄色味を帯びた灰色の砂岩の塊を思わせる。しかし、湿り気を帯びた鼻は働いている。第三帝国の首都の発する役にも立たないいやな臭いの膨大な塊を捕まえ、フィルターにかけ、嗅ぎ分けているのである。

ライオンの石のような体が生気をとり戻してくるのがわずかに分かる。尻尾の先がかすかに動き、砂を思わせるような皮が小刻みに震え、さざ波立つ……すると急に、大きな瞼が静かにスーッと上がり、明るい色をした獰猛な二つの大きな目が幹のようにまっすぐで頑丈な格子をひたと見据える。そしてふたたび、潤滑油をたっぷり施された完璧な機械装置のように、瞼が下りていき、その下に目が消えていく。ライオンはまた石のようになってしまい、海綿状の鼻がふたたび乾いていき、町の臭いを受け止めてフィルターにかけることをやめる。

そういうことが一日に何度も繰り返される。ほとんど気づかれないようなそうした動きは、ライオンが息をしたり見たりするあいだは続くであろう悲しみや希望を表現しているのである。というのも、この年老いたライオンは、やむなく嗅がされている貧しい臭いに、蜘蛛の巣のようにからみついてくる苦いステップの匂い――騎兵隊の兵舎で干し草が荷降ろしされている――や、川の水と野生の木々の息吹を、嗅ぎ分けているからである。自由！　それは月に照らされたアフリカの広大なステップに、砂漠の情熱的な熱い大気にあるを……ライオンは希望とともに目を上げる。ひょっとして格子が消えていて、目の前に自由な生が見えはしないだろうか。

蒸し暑い朝の晴天がいきなり嵐のような雨に変わった。黄色い雲や黒い雲が渦を巻きながらベルリンの空を覆った。つむじ風が通りをさっと走りぬけ、白や赤やクリーム色や煉瓦色のほこりが爆撃で破壊された何百何千という建物の上空に舞った。砂、黄ばんだ皺くちゃな紙、汚れた綿、かみつぶされた葉巻の吸殻と口紅で赤くなった巻タバコの吸殻が舞い上がった。上空からは、大きな熱い黄色い土砂降りの雨が降ってきた。そして、水っぽい霧の中ですべてがまじりあい、アスファルトの川床の上を黒褐色の浅くねっとりとした川となって音をたてて流れはじめた。

フリッツは小さな肘掛椅子に腰を掛けていた。亜鉛メッキのブリキ板や葉を打つ激しい雨音、湿気の多い蒸し暑さ、霧、もわもわした黄色い雲――こうしたものすべてが、まどろんでいるゴリラの意識の中でまじりあい、今日という日の現実よりも、よりはっきりとした夢を生んだ……

そこは熱帯アフリカの森の中であった。巨大な木々や蔓植物や葉が大量にびっしりと生え、日中でも暗かった。恐ろしいほど蒸し暑いのに空気があまりにも動かないので、大気を構成している気体の分子が眠っていて、アヴォガドロとゲルハルトの法則〔等温等圧の下ではすべての同体積の気体は同数の分子を含むという法則〉に従わないでいるように思えた。これらの森では熱い豪雨が、全世界に洪水を引き起こすことができるほどの恐ろしい力で、湿原のような黒い大地をほぼ一年中たたきつけているのであった。そこでは、湿気や熱、栄養たっぷりの肥沃な腐植土のせいで、判断力を失った木々が個体性を失いながら、枝をからませあいながら、みずみずしい幹で互いに押しあっていた。何十万という蔓植物で、何十万という大腸と小腸、筋肉、動脈で、相互につながれ結ばれて、鉛のように重くて熱をもった表皮の厚い葉々を円筒形の背高帽子のようにかぶって、一つの大きな体を形づくっていた。

　生きて呼吸をしている、木と葉からなるその途切れなく続く塊は、地質学的地層とだけ比べうるほどに密であり、じっと動かず、どっしりとしていた。森は死んだように見えているだけで、その中では盛んな生命活動が行われていた。奔流のような土砂降りの熱い雨に、森はいのちの爆発で――ものすごい速さで精力的に分裂する細胞の上方に向かってほとばしる奔流で――応えていた。密度が熱湯のそれと等しい森の空気の重さに、人間と野獣の多くは耐えられなかった。そこでは、水の中でと同じく、潜水服なしでは窒息しかねなかった。豪雨の合間には、それぞれの葉の下から、脚をもみほぐしながら、ドゥデルカ〈小さな笛〉の内側をきれいにしながら、何百という昆虫が出てくるのであった。一方、葉っぱはここにはたくさんあった。ブーンという低い連続音が強まると、それを出しているのは大気ではなく、森自体が、何十億というその木の幹で、蔓植物で、枝で、葉で、その低くて重々しい音を響かせているように思えた。熱帯特有の蚊《モスキート》と普通の蚊《カマール》が暗い森の中で、互いが動くのを邪魔しあいながら、数が多すぎて大気という立方体の中に収まりきらないまま、森の闇よりもっと黒っぽいじっと動かない闇となって空中に留まっていた。その数は、銀河系の質量をグラム単位で表したような数でだけ表せた。

　ここで一日を過ごせば、若い人間も齢をとり、苦難のせいで老いぼれてしまっただろう。そうした森にゴリラは住んでいた。そして、ベルリンの動物園の檻の中で居眠りをしているゴリラは、熱した森の中にいる自分を夢の中で見たのである。母親や、枝で蚊を追ってくれている兄や姉を見たのである。その夢を見ている目に、褐色の瞼の下から幸せの涙が浮かんだ。

6

雨のあいだ、ラムと連れのクラウゼは、仮設店舗の中で雨宿りをしていた。そこは夏にはアイスクリームが売られていた場所である。仮設店舗はまだ開いてはいなかったが、籐製の肘掛椅子とテーブルがすでに倉庫から運ばれてきていた。

飼育員の老人とクラウゼは雨の止むのを待ちながら、肘掛椅子に座り、タバコを吸って話をしていた。クラウゼは元製本工だった。鉄道事故で片腕を失い、胸を傷め、今は年金で暮らしていた。数日前に二人はほんのちょっとしたことから、ラムが夕方の見回りをしていた時に知り合ったらしかった。ラムには人のよい純な心があったが、その乏しい知恵では生活をとり巻く目まぐるしい渦をよく見極めることはできなかった。それで、支配的人種という考えを打ち出したドイツの恐ろしい支配者たちに対する憎悪から、人々に対する彼の同情と愛情は軽蔑へと変わりつつあった。

ラムが自分の本音を口に出したのは、雨のまさにこの時、この瞬間であった。彼はそれをこれまで誰にも口に出して言ったことがなかった。

「われわれの支配民族は、まるでそれと比べれば世界がなんの価値もないかのようにして暮らしている。正直で優しくておとなしくてとても素敵なやつらは極度に困窮したが、支配民族はこの世にあるよいものすべてを手に入れた。もし何らかの動物が支配民族の邪魔になったり、あるいは反対に、必要になったりすると、彼らは寄ってたかってその動物を殺す。彼らにとって動物は砂か煉瓦みたいなものだ。ひとたび彼らの利益のために、あるいは気晴らしのために、いずれかの種の動物を殺そうと決めたら、もう、それが齢をとっていようが妊娠していようが新生児だろうが、彼らはやっつける。動物たちを巣穴から燻《あぶ》りだし、干乾しにし、煙で窒息させる。

以前は、毛並みがよかったり脂がのっていたりするやつは生き残っていた。きれいなやつ、派手な色のやつ、羽毛がより豊かなやつは羽振りがよかった。だがいまでは、きわめてむごたらしい新たな選択のルールが出来上がっている。極寒、飢えの苦しみ、愛の葛藤などよりも厳しいルールがね。いま生き残るのは、毛のないやつ、瘦せて骨ばったやつ、灰色のやつ、体毛や毛皮のないやつ、肉にいやな臭いのあるやつ、色のないやつ……これがその選択さ！　どんな動物をも死へと送ろうとしている。ケナガイタチだって聖人の列に加えなければならないのさ。

動物たちの殺害がどうして犯罪とはみなされないのだ？　なぜ？　どうして？　上に立つ者は思いやりを持って、愛情と同情を持って、下の者に接しなくちゃ、大人が子どもに接するように」

「わたしの結論はどうかね」まるで自分の考えを確かめるかのように、ラムはしんみりとした口調で質問した。「もし世界の皇帝と言われたいのなら、このミミズをだって敬うことを知らなければならないのさ」

彼はぬかるんだ土の中からはい出た青みがかったピンク色のミミズを指差した。クラウゼは、自分のみすぼらしい古上着が濡れるのもかまわず、雨の中に出ると、水の奔流の危険が及ぶ恐れのない花壇の高くなったところに生えているカンナの幅広な葉っぱの下に、ミミズを移してやった。

クラウゼは仮設店舗に戻ると、落ちくぼんだ血の気のない頬についた水をぬぐいとり、強く足踏みをして靴底についた土を落とそうとした。

「あんたは正しいよ。いのちを尊重し敬うことを知る必要がある」ラムはクラウゼと会うまで、人々が自分の考えを知ったら、自分のことを誰もが出来損ない、狂人と呼ぶだろうと思っていた。しかし、そうではないことが分かった！

クラウゼはタバコを吸いはじめた。そして、雨で煙っている檻を指差した。

「しかし、ここには希望なんかない。ここからはゴミ捨て場へ行くしか、出口はないのさ」

「必ずしもそうではない」ラムは言った。「動物は何世紀にもわたって屠殺場で殺されている。どんなに慣れっこになってはいても、こうした破滅の運命は考えるのさえ恐ろしい。しかしそれでも、あいつらはいつも希望を抱いている！　看守たちのいるほうに向かって歩いていった人間だって同じだ！」

クラウゼは急に老人のほうに体を傾けると、空っぽの左の袖を大きく振った。

「戦争がおれたちのベルリンに近づいている。ヒトラーはおれたちに嘘をついた。人々は変化を望んでいる。言うまでもないことさ！　ここ数年、多くの人のやっていることは獣たちよりひどかったけどね」

彼はため息をついた。というのも、今、彼の口にしたことは、戦時下においては、モアビトの斧で処刑されるに十分であった〔ベルリン市内のモアビトには監獄があった〕。今や、彼の運命は、猿小屋担当の飼育員、無精ひげを生やしたちょっと変わったところのある老人の手中にあった。ラムは頭を左右に揺らしはじめた。

「ミミズにだって自由は必要だ！　わたしは毎晩ずっと耳をすましているよ。その後で、暗闇の中を檻から檻へと歩いてまわり、彼らに言うのさ、《我慢だ、我慢だよ……》って。とにかく、わたしが話をできるのは彼らとだけだからね」ラムは檻のあいだを流れる小さな水の流れのほうをちらと見た。「ほんものの洪水だよ。しかし、ひょっとすると、心正しい人たちは救われるかもしれない。まったく、ここでは人々があまりにも不幸すぎるよ。だから、そうした人々が屠殺場に送られていくとき、わたしは心の中で思うのさ、彼らはよりよい運命に値する人たちだ、ってね。わたしはそう信じたいね」

夕方、クラウゼは上着を着替えてからビヤホールに行った。ウエートレスはすぐにはジョッキを持ってこなかった。それで彼はビールの泡を吹き飛ばしてから言った。

「今日は、ずいぶん長いこと待たされたね。だが、どんなに奇妙に思われようと、おれにはまだ用事があるのだ。ある心正しい人についての話が、ね」

ウエートレスは、泣きはらしていると同時に嘲笑的でもある目でクラウゼを見てから、彼の耳のところまで体をかがめた。

「あなたの心正しき人は、もう誰にも必要ないわ。親分はピストル自殺したの。あの人たちの仕事は終わったのよ」

7

暖かくて暗い春の夜、ベルリンの中心部で戦闘が始まった。

東から進攻してくる強力な軍勢が、悪の根源であるヒトラーの首都の心臓部を包囲した。

機動部隊、戦車、自走砲がティーアガルテン地区に突入した。

暗闇の中で砲が火を噴き、曳光弾の連射の音が響きわたり、窒素酸化物や燃える木の匂いや煙と焼け焦げる匂いといった人間の嗅覚が嗅ぎ分けられる匂いばかりでなく、獣の嗅覚だけが嗅ぎ分けられるようなかすかな匂いが、あたりに満ち満ちていた。そしてこうした匂いが、夜の間じゅう、砲撃の音よりもずっと、火事の炎よりもずっと、動物たちを興奮させていた。

海からの湿った風、砂漠の熱気、ヒマラヤ山脈の支脈をなす山々のいい匂いのする放牧地の涼しさ、むせかえるような森林の息吹、春の匂い――そうしたものすべてが混じり合い、塊となって転がりだし、檻から檻へとぐるぐる回りはじめた。

クマは後ろ足で立ち上がり、鉄格子の棒を揺らし、赤黒い靄の中をじっとのぞきこんだ。

オオカミは檻の亜鉛メッキの床に腹を押しつけたり、さっと立ち上がったりしていた。少し丸くなったこの背中に、ハシバミのしなやかな枝が今にも触れてくるだろう。この爪の立てる音がふわふわした柔らかな苔に吸われ、この疲れ切った目には森の涼気が吹いてくるだろう。長年ざらざらした格子沿いに走っていたために、オオカミの体毛は脇のところで擦り切れてしまったので、夜の鉄の冷たさが皮膚に触れたりした。鉄が触れるとは奴隷状態にあるということであった。それで、そんな時にはオオカミは、自由がそばを通りすぎてしまい、自分のいることには気づいてもくれないという不安にかられ、その血の中に永遠に息づいている用心深さを忘れて頭を上げて吠え、自由を自分のところに呼び招こうとした。

ベルリンの火災による空の赤みが、フェニックスの爪で磨きをかけられた檻の金属製の床に映っていた……まだ日中の熱を発散している大きな砂漠の上に煙った月が出て、黒ずんだ石の間を上へと昇っていく、そんなふうに見えた。

フリッツは夜なのでいつものように、猿小屋内の居場所に行ってしまった。それで、戦闘による炎は目にしなかった。その夜、気がつけば彼は、世界からは厚い壁で隔てられて、暗闇の中でまったくの一人ぼっちであった。

夜半にドイツ軍と親衛隊はティーアガルテン地区から一掃された。暫時、戦闘の轟音がしなくなった。

ソヴィエト軍の戦車と歩兵隊が新たな、ひょっとすると最終的な攻撃のために、動物園の壁に沿って集結をはじめた。戦車の集結を邪魔するために、ドイツ軍は急いで砲兵隊を集結させようとしていた。

大きな音に目を覚まされて、フリッツは両腕を大きく開いて格子をつかんで立っていた。それで、フリッツは翼長三メートルもある大きな黒い翼をいっぱいに広げているかのように見えた。目をしばたたかせ、静かになりつつある戦闘の響きに耳を傾けながら、フリッツは何かわからないことを低い声で呟いて、鼻息を荒げてせわしなく空気を吸い込んでいた。

コンクリートの壁の中の暗闇が広がって、優しく穏やかな森の薄暗がりに変わったように思えた。

夕方、フリッツが外側の居場所から自分の寝室に移ったとき、ラムはフリッツの肩に毛布を掛けて、フリッツのそばの小さな椅子に腰を下ろした。フリッツは、もし一人にされていたら、寝入ることができなかったろう。ラムはいつものように、フリッツがまどろみはじめるまで頭を撫でてくれていた。しかし、この晩のラムの目には、いつものような悲しみの色がなかった。フリッツには人間の言葉は分からなかったが、彼を寝かせつけながら老人が小声で早口に発する言葉の響きには、彼を不安にさせるものがあった。

フリッツには老人を信じないでいられるような力はなかった。そしていま、目を覚まして暗闇の中に立ち、なぜ今夜は古い友人がそばにいてくれないのかと不安に感じていた。

不意に腹にずんとくる衝撃音がした。そのせいで大地が震え、あたりに鳴り響く音がした。ティーアガルテン地区に集結したソヴィエト軍の戦車に対する嵐のような砲撃が始まったのである。

炸裂する砲弾で壊されて、猿小屋の扉が勢いよく大きく開いた。刺すような閃光でフリッツは目がくらんだ。

一瞬ののち、目をあける時にはもう、コンクリートで固められた退屈な壁も、格子も、お気に入りのおもちゃも、縞柄のマットレスのあるベッドも、毛布も、寝る前にラムがベッドのそばの小さなテーブルに置いてくれた牛乳の入ったコップも、なくなっているだろう、そう思えた。キヴ湖畔[4]の生まれた森に戻る時が来たのである。

朝方、猫背で眼鏡をかけた警備指令部代表の主計将校が、疲れきった心配そうな顔をして、動物園内の小道をくまなく歩き回った。

夜間の戦闘で度肝を抜かれた動物たちが縮こまっている檻のところには、赤軍兵士が立っていた。動物たちに声をかけ、格子越しにパンや砂糖やクッキーやソーセージの差し入れをしていた。

警備指令部代表は猿小屋に立ち寄り、弾丸の破片で胸をえぐられた大きな猿の死体のそばに制帽をかぶった飼育員の老人が座っているのに気づいた。

警備指令部代表はブロークンなドイツ語でこう言った。老人であるおまえは持ち場を離れなかった唯一の人間だ——暫定的に動物園の園長に任命しよう。肉食動物は当面のところ馬肉で養うとしよう。いたるところに死んだ馬がたくさんいる。数日もすれば市の屠殺場も動き出すだろう。

老人は、理解をし、感謝をすると、猿の死骸を指差しながら急に泣き出した。

警備指令部代表は同情するように両手を広げたあと、老人の肩を数回たたいてから猿小屋を出て、脇の小道を歩きはじめた。

緑になりはじめた菩提樹の木の下のベンチに、二人のドイツ人が座っていた——オレンジ色の折り返しのついた病院の白衣を着た負傷兵と赤い十字のついた白い看護帽をつけた娘である。地上も上空も静かであった。負傷兵は頭に汚れた包帯を巻いていた。片方の手はギプスをはめて吊っていた。兵士と娘は、まるで魅せられたように、黙って見つめあっていた。警備指令部代表は二人の顔をじろじろ見てから、自分と並んで歩いているパトロール隊員にウインクをした。

一九五三―五五年

1　アウグスト・ベーベル（一八四〇―一九一三）。ドイツの社会主義者。社会民主労働者党（のちのドイツ社会民主党）を結成。国際社会主義運動を指導し、第二インターナショナルの創設に尽力した。

2　一九四一年ドイツ軍がイタリア軍救援のために北アフリカに派遣した軍団。エルヴィン・ロンメル（一八九一―一九四四）を指揮官として連合国軍と戦った。

3　ナチの週刊新聞。啓蒙宣伝相のゲッベルスが論説を書いていた。

4　キヴ湖はアフリカ中央部、コンゴ民主共和国とルワンダとにまたがる二七〇〇平方キロメートルの大きな湖。

道

アペニン半島〔イタリア半島〕のすべての生き物は、戦争に巻き込まれることになった。若いラバのジューは高射砲連隊の輜重輸送部隊で働いていたが、一九四一年六月二十二日、すぐに多くの変化を実感した。しかしながらもちろん、ヒトラー総統がファシスト党党首ムッソリーニにソヴィエト連邦に対する戦いに参戦するよう説得し納得させたということは知らなかった。

東方での戦争が始まったその日〔ドイツ軍が宣戦布告なしにソヴィエトへの攻撃を開始〕、ラバがどんなにたくさんのこと――間断のないラジオ放送にも、音楽にも、それから、開けっ放しの厩舎の門、兵営近くにいる子どもを連れた女性の群れ、兵営の上の旗、以前は匂ったことなどなかった人からくるワインの匂い、輜重兵のニコロがジューを板仕切りの囲いの中から引きだして首輪代わりの広幅の革帯を首に装着している時の指の震え――に気づいたかを知ったら、人々は驚いただろう。

輜重兵はジューを愛してはいなかった。彼はジューを左側の引き具につける。右手でラバを鞭打ちしやすいからであった。それも、表皮の厚い尻ではなくジューの腹を鞭打った。ニコロの手は大きく、褐色をしていて、ひん曲がった爪がついていた――百姓の手である。

ジューは自分の相棒には関心がなかった。相棒は大きくて力のあるやつだった。骨身を惜しまず働き、無愛想だった。胸と脇腹の毛が革帯と引き革で擦り切れてしまい、毛が抜けてむき出しになった灰色の部分がときどき脂汗で黒鉛のような光を放って輝いていた。

相棒の目には青みがかった煙のようなものがかかっていた。すり減った黄色い歯のある顔は、暑さで柔らかくなったアスファルト道を通って山に登る際にも、木陰で休息をとる際にも、無関心で眠そうな表情のままであった。ほら、その相棒が山の谷間の峠に立っている。相棒の目の前には野菜畑やブドウ畑が広がっている。そこには通り過ぎてきたアスファルトの道が灰色のリボンのようにうねうねと続いており、遠くには海が煌めいている。あたりには、花の香り、海のヨードの匂い、山の涼気と同時に道の燃えるような乾いたほこりの匂いがする……それでも相棒の目は無関心そのものである。鼻孔は動きもせず、わずかに突き出た下唇からは透明な涎が長く垂れ下っている。ときおり相棒の耳がかすかに動くことがある——これはニコロの足音を聞きつけたのである。それでいて射撃練習の大砲の音がする時には、年老いたラバはまるで眠っているみたいで、長い耳をぴくつかせたりしなかった。

ジューはある時、年寄りをたわむれに押してみた。しかし相手は落ち着いたもので、若いラバを軽く蹴って、そっぽを向いてしまった。ときどきジューは引き革を引くのをやめて年寄りを横目で見たりしたが、年寄りは歯をむきだしたり耳を倒したりせずに、全力をあげて引っ張り、鼻息を立ててせっせと頭を上下に振っていた。

彼らは明けても暮れても弾薬箱を積んだ四輪荷馬車をいっしょに引っ張り、同じ桶から水を飲んでいたが、互いを気にすることをやめてしまった。それでも毎晩、ジューには隣の仕切り囲いの中で年寄りがしんどそうに息をしているのが聞こえた。

輜重兵の命令や権力、鞭や長靴、しわがれ声によって、ジューが奴隷的な従順さを示すことはなかった。右側には相棒が歩いていた。後ろでは四輪荷馬車がガチャつき、輜重兵が叫んでいた。目の前には道があった。ときには輜重兵が四輪荷馬車の一部であるように思え、ときには輜重兵が本体で、それに四輪荷馬車がついているように思えた。鞭だって？　それがなんだ、ハエだって血にまみれるほど耳の先っぽをさんざんに咬んでいたが、ハエはハエでしかなかった。鞭だってそんなものだ。輜重兵だってそんなものだ。

引き具につながれて歩みはじめたときに、ジューは長いアスファルトの道の馬鹿さ加減を心ひそかに恨んだ――両側には葉っぱや草という食べ物が生えており、湖や水たまりには水があるというのに、アスファルトは齧《かじ》ることもできなければ飲むこともできなかった。

主たる敵はアスファルトであるように思えた。しかし、ほんのしばらくするとジューには、四輪荷馬車と手綱の重たさ、輜重兵の声のほうが、もっと不快なものになった。

そうなるとジューは、道と仲直りさえしてしまった。道が四輪荷馬車と輜重兵から自分を解放してくれるような気がしたのである。道は山へと続き、オレンジの木々の間を曲がりくねっていた。だが、四輪荷馬車は後ろでしつこくガタガタと単調な音を立て、革帯は胸の骨を圧迫していた。

馬鹿げた苦労を他から押しつけられるので、四輪荷馬車を蹴飛ばしてやり、引き革を歯で食いちぎってやりたい気がするようになった。今やジューは道からなにも期待していなかったし、道を歩きたくもなかった。大きくて空っぽなその頭の中には、食べ物の匂いや味のイメージ、興奮するようなもやもやした妄想、つまり、牝馬の匂い、みずみずしい葉の甘さ、寒い夜の後の太陽のぬくもりだったりシチリアの炎熱の後の涼気だったりが、ひっきりなしに浮かんでいた。

朝になると、ジューは輜重兵がかける革帯に頭を通し、いつものつやのある革のじんとくる冷たさをその胸に感じるのであった。今ではそうしたことを年寄りの相棒と同様に、頭をひっこめたり歯をむいたりすることなくやっていた。革帯、四輪荷馬車、道が、彼の生活の一部になっていた。

あらゆることが習慣に、つまり、決まりごとになってしまった。労働、アスファルト、水飼い場、車輪の潤滑油の匂い、砲架尾が長くいやな臭いのする大砲の轟音、タバコや皮革の匂いがする輜重兵の指、夕方に出されるトウモロコシの実が入った小さな桶、一抱えのチクチクする干し草等々、あらゆるものが結び合わさり、ごく自然な生活になってしまった。

単調さが破られることはときどきあった。縄を巻きつけられてクレーンで岸から汽船に乗せられた時には、ジューは恐怖を感じた。吐き気がするようになり、足元の板張りの床で蹄がすべり、食欲がわかなかった。その後、ひどい暑さになった。イタリアの暑さを超す暑さで、頭に麦藁帽をかぶせられた。いやというほどくねくねしたアビシニア〔エチオピアの旧名〕の赤い石ころ道があり、唇が葉のところにまでは届かないヤシの木があった。あるときは、木の上にいるサルたちを見て、とてもびっくりした。道の上にいる大きな蛇には、ひどく脅かされた。家々は食べられる。ジューはときおりアシで編んだ壁と草で葺いた屋根を食べた。大砲の音がしきりにして、炎の上がることもしばしばだった。輜重隊が森のはずれの暗い場所で宿営する時には、毎夜、不気味な音が響き、カサコソいう物音が聞こえた。恐怖をもたらすような響きもあったが、そんな時にはジューは震えて、荒い鼻息を立てた。

やがてジューはふたたび吐き気がし、蹄が足元の板張りの床ですべった。だが、周囲にあるのは青みがかった平らな水面であった。そしてまったく理解できないことに、自分自身はほとんど動いてもいないのに、とつぜん厩舎が現れた。その厩舎の隣の仕切りの中では、例の相棒が毎晩つらそうに息をしていた。

まもなく、すなわち音楽が聞こえ輜重兵の両の手が震えていたあの日の翌日に、ふたたび厩舎が消えた。

足下に板張りの床が現れ、コツコツ、ゴツン、ギシギシといった音がしていた。だがやがて、暗く窮屈なきしみ音のする板仕切りは、果てしなく広がる平原という空間にとって代わられた。

平原にはイタリアのでもアフリカのでもないやわらかな灰色のほこりが立っていた。道路にはトラックやトラクター、砲架尾の長い大砲や短い大砲が、山手のほうに向かってひっきりなしに移動していた。輜重兵が列をなして歩いていた。

特段に苦しい毎日となった。すべてが打って変わって移動ばかりとなった。四輪荷馬車には荷物がいつも満載であった。相棒はつらそうに息をし、ほこりっぽい灰色をした道の騒々しさにもかかわらず、その息づかいが聞こえた。

巨大な空間に勝てなかった動物たちが病死するようになった。ラバの死骸が、道路脇に引きずりよせられ、腹がふくれ、歩くことのなくなった脚を広げて、ころがっていた。人間はそうした死骸にはまったく無関心であった。ラバも死んだ仲間たちが目に入らないように見えた——頭を上下に振りながら、必死に荷を引いていた。しかし、これはそう見えただけのことであった——ラバは死んだ仲間たちを見ていたのである。

この平原の大地では食べ物が素晴らしくおいしいことが分かった。ジューはこんなに柔らかでみずみずしい草を口にしたのは初めてであった。こんなに柔らかで香りのいい干し草を口にしたのは生まれて初めてであった。そしてこの平原の国では水もおいしくて甘く、束ねた木々の若い枝は水気が多くてほとんど苦みがなかった。

平原をわたる暖かい風には、アフリカやシチリアの風のジリジリ焼けるような暑さはなかった。太陽も表皮をそっと優しく温めてくれ、容赦のないアフリカの太陽とは似ていなかった。

空気中に昼も夜も漂っている灰色の細かいほこりでさえ、砂漠のチクチク刺すような赤いほこりに比べれば、絹のような優しさのあるものに思えた。

しかし、この平原の広大さそのものは、どうにもならないほどに苛酷なものであった。それには果てしがなかった――ラバたちが耳を上下に揺らしながら軽いだく足でどんなに速く歩いても、平原の力のほうが勝っていた。ラバたちは、太陽の光の下を、そして月の光の下を、早足で歩いたが、平原はまだまだ続いていた。ラバたちは走り、蹄でアスファルトをコツコツと叩き、田舎道にほこりをたてたが、平原は続きに続いていた。太陽の出ている時にも月や星の出ている時にも、平原には終わりがなかった。そこからは山も海も生まれてこなかった。

ジューは雨期がやってきたことに気づかなかった。それは徐々にやってきたのである。冷たい雨が降ったあと、疲労だけの毎日が、身を切るようなつらさと疲労困憊へと変わった。

ラバの生活を成り立たせていたあらゆるものが、耐え難いものになった。地面はねばつくようになった。グチャつきピチャピチャと音を立てた。道はひどくぬかるみ、そのせいで歩みがはかどらず、その道を歩く一歩一歩が何歩分にもなった。四輪荷馬車は我慢ならないほど言うことを聞かない怠け者になってしまった――自分と相棒は一台ではなく何台もの四輪荷馬車を引いている、ジューにはそう思えた。輜重兵は今やひっきりなしに叫んで、鞭でしきりにこっぴどく叩いていた――四輪荷馬車には一人ではなく何人もの輜重兵が乗っている、そう思えた。とにかく鞭で打たれる回数が多くなった。どれも口うるさくて悪意のある、冷たいと同時に焼けるような、強く食い込む鞭であった。

アスファルトの道で四輪荷馬車を引くほうが、草と干し草よりもありがたかった。しかしながら、このところずっと何日もアスファルトの上は歩いていなかった。

ラバたちは寒さや細かな秋の雨でびしょ濡れになると体が震えるのを知った。ラバたちは咳をしたり、肺炎にかかったりした。自分の旅を終えて動かなくなってしまい、道の脇へと引きずっていかれるラバの数はますます多くなった。

平原がさらに広がった——その広大さは、今や目ではなく四つある蹄全部で感じられた……ぬかるんだ大地に蹄はますます深く沈んでいくのだった。ねばつく泥の塊が脚をしっかりとつかんで引っ張った。そして雨で重くなった平原は、ますます大きく、いっそう広大に、雄大に、広がり開けていくのだった。

大きくて広々としたラバの脳裏には、ぼんやりとした匂いや形や色のイメージが浮かんだりしたが、そうしたものとはまったく違う、哲学者や数学者の思索によってつくられる概念のイメージ、すなわち無限というイメージ、つまり霧につつまれたロシアの平原と、そこに絶え間なく降り注ぐ冷たい秋の雨というイメージが、生まれはじめていた。

そして、ほら、暗くどんよりとして重苦しいというイメージに代わって、新しいイメージが、白くて、乾いていて、さらさらで、鼻孔を焦がすようにツンとさせる、唇に焼けるような感じを与えるイメージが生まれた。

冬が秋を貪り食ってしまったのである。しかし、それでつらさがなくなったわけではなかった。もっと大きなつらさがやってきた。より残酷で貪欲な猛獣が力の弱い猛獣を貪り食ってしまった……

道沿いにはラバの死骸と並んで、死んだ人間が横たわっていた——酷寒が彼らの命を奪ったのである。

絶え間ないとてつもない苦労、寒さ、革帯のせいで肉に食い込むほど表皮が擦り切れてしまった胸、鬐甲《きこう》〔肩甲骨間の隆起〕にできた血のにじむただれ、脚の痛み、ひび割れしてきている蹄、凍傷にかかった耳、目の鈍痛、凍りついた食べ物と氷のような水のせいによる腹部の刺すような痛みが、ジューの筋力と精神力をしだいにへたばらせてしまった。

お構いなしのとてつもない攻撃が、彼に対して行われていた。とてつもなく大きな世界が、お構いなしに彼の上にのしかかってきた。輜重兵の意地悪さえも止んでしまった――すっかり気落ちしてしまい、鞭で殴ることも前脚の骨の敏感なところを長靴で蹴ることもなかった……

戦争と冬とがラバのジューをゆっくりじわじわと屈服させにかかっていた。逃げられそうにもなかった。それでジューは、自分を破滅させようとしてお構いなしにしかけられてくるとてつもない攻撃を、徹底的に無視することにした。

彼は自分自身の影となった。この生きた灰色の影は、もはや自分自身のぬくもりも食べ物と安らぎによる満足も感じていなかった。機械的に脚を動かしながら氷に覆われた道を歩いていようが、うなだれて立っていようが、彼にはどうでもよいことであった。彼はなんの関心も喜びも持たずに干し草を噛んで食べた。同じようになんの関心もみせずに、飢えと渇きに、鞭打つような冬の風に、耐えた。雪の白さで眼球が痛んだりはした。だからといって、たそがれや夕闇はどうでもよかった。そうしたものを望んでも、待ってもいなかった。

彼は相棒の年寄りと並んで歩いた。今やもう彼は完全に相棒と似ていた。彼らの互いに対する無関心は、自分自身に対する無関心と同じくらいに大きかった。

自分自身に対するこの無関心は、彼の最後の蜂起であった。生きるか死ぬかは、ジューにとってどうでもよくなった。ラバはまるでハムレット的問題を解決してしまったかのようであった。

「存在する」ことに対し、そして「存在しない」ことに対し、彼は無関心となり従順になったので、時間の感覚を失ってしまった――昼と夜が意識から抜け落ちてしまった。太陽のひどく寒い日差しと月のない闇が彼にとっては同じになった。

ロシア軍の攻撃が始まった時は、ひどく寒くはあったが、とくに厳しい寒さというほどではなかった。掃討のための準備砲撃時に、ジューが狂気に陥るようなことはなかった。曇り空に準備砲撃の赤々と燃えるような照り返しが見えはじめ、大地が揺れだし、大気がうなりをあげる鉄の飛翔音で切り裂かれ、炎と煙と雪や粘土の塊とで満たされた時に、ジューが引き革を引きちぎったり飛びのいたりはしなかった。ジューは敗走の奔流に巻き込まれずに、頭と尻尾を下げて立っていた。そのそばを人々が走っていき、倒れ、ふたたび跳ね起きて、走っていった。人々が這って進み、トラクターが這うように進み、前面が平べったいトラックが飛ぶように走っていった。

相棒が人間の声に似たような不思議な叫び声をあげて倒れ、脚をばたつかせはじめ、やがて静かになった。そして、その周囲の雪が赤くなった。

鞭が雪の上にあった。輜重兵ニコロもまた雪の上に横たわっていた。それ以降、ジューが輜重兵の長靴のきしむ音を耳にすることはなかった。タバコやワインや素肌の匂いをかぐことはなかった。

ラバは無関心のままおとなしく立っていた。運命がどうなるかということに期待などもってはいなかった――新たな運命もこれまでの運命もどちらも同じく、どうでもいいものであった。

周囲には人間や動物の死骸、壊れてひっくり返ったトラックが横たわっていた。あちらこちらに煙が漂っていた。たそがれてきた。静かになった。ラバはうなだれて、尻尾を鞭のようにたらして立っていた。脇見をしたり聞き耳を立てたりはしなかった。無関心な空っぽの頭の中では、もうとっくに止んでしまった砲声が、まだ鈍い音を立てて低く響いていた。ごくたまにジューは脚を踏みかえては、またじっとして動かずにいた。

その先には、始まりも終わりもない、霧にかすんだ夕暮れの雪の平原があった。

平原が過去の暮らしを全部飲み込んでしまった——炎熱も、赤い色をした道路の急な坂道も、牝馬の匂いも、小川のせせらぎも。もはやジューは周囲を取り巻く静止状態とほとんど変わるところがなかった。静止状態に溶けこみ、霧に包まれた平原と一体となりつつあった。

だが戦車の群れが静けさを破ったとき、ジューにはそれが聞こえた。なぜならあたりに満ちあふれだした鋼鉄の響きが、死んだ人間や動物の耳に入り、うなだれていた生きたラバの耳にも入ったからである。

平原の静止状態が破られ、砲を持った芋虫のような戦車が展開隊形をとって雪の処女地をきしませながら北から南へと進んでいったとき、ジューはその戦車の群れを目にした——戦車の群れが打ち捨てられた何台もの自動車の風防ガラスや小さなミラーに映り、ひっくり返った四輪荷馬車の近くに立っているラバの目にも映ったのである。しかしながら、鋼鉄製の芋虫がすぐそばを通過し、いがらっぽい暖気と焦げくさい臭いを吹きかけたけれど、彼は脇に飛びのいたりはしなかった。

やがて真っ白な平原の中から、白い姿をした人間たちが浮かびでてきた。彼らは人間ではなく獲物を狙う肉食獣のように音もなく迅速に動いて姿を消し、あたりに溶けこみ、雪の処女地の静止状態の中に飲み込まれてしまった。

やがて北から奔流のようにしてやってくる人間や車や大砲で、騒がしい音がしだした。輜重隊のきしむような音がしだした……

道を進んでいくその奔流を、ラバは横目で見ることもなくただ立っていた。だがラバの傍らを進んでいく動きは、まもなく路肩をはみ出るほどに大きくなった。

すると、ジューのところに鞭を持った男が近づいてきた。男はジューのことをいろいろ詳しく調べた。ラバは人間の発するタバコと素肌の匂いを感じた。

その男は、まるでニコロがやっていたのとまったく同じように、ジューの歯や頬骨や脇腹をつついた。男は馬勒を引っ張ってから、しわがれ声で話し出した。ラバは雪の上に横たわっているニコロのほうを思わずちらっと見た。ニコロはしかし黙っていた。男はふたたび馬勒を引っ張った。ラバは足を踏み出さず、立ったままでいた。男は大声を出しはじめ、鞭を勢いよく振り上げた。その掛け声は、脅しという点ではイタリア人のそれと違わないが、脅しの中にある響きという点では違っていた。

その後で、男はラバの前脚の骨を長靴で蹴った。脚が痛んだ。この骨はニコロも長靴で蹴っていた。そこはとくに感じやすいところだった。

ジューは輜重兵について歩きはじめた。彼らは引き馬のつけられた何台もの四輪荷馬車に近づいた。輜重兵たちが彼らを取り巻いて騒ぎ、手を振り回し、笑い、ジューの背中や脇腹をたたいた。ジューには干し草が与えられ、ジューは少し食べた。それぞれの四輪荷馬車には耳が短く意地悪な目をした馬が二頭一組でつながれていた。ラバの姿はなかった。

輜重兵はジューを、相棒がおらず馬が一頭だけつながれている四輪荷馬車のところに連れて行った。

その馬は黒毛で、小さかった。体格の大きなラバのほうが、その馬よりも背が高かった。馬はジューを見ると、耳を寝かせた。それから耳を立て、次いで頭を左右に振りはじめ、その後、顔をそむけた。そして蹴ろうとして後ろ足を少し上げた。

馬は痩せていて、空気を吸い込むとき、あばら骨が表皮の下で波を打った。その表皮にはジューと同じように血のにじんだ擦り傷がいくつもあった。

ジューはうなだれて立っていた。以前と同じく、自分が生きるか死ぬかなどどうでもよかった。世界に対しては悪意もなにもなく、ただ無関心であった。だって、平原の世界は、このジューをお構いなしに破滅させつつあるのだから。

ジューはいつものように、それまでに何百回もそうしたようにして、革帯に首を通した。それは革製ではなかったが、革製のものとまったく同じであった。傷めた胸に革帯が触れ、その革帯からは奇妙な、いつものとは違う、馬の匂いがした。しかしラバであるジューには、その匂いなどどうでもよかった。

馬がジューと組みになって立っていた。馬の削げ落ちた腹から伝わってくるぬくもりなど、ジューにはどうでもよかった。

馬が耳をほぼぴったりと頭につけた。するとその顔が草食動物のものとは思えないほど意地悪で獰猛そうな顔になった。馬は目を大きく見開き、今にも噛みつきそうに上唇を少し上げて歯を見せた。ジューのほうは、無関心のまま無防備に、頬骨と首を馬に差し出した。馬が尻を向け機を見て蹄で蹴っ飛ばそうと、馬具をぴんと引っ張りながら後退りしはじめても、ジューは少しも動じずに、壊れた四輪荷馬車や死んだ相棒や死んだニコロと雪の上にあった鞭のそばに立っていたのと同じようにして、うなだれて立っていた。しかしながら、輜重兵が大声をあげ、馬を鞭で打った。そのあとその同じ鞭で——雪の上にあったあの鞭の兄弟とも言える鞭で——ラバを鞭打った。どうやら輜重兵は、うなだれている生き物に苛立っていたらしい。その輜重兵はニコロのような手をしていた——農民によくある大きな手であった。

ジューはふと横目で馬を見た。馬は馬でジューのほうをちらっと見た。

まもなく輜重輸送隊は動き出した。そしてふたたび、いつものように四輪荷馬車がきしむ音を立てはじめた。そしてふたたび、目の前には道があった。背後には重い荷が、輜重兵が、鞭があった。しかしジューは、道の助けを借りても重い荷からは逃れられないことを知っていた。彼は小走りに走った。雪の平原には始まりも終わりもなかった。

しかし奇妙なことに、この無関心な世界の中でいつものような動きをしているうちに、ジューは並んで走っている馬が自分に対して無関心ではないように感じた。馬がジューのほうに向かって尻尾を一振りした。絹みたいに滑らかなその尻尾は、鞭とは、あるいはかつての相棒の尻尾とは、まったく似ていなかった――尻尾はラバの表皮を愛撫するかのように滑っていった。しばらくして、馬がふたたび尻尾を一振りした、雪の平原にはハエも蚊もアブもいないというのに。それでジューは、並んで走っている馬のほうを横目でちらっと見た。まさにその時に、馬がこっちをちらっと見た。その目は、今や意地悪な目ではなく、ちょっとばかりいたずらっぽい目だった。無関心ばかりがある世界に、小さな蛇のようにくねくねしたもの――ひび――が、さっと走った。

動いているうちに体が温まってきた。ジューは馬の汗の匂いを感じた。湿り気と干し草の甘さの匂う馬の息が、ますます強くジューにかかってきた。

自分でもなぜそうするのか分からずに、彼は引き革をぴんと引いた。胸郭の骨で重さと圧力とを感じた。馬のほうの革帯がたるみ、馬は馬具を引くのが楽になった。

そうやって彼らは長い時間走った。すると不意に、馬がいなないた。馬は小さな声でいなないた。とても小さな声だったので、輜重兵にもあたりの平原にもそのいななきは聞こえなかった。

並んで走っているラバにだけ聞こえるように、馬は小さな声でいなないたのであった。

ラバは馬には応えなかったが、鼻孔を不意にふくらましたから、馬のいななきがラバのところにまで達したことは明らかだった。

そして彼らは、輜重輸送隊が休息のために止まるまで、鼻孔をふくらませ、じつに長いこと並んで走り、同じ一つの四輪荷馬車を引くラバの匂いと馬の匂いとが混ざり合って一つになった。

輜重隊が停止をし、輜重兵が彼らを荷馬車から外すと、彼らはいっしょに食べ、同じ桶から水を飲んだ。馬がラバに近寄って、頭をラバの首の上に置いた。馬の柔らかい唇がジューの耳に触れてかすかに動いた。ジューは信頼を込めた目で、コルホーズの馬の悲しげな目をのぞきこんだ。ジューの吐く息が馬の好意あふれる温かな吐く息とまじりあった。

この好意あふれるぬくもりの中で、眠っていたものが目覚めた。ずいぶん前に死んでしまっていたものが生き返った――乳飲み子の好きな甘い母乳も、そしてこの世で初めて口にした草も、アビシニアの山道の情け容赦のない赤い石も、ブドウ園の猛暑も、オレンジの茂みの中での月の夜も、恐ろしいほどのつらい苦労も。恐ろしいほどのつらい苦労は無関心という重みで完全に彼を殺してしまったように見えてはいたが、それでもやはり完全には殺していなかったのである。

ラバのジューのいわば人生とボログダの馬の運命とが、互いにとってそれが分かるように、吐く息のぬくもりによって、目に表れた疲労の色によって、伝えあっていた。灰色の冬空に覆われた戦時中の平原に並んで立つ信頼と愛情に満ちた二頭の生き物には、なにか不思議な魅力があった。

「ところでロバは、つまりはこのラバだが、ロシアになじんだらしいな」一人の輜重兵が言って、笑いだした。

「いいや、見ろよ、こいつら二頭とも泣いているぜ」もう一人が言った。たしかに二頭は泣いていたのである。

システィーナの聖母

1

ファシスト・ドイツ軍を打ち破り勝利したソヴィエト軍は、ドレスデン美術館のいくつもの絵画をモスクワに持ち帰った。それらの絵画はモスクワで、十年ほどのあいだ、鍵をかけて保管されていた。

一九五五年の春、ソヴィエト政府は絵画をドレスデンに返還することを決定した。ドイツに送り返す前に、絵画は九十日間、一般公開されることになった。

そこで、一九五五年五月三十日の寒い朝に、偉大な画家たちの絵画を見たいと願う数千の群集をモスクワ警察が規制するなか、わたしはヴォルホンカ通りを進んでプーシキン美術館に入り、二階に上がって「システィーナの聖母」に歩み寄った。

絵を一目見てすぐに、何よりもまず明らかになるのは、この絵が不滅だということである。

「システィーナの聖母」を見るまで、自分は不滅という力ある恐ろしい言葉を軽率に使っていた。そのことを理解した。つまりわたしは、人間の手になるいくつかの特別に偉大な作品が持つ強い生命力と不滅とを混同していた。わたしは、レンブラントやベートーヴェンやトルストイに対する畏敬の念でいっぱいの人間ではあるが、絵筆や彫刻刀やペンで創造された、わたしの意識と心とを驚かせたものすべてのうちで、人間の生きているかぎり、唯一、このラファエロの絵だけが死なないということを理解したのである。しかし、ひょっとすると、かりに人間が死んでも、人間の代わりにこの地上に残るであろう他の生き物たち——オオカミ、リスとクマ、ツバメ——が、歩いたり飛んだりしてやって来て、この聖母マリアの像を見るのかもしれない……

　人間の世代で言えば十二の世代——紀元後、現在までにこの地上を通り過ぎていった人類の五分の一——がこの絵を見た。

　貧しい老婆、ヨーロッパの皇帝と学生、海の向こうの億万長者、ローマ法王とロシアの公がこの絵を見た。純潔の処女と春をひさぐ女、総司令部の大佐、泥棒、天才、織工、爆撃機のパイロット、学校の先生が、この絵を見た。よこしまな人間も善良な人間もこれを見た。

　この絵がこの世に存在するようになってから、いくつものヨーロッパの帝国や植民地帝国が興ったり滅んだりした。アメリカ国民が生まれ、ピッツバーグとデトロイトの工場が生まれた。革命が何度も起こり、世界の社会体制が変化した……その間に人類は、錬金術師たちの迷信、手動の紡ぎ車、帆船と郵便馬車、火縄銃と斧槍を過去のものとし、発電機、電動モーターとタービンの世紀へと、原子炉と熱核反応の世紀へと歩を進めた。その間に、宇宙というものの認識を深めながら、ガリレイは『対話』[1]を、ニュートンは『プリンキピア』[2]を、アインシュタインは「移動物体の電気力学について」[3]を書いた。その間に、レンブラント、ゲーテ、ベートーヴェン、ドストエフスキーとトルストイといった人たちが、心を豊かにするとともに人生を美しいものとしたのである。わたしは両腕に幼子を抱く若い母親を目にした。色の白い顔のような重い実が初めてなった細くて弱々しいリンゴの木の素晴らしさを、雛を初めて孵《かえ》した若々しい小鳥たちの素晴らしさやノロジカの若い母親の素晴らしさを、どうやって伝えたらよいのだろうか……娘の、それもほとんど子どもみたいな娘の、母性と頼りなさというものは。

「システィーナの聖母」を見た後では、この素晴らしさを伝えようのない神秘的なものだなどと言うことはできない。

ラファエロは自らの聖母マリアの画像で母性の美しさの秘密を広く知らせた。しかし、ラファエロの絵が無限のいのちを有するのはそのことによるのではない。無限のいのちを有するのは、そこに描かれた若い女性の身体や顔がその女性の心だからである。それゆえ、聖母マリアの画像はあのように美しいのである。母としての心のこの視覚的表現の中に、人間の意識の及ばないなにかがあるのである。

わたしたちは、物質が莫大なエネルギーに変換される熱核反応を知っている。しかしわたしたちは今日まだ、その逆のプロセス――エネルギーの物質化――を想像すらできないでいる。だが、ここでは、精神的な力、母性が、結晶化している。優しさにあふれた聖母マリアの画像へと変換されているのである。

聖母マリアの画像の美しさは、地上のいのちと固く結びついている。それは民主的であり、人間的である。それは多くの人に――目が細く吊り上がった黄色い顔の人にも、長くて青白い鼻をしたせむしの女性にも、縮れた髪に厚い唇の黒い顔の人にも――ある。それは全人類的なものである。それは人間の心であり、鏡である。聖母マリアの画像を見るすべての人が、そこに人間的なものを見る――聖母マリアの画像は母の心の形象である。それだからこそ、その美しさは、地下室であれ、屋根裏部屋であれ、立派な邸宅であれ、穴の中であれ、いのちが生まれ生きているところにならどこにでも、滅しつくされることなく深く隠れているあの美しさと永遠に結びつき、渾然一体となっているのである。

この聖母マリアの画像は、神の関与しないもっとも無神論的な形でのいのちや人間的なものの表現であるように、わたしには思える。

聖母マリアの画像は、人間的なものだけでなく、もっとも幅広い意味で地上のいのちの中に存在するもの、動物界にあるものも表現していると、わたしには思える瞬間があった。仔に乳を与えている馬や牛や犬の茶色い目の中に、聖母マリアの不思議な影があることに、わたしたちはいたるところで気づいたり見てとったりすることがある。

それ以上にこの世の人間らしく思えたのは、聖母マリアに抱かれた幼子であった。その顔は母のそれよりも大人びて見える。同時に前方へも内面へも向けられたこのような悲しみに満ちた真剣なまなざしによってこそ、運命というものを見てとり、知ることができるのである。

聖母マリアと幼子の顔はもの静かで悲しげである。たぶん彼らは、ゴルゴタの丘を、そこから幼子のところへと続いているほこりっぽい石の道を、今は母の胸のぬくもりを感じているこの小さな肩の上にのしかかることになる不格好な短くて重い粗削りの十字架を、見ているのである。

心臓が締めつけられるようになるが、それは不安によってではない、痛みによってではない。ある種の新しいこれまで経験したことのないような感覚——人間的で、新しくて、まるで塩辛くて苦い海の底から浮び上がって頭をだした時のような感覚——が生まれて、そのいつもとは違う感覚のせいで、その新しさのせいで、心臓がどきどきしはじめた。まさにそこに、この絵のもう一つの特徴がある。

この絵は、まるで七色のスペクトルに見慣れない八番目の色を加えるようにして、新しいものを生み出す。

なぜ母親の顔には恐怖がないのか。なぜ彼女の指は、死がその指を開かせたりできないようにしっかりと

ラファエロ・サンティ画
「システィーナの聖母」(部分)
1513–14年
ドレスデン　国立絵画館

子の体にからみついてはいないのか。なぜ彼女は息子を運命の手から取り返そうとはしないのか。

彼女は運命に向かって息子を差し出している。自分の子を隠さないでいる。そして小さな男の子も母親の胸に顔を隠したりしてはいない。今にも彼は彼女の手を離れ、運命に向かってその小さな裸足の足で歩きだそうとしている。これをどう説明すればいいのか。どう理解すればいいのか。

彼らは一つであり、そして別個である。彼らは見ることも感じることも考えることも、共にしている。渾然一体となっている。しかし、すべてが語っているのである。すなわち、彼らは互いに分離しつつある――分離しないではいられない、彼らの共通性の核心、彼らの一体性の本質は、彼らが互いに分離していくということにある、と。

ほかならぬ子どもたちが賢明さや落ち着きやあきらめで大人たちを驚かすという、悲しくつらい時がままある。収穫のない飢饉の年に死んでいった百姓の子どもたちが、キシニョフのポグロム[4]の際にユダヤ人の小売店主や職人の子どもたちが、鉱山の爆発で気も動転した村にサイレンが地下での爆発を知らせた時に鉱夫の子どもたちが、そうしたものを見せていた。

人間の中にある人間的なものは自分の運命と向かい合う。そしてどの時代にも、その運命は特別なものであり、前の時代にあったそれとは別の違ったものなのである。運命に共通するのは、それがつねにつらいものであるということだ……

しかし、人間の中にある人間的なものは、人間が十字架の上で磔刑に処されても、監獄の中で苦しめられても、存在し続けた。

それは、石切り場で、タイガの木材調達現場での零下五十度という極寒やプシェムィシルとヴェルダン[5]の水浸しの塹壕の中で生きていた。それは勤め人の単調な生活や洗濯女や掃除女の貧しい生活の中で、憔悴しきった彼女らの困窮とのむなしい闘いや工場の女子工員の喜びのない労働の中で、生きていた。

幼子を抱いた聖母マリアは、人間の中にある人間的なものである。だからこそ、彼女は不滅なのである。

われわれの時代は、「システィーナの聖母」を見ながら、そこに自らの運命を見る。それぞれの世紀が幼子を両の手に抱いたこの女性にじっと見入る。すると、さまざまな世代、民族、人種、世紀の人々のあいだに、優しく感動的で悲しみに満ちた兄弟愛が生まれてくる。人間は、自分自身と自らの十字架を理解し、時代の不思議なつながりを、今日生きているものとかつてこの世にいて生きることを終えたすべてのもの、そして生きるであろうすべてのものとのつながりを、不意に理解するのである。

2

そのあとわたしはもう、とつぜんに受けた圧倒的な印象の力にとり乱してしまって、通りを歩いているときにも、自分の混乱している気持ちや考えをつきつめて考えてみようとはしていなかった。

わたしはこの気持ちの動揺を、十五歳の少年のときに『戦争と平和』を読みながら涙し幸福を味わったあの日々とも、わたしの人生で特別に陰気で苦しかった日々にベートーヴェンの音楽を聴きながら感じたこととも、比べてはいなかった。

そしてわたしは理解した――幼子を抱いた若い母親の姿が思い出させようとしているのは、本でも音楽でもない……トレブリンカなのであった[6]……

《これらの松の木々を、この砂を、この古い切り株を、ゆっくりとプラットホームに近づく車両から、何百万という人間の目が見ていたのだ……われわれはラーゲリに入っていく。トレブリンカの土を踏んでいく。

ちょっと触れるだけで、ルピナスの莢《さや》がはじける。かすかな音を立ててはじける……小さな粒の落ちる音や莢のはじける音が一つになり、連続した悲しい静かなメロディとなる。大地のもっとも深いところから埋葬の際の小さな鐘の響きが聞こえてくるようだ。かすかに聞こえる、悲しみに満ちた心にしみるのびやかな響き……ほら、ここに——殺された者たちの半ば腐りかけたシャツ、履物、腕時計の小さな歯車、ペンナイフ、ろうそく立て、赤いポンポンのついた子どもの履物、レースの下着、ウクライナ風の刺繍のついたタオル、小さな壺、金属製の缶、プラスチック製の子ども用の小さなカップ、鉛筆で書いた子どもの手紙、詩集……

わたしたちは揺れるトレブリンカの底なしの大地をさらに先へと歩み、不意に足を止める。黄色くて磨かれた銅のように燃え立つウエーブのかかった濃い髪の毛、踏まれて土にまみれた若い娘の細くて軽い魅力的な髪の毛、そのそばには同じような明るい色の巻き毛、その先の明るい砂の上には黒い重量感のあるお下げ髪、その先にはさらにまた……

ルピナスの莢がポンと音を立てて次々にはじけ、小さな豆の粒が落ちてポトンと音を立てる。まるで実際に埋葬の際の無数の小さな鐘の音が地の底から聞こえてくるかのようだ。

人間には堪えられないような、そんな悲しみに、そんな悲哀に、そんな憂愁に締めつけられて、心臓が今にも止まりそうに思える……》

心の中でトレブリンカが思い出されたのである、わたしははじめのうちはそのことが理解できなかったけれど……

移送列車の荷降ろし場からガス室へと、揺れるトレブリンカの土の上を裸足で軽やかに歩いているのは、彼女であった。わたしはその顔と目の表情から彼女だと分かった。わたしは彼女の息子を見て、その子どもらしくない不思議な表情から彼だと分かった。黒っぽい松をバックにトレブリンカのガス室の白い壁を母親たちと子どもたちが見たとき、彼らはこのようであったのである。彼らの心はこのようであったのである。移送列車から降りた人たちを見ようと、わたしは薄暗闇を通して、何度、目を凝らしたことか。しかし、いつも彼らはぼんやりとしか見えなかった——人間的な顔がとてつもない恐怖でゆがめられているように見え、すべてが恐ろしい叫び声の中に掻き消されてしまっていたり、あるいはその顔に、肉体的・精神的疲労困憊と絶望のせいでうつろでかたくなな無関心という幕がかかっていたり、移送列車から降りてガス室に向かう人々の顔を狂人ののんきそうな微笑が覆っていたりするのであった。

そして今、わたしはそうした顔の真実を目のあたりにしたのである。ラファエロは四世紀前にそれを描いていた——このような顔をして、人間は自分の運命へと向かって歩いていく。システィーナの小礼拝堂……トレブリンカのガス室……わたしたちの時代に、若い母親が子どもを産んだ。胸にその息子を抱きながら、人々がアドルフ・ヒトラーに歓呼しどよめく声を聞くのはおそろしいことである。母親は新しく生まれた者の顔をじっと見つめる。ガラスの割れる音が響き、自動車の警笛の叫びが聞こえる。ホルスト・ヴェッセルの行進曲[7]を歌う声が、オオカミが一斉に吠えるみたいにしてベルリンの通りに響いている。モアビトで斧を振り下ろす鈍い音がする。

母親は赤子を乳で育てている。何千、何万という多数の男が壁を造り、有刺鉄線を張り、バラックを建てている……一方、静かな執務室では、ガス室、殺人用毒ガス車、火葬炉の計画が練られている……

オオカミの時代、ファシズムの時代がやってきたのである。この時代、人々がオオカミのような暮らしをし、オオカミたちが人間の生活をしている。

その時代に、若い母親が子どもを産んで育てていた。そして画家のアドルフ・ヒトラーが、ドレスデンの美術館でその女の前に立った——彼は彼女の運命を決定しつつあった。しかしながら、ヨーロッパの君主は彼女の目を見ることができなかった。彼女の息子と視線を合わせることができなかった——彼らが人間だったからである。

彼らの人間的な力が彼の暴力に勝利した——聖母マリアは裸足で軽やかにガス室へと歩きはじめた。息子をつれて揺れるトレブリンカの大地を歩きはじめた。

ドイツ・ファシズムは粉砕された——戦争は何千万という人の命を奪い、いくつもの大きな都市が廃墟と化した。

一九四五年の春、聖母マリアは北国の空を見た。彼女はわたしたちのところにお客や外国人旅行者としてではなく、兵士たちや運転手たちとともに戦争でめちゃめちゃにされた道をやって来た。彼女はわたしたちの暮らしの一部であり、わたしたちの同時代人なのであった。

彼女はすべてを前から知っていた——わたしたちの雪も、秋の冷たいぬかるみも、濁ったようなうすい雑炊の入ったつぶれた兵士用飯盒も、黒パンの切れ端とともに出されるしなびた玉ねぎも。

彼女はわたしたちとともに歩いた。きしみ音を立てる移送列車に一か月半乗って旅をした。自分の息子の洗っていない柔らかい髪から虱《しらみ》をとった。彼女は全面的集団化の時代の同時代人なのである。そして彼女が歩いていく、裸足で、自分の小さな息子とともに、移送列車に乗るために。前途にはなんと遠い道のりのあることか。クールスク近くのオボヤニから、ヴォロネジの黒土地帯から、タイガへ、ウラルの彼方の沼沢地の森へ、カザフスタンの砂漠地へと行くのには。

ところで、きみのお父さんはどこにいるの。爆撃でできたどこかのすり鉢状の穴の中で、働きに行かされたどこかのタイガの木材調達現場で、赤痢の蔓延したどこかのバラックで、死んでしまったのかい。

ワーネチカ、ワーニャ、きみはなぜそんな悲しそうな顔をしているの。きみときみのお母さんがいなくなったあと、誰もいなくなったきみの生まれた木造の百姓家の窓には、運命が木を十字に打ちつけて閉ざしてくれたよ。きみたちのこれからの旅路はどれほど遠いのかい。きみたちは行き着けるかい。それとも、どこか旅の途中で、狭軌鉄道の駅で、森の中で、ウラルの向こうの沼沢地の小川の岸で、疲労困憊して死んでしまうのかい？

　そう、確かにこれは彼女だ。わたしは彼女を一九三〇年にコノトプ[8]の駅で見た。彼女は苦悩のせいで黒ずんだ顔をして、急行列車の車両に近寄ってきて、世にも不思議なその目を上げて、声を出さずに唇だけで言った、《パンを……》。

　わたしは彼女の息子を見たことがある——もう三十歳であった。まったく役に立たないので死んだ人の足からでさえ誰も脱がせたりはしないような、履きふるされた兵士用編み上げ靴をはいていた。乳白色をした肩のところが破れた刺し子の綿入れ上着を着ていた。彼は沼沢地の小道を歩いていた。ブヨの大群が彼の頭上を飛び回っていたが、まるで生命のある後光でもあるかのように揺らめきながら光っている無数のブヨを追い払うことができないでいた。両手で肩の上の重い湿気のある丸太を支えていたのである。その彼がうなだれていた頭を上げた。それでわたしは、その顔を、耳から耳までむらなく続いた明るい色の縮れたひげを、半ば開いた唇を、目にした。彼の目を見て、わたしはすぐにそれと分かった——これはあの目、ラファエロの絵からこちらを見ている目であった。

　わたしたちは彼女と一九三七年に会っていた。あれは彼女だったのだ。自分の部屋の中で、これが最後と息子を抱いて別れを告げながらその顔にじっと見入って立っていたが、やがてしんと静まり返った何階もある建物の階段を降りて行った……彼女の部屋のドアには蠟で封印がなされ、下では国が差し向けた自動車が彼女を待っている……灰白色をした夜明けのこの時間の静けさは、なんという緊張に満ちた奇妙なものであることか、高層建物群のなんと沈黙していることか。

夜明けの半ばうす暗い中から、彼女の新しい現実が浮かび出てくる——移送列車、中継監獄、ラーゲリにある木造の監視塔、有刺鉄線、修理工場での夜間作業、熱湯、板寝床、板寝床、板寝床……

スターリンはかかとの高くないクロムなめしの長靴をはき、軽い足どりでゆっくりと絵に近づき、白い口ひげを撫でながら長いことじっと母親と息子の顔に見入っていた。

スターリンには彼女だと分かったろうか。彼は、東シベリアの、ノヴォウジンスクの、トゥルハンスクの、そしてクーレイカの流刑地で[9]、彼女に会っていたのである。彼は護送囚人の一団の中で、中継監獄で、彼女に会っていた……彼は自分が偉大な人間となった今、彼女のことを考えただろうか。

しかしわたしたちには、人間には、彼女だと分かった。彼女の息子だと分かった。彼女、それはわたしたちである。彼らの運命、それはわたしたちである。彼らとは、人間の中の人間的なもののことである。そして、もし将来、この聖母マリアの画像が、中国に、スーダンに、運ばれていくなら、人々はいたるところで、今日わたしたちが彼女だと気づいたのと同じように、彼女だと気づくであろう。

この絵の不思議な落ち着きのある力は、彼女が地上に生きてある喜びについて語っていることにある。世界全体——大宇宙全体——は、生命なき物質の従順な奴隷である。ただいのちだけが奇跡的に自由なのだ。

そしてこの絵は、いのちがいかに貴重なものであり、いかに素晴らしいものであらねばならないかを語っている。外見はいのちに似ていても、もはやいのちとは言えないなにかに変わるよう、いのちに対して強制しうる力など、この世にはないことを語っている。

いのちの力は、人間の中にある人間的なものの力は、とても大きい。もっとも強大なもっとも完璧な暴力といえども、その力を屈服させることはできない。暴力にできるのは、それを殺害することだけである。だからこそ、母親と息子の顔はあれほどまでに落ち着いているのである――彼らは無敵である。鉄の世紀においてさえ、いのちの死はその敗北ではない。

わたしたち、ロシアに生きている人間が、若い人も頭の白くなった人も、彼女の前に立つ。不安な時代にわたしたちは生きている……傷は癒えてはいない。まだ焼け跡は黒ずんだままである。共同墓地にある何百万という兵士やわたしたちの息子や兄弟の墓は、まだ出来上がってはいない。生きながら焼かれた村々には、焼け焦げて枯れたハコヤナギやセイヨウミザクラがいまだに立っている。パルチザンの村々では、祖父や母親や若者や娘の焼け焦げた死体の上に、雑草がもの悲しげに生えている。殺されたユダヤ人の子どもたちの死体が横たわる溝にかぶせられた土は、いまだに崩れたり動いたりしている。ロシアの伝統的な丸太造りの百姓家で、ベラルーシの、ウクライナの無数の百姓家で、いまだ夜ごとに寡婦の泣き声がしている。聖母マリアはすべてをわたしたちとともにした。なぜなら、彼女、それはわたしたちであるから、彼女の息子、それはわたしたちであるから。

そして奇妙でもあり、恥ずかしくもあり、心が痛みもするが、なぜ現実はかくも恐ろしかったのだろうか、そのことに対してわたしやあなたには罪がないのだろうか。なぜわたしたちは生きているのだろうか。恐ろしい、つらい質問ではある――生きている者たちにそう質問できるのは、死者たちだけである。しかし死者たちは沈黙している。質問を発したりはしない。

ところで、ときに戦後の静寂が爆発の轟音で破られ、放射能の霧が空を覆うことがある。

わたしたち全員がその上で暮らしている大地が揺れた――原子爆弾に代わって水素爆弾が登場しつつあるのである。間もなくわたしたちは「システィーナの聖母」を見送る。彼女はわたしたちといっしょに、ここで暮らした。さあ、聖母マリアとその息子とともに、わたしたちすべての人間を裁きにかけなさい。わたしたちは間もなくこの世を去る。すでにわたしたちの頭は白くなった、一方、この女性は、若い母親は、息子を両手に抱いて、自分の運命に向かって歩きはじめる。そして新しい世代の人々とともに、目くらますような強力な光を——新しい世界戦争の始まりを告げる超大型水素爆弾の最初の爆発を——空に見ることだろう。

わたしたち、ファシズムの世紀の人間に、過去と未来の裁きの場において何が言えるというのだろうか。わたしたちに弁解の余地はない。

わたしたちが言えるのは、わたしたちの時代よりもたいへんな時代はなかった、しかし、わたしたちは人間の中にある人間的なものを死なせはしなかった、ということだ。

「システィーナの聖母」を見送りつつ、わたしたちはいのちと自由は一体であるという信念を、人間の中にある人間的なもの以上のものはなにもないという信念を、持ち続ける。人間的なものは永遠に生き続け、勝利するのである。

一九五五年

1　イタリアの天文学者・物理学者・哲学者のガリレオ・ガリレイの著書（一六三二年刊）。原題は『二つの宇宙体系すなわちプトレマイオスとコペルニクス説に関する対話』。地動説を支持する者、天動説を信じる者、良識的市民という三者による対話形式で、新しい科学の方法を述べている。

2　ニュートンの主著『自然哲学の数学的諸原理』の略称（一六八七年刊）。古典力学の誕生を画し、近代科学の方法論に大きな貢献をした。

3　一九〇五年にアインシュタインが特殊相対性理論を発表した論文。

4　キシニョフは現在のモルドヴァ共和国の首都（ルーマニア語でキシナウ）。かつてのモルダヴィア公国がオスマン帝国の支配下に入り、一八一二年トルコ領からロシア領に編入された。一九〇三年、近代ロシアにおける最大級のポグロムが発生し、ユダヤ人多数が殺害された。

5　現在は南東ポーランドに位置し、ウクライナ国境に近い町プシェムィシル（ウクライナ名、ペレムィシェリ）は第一次世界大戦までオーストリア＝ハンガリー帝国領であった。一九一四年にロシア軍はその要塞を陥落させたが、一九一五年オーストリア軍に包囲のうえ奪還され、そこは血の海になった。ヴェルダンはフランスの北東部の都市で、一九一六年、ドイツ軍とフランス軍の塹壕戦により二十五万人以上の死者が出た第一次世界大戦の激戦地。

6　ワルシャワの北東九十キロのトレブリンカにナチ・ドイツの絶滅収容所があった。一九四四年九月、従軍記者であったグロスマンは現地で生存者や地元ポーランド農民にインタビューをし、その記事は「トレブリンカの地獄」としてその年十一月の『ズナーミヤ』紙に発表された。記事はニュルンベルク国際軍事法廷でも引用された。

7　「ホルスト・ヴェッセルの歌」は「旗を高く掲げよ」とも呼ばれ、ナチの突撃隊員ハンス・ホルスト・ヴェッセル（一九〇七―三〇）の書いた詩を歌詞とした、ナチの党歌である。

8　ウクライナの中部、スーム州にある都市。グロスマンは母がオデッサに向かう列車にこの駅で乗り換えるのを見ていたことを、一九三〇年に父への手紙で書いている。

9　一九〇三―一三年、スターリンは革命運動により数度逮捕、流刑された。

ママ

1

　孤児院は朝から興奮状態にあった。所長は医師としばらく口論をした。経理部長に向かって怒鳴っていた。床にワックスをかけ、乳児部に時間までに新しい敷布やおむつを出しておくよう命令が出された。保母には糊のきいた医師用の白衣が着せられた。所長は医師と看護婦長を自分の執務室に呼んだ。それから三人で、乳児部に子どもたちを巡回にでかけた。

　乳児たちの昼の授乳のあと間もなくして、軍服を着た中年の太った男が二人の若い兵士とともに、自動車に乗って孤児院にやってきた。中年の男は、彼を出迎えた孤児院の幹部たちを気のなさそうに見回してから所長室に入り、腰を下ろしてひと息入れた。そして、タバコを吸っていいかと女医に訊いた。女医はうなずき、すぐに灰皿を探しに走った。

　彼はタバコを吸い、小さな皿に灰を落としながら、親が人民の敵であることが判明して弾圧された子どもたちの日常生活に関する話を聞いていた。話の中身は、かゆみを伴う皮膚病のこと、大声で叫んだりする子や眠そうにしている子のこと、よく乳を飲む子や哺乳瓶に関心を示さない子のこと、男の子がいいか女の子がいいかということであった。一方、若い兵士たちは白衣を着て孤児院の廊下を歩きながら、宿直室や物置を覗いていた。短めの白衣の下からは、彼らの淡青色の綾織りのズボンが見えた。若者たちににらまれ、《このドアはどこに通じているのか》《屋根裏部屋の鍵はどこにあるのか》としつこく質問されて、保母たちの心臓はゾッとなった。

若い男たちは白衣を脱いで所長室に入り、一人が言った。

「同志、国家保安第二級コミサール、報告してよろしいでしょうか」。上司はうなずいた……やがて彼は肩に白衣を羽織って、所長と医師を従えて乳児部に向かって歩きはじめた。

「この女の子です」

所長はそう言って窓と窓のあいだの壁沿いのベッドを指さした。

女医は、灰皿を差し出した時のような性急さで、話しはじめた。

「そう、そうなのです、わたしはこの女の子には自信があります。まったく正常な、順調に成長している子どもです。正常、正常です、あらゆる点からみて正常です」

その後、看護婦や保母たちは窓にはりついて、太った国家保安コミサールが去っていくのを見ていた。若い兵士二人は孤児院に残り、新聞を読みはじめた。

クレムリンから見てモスクワ川の対岸にある孤児院の立っている横丁では、冬の帽子をかぶり靴にオーバーシューズをつけた若者たちが通行人に向かって、《舗装道路のほうを通行してください》と、しごくもっともらしいことを言っていた。通行人たちはそそくさと孤児院に隣接している歩道からそれていった。

十一月の薄闇がおりた夕方の六時に、孤児院に一台の自動車が止まった。秋用の外套を着た小柄な男と女とが車寄せ玄関へと歩いていった。所長自らが彼らのためにドアを開けた。

小柄な男は酸っぱい感じのする乳臭い匂いを吸い込み、ちょっと咳をしながら女に言った。

「たぶん、ここではタバコを吸わないほうがいいな」そう言って、凍えた手をこすりあわせた。女は申し訳なさそうに微笑み、タバコを小さなハンドバッグにしまった。彼女は鼻がこころもち大きめの感じのいい顔をしていたが、疲れ気味なのか少し青ざめていた。

所長は訪問客たちを二つの窓にはさまれた壁沿いにある小さなベッドに案内し、脇に寄った。静かだった。乳児たちは夕方の授乳のあとで眠っていた。所長は身振りで保母に部屋から出るように言った。

モスクワ縫製工場製の背広を着た小柄な男は、寝ている女の子の顔を女とじっと見ていた。おそらく彼らの視線を感じてのことだろう、女の子は目を開けはしなかったが微笑んだ。そのあと、まるでなにか悲しいことを思い出したかのように、額にしわをつくった。

生後五か月のその女の子の記憶力では、霧の中で自動車が大きな音を立てて走っていたことや、ロンドンの駅で母親が彼女を抱き、帽子をかぶった女性が悲しそうに《これからは大使公邸での家族パーティで誰が歌を歌ってくれるというの》と言っていたことを、その記憶の表面にとどめておくことはできなかった。しかしながら、彼女自身も知らないうちに頭の片隅に、そうしたものはそっと潜んで残っていた——あの駅も、ロンドンの霧も、ラ・マンシュ海峡〔イギリス海峡のフランス語名〕の波しぶきも、カモメの鳴き声も、急行列車がニエガリエロエ駅[1]へ近づいた際に軟座の客室の中で彼女を覗きこんだ父親と母親の顔も……いつか彼女が白髪頭の老婆になったときに、赤くなった秋のヤマナラシが、母親の手のぬくもりが、細い指が、マニキュアをしていないバラ色をした爪が、祖国の平原を見ている大きく見開かれた二つの灰色の目が、なぜかは分からぬままに思い出されることになるだろう。

女の子は目を開けた。ちょっと舌を鳴らし、すぐにまた寝入った。おっかなびっくりでいるように見えた小柄な男は、女のほうを振り返った。女はスカーフで涙をぬぐった。

「決めた。決めましたわ……奇妙ね、驚きましたわ、あのね、この子はあなたの目をしているの」

まもなく彼らは孤児院を出た。保母は子どもを毛布に包んで、その後に続いた。小柄な男は運転手と並んで座ると、小声で言った。

「家だ」

女はぎこちなく子どもを両手で抱くと、保母に言った。

「ありがとう、同志さん」そして、愚痴を言った。「抱っこすることだけでなく、この子を見るのも怖いわ。なにか悪いことをしているみたいなの」

一分後には、黒塗りの大きな車はいなくなった。ロビー内側のドア近くで新聞を読んでいた兵士たちは、どこかに消えてしまった。冬の帽子をかぶりオーバーシューズを付けて通りを警戒していた若者たちの姿も、溶けるように消えてしまった。

スパスキー門でベルの音が鳴り、信号灯がともった。そして、国家保安省の将官級コミサール、偉大なスターリンの信頼すべき戦友、ニコライ・イワーノヴィチ・エジョフ[2]の黒塗りの大きな車が、速度を緩めずに衛兵のそばをさっと通ってクレムリンに入った。

そしてモスクワ川の対岸にある横丁では、非公開の特別孤児院には検疫のための隔離が宣言されたという噂、ペストが発生したのだ、炭疽病かもしれない、という噂が、広がりはじめた。

2

彼女はとても広い明るい部屋に住んでいた。もしお腹の具合が悪かったり喉が痛かったりすれば、保母のマルファ・デメンチエヴナを助けにクレムリン病院から看護婦が介添をしに来たし、一日に二回、医師がやってきた。

彼女が風邪をひいたりしたときには、おじいさん先生が温かく優しい震える手で聴診器を当ててくれたし、二人の女医がきてくれた。

ママには毎日、会っていた。しかし、ママは長くはそばにいてくれなかった。ナージャが朝のお粥を食べているときに、ママはこう言うのであった、《さあさあ、お食べ、お食べなさい。でも、わたしは編集部に行かなければならないの》[3]。夕方になると、ママのところには女友達がやってきた。ときにはパパのお客がきた。そんな時には、保母は糊のきいた三角巾をかぶっていた。食堂からは話し声やフォークの音、《さあ、それじゃあ、乾杯せんといかんな》というのんびりしたパパの声が聞こえた。

お客の誰かが彼女を見にくることもあった。ときおり彼女は、小さなベッドに横になったまま、眠ったふりをしていた。しかし、ママはナジューシャが眠っていないことを知っていて、笑いを含んだ声で《静かに》と言ったりした。パパのお客がナジューシャを見ているときには、彼女はワインの匂いを感じた。ママが《娘よ、お眠り。眠っておいで》と言いながら額にキスをすると、娘はほのかなワインの匂いをあらためて感じることになった。

マルファ・デメンチエヴナはパパのお客の誰よりも背が高かった。彼女と並ぶとパパはまるで小さく見えた。お客もパパもママもみんなが、とくにパパが、彼女を恐れていた。それでパパはできるだけ家にいないようにしていた。

ナージャは保母が怖くはなかった。マルファ・デメンチエヴァはときどきナージャを抱き上げ、歌うようにして言った、《あなたは可哀そうな子だね、不幸な子だね》。かりにナージャがこうした言葉の意味を知っていたとしても、なぜ保母が自分のことを不幸で哀れだと言うのかを理解できなかったろう――彼女はたくさんのおもちゃを持っていたし、陽の当たる部屋で暮らしていたのである。ママはドライブに連れていってくれたし、赤と青の美しい帽子をかぶった人たちが詰所から飛び出してきて、自分たちの乗った自動車のために別荘の門を開けてくれたのである。

しかし、保母のもの静かな優しい声を聞くと、娘は心が締めつけられた。甘い涙を流して泣きたくなった。保母の大きな両腕の中に小さなハツカネズミのように隠れていたかった。

彼女はママの主だった女友達の人たち、パパの主だったお客の人たちを知っていた。パパのお客が来た時には、ママの女友達がいたためしがないことを知っていた。

赤毛の女がいた。その人は子ども時代からの女友達だと言われていた。ママはその人といっしょにナージャのベッドのそばに腰を下ろしては、こう言った、《狂気の沙汰、狂気の沙汰だわ》。頭が禿げ眼鏡をかけた男の人がいた。その人の笑顔を目にするとナージャはいつも微笑んでしまうのだが、その人が誰なのかを――女友達の一人なのか、お客の一人なのかを――ナージャは知らなかった。その人はお客に似ていたが、その人がやってくるのは、ママと女友達のいる時なのであった。その人が入ってくると、その笑顔を見てママは微笑を浮かべ、こう言っていた、《バーベリ[4]が来てくれたわ》。

あるとき、ナージャは手のひらでその男の人の額の広い禿げた頭に触れてみた。それは保母の、あるいはママの頬のように温かくて、感じがよかった。

パパのところに来るお客たちのなかに、鼻を鳴らすくせがあり喉にかかったような話し方をする人がいて、その人はときどき笑ったりしていた。また、ワインの匂いのする、肩幅が広くて声の大きな人がいた。たいてい夕食前に書類カバンを持ってやってきて夕食までには帰ってしまう、黒い目の瘦せた人もいた。お腹がポコンと出ていて濡れ濡れとした赤い唇をした色の黒い人もいた。その人はあるときナージャを抱き上げて、ちょっとした歌を歌ってくれた。

彼女は一度、軍服を着た赤ら顔の、頭が白くなりはじめているお客を目にしたことがあった。その人はワインを飲むと歌を歌った。一度彼女は、額が大きく、小さな眼鏡をかけ、どもり気味に話すお客を見たことがあった。そのお客の前では、ママが怯えていた。その人が着ているのは、四つのアウトポケットつきの詰襟軍服でも立襟の軍服でも詰襟軍服でもなかった。身につけていたのは、背広にネクタイだった。その人はナージャに、自分にも小さな娘がいる、と優しい声で言った。

マルファ・デメンチエヴナは、誰がベタル・カルムイコフ[5]で、誰がベリヤ[6]で、誰が報告をしに来たやせたマレンコフ[7]であるかを、とり違えたりした。彼女はカガノーヴィチ[8]、モロトフ[9]、ヴォロシーロフ[10]のことは肖像画で知っていた。

ナージャはお客の名前などひとつも知らなかった。だが彼女は、《ママ、保母、パパ》という言葉は知っていた。

しかし、あるとき、新しいお客がやってきた。ナージャはその人が他の人とは違うと思った。それは、その人が来る前にみんなが興奮していたからではなかった。パパ自らがそのお客のためにドアを開けに行くときに保母が何度も十字を切ったからでもなかった。そのお客が他のお客の誰もまねできないくらいに足音を立てずに歩き、そんなふうにして歩けるのは別荘にいる緑色の目をした黒猫だけだったからでもなかった。そのお客があばたの聡明そうな顔をし、白毛まじりの黒い口ひげがあり、流れるような身軽な動きをみせていたからでもなかった……

ナージャが知っている人たちは、似たような目の表情をしていた。それはママの茶色の目にも、パパの灰色がかった緑色の目にも、料理女の黄色の目にも、パパのお客全員の目にも、別荘の門を開ける人たちの目にも、年老いた医者の目にも、共通してみられるものであった。

だが、少しの好奇心も見せずに数秒間ゆっくりとナージャを見た新しく来た人のその目は、まったく落ち着きはらっていた。狂気や不安や緊張といったものはなかった。そこにはゆったりとした落ち着きだけがあった。

エジョフの家では、ただ一人マルファ・デメンチエヴナだけが落ち着きはらった目をしていた。マルファ・デメンチエヴナは、多くのことを見、多くのことに気づいていた。肩幅が広く陽気なベタル・カルムイコフがニコライ・イワーノヴィチの家でうるさく騒ぐことは、もはやなくなっている。家の女主人は、夜ごと各部屋を歩き回っている。寝ているナージャを覗きこむと、しばしたたずみ、ささやきかける。暗い中で薬の小瓶の音を立て、シャンデリアの灯りを全部ともしてから、もう一度ナージャのところに行き、長いことささやいている。祈っているとも、詩を読んでいるともつかない。白髪のニコライ・イワーノヴィチはやつれた姿で朝に戻ってくると、外套を脱ぎながら玄関ですぐにタバコに火をつけ、イライラして言う、《朝飯はいらない。お茶もほしくない》。女主人はニコライ・イワーノヴィチになにかを質問し、不意に驚いたようにして叫び声をあげる――そして、子ども時代からの赤毛の女友達がやってくることはもうない。女主人が彼女に電話をかけることはもうない。

あるとき、ニコライ・イワーノヴィチがナージャのところに行って、微笑んだ。だが彼女は、彼の目をちょっと見てから、大声で泣き出した。

「具合が悪いのか」彼が訊いた。

「びっくりしたのですよ」マルファ・デメンチエヴナが言った。

「どうして？」

「理由はいろいろです、子どもですもの」

保母がナージャと散歩から帰るとき、衛兵が彼女とナージャの顔をじっと見ていた。それでマルファ・デメンチエヴナは、このトビの血塗られた汚い爪のように鋭い視線に娘ができるだけ気づかないようにした。

おそらくニコライ・イワーノヴィチのことをかわいそうに思っていたのは、世界中でマルファ・デメンチエヴナただ一人だったかもしれない。その妻でさえ今では彼を恐れていた。自動車の音がし、血の気のない灰色の顔をした人間を二、三人ひきつれて、ニコライ・イワーノヴィチが血の気のない灰色の顔をして自分の書斎へと通っていくときに、その妻が恐怖にかられることに、マルファ・デメンチエヴナは気づいていた。でもマルファ・デメンチエヴナは、究極の主人である落ち着いたあばたのスターリン同志のことを思い出しては、ニコライ・イワーノヴィチの目がみじめな放心状態にあるように思えて、彼のことを憐れんでいた。

彼女はあたかも、エジョフににらまれると偉大なロシア全土が恐怖で凍りつくということを、知らないでいるかのようであった。

夜も昼も、ルビャンカ内の監獄やレフォルトヴォで、ブトィルカ監獄で[11]、尋問が行われていた。移送列車が、夜も昼も、コミへ、コルイマへ、ノリリスクへ、マガダンへ、ナガエヴォ入江へと走っていたのである。

夜明けには、監獄の地下で銃殺された遺体が有蓋トラックで運び出されていたのである。

ロンドン大使館勤務の調査担当の若者と美しい顔立ちをした妻の恐ろしい運命――その妻は結局、自分の小さな娘を母乳で育ててあげることができなかった、音楽院の声楽科を終えることができなかった――が、ペテルブルクの労働者でマルファ・デメンチエヴナの主人であるニコライ・イワーノヴィチが多くの名前の書かれたリストに署名したことで何が決せられたかを、マルファ・デメンチエヴナは想像してみたのだろうか。ニコライ・イワーノヴィチはそうした人民の敵の膨大なリストに何十回となく絶えず署名をし、モスクワ火葬場の煙突からは黒い煙が出ていたのである。

3

あるとき、マルファ・デメンチエヴナは、料理女が巻タバコを吸いながら女主人に向かって後ろから小声で言うのを耳にした。

「これであんたが羽振りを利かせる時代も終わりだね」

どうやら、料理女は保母の知らないことをすでに知っているらしかった。マルファ・デメンチエヴナの記憶に残っているのは、最近、家の中が静かになったということだった。電話は鳴らなかった。お客は来なかった。主人が朝に、次長や書記や側近、副官や補佐官を呼びだしたりすることはなかった。女主人が仕事に出かけることはなかった。ガウンを着て長椅子に横になり、あくびをしながら本を読んでいた。考え込んだり、薄笑いを浮かべたり、音のしない夜用のスリッパをはいて部屋を歩き回ったりしていた。

家の中ではナジューシャの声だけがしていた。泣いたり笑ったりおもちゃで大きな音を立てたりしていた。

ある朝、女主人のところに老婆がお客にやってきた。女主人と老婆は部屋の中で黙って座っているのではと思えるほど、部屋の中は静かであった。料理女がドアのところに近づいて、聞き耳を立てた。やがて女主人と老婆がナージャのところに行った。老婆の衣服は継ぎの上に継ぎが当たっているものだし、とてもおどおどしているので、話をするどころか見ることさえ怖がっているように思えた。

「マルファ・デメンチエヴナ、紹介するわ、わたしのママよ」女主人が言った。

その三日後に、女主人はマルファ・デメンチエヴナに、クレムリンの病院に手術で入院すると言った。その早口の大きな声はどこか嘘っぽい作り声だった。ナジューシャに出かける挨拶をする際に、彼女は放心気味にじっと見ていてから短いキスをした。ドアのところで、台所のほうをちらっと見たあと、マルファ・デメンチエヴナを抱きしめてその耳にささやいた。

「保母さん、覚えておいてね。もしわたしになにかあったら、彼女のそばにいてやれるのはあなただけなのよ。彼女のそばには、世界のどこにも他に誰もいないのよ」

娘は、自分の話がされているのがあたかも分かってでもいるかのように、小さな椅子に静かに腰を掛けて灰色の目で見ていた。

夫のニコライ・イワーノヴィチは妻を病院に送ってはいかなかった。代わりに補佐官である太った将軍とニコライ・イワーノヴィチのボディガードが、赤いバラの花を持って彼女を迎えにやってきた。

ニコライ・イワーノヴィチが仕事から戻ったのは翌朝だった。ナージャのところには行かず、書斎で書き物をしたり、タバコを吸ったりしていた。自動車を呼ぶと、ふたたび出かけてしまった。

その日以降、この家の生活を揺るがし、やがては崩壊させた多くの出来事が起きた。そうした出来事が、マルファ・デメンチエヴナの記憶の中でごっちゃになった。

ナジューシャのママ、すなわちニコライ・イワーノヴィチ・エジョフの妻は、病院で急死した。彼女はなかなかの女性であった。悪意がなく、娘をかわいがっていた。しかし、それでも奇妙な女性ではあった。その日、ニコライ・イワーノヴィチはとても早く家に戻った。彼はマルファ・デメンチエヴナにナージャを書斎に連れてくるように言った。父親と娘はプラスチック製の仔豚ちゃんにお茶をやった。人形とクマを寝かせつけた。その後でエジョフは朝まで書斎を歩き回っていた。

やがて灰色の目をした小柄な男、ニコライ・イワーノヴィチ・エジョフは、家に戻らなくなってしまった。料理女は死んだ女主人のベッドに腰を下ろしたりしていた。やがて主人の書斎から電話で長話をしたり、彼の巻タバコを吸ったりするようになった。

私服姿と軍服姿の人たちがやってきて、オーバーや制服外套を着たまま各部屋を歩き回った。絨毯や孤児となったナジューシャの部屋へと続く明るい敷物の上を汚い長靴やオーバーシューズで歩いた。

夜にマルファ・デメンチエヴナは眠っている小さな女の子のそばに座り、目を離さずにじっと見ていた。マルファ・デメンチエヴナはナージャを村に連れて行く決心をしたので、家と同じ方向に行く荷馬車をエレツでどうやって見つけて乗せてもらうか、兄がどう迎えてくれるか、ナージャがガチョウや仔牛や雄鶏を見て叫び声を上げてどんなに喜ぶだろうかということを、ずっと頭の中で考えていたのである。

「養ってやり、教育してやるのだ」マルファ・デメンチエヴナは思った。母親らしい感情が結婚したことのない彼女の心を光で満たした。

一晩中、軍人たちが騒々しくしていた。戸棚や本棚の中から本や下着や食器を引っ張り出していた。捜索が行われていた。

そうした新たにやってくる人々の目は緊張の色がありありで、狂気じみていたが、最近はそうした目にマルファ・デメンチエヴナは慣れてしまっていた。

ナジューシャだけは、目を覚ましおしっこをすると、かわいらしいアクビをした。もちろん肖像画の中のスターリンは、少しの好奇心も見せずに穏やかに目を細めて、起きねばならなかったことを、そして起きつつあることを、眺めていた。

赤ら顔で独楽のように太った男が、朝からやってきた。料理女はその男のことを《少佐》と呼んだ。彼は子ども部屋に直行したのだが、そこでは、赤い雄鶏の刺繍のある糊のきいたエプロンをして、ナージャがのんびりとあわてもせずにカラスムギのお粥を食べていた。彼が命じた。

「娘に暖かい服装をさせろ。娘の持ち物を集めろ」

マルファ・デメンチエヴナは興奮をなんとか抑えながら、ゆっくりと質問をした。

「いったいどこに連れていくというのですか。どうしてなのですか」

「子どもは孤児院に入れる。あなたも用意をしろ。もらうべき給与と切符をもらって、故郷の村に向けて出発するのだ」

「わたしのママはどこにいるの」不意にナージャが訊き、食べるのをやめて青い縁のついた食器を脇にどけた。しかし、マルファ・デメンチエヴナも少佐も、誰も答えなかった。

4

国家ラジオ工場の女工の共同宿舎は、部屋の中や共用部分が模範的と言っていいほどに清潔であった。女工のベッドには糊のきいたシーツが敷かれていた。枕にはカバーがかかっており、窓にはお金を出しあって買ったレースのカーテンがかかっていた。

多くのベッドの脇には小卓があり、その上にバラやチューリップやケシの美しい造花の入った花瓶があった。

夕方になると、女工たちは宿舎のクラブ施設で雑誌や本を読んだり、ダンスサークルや合唱サークルに参加したり、文化宮殿で映画やアマチュア演劇を見たりした。何人かは夜間学校で裁縫を学んだり、あるいは大学予備校で学んだりしていた。電気工学技術専門学校の夜間部で勉強している者もいた。

定期的に与えられる長期休暇を、女工たちが町で過ごすことはめったになかった――工場委員会は仕事で優れた業績を上げた者に労働組合の保養所である休息の家の無料施設利用券を給付したし、多くの者は休暇には故郷の村に帰ったのである。

休息の家では、何人かの娘が夜ごと遊びまわったり羽目を外すことで体重を減らしたりし、男たちは男たちで、部屋で大酒を飲み、昼食後の午睡の時間を守らず、トランプ遊びの勝負に夢中になったりするという話であった。

機械工場から来た休暇中の若者たちが、夜中に売店に忍び込んでビールの入った木箱と半リットルのウオッカ六本を盗み出して音楽室で全部飲みほし、騒ぎを聞きつけて駆けつけた医長に罵詈雑言を浴びせたという噂が流れていた。彼らは全員が期限前に休息の家を追い出され、工場の党委員会に通報された。売店で盗みを働くことを言い出した三人については、警察が立件をした。そしてその後、彼らは職場での強制労働を課され、二か月間の刑期を務めることになった。

ラジオ工場の共同宿舎では、そのようなことはなにも一度として起きなかった。

共同宿舎の管理責任者のウリヤーナ・ペトローヴナは、厳格さにおいて際立った人であった。あるとき、一人の娘が自分の部屋に知人の男を連れてきて、同室者たちの許可を得て泊まらせた。

ウリヤーナ・ペトローヴナは、その娘を汚い言葉で罵り、二十四時間以内に共同宿舎から追い出してしまった。

しかし、ウリヤーナ・ペトローヴナは厳しいだけではなかった。彼女は温かみを示すこともできた。近しい人や肉親とするようにして彼女に相談をする人たちがいた――彼女は社会活動家であり、頼りになる人間だったのである。一度ならず地区ソヴィエトの代議員に選ばれていた。彼女の在任中は、共同宿舎には過度の飲酒も、風紀の乱れも、夜間にアコーデオンを弾いて騒ぐこともなかった。

組み立て女工のナージャ・エジョワは、孤児院という粗野で苛酷なところで暮らしてきた後なので、模範的なこの共同宿舎がとても気に入っていた。

孤児院で過ごした歳月は彼女の人生においてもっともつらい歳月であった。ペンザの孤児院で過ごした戦時中の生活がとくにつらかった。甘やかされることのない孤児院の子どもたちでさえ、昼食に出され夜食にも出されるすえたような臭いのするトウモロコシの粉のスープを、いやいや食べていた。ベッドのシーツ類と肌着はめったに替えてもらえなかった――そうしたものは不足していたし、薪や石鹼の不足で頻繁には洗えなかった。町ソヴィエトの決定では、孤児院の子どもたちは月二回お風呂で体を洗うことになっていたが、その決定は守られなかった。二つある町の浴場では予備役部隊の軍人がいつも体を洗っていたし、駅の向こうの古い浴場には夜明けから押し黙った意地悪そうな人たちの列ができていたからである。それに、体を洗ってもあまりうれしくはなかった――浴場の中は冷たい風が吹くし、湿った薪は熱よりも多く煙を出し、お湯といってもかろうじて温かいといった程度であった。

ナージャはペンザではいつも寒かった。夜の寝室でも、前線の兵士のためにシャツを縫ったり授業を受けたりした教室でも、料理女がトウモロコシの粉の中から幼虫を取り除くのをときおり手伝う炊事場にいてさ

え も寒かった。それに、寒さや空腹と同じようにつらいのは、保母から受ける荒々しい扱い、子どもたちの意地悪、寝室で頻繁に起こる盗み、であった。一瞬考えこんでいるあいだに、配給のパンが、鉛筆が、下着用パンツが、三角形のネッカチーフが消えた。ある女の子が小包を受け取り、その小包をベッド脇の小卓の中に入れて鍵をかけて、授業に出かけた。だが帰ってみると、鍵は誰も手を触れなかったかのようにかかっていたけれど、小卓の中から小包は消えていたのである。

何人かの少年は食料品店やバス停ですりをしていた。一人の若者、ジェーニャ・パンクラートフは、集金人襲撃に参加してさえいた。

もちろん、戦後、孤児院での生活はより楽になった。しかしながら、ナージャが七年生を終えて、委員会が彼女を工場に送ったとき、彼女には自分は天国に来たと思えたのである。

委員会によって工場に送られると知って、ナージャ自身は喜ぶどころか一晩中泣き明かしたのだが、そのことを今では自分でも不思議に思っていた。彼女は歌の先生のせいでがっかりしたのである。《あなたの声なら、音楽院にだって劇団にだって入れるわ》——先生にはそう言われていた。事実、就職割当委員会は当初ナージャを音楽専門学校に送るつもりであった。しかし、思いがけず中央からなにかの文書が来た。それを受けて、工場への派遣証明書がナージャに出されたのである。

孤児院での最後の一夜、ナージャは泣きながら、自分は孤児院にいる女子の中で一番不幸だと思っていた。彼女は一度もモスクワやレニングラードの孤児院にいたことがなかった——仮収容施設のあと、彼女はつねに一番へんぴなところにまわされていた。娘たちの多くは親戚の人から小包や手紙を受け取っていた。だが、ナージャは、これまで一通の手紙ももらったことがなかった。これまで一度として誰からもリンゴやコルジク〔イーストなしの生パンを平たく焼いたもの〕を送ってもらったことがなかった。

おそらく、それだから彼女は陰気な人間になったのだろう。孤児院の若者たちは彼女のことを「もの言わず」と綽名していた。

模範的な寄宿舎で生活しているうちに、彼女は自分がそれほど運の悪い人間ではないことを理解するようになった。

仕事は悪くはないもので、清潔だし、他と比べてつらくはなかった。賃金もよかった。コムソモール委員会からは、上級労働者になるための講習に派遣すると約束してもらっていた。いい冬外套も持っていた。きれいなワンピースも何枚かあった。そのうちの一枚、縮織《ちぢみお》りのワンピースは、モード店に発注して作ったものである。縫ってもらうようにとの指示書は、ウリヤーナ・ペトローヴナが出してくれた。作業所と共同宿舎の娘たちからは敬われて、自立した一人前の人間とみなされていた。共同宿舎の娘たちとは、映画やクラブでのダンスにいっしょに通っていった。ミーシャという若者が気に入っていて、喜んで彼と踊った。彼は彼女と同じように無口で、彼がダンスの後に彼女を送ってくれるときにも、二人はたいてい共同宿舎に着くまで黙って歩いた。彼は貨物駅の向こう側という離れたところに住み、機関庫の車両担当現場主任として働いていた。

かつてあったことについては、彼女はもはやほとんどなにも覚えていなかった。ピカピカ光る黒い自動車、別荘の豪華な花壇、クレムリンの丘での保母との散歩、ママの放心したような優しい顔、パパのお客たちの笑い声と話し声は、それ自体としては記憶の中にはないけれど、まるで何度も繰り返されながら霧の中に消えていくこだまのような、なにかもっとずっと遠い昔の思い出としてはあるような気がしていた。

今年はナージャ・エジョワにとってとくによい年であった。夜間の電気工学技術専門学校に入れたし、計画の超過達成で表彰されて半月分の報酬をもらった。ミーシャには、職場である機関庫の上司が、建設中の運輸省の建物に部屋を確保すると約束してくれた。それで二人は結婚することにしたのである。ナージャはとても子どもがほしかったので、母親になれることを喜んでいた。

休暇をとって休息の家に行くまであと数日というある日、ナージャは夢を見た――ママではない誰かまったく別の女の人が、ナージャともナージャでないともつかない赤ん坊を両手に抱いて必死に風から守ろうとしている。あたりには騒々しい波の音がし、波の上に輝く太陽が低い雲の速い動きにあっという間に消えたり現れたりする。猛スピードで飛びかう鳥が、甲高い猫の鳴き声のような声で鳴いている。

一日じゅう、作業所でも工場の炊事場でも、工場委員会で旅行許可書の手続きをしながらも、ナージャは、胸に子どもをひしと抱いた女性の哀れげな優しい顔を思い出そうとしていた。そして不意に、なぜ自分がそのような夢を見たのかが理解できた。

いつかペンザの孤児院にいたときに、女性の院長先生が子どもたちを映画鑑賞に連れて行ってくれた。映画は若い母親が海を旅するというような内容であった。つまりそれで、これから母親になることで頭がいっぱいのまさに今というこの時に、半ば忘れていたその映画のことをとつぜんに思い出したのであった。

一九六〇年

1　ミンスクの西約五〇キロにある町。ポーランドとの国境にあたり、大粛清の時には外国から呼び戻された人の多くがここで内務人民委員部（ＮＫＶＤ）に拘束され、銃殺された。

2　ニコライ・エジョフ（一八九五—一九四〇）。一九一七年以来の党員。三六年十月、ヤゴーダの後をついで内務人民委員部の長となり、三六—三八年の大粛清を執行した。三八年、役職をベリヤにとって代わられ、三九年に逮捕、翌年銃殺された。グロスマンは三七年、逮捕された妻の釈放を求め、エジョフに手紙を書いた。

3　本作品に登場するエジョフの二番目の妻エヴゲーニヤ・エジョワ（一九〇四—三九）はマクシム・ゴーリキーにより一九三〇年に創刊されたソヴィエトの対外プロパガンダ誌『ソ連邦建設』編集部に勤務していった。

4　イサーク・バーベリ（一八九四—一九四一）。小説家。短篇集『オデッサ物語』では故郷オデッサの革命前のユダヤ人の生活を、『騎兵隊』では革命直後の苛烈な戦争の現実を描いた。三九年に逮捕、銃殺された。のちのエジョフの妻はベルリンの公使館でタイピストだった時にバーベリと出会い、二人は愛人関係にあった。エジョフの妻が開くサロンは当時の文学・芸術界の中心的存在であり、ワシーリー・グロスマンもエジョフ夫妻の友人であった。

5　ベタル・カルムイコフ（一八九三—一九四〇）。出身地の北カフカスにソヴィエト政権を樹立するのに大きな役割を果たした。一九三〇—三八年、カバルディノ・バルカル自治共和国党第一書記。第一回ソヴィエト最高会議の議員にも選出された。三八年に逮捕、のちに処刑された。

6　ラヴレンチイ・ベリヤ（一八九九—一九五三）。一九一九年、共産党に入党し、大粛清後の三八年末、エジョフの後を継いで内務人民委員になった。四一—五三年、人民委員会の副議長。スターリンの死後、逮捕、銃殺された。

7　ゲオルギー・マレンコフ（一九〇二—八八）。革命後に入党した新世代きってのエリート党官僚で、一九三〇年代、スターリンの腹心として粛清に加担した。三九年党書記、四一—四五年、国家防衛委員会メンバー。スターリンの死後、首相となるが、五五年フルシチョフに座を譲った。

8　ラーザリ・カガノーヴィチ（一八九三—一九九一）。ウクライナ共産党書記をつとめ、一九三〇年から政治局員。スターリンの忠実な腹心、官僚として、三〇年代の農業集団化を推進した。

9　ヴャチェスラフ・モロトフ（一八九〇—一九八六）。一九三〇—四一年、人民委員会議議長（首相）。三九年外務人民委員を兼務して独ソ不可侵条約を締結した。戦時中は国家防衛委員会副議長。戦後は五七年から六二年に党から除名されるまで、外交分野を担当した。

10　クリメント・ヴォロシーロフ（一八八一―一九六九）。内戦時以来のスターリンの親しい友人で、勇猛果敢として人気絶大の軍人だった。一九三〇年代の粛清では同僚や部下をも告発した。三五年、ソ連邦元帥。

11　ルビャンカはチェーカー・GPU（国家政治保安部）・NKVD（内務人民委員部）・KGB（国家保安委員会）などソヴィエト歴代の政治警察の本部が置かれた場所。レフォルトヴォとブティルカは未決囚監獄のあったモスクワ市内の地名。

永遠の休息

1

ベラルーシ鉄道路線からの引き込み線は、ヴァガンコーヴォ墓地[1]と隣り合っている。墓地内のカエデの木の幹のあいだから、ワルシャワやベルリンに向かう列車が高速で通過していくのが見える。食堂車のガラスが光り、モスクワ・ミンスク間の青い急行列車が走っていく。ひっきりなしに郊外電車の走る音がする。重い貨物列車で地面が揺れる。

墓地の横はズヴェニゴロド街道である——乗用車や別荘《ダーチャ》用の家財道具を乗せた荷物運送タクシーが走っている。墓地の横にはヴァガンコーヴォ市場がある。空にはヘリコプターの爆音がし、墓地内には列車編成を指揮する操車係のよく通る声が響きわたる。

だが、墓地には永遠の休息、永遠の安らかな眠りがある。

春の日曜日にヴァガンコーヴォ墓地方面に行くバスに乗るには苦労がいる。プレスネンスカヤ関所から一九〇五年通りに出て、新しい建物や古ぼけた木造の建物のそばを通り、ラジオ技術専門学校やヴァガンコーヴォ市場の上げ蓋つき大型木箱のそばを通って、大勢の人が歩いていく。シャベル、じょうろ、のこぎり、ペンキ塗料の入った小桶やペンキ塗り用の刷毛、食料でいっぱいの買い物用編み袋を持った人々が歩いていく——春の手入れの季節、柵の塗り直しや墓の花壇の手入れをする季節が始まったのである。

墓地の門のところで人々の流れが合流する。バビロンの都市のようなその活気が、亡くなってここの新しい住人として葬儀車に乗って墓地の柵内に入る人たちの邪魔をしている。ふりそそぐ春の太陽と溢れるほどの新鮮な緑のなんと多いことか。生き生きとした顔と日常的な会話のなんと多いことか。そしてここには悲しみというものがなんと少ないことか。少なくとも、そう見える。

ペンキの匂いがする。パンマーの音がする。砂や芝やセメントを運ぶ手押し一輪車と荷物運搬車の立てるキイキイという音がする——墓地は働いているのである。

繻子《しゅす》の袖カバーをつけた人たちが一心不乱に夢中で働いている。小さな声で歌を歌っている人もいる。隣にいる人と声を掛けあっている人もいる。

ママがパパのお墓の柵にペンキを塗っている。小さな娘は片足跳びをしていて、もう片方の足を地につけずにお墓を一周しようと一生懸命である。

「まあ、どうしたの、この子は。袖がペンキだらけじゃないの!」

そこでの仕事がすでに終わったところもある。柵と墓碑は趣味の悪い金色に塗りあげられた。人々は小さなベンチにテーブルクロスをひろげて、軽くつまみはじめている。そしてどうやら、軽くつまむだけではないようだ。その証拠に、声がすでにひどく生き生きとしている。お人よしの顔が赤くなっている。いきなりどっと笑い声が上がる。ハッと気づいて、墓のほうを振り返ったりしただろうか。いいや、振り返らなかった。亡くなった人は腹を立てたりはしないのである。すなわち、ペンキを塗ってもらって満足しているのである。

新鮮な空気の戸外で働き、花を植え、墓の周りに生えてきた雑草の芽を引き抜くのは、楽しいことだ。日曜日にはどこに行こうか。動物園？　ソコーリニキ公園？　墓地に行くほうが楽しいよ。のんびりと働けて、新鮮な空気が吸える。

生活というものの力は強い。墓地の柵の中にも押し入った。そして墓地はそれに屈して、生活の一部となった。

日常生活上の不安や情熱は、職場や共同住宅、あるいはすぐそばにある市場と比べて、ここでもそれほど減ってはいない。

もちろん、このヴァガンコーヴォはノヴォデーヴィチ[2]ではない。しかし、画家スーリコフ[3]、辞書編纂者ダーリ[4]、チミリャーゼフ教授[5]、エセーニン[6]等々、ここに眠っている人々もまた最下等の人間ではないのである。将官もいれば、古参ボリシェヴィキもいる。バウマン[7]、いやはや、彼もここに葬られている。とにかく彼の名前は、首都の一つの地区全体を表す名になっているのである。内戦の英雄で伝説的な師団長のキクヴィーゼ[8]もここに眠っている。帝政時代には、ここには商人たちばかりでなく、正教の高位聖職者が葬られることもあった。

ヴァガンコーヴォ墓地に場所を確保するのは困難だ。田舎から出てきてモスクワで永久居住権をとるのより簡単というわけにはいかない。

クバン帽をかぶり長靴をはきチャックつきのジャンパーを着て赤黒い顔をした男に向かって、故人の親戚たちが引き合いに出す根拠は、モスクワ警察の身分証明書課の職員が毎日耳にしているものと同じようなものである。

「同志である管理人さん、とにかくここには彼の年老いた母親や兄が入っているのです。それなのに彼は、なんだって、どうして、ヴォストリャーコヴォ[9]なのですか」

すると管理人も、首都の身分証明書課での答えと同じような答えをする。

「だめです。モスクワ市ソヴィエトから特別の指示を受けているのです。ご理解ください。枠を越えているのです。全員をヴァガンコーヴォに受け入れることはできません。誰かはヴォストリャーコヴォに行かねばならないのです」

ヴァガンコーヴォでの規制がとくに厳しかったのは、一九五七年の世界青年〔学生〕祭典[10]の直前であった。祭典に参加した信徒がヴァガンコーヴォに詣でるという噂があった——墓地で働く人たちはへとへとになるまで仕事をし、きちんと整理をして、祭典に備えたのである。

その時には、乞食——歌を歌っている者、腰の曲がった者、震えのきている者、独り言を言っている者、大祖国戦争での傷痍軍人、盲人、知恵遅れなど——が、とくにひどい目にあった。そうした者たちは直ちにヴァガンコーヴォから警察の手で運び去られた。特別指示があったのである。当時、墓地を訪れた人は管理事務所でこう言われた。

「祭典が終わってから来てくれ」

しかし祭典が過ぎると、着飾っていたような墓地の日常は元どおりになった。そしてふたたび人々は、管理人およびその周辺の者たちに頼みこんだ。

「小さな場所でいいから……」

しかし何ができようか——ヴァガンコーヴォの墓地用地は多くはないのに、死者は《つぎつぎにどんどんやってくる》のである。そして誰もヴォストリャーコヴォに入るのを望まないのである。人々は、切々と訴え、脅し、涙を流す。

公共機関や公共団体からの証明書や紹介状を持ってくる者たちがいる――故人はかけがえのない専門家である、素晴らしい社会活動家である、共和国レベルの重みをもつ特別恩給受給者である、いくつもの戦功をたてた人間である、革命前の党員証を持つ人間である。コネを利用しようとしたりインチキをしたりする者たちもいる。事務所側は彼らをすっぱぬく。

「あなたは彼女を夫のそばに葬ってやりたいと言ったね。だが、判明したところでは、これは彼女の最初の夫で、彼女はそのあと二度結婚していた。良心というものを持たなければ駄目だよ」

誰に賄賂をつかませたらよいか、誰にしこたま酒を飲ませたらよいかと、探す者たちがいる。幹部の人間に袖の下をつかませたいと思う者もいれば、シャベルを持つただの人を買収しようと努力する者もいる。

図々しく堂々と葬ってしまおうとする者たちもいる。入居許可書なしに入居するようなものである。その後で、うんざりするほど長い時間をかけて、証明書を手に入れようとするのである。

指令が出される――放置されている墓を一掃し、その場所への埋葬受付を新規に行うこと。すると、一人暮らしのおばあさんがなかなか死なずに住んでいる住居をめぐってくり広げられるのにいささかも劣らないほどの数の、多くの熱い思いがそれにからんでくる。

しかしながら、ついに、放置されていた墓地への埋葬許可がもらえた――すると、棺が棺の上に置かれたり、その二つ目の棺の下に三つ目の棺があったりするということがよく起こる。そこには、名前を忘れられた商人が、夢想家でブルジョワジーに容赦のなかったパリ・コンミューン参加者（着けた赤い腕章は半ばぼろぼろになっている）が、同じく誰からも忘れられた政府の中堅職員であった秘密工作担当課の長が、埋葬されているのである。四番目は、誰なのだろうか。

多くの人が墓地に行くことを好むのはどうしてなのだろう。もちろんそれは、墓地には緑が多いということだけではない。花を植えたり鉋《かんな》をかけたりペンキを塗ったりするのが楽しいのでもない。

そうしたことは二次的な――表面的な――理由である。主たる理由は、主要な理由の多くがそうであるように、隠されている。奥深いところにある。

……悲しみや眠れぬ夜々のせいで、より頻繁に耐えがたい自責の念のせいで疲れ果てて、人々は墓地にやってくる。埋葬場所の心配をするのである。

こうした心労はつらいものである。屈辱的なものである。死んだ人に対する悪感情が生じる瞬間もある――あの人にはすべてはもうどうでもいいことなのだ、でもわたしはそうはいかない。あの人が死につつあった時に、わたしたちがあんなに苦しみ、幾晩も眠らないでいたというのに。夜中に何度、酸素枕〔呼吸困難者用の小型のゴム製袋〕を買いに薬局に走ったり、《救急車》を呼んだり、薬や果物を買いに走ったりしたことか。それなのに終わりは見えないままで、あの人は死んだけれども、わたしたちの苦しみは続いている。

だが墓地では、頭のいい者はこう語っている。

「ひどく悲しむものではないよ。すべてはなるようになる。どんな官僚的なやつらがいようと、やっぱり埋葬はできるのさ。埋葬できなかったなんて事例はなかった」

そして本当に、埋葬がなされた。

すると、激した悲しみの心の中へ、棺の蓋に当たる土の音といっしょに、明るい小さな光のようにしてほっとする安堵の気持ちが入り込んでくる。埋葬が済んだ……

このごくささやかな安堵の気持ちこそが、そこから新しい関係――生者と死者の関係――が成長する萌芽である。このごく小さな光から、大勢の人々が墓地の門へと生き生きとして向かい、墓地でのペンキ塗りや緑化という作業をすすんでになうことが起きるのである。この萌芽はいったいどのように成長するのだろうか。

その成長を追うためには、精神的に苦しい身近な人間との永遠の別れがどのようにして墓地での喜びに代わるのかを理解するためには、しばし墓地を離れて町へと行ってみなければならない。

近しい人間同士の関係が、あたかも平屋の建物や直線みたいに、誰が見ても分かりやすく明らかだということはめったにない。

それは、厚い壁に、深い地下室や暗くて暑い寝室があり、上や横に建て増しされている建物なのである。これらの小さな部屋、地下室、廊下、屋根裏部屋では、いろいろなことが起きる。心の中に隠されているこれらの建物の形のない壁が、見たり聞いたりしなかったようなことはなにもなかった。光明も、情け容赦のない非難も、永遠の渇きも、嘔吐するほどの飽食も、真実も、なんとしても逃げ出したいという気違いじみた思いも、ささやかなものではあるがやっかいな長年にわたる仕事も、コペイカ単位での金勘定も、秘められた恐ろしい憎悪も、摑み合いも、流血も、温和な心も、見たり聞いたりしたのである。

ときには、自分たちの居住空間を拡げるために母親を殺した息子と嫁の話を聞いて、不意に誰もが身震いさせられることがある。ある二人の娘は、物盗り目的で母親をソファベッドに押し倒して、その口に熱湯を注ぎはじめた。ある労働者は、国債で二万五千ルーブルが当たり、その大きな喜びを妻に知らせようと駆け出したのだが、二人が家に入った時に見たものは、三歳の娘が当たった国債証書を燃やして灰にしてしまっていたことだった。父親のその男は、気の狂うような絶望感で頭がボーっとなって、斧を手に取ると子どもの手を切り落としてしまった。これらは、恐ろしいまれにみる醜悪な事件である。しかし、とにかく生活というものは醜悪さも生み出すのである。その一方で、暮らしの中にある目立たないような破滅の淵のほうがもっと恐ろしいと思えることもある。ある夫と妻は、一つ部屋に数十年暮らしている。この数十年というもの、昼と言わず晩と言わず、休暇の日と言わず夜と言わず、夫は出かけていく——彼にはもう一つの家庭があるのである。妻は黙っている。夫も黙っているが、しかし、妻の沈黙の非難、憐れっぽい微笑み、妻が子どもや知人を欺こうとしていること、おとなしく心配りしてくれていることが、とてもつらいのである。ときには怖くさえなる。しかし、自分の心をどうすることができようか。彼の愛人のいるあそこにもまた、すまなさそうで頼りなげな憐れっぽい微笑、非難、コペイカ単位での金勘定があるのである。

あるおばあちゃんと嫁とは、いい嫁姑の関係にある。安定していて波風は立っていない。平穏であるのは、おばあちゃんが若い者たちに自分の部屋を譲ってドアでつながった通り抜けの部屋へと移り、自分のベッドも譲って折りたたみ式簡易ベッドに寝ることにするとともに、たんすから自分のものを出して廊下にあるベニヤの箱に移して嫁にたんすを譲ったからである。嫁は、花があると空気がムッとするので、花が好きではない。それでおばあちゃんは長年育てていたリュウゼツランとゴムの木とにさよならした。嫁は、猫のせいで娘のスヴェートチカには腸内寄生虫がいるかもしれないと、人から言われた。それでおばあちゃんは、年寄り猫を手放さざるをえなかった。古くからいた猫で、その猫がこの家に来た時には、まだスヴェートチカのパパ自身がアンドリューシャという小さな男の子だったのである。おばあちゃんは猫を清潔なネッカチーフにくるんで処分場に運んでいった。その最後の旅の時に、彼女に全幅の信頼を置いていた猫が両手に抱かれて安心しきって眠っていたのが、おばあちゃんにはとくにつらく、胸が痛んだ。おばあちゃんは黙っていた。息子も黙っていた。おばあちゃんは息子が自分と二人だけになるのを恐れているのに気づいている。息子はおばあちゃんが寄る辺のないことを理解している。だが、おばあちゃんは息子がみじめなほどに無力なのを知っている。息子があわてて妻にとり入るようにして《ミーロチカ、ミーロチカ、ミーロチカ……》と言うのを、震える白髪頭でうなずきながら、分かっているよと長時間、聞いているのである。

ところで、生涯をかけて家族を養ってきた老人がいる。残業をして働いてきた。休暇の日に働くことで休暇を補償手当に換えてきた。休日と仕事のない非番の日には、副収入を得るために宿直の仕事をしてきた。大晦日にでさえ仲間とでかけてジョッキでビールを飲み楽しい一時を過ごすのを断ってきた。《お前にはどうやら、仲間の誰よりも金がいるらしいな》――仲間からはそう言われた。《家族がいるからね》――彼はすまなそうに答えてきた。そして実際、家族は大人数であった。しかし、家族みんなが、十分に食べられ、履物に不自由したりはしなかった。そして大学を卒業して、世の中に出ていった。今では老人は脳卒中にやられてしまった。息子や娘たちがありとあらゆる方面に手紙を書いたが、なんの助けにもならず、麻痺のある慢性病患者は入院できなかった。子どもたちは彼にスプーンで食べさせてやっている。寝床を整えおまるを持っていく。彼は動けず、話せない。しかし、耳と目には以前となんの変わりもなく、自分の子どもたちの顔が見えるし、会話が聞こえる。孫は老人の息子である自分の父親に質問する、《どうしておじいちゃんはいつも目から涙が出ているの》――《目の病気なのだよ》。老人は死をそっと祈る。だが、死はやってこない。

ある労働者の家庭には一人息子がいる――知的障害児である。十六歳なのだが、まだ自分で服が着られない。もっとも簡単な言葉を口にするのさえ苦労し、発音は聞き取りにくい。一日中、おとなしく静かにニコニコしている。両親にとって、もしも知恵遅れの子どもが自分たちのあとに残されたらと考えることが、どんなに恐ろしいことか。誰にも必要とされないわたしたちのサーシェンカは、どこに身を置くことになるのだろうか。しかしながらすぐに、悲しみと優しさのこもった愛情で愛しているこのひ弱で憐れな子どもが自分たちの手元から永久にいなくなってしまうことを考えて、ゾッとする。と同時に、彼らは息子の死を望む——息子をこの世に一人残すことを恐れる。そしてそれと同時に、その願いにゾッとなるのである。

ところで、いま、医師たちからこう言われた人がいる。胃がんです、転移しています。ああ、ああ、なんと恐ろしいことだ、彼女は死んでいくのであった。彼女は、日夜、泣き喚き、ベッドで寝返りを打ち、ベッドのそばを離れない姉に悪口雑言を浴びせている。これはすべて、生命に関する痛みであり、災厄である。もちろん、人生には災厄だけがあるのではない。けれども、労働や恋愛や友情のなかで起きる人生のなんの変哲もない日常的な厄介事が、生命に関する災厄と同じようにつらく思えることが、ときにはあるのである。

ある家族は、満足して落ち着いて暮らしている。しかしその暮らしには、なんと多くの出口のない複雑なもつれのあることか。自己の利益だけを考える子どもたちの生き方——息子の自分だけよければいいという独りよがりな成功ぶり、必要な著名人とだけつながりを持とうとするつきあい方、本や自然に対し無関心であること、実生活では何事も損得ずくで判断すること——が、その父親を傷つけている。娘が計算ずくの打算的な結婚をしたことに、彼女の入ったソヴィエト貴族階級の立派な世界に、なんと多くの侮辱的なものがあることか。新しい家族のなかにいて、新しいアパートや別荘《ダーチャ》や自動車などのなかにいて、娘が動物のようになんと愚かで、なんという俗物であるかが、父親には分かったのである。彼は、彼女のことを子ども時代にはアレヌーシカと呼び、ソフィヤ・ペローフスカヤ[11]にみるような断固たる良心の持ち主と考えていた。それなのになんと、妻は息子や娘の成功に有頂天になって喜んでいるのである。《あなたはくだらないことでわたしの人生をだめにしてくれたけれど、わたしはいま、子どもたちが世の中の当たり前の真人間として生きているのを目の当たりにしている》。彼もそれを目にしている。すべてを理解している。だからこそ彼の人生は険路に入り込み、生きてはいたくないのである。

あるカップルがある。なんという輝かしいカップルであることか。二人とも科学界で働いている。自動車を乗り回している。登山をしている。仲良く、楽しく暮らしている。

女のほうは博士である。男のほうは修士である。クレムリンでのレセプションへの招待状には《御夫君同伴で》と書いてある。彼らは声を出して笑い、友人たちも声を出して笑った。アカデミー総裁が彼女の誕生日に祝電をよこした。夫妻がいっしょにいると、どこでも人々は彼女のほうに関心を寄せ、彼女がいることで彼に関心を寄せた。ついには、彼女の自信満々ぶりが彼をいらだたせはじめた。彼女はどうやら自分といっしょに暮らしていることが彼の幸せであると確信しているようなのである。彼は自分が侮辱されていると感じた。しかし、もちろん、それだから彼が大学院生のかわいらしい娘と情事を始めたわけではなかった。彼は本当に惚れたのである！　妻はなにも気づかなかった。彼の誠実さを信じていた。しかしながら、ああ、彼の置き忘れた手紙を彼女が読んだとき、彼女に何が起きただろうか。彼女がどんなに泣いたことか、ルミナールを飲んで服毒自殺しようとどんなに望んだことか。そして彼も泣いた。赦しを乞うた。だが、彼女はその場でこう言いだした、《分かった、分かったわ。わたしは馬鹿よ。あなたの小指の値打ちもない。あなたはわたしにとって人生にあるものすべてよりも大切なのよ》。そう、もちろん、彼女はいまも、彼には他の女性を愛することはできないと、彼は侮辱されたことへの仕返しをしたのだと、考えているのであった。どう見ても、なによりも彼女を苦しめていたのは、彼女のような立派な、しかもこんなにも彼を愛している女性を、このなんのすぐれたところのない彼がどうして裏切れたのかという考えであった。最初のうち彼はうろたえ、後悔していた。だがやがて、彼女の苦悩の中に自分にとってなにか不愉快で侮辱的なものがあるのが分かった。この先になにかいいことがあるとは思えない。この先にあるのは、同じく希望のないもつれなのである。

ある女性がいる。彼女には二番目の夫がいる。最初の夫は戦死した。最初の夫とのあいだにできた娘は成長している。義父は娘に敵意がある。娘がいると、彼は口をきかない。歳月が過ぎ、娘は大人になり、結婚して子どもがいる。義父は妻に対し娘や孫と会うのを禁じている。孫が戦死したおじいさんと似ているから妻はその子を愛しているのだと、疑っているのである。出かけるとき、彼はいつ帰るかは言わない。妻の不意を衝くためである——ひょっとして妻が娘に孫を連れて泊まりに来させたりしているかもしれない。彼は嫉妬し、苦しんでいる。他の人たちを苦悩させている。ところが、力はますます弱くなってきているし、頭は白くなってしまっている。でも、すべてはきわめて複雑で出口がない。

しかし、あらためて次のように言うことができる。人間関係はいつも複雑で矛盾があるというわけではない。もちろんそうである。しかし、ああ、落ち着いてすっきりとしたなんの変哲もない家庭では、ときに退屈さがなんと無慈悲に心を苛むことか。

ここに、ある一家の主がいる。夫であり父親である彼は家に近づく。すると、そこにあるのは、ひっかき傷だらけの階段、そのすり減った踏み段、薄暗い廊下、古着のほこりっぽい匂いとヒマワリ油でいためられたタラや洗面台の使い残りの石鹸の匂い、釘に掛かった乾く間のなかった湿ったタオル。彼らは食事をする。食事のメニューが変わることはない。そう、みんな変わらない。テーブルのビニールクロスも、青みがかった縁のすり減った皿も、歯が曲がってくっつきあったフォークも。彼らは決して夫婦喧嘩をしない。お互いに嘘は言わない。仲睦まじく、同じように、暮らしと向き合っている。しかし、ああ、ああ、なんと彼らは退屈していることか。彼らは長いこと口を開かずにいる。口をききたくないのである。それに、何を話すというのか。いっしょにいない時に互いのことを考えるなんて、彼らには退屈なことである。散歩に出た時には、遊歩道の花や夕焼けの空の雲といったすべてが、並んで歩いているせいで、堪えがたいほどに退屈である。そして夜も、目を覚ますと横で寝言や軽いいびきが聞こえるのが退屈なのである。《あなたは寝る前に何を食べたの？　あなたのせいで、夜中、空気がひどく臭う》《そんなものはなにも食べてないよ》《なにも特別なものなんか食べていないと、このわたしが言っているのだ》

ひょっとすると、永遠の退屈よりも永遠の死が来たほうが、やはり気楽なのではないだろうか。そして、ここに墓の土饅頭がある。女性が夫の墓に一株の勿忘草《わすれなぐさ》を植えている。いまや彼が恋敵の女のところに行ってしまうことはない。すべてはとても穏やかである。気になるのは、三色スミレを植えたほうがよくはないかしらということ。彼女は赦したのである。赦したことで、道徳的に高められたのである。

その横では、若い夫婦が愛情をこめて柵にペンキを塗っている。彼らは寡婦と会話を交わす。故人である老婆が猫とゴムの木とを愛していたこと、息子とそのかわいい妻のためとあらば、何物をも惜しまなかったことを、寡婦はもう知っている。穏やかで、なんの虚飾もない。空は青く、墓の上ではまだその喉で酷寒の一月の空気を飲み込んだことがない若いスズメが澄んだ声でチュンチュン鳴いている。そして、老婆の狂気じみた悲しい目はもはやない。そして、麻痺で動かなくなった老人の涙の流れる目もない。そして、死んだ知恵遅れの少年の土饅頭もとても穏やかである。彼の両親の苦悩に満ちた不安は、彼らの恐怖は、終わったのである。三色スミレ、カミツレ、勿忘草。

《この人がどんなに悩んでいたことか、かわいそうに》自らの妹について、中年の女性がそう言っている。

彼女は墓をじっと見ている。木々の若葉を通して太陽の光が地上に明るく落ちている。死者との関係は、とても静かであり、気楽であり、穏やかである。

《もう少ししたら、キンレンカを植えるわね。キンレンカはよく根づくからね》

そして、もはや愛し合う夫婦のあいだに隔ての壁はない。前夫とのあいだに生まれた子に対する、おばあちゃんがたまらないほどに愛している孫に対する、嫉妬、恐怖、憎悪が、彼らの愛情の邪魔をしたりはしない。《安らかにお眠りください、忘れえぬ友よ》

墓地にいると心地よい。もつれにもつれ、悩まされていたことのすべてが、苦にならなくなった。身近だった人がここで、清らかで素晴らしい特別な暮らし方をしている。それで、その人との関係がとても愛おしいものとなった。

夫は退屈し疲れきって勤め先から帰ってくるのだが、いまや、妻と向き合うことが好きになった。彼の喜びは休暇の日に墓地に行くことである。自然はなんと素敵なのだろう。ちょっとした気配りをすることはなんと快いのだろう。隣り合う墓をいつも訪れてくる人たちになんと多くの素敵な人がいることだろう。彼は妻の話をし、妻のことを考えている。妻のことを思い出したり考えたりするのは、退屈なことではない。彼らの関係は面目を一新してしまった。

いのちより美しいものはないと言ったのは誰だったろうか。死は恐ろしいと人々に信じさせたのは誰だったろうか。

シャベルやのこぎりを持って、槌《つち》を持って、ペンキ塗り用の刷毛を持って、よりよい新たな生活をつくろうとする人々の群れが歩いていく。彼らの目はしっかりと前に向けられている。町のなんとつらく困難であることか。墓地のなんと明るいことか。

出口はあったのだろうか。世の中でとてもうまくやっているろくでもない子どもたちと、父親とのあいだに横たわっていた深淵をなくすことは、可能だったのだろうか。だがもはや、その深淵はないのである。

《安らかにお眠りください、われらが師よ、父よ、友よ……》

墓地で働きながら、子どもたちは自分の仕事のこと、旅行のこと、知人たちのことを話している。あの人、父親は、すぐそばにいる。父親がそばにいても、こんなに気持ちよく落ち着いていられる。もはや昔のように、父親が恥ずかしそうにしながら憂鬱そうな目つきで悲しげに見たりすることはない。

生き生きとした人の群れが墓地の門を入っていく。町が彼らの背中を押している。そして、絶望にとらえられた疲労困憊しきった人々は、そこに彼らの夫が、母親が、父親が、妻が、子どもたちが眠る墓地の穏やかな緑を目にするとき、心に希望がわく。人々は自分の近しい人たちと新たなよりよい関係をつくっているのである。彼らの心を苦しめてきた生活よりもよい新たな生活を築いているのである。

2

多くの墓碑には、学者あるいは軍人としての肩書や地位や党歴といった故人に関する情報が刻まれている。一九一七年までは、故人が第一級商人あるいは第二級商人だったとか、四等文官だったとかいうようなことが書かれていた。

これとは違った範疇の墓碑銘もある。そうした墓碑銘は、近しい人たちが故人に対して抱いている気持ちを語っている。これらはときに詩文や散文で書かれ、詳細をきわめる。なかには、滑稽であったり、馬鹿げていたり、陳腐であったり、とんでもないほど間違いだらけであったりするものがある。しかし、そうしたことは物事の本質とはなんら関係がない。

本質的なことは、故人の地位や肩書に関する墓碑銘、および故人が近しい人たちからいかに愛されていたかを語る墓碑銘のいずれもが、第三者に対する情報提供という目的だけを持っていることにある。これらの墓碑銘は人々の心の奥深くに実際にあるものとは関係がないのである。

これらの墓碑銘は世間的な装飾であり、就職や結婚の口利きや褒章申請の手続きの際になされるものと同じである。

これらの墓碑銘に、《ここに眠るのは、理容師、大工、床磨き人、車掌……》などというように、ありふれた仕事のことが書かれることはない。

もし故人の職業について言及されるとすれば、通常それは、教授、芸能人、作家、戦闘機乗り、医学博士、画家などである。

もし肩書が書かれているとすれば、通常それは、陸軍大佐、海軍将官、第一級法律顧問といった地位の高い肩書である。下級実験室助手や中尉であったことが墓碑の上で表明されるようなことは、普通はない。国家的なもの、および社会的なものが、墓地でも人間について回っている。人間的なものは、ここでも肩身が狭いのである。

二種類目の墓碑銘、すなわち、愛情、永遠の悲しみ、熱い涙について書かれたものは、それが感動的であろうと、あるいは反対に俗悪であろうと、美しい詩で書かれていようと、あるいは反対に間違いだらけの滑稽な詩で書かれていようと、みな同じく空しいうわべだけの目的に奉仕するものであり、虚栄心にもとづく情報発信の働きをしている。

実際問題として、墓碑銘は死者に向けられているのではない。死者がそれを読むことができないのは、分かりきったことである。実際問題として、人は自分のためにそのような墓碑銘をつくることはしない。墓碑銘がなくても、人は自分の心の中で何が起きているのかを知っているのである。

墓碑銘は読まれるためにつくられる。情報は通りすがりの人たちに向けられている。

　ところで、墓地ではあちこちで嘆き悲しむ泣き声が聞かれる。その泣き声は、妻が夫のことを泣いているのである。なぜ彼女はそんなに大きな声で泣くのか、故人にはそれが聞こえないというのに。心からの愁いには、歌い手が劇場の舞台で歌うのと同じような力を込めて大きな声を出す必要はないのに。寡婦はなぜ自分が大きな声を出すのかを知っている――通りすがりの人たちにそれが聞こえなければならない。彼女は広く告げ知らせているのである。情報発信しているのである。

　墓地に定期的に通う人たちは、喪服を着て墓のそばの小さなベンチに沈んだ顔をして座っている。これも広く告げ知らせているのである、情報発信しているのである。

　新たな生活を築くために、自分たちの関係を新たにつくり変えてより幸せで理にかなったものにするために墓地にやってくる人たちと、彼らは似ていない。

　広く告げ知らせている人たちが生活において大事だと考えているのは、自らの優位性、自らの感情と心の深さの優位性を証明することである。そう、さまざまな、じつにさまざまな理由で、人は墓地に行くのである。

　恐ろしいあの一九三七年に精神錯乱に陥った内務人民委員部のある職員が、墓のあいだを歩きながら大きな声で叫び、拳骨で威嚇している。墓という墓は沈黙している。そしてそのことが、気の狂った予審判事を絶望に陥れている――故人たちをして語らしめる手段がなく、事案の審理が終わらないのである。さまざまな、じつにさまざまな理由で、人は墓地に行く。

　墓地はよく恋人たちのデートの場所になる。人々は墓地を散歩し、涼を求めるのである。

3

墓地は緊張と情熱に満ちた暮らしを送っている。石工、ペンキ屋、手仕上げ工、墓掘人、墓掃除人、芝や砂利を届けてくるトラック運転手、シャベルやじょうろを貸し出す倉庫で働く人、花や苗木を売る人——墓地の暮らしの物質的側面を規定しているのは、そうした人々である。

これらの職業のほとんどが、ブラック・マーケットの世界に類似したものを有している。あたかも、現代物理学の言う二つの空間〔ニュートン力学で代表される古典物理学における三次元のユークリッド空間と相対性理論における四次元のリーマン空間〕に存在しているものであるかのようである。

ブラック・マーケットの世界には、書かれてはいないが、それなりの価格表がある。労働ノルマがある。個人経営者は国よりも高い金をとるが、そこには質のよい材料があり、品数も多い。

墓地は国家の一部である。そして墓地は、国家と同じ階層組織によって管理されている。墓地の管理は中央集権化されており、権力は管理人の手に集約されている。そして中央集権システムは、われわれがよく目にするように、幹部にも重圧をかける。幹部とは指示を出す者ではなく、指示を実行する者なのである。教会は国家とは切り離されている。

教会には自分たちの職員がいる。すなわち、地位の高い職員と低い職員、聖歌隊、ろうそくや聖パンを売る人がいる。神への呼びかけがなされるのは、老人たちの埋葬の時だけではない。党員だった故人が聖職者とともに墓地へとやってくることさえある。原子力の学者であったり、ロケットの専門家であったり、テレビ・スタジオで働いていたりした時代の最先端の職業の若い人でも、ひとたび死ぬと、その埋葬に教会が関与するということが起きるのである。

司祭も二分されている――威厳のある正式な司祭と並んで、教会からも国家からも切り離された数十人の自営の司祭がいる。彼らは市民の着る平服を着ている。しかし、長い髪や人のよさそうな疲れきった顔や赤い立派な鼻で、彼らが自営の司祭であることが見分けられる。

正式の教会は彼らをとても嫌っている。彼らは瀆神的ともいえるほどに典礼がいい加減なのである。そのうえ、どんな対価でも受け取る。それは多くの場合、ウオッカ百グラムの値段と同じ額、あるいはその倍数の額である。

ヴァガンコーヴォの長司祭の満足がいくようにと、あるとき警察が自営の聖務執行者を一斉検挙した。警察の笛の音に合わせて長い髪の人々が墓のあいだを走ったり、コサック兵の斥候のように這ったり、柵を飛び越えたりするのを遠くから見ていると、とても滑稽に思えた。

しかしながら近くで見ると、みんな老人であり、その涙の流れる目や、受難者のようなつらそうな呼吸や恐怖に満ちた恥ずかしそうな表情には、すこしも滑稽なところはなかった。

4

墓地は、国、民衆、国家と生活を共にしている。

一九四一年の夏、ベラルーシ鉄道路線の引き込み線はドイツ軍から激烈な爆撃を受けた。大型爆弾は鉄道路線すぐ近くのヴァガンコーヴォの用地内にも落ちた。爆弾で木々がなぎ倒され、土くれ、粉々にされた花崗岩、木っ端みじんにされた十字架が、半円状にまき散らされた。爆発の力で放り出された棺や遺体が空中に飛ぶこともあった。

国内戦で飢饉に見舞われていた歳月には、墓地ではギシギシや菩提樹《リンデン》の葉が採集されていた。ヤギに食べさせるために、墓地では小枝が折られていた。墓地で行われる犯罪も、時代や民衆の暮らしの状況とかたく結びついているのである。

革命後の初期には、豚肉を商う墓守のことが口の端に上っていた――その男は夜間に墓を掘り返し、人肉で豚を飼っていたのである。捜査に当たった警察官はそうした豚を見て戦慄を受けた。豚がまるまると肥えていて、獰猛で、憎々しげだったからである。

ネップの時代[12]に、香辛料のきいたニンニク入り自家製ソーセージを個人商店に供給していた協同組合が話題になった。ソーセージを遺体の肉から作っていたことが分かったのである。

生活がよくなり、生活が明るくなった〔一九三五年、スターリンが演説中に使った言葉で、その後スローガンとなった〕時代には、墓泥棒たちは故人の貴金属や宝石、金歯、衣装に関心を持つようになった。

大祖国戦争後は、外国製品の流入が次第に増えて、墓泥棒も外国製の衣服や履物を物色するようになった。占領軍の一員としてドイツで働いた陸軍大佐は、自分の小さな娘に口をきく人形〔ママー人形〕を持ち帰った。大佐の娘は間もなく死んだ。娘が人形を大事にしていたので、両親はその人形を娘の小さな棺に納めた。ところがしばらくして、母親はその人形を売っている女を見かけたのである。母親は失神して倒れた。しかしこうしたことは、特別で極端なケースである。

いまは墓地にまつわる刑事犯罪は矮小化してきており、主として、花壇からの盗掘とか、肖像画の枠、花瓶、金属柵の持ち去りなどである。

5

クラウゼヴィッツ流に言えば、墓地は生活の継続であるということができる。[13] 墓は人の性格、時代の性格を表している。

もちろん、個性のない墓も少なくない。でも、個性のないパッとしない人は少なくないのである。

革命前の三等文官や商人の墓碑と現今の墓とのあいだには大きな隔たりがある。

しかし、隔たりのあることだけが注目すべき点ではない。注目すべきなのは、過去の民衆の墓とロケットや原子炉の時代の民衆の墓とがびっくりするほど似ているという点である。

なんという安定した力であることか！　木製の十字架、土饅頭、紙製の花輪……もし何千という村の墓を見て回れば、そこではよりはっきりと、より具体的に、そうした安定性を見てとることができる。《万物は流転する、万物は変化してやまない》——あるギリシャ人〔ヘラクレイトス〕は言った。

灰色の十字架のある小さな土饅頭からは、そのことは見てとれない。変化があるとしても、とても気づかない程度のものである。

それで結論はこうなる——要は埋葬の伝統が不易であるだけの問題ではなく、暮らしを支えている精神の安定性、暮らしの核心にある安定性の問題なのである。

なんという頑固さであることか！　だって、あらゆることがおとぎ話に見るような変化を遂げたのである。電気エネルギー・化学エネルギー・原子エネルギーによる新たな生活様式によって数知れぬ変化がもたらされ、変化をいちいち数え上げたりするのは陳腐なことにさえなった。

でも、百五十年前に建てられた灰色の十字架とこのうえなく似ているこの灰色の十字架は、暮らしの奥深いところを変えることのできない偉大な革命や科学技術上の大変革などは空虚なものであることを象徴している。そういうことが分かった。しかしながら、暮らしの奥深いところが変わらないものであればあるほど、大洋の表面は激変する。

つまりこういうことになるのである。嵐が来ては去るが、深い海の底はそのままに残る。革命の嵐の跡が残っている——墓地の背の高い草に覆われて、一風変わった奇妙な墓がいくつもある。真黒な塊で、その上に鉄敷《かなしき》があるもの。鋳鉄製の棒の先に鎌と槌があるもの。重いごつごつした金属のインゴットでできたもの。加工の施されていないざらざらした花崗岩でできた地球の上に五つの光芒をもつ星がのっていて、地球には複数の大洋や大陸が描かれている。なるほど、これは斬新だ！

半ば摩滅した革命の墓碑銘を読むことは、商人や貴族や工場主たちの研磨花崗岩に書かれた墓碑銘を読むよりも困難である。

しかし、革命によって書かれた半ば摩耗した言葉の一つ一つから、なんという熱い情念《パトス》が漂ってくることか。なんという信念、なんという炎、なんという情熱的な力であることか！

そして、世界コミューンを信じた人たちの墓碑のなんと少ないことか。そうした墓碑を見つけるには、十字架や花崗岩が盛大に林立するなかを、鋳鉄製の柵と大理石の板のあいだを、丈の高い雑草、低い雑草のあいだを、長いこと探さねばならない。

おお、馬鹿げた思想の犠牲者たちよ、
あなたたちはもしかして、強く期待したりしたのか、

あなたたちの乏しい血によって
永遠の極地を熱して溶かせると、
何世紀にもわたる氷の大きな塊の上に
その血が湯気を立てながら煌めくだけで。
鉄のごとき冬がふっと息を吐いた——
すると、痕跡すら残らなかった。[14]

かつてスターリンはソヴィエト文化について、内容は社会主義的、形式は民族的と言った。実際は逆になった。

ヴァガンコーヴォ、ドイツ人墓地、アルメニア人墓地は、暮らしの奥深いところにあるものを反映してはいるが、十月革命の年である一九一七年とキーロフ殺害[15]の年である一九三四年のあいだに表面に表れた日常生活、ソヴィエトの暮らしの現実を、あまりよく反映できなかった。この時期には、民族的なものがソヴィエトの暮らしの形式からソヴィエトの暮らしの内容へとまだ完全には移行し終えておらず、社会主義的なものが最終的に形骸化してはいなかった。この時期は、革命的インテリゲンチャと地下活動歴のある労働者が党を支配していたのである。

この時期が反映されているのは、モスクワ火葬所に付置された墓地である。異なった人種・宗教間の結婚のなんと多いことか！　なんと不思議なほど諸民族が平等であることか！　ドイツ人、イタリア人、フランス人、イギリス人の名前がなんと多いことか。いくつかの墓碑銘は外国語で書かれている。ラトビア人、ユダヤ人、アルメニア人がなんと多いことか。墓碑にはなんと戦闘的なスローガンが書かれていることか！

そこには、赤い壁で囲まれたその墓地には、まだ国家に乗っ取られていない、若々しい情念《パトス》、インターナショナリズムの精神、コミューンの耳に心地よいうわごとや心を酔わすような革命の歌声を伝えている、若々しいボリシェヴィズムの炎が燃えているように思える。

6

世界にあるもののうちでいちばん素晴らしいものは、人間の生き生きとした心である。その心の、愛し、信じ、赦し、愛のためにすべてを犠牲にするという能力は素晴らしい。しかし、その生き生きとした心は、墓地内で永遠の眠りについている。

墓標によって、墓碑銘によって、墓の土饅頭の上の花によって、死者の心を、その愛と悲しみを知ることはできない、うかがい知ることはできない。石や音楽や挽歌や祈りの言葉は、心の秘密を伝えるには無力である。

この無言の秘密の神聖さの前では、国家の打ち鳴らす太鼓と金管ラッパの音も、歴史の叡智も、石のモニュメントも、号泣しながら口にする言葉や追悼の祈りも、すべて軽蔑すべきものでしかない。そう、ここにあるのは、死そのものなのである。

一九五七—六〇年

1　モスクワ市内北西部にあり、面積五十ヘクタール。一七七一年にペストによる多数の死者を埋葬するために建設された。一八一二年にナポレオン軍と戦ったボロジノの会戦の死者、ニコライ二世の即位記念祝賀会でのホドゥインカの悲劇における死者、第二次世界大戦のモスクワ防衛戦での死者等が葬られている。

2　モスクワ中央行政区の南西部にある墓地。ワシーリー三世により一五二四年に建設されたノヴォデーヴィチ女子修道院の南側に、一八九八年に造成された。当初は二ヘクタールの広さであったが、第二次世界大戦後二度にわたって拡張され、現在は七・五ヘクタール。ゴーゴリ、チェーホフをはじめ多くの著名人の墓がある。この修道院は二〇〇四年に世界遺産に登録された。

3　ワシーリー・スーリコフ（一八四八―一九一六）。アカデミズムの画家に対抗した写実を重んじる画家の一団である「移動派」に属した画家。

4　ヴラジーミル・ダーリ（一八〇一―七二）。作家、辞書編纂者。官吏として勤めるかたわら、広く旅行してロシアの方言、昔話等を収集。約二十万語を収める大ロシア語詳解辞書（一八六三―六八）を刊行。

5　クリメント・チミリャーゼフ（一八四三―一九二〇）。植物学者。モスクワ大学教授。ソヴィエト・ダーウィニズムの創始者。

6　「燐」註8（二九頁）参照。

7　ニコライ・バウマン（一八七三―一九〇五）。一八九〇年代から活動を開始し、チューリヒでレーニンの知己を得た最古参ボリシェヴィキの一人。数度の逮捕と流刑をへて、デモの最中にツァーリ派組織のメンバーに撲殺された。ヴァガンコーヴォに埋葬された葬儀は大がかりなもので、革命的蜂起の前触れとなった。死後、ソヴィエト政府のプロパガンダに利用され、地区・公園・地下鉄駅・モスクワの工科大学等に名が冠された。

8　ワシーリー・キクヴィーゼ（一八九五―一九一九）。グルジア生まれの革命家。内戦時に南西部戦線や北カフカスで赤軍を指揮して活躍、戦死。三十回以上負傷しても戦線を離れなかった勇気が称えられた。

9　モスクワ市西部行政管区にある小地区。一九五〇年代のはじめに住宅コンビナートの労働者団地が造られたのが始まりで、六〇年にモスクワ市に編入された。モスクワ大環状道路の外側にある。

10　第六回世界青年学生祭典はモスクワで一九五七年七月二十八日から八月十一日に開催された。一三一か国から三万四千人が参加。日本からも一五五名の代表が参加し、原爆の悲惨さなどを訴えた。

11　ソフィヤ・ペローフスカヤ（一八五三―八一）。ナロードニキ時代の革命運動家。革命結社「土地と自由」のメンバー。父親がペテルブルク州知事を務める名門貴族の家に生まれた。アレクサンドル二世暗殺で有罪となり、ロシア史上最初の女性政治犯死刑囚となった。

12　一九二一年のロシア共産党第十回大会で新経済政策（略称ネップ）が採択された。なお、終期については議論が分かれるが、二〇年代に終了したと見るのが通説である。

13　「戦争とは他の手段をもってする政策の継続である」（クラウゼヴィッツ『戦争論』）をもじっている。

14　デカブリストの蜂起に対する珍しくも懐疑的な響きをもつフョードル・チュッチェフの詩「一八二五年十二月十四日」より引用。

15　共産党政治局員、書記局員でレニングラードの党組織の第一書記でもあったセルゲイ・ミローノヴィチ・キーロフ（一八八六―一九三四）が一九三四年十二月に暗殺された事件。三〇年代後半の粛清の契機としても利用された。

大環状道路で

ママが日曜日の朝食に、レモン汁のかかった生キャベツのヴィタミン・サラダ、ハム、ミルク・ティ、菓子二つ——フルーツ・ゼリーとソフト・キャンディ《テアトラーリナヤ》——を、出してくれた。朝食のあと、パパがいつものように言った。

「マーシカ、ヴァイオリン・ソナタをかけておくれ」

「誰のにするの？　お父さん」

パパは間延びした声でもぐもぐ言った。

「どんなに変だとしても、この場合は、クライスラーよりオイストラフがいいね。また、ラフマニノフよりはオボーリンだ[1]」

それでマーシャは、オボーリンとオイストラフ演奏のベートーヴェンのヴァイオリン・ソナタ第八番を、レコードプレーヤーにかけた。

パパと同じくマーシャにも、オイストラフとオボーリンのほうがラフマニノフとクライスラーほど激しくなく、演奏がソフトのように思えた。しかし九歳のマーシャは、ラフマニノフとクライスラーがどんな人物であるかを、パパとママの言葉だけから理解しているのではなかった。

レコードプレーヤーの上で音盤が回っていた。そして、そのゆっくりとした滑らかな動きからは、滑らかさやまろやかさなどなにもないような世界が生まれてきていた。

マーシャは音楽を聴いていた。鼻にしわを寄せながら、明るい金色の眉根を寄せていた。なぜなら、パパとママが彼女のほうを見ており、そのことが彼女をいらだたせていたからだ。《とても気持ちが休まるわ》ママが音楽について言った。《そう、そうだよ》パパが言った、《喜びだし、幸せだ》。

パパは普段から熱っぽく語るが、ママは平然としていて、パパの意見に賛成することはほとんどない。だが、一日あるいは一週間すると、ママはパパの言っていた意見を教師のような口調で口に出して言う。そんな時、パパはその喉にかかったような魅力的な声を引き延ばすようにして、《ああ、リューボチカ、おまえの言うとおりだよ》と言うのだった。

ママは、以前、大学で教えていたが、今はマーシャの発音の間違いをしょっちゅう指摘することをしていた。だからマーシャは、クラシヴィイェーイではなくクラシーヴィエィエ〔「美しい」という形容詞の比較級形〕だという具合に、正しくはどういう響きをしなければならないかを、ママの後について言葉を一生懸命に繰り返していた。

マーシャは新しい家へ引っ越したあと、学校には通っていなかった。内分泌腺のせいで熱が下がらず、医者からしばらく勉強を休むように言われているからだった。彼女はいつも大人たちといっしょに時間を過ごしていた。パパもママも、ちょっとしし鼻の金髪で怒りっぽいマーシャが彼らの関係の機微の多くに気づいているとは、思っていなかった。

ほら、パパがロシア音楽の運命とスクリャービン[2]の話をはじめた。次いでパパは、モディリアーニ[3]の話をした。ママは反論していた。ところが、その翌日には、ママはジーナおばさんにこう言った、《二十世紀音楽の話は、やっぱりまずスクリャービンの名前をあげなくては語れないわね》――それはパパの言った言葉で、ママはそれを嘲笑していたのだ。また、二、三日すると彼女は、ピアノの上にかかっている絵を指して、ジーナおばさんにこう言った、《ああ、モディリアーニ、モディリアーニ、彼のせいで気が狂いそうだわ》。

一番大きくて快適な部屋がパパの書斎だ。しかし、広いはずのそのパパの書斎も、本と絵画が多すぎて、窮屈だった。そのうえ、ピアノが大きく場所をとっていた。

ある時、マーシャは布きれで作ったお人形のモーチャを、パパのソファの上に忘れた。すると、パパのこう言う声が聞こえた。

「リューボチカ、どうかこの化け物をどけてくれ」

マーシャがパパに腹を立てたのはその時が初めてだった――とにもかくにも、彼はとてもいい人だったのである。そしてこの日曜日の朝も、二人はパパの好きなベートーヴェンのヴァイオリン・ソナタを聴いていたのである。すると、パパが言った。

「この音楽を聴くのは、わたしにはたいへんな喜びだ!」

パパがなぜ喜ぶのか、マーシャは不思議には思わなかった。音楽は素晴らしかった。

その後で、パパはママとマーシャに散歩しようと言った。彼らはモスクワのはずれの九階建ての建物に住んでいた。建物は設備が整っていて、エレベーターとダストシュートがあり、空調つきで、お風呂には浴槽があり、薄い青色の四角いタイルが敷き詰められていた。

九階全階に科学者や芸術家が住んでいた。住人には自動車を持っている人が多く、建物の前のアスファルトの小さな空地では駐車しきれなかった。それにその自動車ときたら、住人と同じようにとても堂々とした、立派な車だった。みんな《ヴォルガ》《ヴォルガ》で、《チャイカ》の人さえ何人かいた。ある物理学者の車などは、米国製の《ビュイック》だった。

パパの見ている地図では、ここの建物の周囲は大きな商店、公園、噴水のある新しい街区となっていた。しかし、新しい地区の建設が少しばかり先送りされていて、建物の周囲には庭や菜園つきの木造の建物が建っていた。大きな通りからちょっと離れた低地には、まったくの農村風景が広がっており、牝牛が鳴いたり鶏が鳴いたりしていた。一方、大きな水たまりでは、海みたいに波が立つこともあるほど大きいこともあって、アヒルが泳いだり帆を張ったコンチキ号[4]に乗って子どもたちが航海をしたりしていた。その先は野原で、さらに先は森だった。

彼らはアスファルトの上を散歩しはじめた。その後は、黒っぽい模様のようなトウヒのあいだに黒ずんだ古い教会の鉛の円屋根が見える森へと続く小道を散歩した——この教会は十六世紀に建てられたのだと、パパが言っていた。

新しいアパートでは、ママがしばしば愚痴をこぼしていた、《遠すぎてうんざりだわ》。でも、パパは、静かなのが気に入っている、と言っていた。また、木造の百姓家《イズバ》に住んでいる人たちの目は穏やかだし澄んでいる、モスクワ中心部にあるような病的な興奮というものがない、とも言っていた。マーシャは、この問題ではママは本当はパパに賛成してはいないということに気づいていた。だからこそ、ここでは前のアパートよりも仕事がはかどるとパパが言ったりすると、ママが《遊びよ、遊びだわ！》と言うのであった。

もっともパパは、ママと同じく、村の方に散歩に行くことは好きでなかった。そこでは、下品な言葉を口にしながらけんか腰でうるさくつきまとう酔っぱらいに出会ったりした。とくに日曜日には嫌なことが多くあった。

野原に出たとき、パパが言った。

「空襲の恐れはなくなったね」

「そんなもの、あなたにはなんでもないでしょ」ママが言った。「モスクワの大環状道路のはずれに住むのが気に入っているのですから」

しかし、ここの建物とモスクワとの間にあるバラックの建っている居住区の方が、もっと敵意に満ちていた。その居住区では、素面《しらふ》の人間までが、この大きな建物に住む人たちに向かって下品な言葉を口にした。とても下品な言葉なので、ママはある女の人に向かってお店の中で言った、「子どものいる前で、恥ずかしくないのですか……」

しかし、その女の人は子どものことでとてもひどい言葉を口にした。ママはあわてて言った。

「行きましょう、行きましょう、マーシャ！」

二人は黙ったまま、手をつないで通りを歩いた。古いバラックの窓は、燃え殻や石炭やごみの山と同じ高さのところについていた。それでマーシャには、まるで顔を目のところまでプラトークでぐるぐる巻きにした意地の悪い老婆みたいにして、バラックがうさんくさそうにこちらを見ているような気がした。

白い羽に色インキで印のつけられた汚い雌鶏が、わが物顔に庭を跳ね回っていた。洗いざらしや継ぎの当たった色とりどりの下着類が、洗濯物を干す紐の上で脅かすかのようにはためいたり風をはらんだりしていた。蛇のようにシューシューいう音を立てているストッキングが、マーシャと母親に襲いかかりたがっているように思えた。

大きな通りに出て、なぜ女の人は怒ったのかとマーシャが訊いたとき、ママは答えた。

「わたしたちの建物には、冷蔵庫、針葉樹のエキス入りの薬風呂と自在に動いて使い勝手のいいシャワーがある。なのに、ここらの木造の百姓家は南京虫だらけだし、バラック造りで、便所は寒いし、つるべ井戸だし。だから彼女は怒ったのよ」

　隣に住む人の飼っている猫のためにタラを買いに行った食料品店で起きたその出来事以降、ママとマーシャはバラックの建っている居住区に行ったことがなかった。それに、そこで何をするというのか。食料品とパンなら、中心部から自動車で運んでいた。

　隣の女の人がママに言っていたが、居住区の薬局には、モスクワじゅうを探してもクレムリンの薬局でしか手に入らないとても珍しいハンガリー製の薬があるのは、そのとおりである。しかし、ママは言った、

《いいえ、あんな人たちはごめんだわ》。

　村の商店にはドングリでつくった代用コーヒーの包みとオーデコロンが売られていた。そこはいつも人が少ないのだが、村の商店あるいは居住区の食料品店には、騒々しくて苛立った人の行列がときおりできた。ある時、エレベーター係の女が持ち場を放棄してその行列へと駆け出したことがあったが、後でマーシャに説明してくれたところでは、皮をはいだ食用家畜の骨や内臓を手に入れるために、頭と蹄で作った煮凝り料理を手に入れるために、行列ができたのだという――みな安価であり、屠殺場からの直行品なので新鮮で質がいいのだ。普段は、村の人たちは郊外バスに乗ったり同じ方向に行く自動車に便乗したりして、白い棒パン、脱穀した穀類をモスクワに買いに行っていた。牛乳を買いに行く人もいた。

　マーシャの家の建物近くの大きな通りには、毎朝、刺し子の綿入れ上着を着、長靴を履いた老婆たちが立って、葉玉ねぎの青い葉を売っていた。老婆たちは買い手とはひそひそ声で話をしているが、建物の住人がズボンをはきジャケットを着て犬を散歩させるか、ジョギングをするかしている後ろ姿を見ている時の彼らの目には、どこか奇妙な、嘲笑するようでいて同時に絶望したような表情があった。だがとつぜん、はじけ

るような恐ろしい音をさせて警察官がオートバイで現れたりすると、老婆たちは自分の袋をさっとひっつかんで、ドタバタ足音を響かせながら、黙って村の方に駆けていくのだった。

ある時など、建物近くに森から若いヘラジカがやってきたことがあった。ヘラジカは考え深そうな眼差しで、自動車やピカピカの車寄せの取り付け道路やアスファルトにこぼれてできた黒っぽい油だまりをじっくりと見回して、自分とはこのうえなく無縁なガソリンとごみのコンテナーの臭いを嗅いでから、大きな通りを森の方へと悠々と歩みはじめた。

日曜日の散歩は大正解だった。空は青空だったし、草は緑だった。パパとママは、互いに小道を譲りあいながら、草の上を歩いていた。それでマーシャは、両親を追い抜いては振りかえったりしながら、小道の上を駆けた。あらためて両親の間を走り抜けながら二人の会話の言葉を捕まえてみたり、前方に走り出てみたりした。

彼女は気分がよかった。空には雲が浮かんでいたが、空は大きく、雲が太陽を隠すようなことはなかった——空には雲にも太陽にも十分な場所があった。野原と森は沈黙していたが、マーシャは、周囲でクマゲラやハリネズミやモグラの暮らしが営まれていることを、地上と地下でのそうした暮らしが、暗くなり雨でいっぱいになり、そしてふたたび明るくなる雲の暮らしと結びついている、パパとママのそばで小道を駆けるマーシャの暮らしと結びついていることを感じていた。

マーシャは父親と母親を愛していた。そしてどうやらそうやって愛していることが、空や野原やマーシャが明るい幸せの中に包み込まれるのを助けていたに違いない。

だが終わり近くになって、散歩は台無しになってしまった。空ではジェット機がチョークで描くようなおもしろくもない白い線を描きはじめ、地上ではアコーデオンの吼えるような大きな音がし、女性たちがつんざくような声で好き勝手に歌い始めたのだ。空は以前どおりに青かったし、草は緑だったけれど、そして飛行機の描く幾何学的な線模様は雲より白かったし、地上では歌と音楽が聞こえて、叫び声も罵り声もなかったけれど、すべてがあっという間に別物になってしまい、明るく幸せな包みもほどけてしまった。パパとママは家路を急ぎはじめた。

「へんだな」パパが言った。「すぐ近くに野原も森もあるのに、そうしたものとの出会いを、ほら、こういった悪口を言ったり歌を歌ったりするやつらが邪魔をする。しかしここに現代的な都市地区が出現すれば、当然のことながら、森も野原もなくなってしまうだろう……昨日、夕方前に、開いた窓のところに立っていたら、カッコウの声が聞こえた――本当になんと素晴らしいことだろう」

「それは向かいのアパートの、将官さんのところのだわ」マーシャが言った。

「おや」ママが言った。「今日のおまえはわたしと同意見なのね。なによ、こんな素晴らしさなんて。カッコウなんて関係ないわ。しょっちゅう心配しているのをやめたいわ。わたしはマーシャを一人で表に出すのが怖いわ。ああいった女や老婆たちの敵意に囲まれている。大酒のみの酔っぱらいがうろついている。何をされるか分かったものではないわ」

日曜日にはいつもそうであるように、早めに昼食を食べた。昼食には、部屋を三つも使って住んでいる目のきらきらした太った陽気な女性が、お客にやってきた。勲章を四度ももらっているスコボヴァ教授である。一方、モスクワからは、パパのお友達で最近アフリカから戻った、口数が少なく顔色の悪いスタニスラフ・イワーノヴィチがやってきた。

太っていて大きなスコボヴァ教授については、嫁のもらい手はないだろうが、魅力的で素晴らしい人間だと、みんなが言っていた。彼女はなぜか不思議なほどすぐに赤くなり、ちょっとしたことで、白いふっくらとした頬全体がキイチゴ色の赤みを帯びた。

最初がピューレスープ、次いで焼いたアヒル、デザートはダイエット食品店から買ってきたアンズのムースだった。太ったスコボヴァはさらに太るのを恐れていたので、甘いものは食べなかった。それで彼女の分がマーシャに回った。

マーシャはムースを食べ終えかけていた時に、スコボヴァに訊いた。

「さぞかし羨ましいでしょう?」

すると、スコボヴァはとても顔を赤くし、そのあとで、輝くようなその茶色の目に涙が浮かぶほどひどく笑いだした。彼女のその笑い声は不思議なほど気持ちがよかった。

マーシャは食べすぎるほど食べた。そして、スウィーツ用の空の皿を脇へ押しやった。

「ふう!」そう言ってから、大きなしゃっくりをした。

誰もそのことで小言を言わなかったし、からかったりしなかった。パパだけが彼女を抱きしめてこう言った。

「田舎育ちのかわいい子だね」

昼食の後、スタニスラフ・イワーノヴィチはチェスでパパに負けて、マーシャにこれはワインを飲んだせいだと言った。マーシャは彼に言った。

「でも、パパもワインを飲んでいたわ」

その後で、二階に住むバラバーノフさんたちがやってきた。それで、みんなで一緒にお茶を飲みながら話をした……バラバーノフさんについては、いつもこう言われていた、《彼はとても才能がある》。

バラバーノフさんはサイバネティクスに取り組んでおり、冗談とも真面目ともつかずに、自分の電子機械は間もなく詩人やチェス棋士にとって代われるようになると言っていた。人は彼のことを、彼のいないところでは《ロシア科学界の誇り》と言っていた。だが、ヴォロージャと会っているときには、彼が流行の服装が大好きなことをからかってもいた。彼の奥さんは会話のたびに、《ヴォロージャ、馬鹿なことを言わないで》と、彼を制止していた——それでいて、彼の背広から毛屑を取ってやったりしていた。

テーブルでの会話は、コンサートホールでのコンサートのことや大使館でのレセプションが退屈であったこと、誰かの奥さんがパリやロンドンのお店で笑いたくなるほどがつがつと買い物をしていたこと、ダイエットのこと、アカデミー会員たちの別荘には部屋がたくさんあって、夫や妻たちが離婚に際してそれらをどんな滑稽なやり方で分けたかということ、プードルやスコッチテリアの滑稽なしぐさのこと、誰の頭がより光っているか——レフ・アブラモヴィチなのか、あるいはアレクサンドル・セルゲーエヴィチなのか——についてだった。アフリカのライオンやワニについては、スタニスラフ・イワーノヴィチはなにも語らなかった。

そして奇妙なことに、作曲家が話をしようが、あるいは著名な腫瘍専門医の妻、あるいはもっと著名な物理学者の妻、あるいは著名な物理学者その人が話をしようが、テーブルでの会話の話題と会話を成り立たせている言葉には、まったく変わりがなかった。マーシャは声だけを聞き分けていた。

マーシャには、彼らは特別聡明に見えたいのだと思えるのだけれど、物理学者と医学博士たちは音楽と絵画について、まるでそれなしには一時間も生きていられないみたいにとくに興味深そうに話をし、画家と詩人たちは陽子と中性子のことになると熱くなることに、マーシャは気づいていた。お客たちはいつも同じ人たちのことを名前と父称で呼んで話題にしていた。イーゴリ・ワシーリエヴィチ、ニコライ・ニコラーエヴィチ、アンドレイ・ニコラーエヴィチ、ボリス・レオニードヴィチ、イリヤ・グリゴーリエヴィチ、ドミトリー・ドミートリエヴィチ……マーシャはそうした名前と父称を空で覚えた。そうした名前の数人以外に、パパやママの知人たちが会うモスクワ在住の人はいないように、マーシャには思えた。

パパだけはこうした名前を口にしても、自慢しようとしているのではなかった。パパにはパパなりの際だった特徴があった。パパはなにを語ろうと――空の新星、プロコフィエフの音楽、展覧会の絵についてだろうと――同時に自分のことを語っているのだった。マーシャは感じるのだが、パパは話を自分のことに持ってくるという目的を持って、遠回りに話を始めるのである。たとえば、こんな具合に。誰々さんはわたしをかわいがってくれる。だが、わたしのことを理解はしていない。そんな人はわたしの近しい人と言えるだろうか。あちらではわたしのことについてなんとひどい書きっぷりがなされていることか、あるイギリス人がわたしのことを絶賛してくれているけれど、わたしを苛立たせてもいる、つまり、そのイギリス人はわたしの本質をまったく理解できなかったのだ。

マーシャはパパを愛していた。パパを誇りにしていた。しかし、自分のことについて話をしたくて星の話、あるいはボストン交響楽団のコンサートの話を始めるとき、パパがどんなにかわいい人であるかを、パパがどんなにぎこちなく子どもみたいにずる賢い振る舞いをするかを、他人だけではなくママさえもが評価できないでいるのが、彼女には心配であった。今日も今日でスコボヴァに向かってパパはこう言ったのである。

「あなたがわたしの考えを支持してくれるものと確信しているが、物理学には、文学や絵画においてと同じく、デカダン派がいるし、いわば民族性と呼ばれるものがあるのだ……」

こうした言葉をパパは無邪気な声で言った。誰にも、ママにさえも、何が言いたいのかが想像できなかった。だが、マーシャにはすぐに分かった。そして実際に、そのとおりであることが判明した。間もなくパパは、パパを賞に推したストックホルム大学の話を始めたのだ。

マーシャは、みんなに自分の容姿が気に入られていることを知っていた——頬骨が出ていて、ほんのすこしばかりタタール人らしい目をした、金髪の女の子である……ママは彼女に、赤い雄鶏をクロスステッチで刺繍したリンネルのワンピースを着て髪をおかっぱにカットして前髪が額にかかっている、そんな田舎風の身なりをさせていた。そして誰もが、彼女につきまとったりうっとりとみとれたりしながら、こう言うのであった、《短靴ではなく、樹皮製の靴を履かせるといいわ。そうすりゃ、まさにネステロフだわ[6]》。

マーシャはなぜか日中のうちにひどく疲れてしまった。昼食を食べすぎたからか疲労のせいなのか、彼女は口の中に嫌な味をずっと感じていた。

ついにお客たちは帰った。残ったのはスタニスラフ・イワーノヴィチだけだった。マーシャはこの時間がとくに好きだった。パパがスタニスラフ・イワーノヴィチと二人きりになると、テーブルでの単調な会話が終わり、二人ともすぐにうって変わって、まるで若返ったように、笑ったり言い争ったりしはじめるのだった。寡黙なスタニスラフ・イワーノヴィチが、その青白い顔をほんのりバラ色にし、赤くし、異常なほど饒舌になるのだった。一方、パパはある時など、カッとなって拳固でテーブルをたたいて、スタニスラフ・イワーノヴィチのことを間抜けと言ったりした。

今も彼らは論争をしていた。サイバネティクスに関していがみ合いさえしていた。パパが言った。

「いいか、理解しろよ。みんなが不安に思っているのは、機械が人間と肩を並べるから、あるいは凌駕するからなんてことではまったくないのだ。そんなことは誰をも傷つけないし、恐れさせもしないよ。問題の本質は人間と機械が同等だということに対する恐怖にあるのではないのだ。人々は機械を恐れているのではない。人間を恐れているのだ。問題の本質は、人間の人間に対する無意識の恐怖にある。機械ではなくて、人間が人間を脅しているのだ。分かったかね？　機械と同等であることをではなく、機械と同等であることの結果生まれる人間のあいだの不平等を、人々は恐れているのだ。災厄はそこにこそあるのだ！　人間の自由のための闘いにおいて、機械と同等であることが人間を無力化し、人間を機械のではなく人間の永遠の奴隷としてしまうことを恐れているのだ。魂のない構造物と同等であることが、かつて見たことのないような非人間性を確立し、バラバーノフの電子機械が、人間と比べた時に、自由な身であり嵐を渇望してやまない天空の息子のように見えるだろうことを、恐れているのだ」

「深い考えだ」スタニスラフ・イワーノヴィチが言った。「機械が人間より上になることに災厄があるのではなく、災厄は、じつは、人間が機械より下になることにあるというのだね」

「くだらない！　きみは分かっていない！」パパが言った。「この点に関しては笑うようなことはなにもない」

その後でパパが言った。

「もちろん、心を揺り動かす真実のためには、わたしはすべてを擲《なげう》つさ——家族も、家も、本も。袋を担いで出かけていくのだ」

その時、ママがひどく悪意を込めてそっと言った。

「口先だけよ、口先だけ、ポーズ、ポーズよ……唯一あなたが犠牲にできるのはわたしだけ。ただし、旅や袋のためなどではまったくないわ。いつも同じことばかり言っていては、効き目がないわよ」

パパが袋や旅のことを口にするのは、これが初めてではなかった。

しかし今回は、マーシャは話をいい加減に聞いていたので、心配にはならなかった。夕方にかけて彼女は体が重いと感じるようになり、とくに頭が重くなった。

彼女は夕食はいらないと言った。食事のことを考えるのさえ不愉快だった。レコードプレーヤーでイタリアの新人歌手のレコードがかかったとき、彼女は《アヴェ・マリア》を聴きながらうつらうつらしはじめた。すると、ゴミ箱の上の猫が頭の中に浮かんできた。マーシャがその猫を胸に抱きしめると、猫はひどく匂った。

やがて、眠そうにしている彼女はベッドに寝かされた。彼女は、眠りに落ちながら、隣の部屋から聞こえてくるママの声を耳にした。

「やれやれ、もはやマリオ・ランツァ[7]どころじゃないわ」

そして、事実、窓の向こう側でマリオ・ランツァは歌っていなかった。マーシャはその言葉のことを知っていた。その言葉は、「罵りあう」という意味で使われているのだった。

夜中にマーシャは腹部の痛みで目が覚め、両親を起こした。ママがマーシャのお腹をさわったとき、娘は叫び声をあげた。パパは体温計を見て、小声で言った。

「たいへんだ」

恐ろしいことだった。灯油が燃えているように熱っぽく、腸の中には瓶のかけらがあるみたいで、痛みがある。その痛みのせいで顔に汗が出るとともに、両手と足の甲が急に氷のように冷たくなった。そして頼りない状態でいる娘のマーシャのすぐそばには、父と母の青ざめた顔があった。

半ば意識のない状態でいるマーシャに、自分がこの日食べたものをママが馬鹿みたいにいちいち数え上げているのが聞こえた、《ピューレスープ……ダイエット食料品店からのハム……いや、違う、違う、そんなはずはないわ》。

表のドアがパタンと閉まってからパパがこう言ったが、マーシャには聞こえなかった、《電話が通じた、通じたぞ。しかし、町からここに来ることは断固ことわるというのだ。地区の病院とは連絡がとれた……当直医をよこすってさ》。

「まあ、なんてことなの」ママが言った。「あそこにいるのは、腕の悪い医者たちですよ」

両親の落胆は並大抵ではなかった。だって、マーシャの住んでいたのは力ある人たちの世界だったのだから。彼らは地球上あちこちを飛行機で飛び回り、その肖像画が新聞に載り、クレムリンでのレセプションや国の最上級の偉い人たちとかわした会話について語っていたのである。彼らの論文については世界が関心を示していたのである……とにかくパパも、とてもやさしくて感受性の強い人で、マーシャにはおなじみの力ある人たちの世界の一員だったのである。

そのパパの目がいま茫然自失して頼りなさそうなのを見て、マーシャは自分の症状の重いことを理解した。空色のベレー帽をかぶり白衣の上に外套を着てベッドに近づいた若い女医も、おっかなびっくりであるような目をしていた。それでマーシャは、もうこれですべては終わりだと、理解した。女医さんが怖気づいているのは、大きな書棚やピアノや大理石製のダンテの頭部のせいではなく、ママが信頼していないせいではなく、高い地位にあり著名であるパパの声が緊張のしすぎで詰まったりしているせいではない……と、理解したのである。女医はマーシャ一人のせいで怖気づいたのだ。そして、生きることに一生懸命であるマーシャ、四月の小さな植物が夜の猛吹雪とは無縁であるのと同じように死という概念や感覚とはまったく無縁な小さな生き物であるマーシャは、不意にその心と頭とで、死が自分の中に入り込んだこと、死がパパやママや女医を恐ろしがらせていることを、理解したのである。

それから、マーシャは毛布にくるまれて階段で下に運ばれた——燃えている灯油が腹部から脳のほうへとどっと流れだして、彼女は殺されかけている犬のように哀れっぽく小さく金切り声を立てた。

するとすぐに、まるで雪が地上に落ちたかのように、ママの泣き声もパパの恐怖も黒い穴を見下ろしじっと動かずにいる掘削機も消えて、静けさだけとなった。

避けがたい恐怖に面と向かうことを覚悟してマーシャが目を開けたとき、自分の上にまばゆい大きなランプ、白く明るい天井、男の人の大きな顔、信じられないくらいに清潔そうなコック帽があるのが見えた。ほとんど目がくらんでしまうくらいに白一色に染めあげられたその白さには、有無を言わせない、しかし落ち着きはらった、救いの力があった。そして、雪のように白くまばゆい静けさよりも落ち着きはらっていたのが、ロシア人でありタタール人である年配の男の目が細くてしし鼻の顔、一度なされたら変更も修正もできない仕事にとりかかった人間の顔であった。

マーシャは身がすくんだ。腹部の痛みさえしなくなった。少女は自分の腹部を下目づかいに見てみた。しかし、シーツのカーテンでそれは見えないようになっていた。

そして白い壁のそばに白いサイドテーブル二つといくつかの白い腰掛があり、幅の狭いテーブル上の台の上にあおむけに寝ている彼女、マーシャ自身がいる部屋全体が、ランプの光沢のあるシェードの中に映っていることに、とつぜんに気づいた。

白衣を着た三人の女性がテレビの中にいるみたいにしてシェードの中にいることに気づいた。アルコールの青い炎、白い滑らかなバットの上に立っている蒸気、包帯、たくさんの脱脂綿に、気づいた。やがて彼女は、クリミヤでの日焼けの跡が残る腹部がむき出しであり、腹部の上方には手があることに気づいた。

マーシャはいま何が行われようとしているのかを知った。しかし、外科医を恐れはしなかった。そして重要なことは、外科医が彼女を恐れていないということであった。彼はうなずいて、彼女に微笑を見せた。医師がヨードで彼女の腹部に色を着けるのを、彼女はシェードのガラスの上で見た。

「復活祭の卵のようにしてわたしのお腹に色を付けるのですね」

「復活祭の卵はヨードではなく玉ねぎで色を付けるよ」

まさにそのとおりだった。それで、マーシャは争おうとはしなかった。

自分の手術のために準備されたもののすべてを、彼女はシェードの中に見ていた。すなわち、煌めくようなステンレスも、タンポンも、脱脂綿も、針も――こうしたものすべてはパパとママの絶望やお手上げぶりほど恐ろしくはなかった。

医師がステンレスを手にし、マーシャが一瞬息を飲み、どの人の中にも住んでいるウサギが彼女の中で寒気を覚えて震えはじめたとき、感情のこもった興奮した女性の声が聞こえた。

「お店に女物の外套が入荷しましたのよ」

医師が質問した。

「緑色のはあるかね」

そしてこの会話が、マーシャの血がシェードに見えるようになって流れ出し、医師が顔をしかめてもはや微笑みかけてはくれなくなったその瞬間にも、マーシャが希望をもって落ち着いていられる助けとなった。


健康が回復してきているという幸福感が、たぶん、マーシャの身に起きていたすべてのことに、一日を満たしていたあらゆる大切なことやつまらないことに、入り込んでいたに違いない。でも、ひょっとすると、この幸福感はまったく別種の幸福感だったかもしれない。

病棟には、織女工で威圧的な感じのする太ったペトローヴナとコルホーズ員で意地の悪い白髪頭の老婆ワルワーラ・セミョーノヴナがいた。マーシャの横には、嫌われてラーゲリで二年間を過ごした女店員のクラーヴァが寝ていた。窓のそばには、大型コルホーズ《暁《ザリャー》》から来た、どんな理由でかは知らないが切られたり殴られたりした、アナスターシャ・イワーノヴナが寝ていた。もう一方の窓のそばには、昔は家政婦として働いていた愛想のよすぎるチーホノヴナが寝ていた。

スープはブリキ製の小さな深皿で出された。スプーンは軽くて、まるで藁でできているみたいだった。枕やクッションの類もまたひどく軽くて、きしるような音がする。そうしたことすべてがマーシャを面白がらせていた……ベッドは鉄製だったが、マーシャはこれまで鉄製のベッドなど見たことがなかった。

そしてスープは、同じように裏ごしされた野菜スープではあったが、マーシャが家で食べているものとは似ていなかった。シーツも別物であり、黒印が大きく押してある碁盤縞模様のタオルは、家のお風呂場にかかっているものとはどう見ても似ていなかった。

ペトローヴナは息切れがするので息づかいが荒かったが、声には力があり将軍のような声をしていた。それで、将軍夫人と呼ばれていた。

マーシャが隔離室から病棟に運ばれたとき、ペトローヴナが言った。

「素敵な娘さんだね。小さな鼻がジャガイモみたい。田舎の娘だね」

ワルワーラ・セミョーノヴナは声を引き延ばすようにして言った。

「やれやれ。でも、足は長くて細く、ツルみたいだよ」

その後マーシャは、意識が戻ってから、化膿性盲腸のことについても、手術についても、今回の病気がどうやってはじまったかについても、考えられるあらゆることについて、質問攻めにあった。

チーホノヴナのする質問は不愉快なものであった。マーシャは答えに窮した。チーホノヴナがマーシャたちの住んでいる部屋は大きいのかと質問したとき、マーシャはしばらく黙りこくっていた。チーホノヴナが質問を繰り返したが、マーシャは黙っていた。するとワルワーラが説明した。

「部屋が多すぎて、この娘さんには数えられないのよ」

チーホノヴナがパパのことについて《どういう人なのか》と質問したとき、マーシャは不機嫌そうに言った。

「わたしのママは先生です」

その答えが病棟内の興味を引いた。ペトローヴナが言った。

「ママが先生だというのだね。そしたら、パパは生徒だということね」

ワルワーラ・セミョーノヴナが言った。

「どうやら、身体障害者だね」

クラーヴァが言った。

「ひょっとすると、拘禁されているのかも……」そして、少ししわがれた小さな声で、しばらく歌を歌った。

ああ、退屈だ、仲間はみんな監獄にいる
悪事に誘ってくれる日をおれは待てない……

包帯をぐるぐる巻きにされたアナスターシャ・イワーノヴナが言った。

「きっと彼は彼女のもとを去ったのよ」

するとクラーヴァが言った。

「去ったら去ったで、しかたがないわ。ということは、これまでの生活が彼はいやになったのよ……」そう言って、夢見るようにこう付け加えた。「ほら、たとえば、商業に従事しているわたしたちにとっちゃあ、フォルゾン〔トラクターの一種〕だろうがケルゾン〔犬によくつけられる名前〕だろうが、そんなことはどうでもいいの。わたしたちの唯一の喜びは愛、それだけ」

翌朝のことであった。夜のあいだ休んで疲れをとった太陽が、病院の壁に、セモリナの粥の入った小さな深皿に、お茶の入った白いマグカップに、ベッドの下からのぞいている病人用便器の上に、明るく光っていた。理由もないのに心がウキウキし、心臓が不安そうに動悸を打っていた。これから先の長い人生への期待がマーシャの心を鷲づかみにしていた。朝は、そうしたことのなかにあった。

やがて回診があった。医師がマーシャのところにきて、その温かい大きな手で髪を撫でてくれたとき、娘は平安と幸福とを感じた。医師は髪が白いと同時に禿げてもいた。ロシア人であると同時にタタール人でもあった。無愛想であると同時に優しくもあった。ひどい靴を履いていてみすぼらしくもあると同時に偉そうでも、それもとても偉そうでもあった。

「パパとママを呼んでください」

「それはどうにもなりませんね。ウイルス性感冒に対する防疫体制がとられているのですよ」

医師が行ってしまうと、老婆のワルワーラ・セミョーノヴナが言った。

「ああ、わたしはあの医者が好きだよ」

「どうして医者にそう打ち明けなかったのさ」ペトローヴナが訊いた。

「人が多くいるから、恥ずかしかったの」

「あら、ワルワーラ、愛になんの恥ずかしいことがあるの」ペトローヴナはそう言って平べったい鼻の大きな鼻孔をふくらませた。

冗談とも真面目ともつかずに七十代の女性二人が愛について話をしていること、それがマーシャにとってはたいへんな驚きであった。

やがて女たちは賃金についての話をしていた。病人に出す食事の用意をしていた看護員たちもその会話に加わり、強い不満を口にするようになった。その後で、看護員でもっとも年長で不美人のリーザが、スープの入った深皿をのせた盆を窓敷居のところに置いて、若い時にどんなふうに踊っていたかをやって見せた。それで、みんなが陽気になった。

暗くなりはじめたとき、マーシャは憂鬱な気分になった。病棟の中は静かだった。おばあちゃんのワルワーラはときどき軽くいびきをかいていた。切られたりしたアナスターシャは、夢をみながら唇をピチャピチャいわせていた。涎が出ているようなその音がどうやらペトローヴナをいらだたせていたようだった。

「えい、そこのあんた。どうして唇をピチャピチャいわせるのだね。ブリヌイ〔クレープ〕でも食べているのかい」

ペトローヴナの顔は、眉毛が濃くていかめしく、長いこと病院で横になっているにもかかわらず、日に焼けているように見えた。アナスターシャ・イワーノヴナは答えずに、眠り続けていた。媚《こび》を売るようにして、チーホノヴナが小さな声で話しはじめた。チーホノヴナは、どうやらペトローヴナをすこし恐れているようで、彼女に気に入られよう、自分の話で彼女の興味を引こうとしていた。マーシャは最初の時からすでに気づいていたが、チーホノヴナは相手に応じて自分なりの工夫をした話し方をしていた。すなわち、看護員とはある種特別な話し方で、ペトローヴナとは別の特別な話し方で話をしていた。だが当直の看護婦と話をするときには、もはや歌でも歌うようにしてしゃべりまくっていた。クラーヴァあるいは切られたアナスターシャに家政婦としての自分の人生の話をするときには、すべてを美化していた。

「水槽の中ではきれいな魚が泳いでいる。それから、ご主人は奥さんにヌートリアの毛皮外套《シューバ》を買ってやった。まじりっけなしのヌートリアよ、八千ルーブル払ったの。それから花、その花ときたら……」

織女工の老婆と会話をしているときには、彼女はまったく別な絵を描いていた。

「あの人たちの人生ときたらなによ、家に帰ると本にかじりついて、奥さんのほうを見もしない……お金持ちのところへは救急車が昼でも夜でもやって来るのさ、断ることをしないで……お金持ちの病気なんて決まったものよ。つまり、あんまり食べ過ぎるから、息がつけないのさ。アヒルのようによたよた歩いていって自動車に乗るの。ほら、わたしの最後のご主人なんてこうよ——勤めから帰ってがつがつ食べたあと、すぐに心臓が苦しい、だってさ。奥さんが電話機に飛びついた。救急車は、もちろん、すぐに来たけど、ご主人はもう手遅れ……託児所もたいへんなものだし、幼稚園も特権階級専用ので、著名人の子どもだけが入れるところなのよ」

一方、ペトローヴナは、誰とでも、当直看護婦とも医師本人とでさえも、同じように——見下したように、やや粗野に、お説教でもするようにして、嘲笑したり怒ったりしながら——話をしていた。

彼女のきらきら輝く銅製のラッパみたいに力のある将軍のような声は、自分の孫たちのこと、娘の連れ合いがどんなに自分を追い出したがっているか、雇い主の百万長者のプロホロフのこと、ヒトラーがどのようにして全ロシアを征服したいと思うようになったか、自分が織機のそばで五十年間働いたことについて話をするとき、いつも同じように嘲笑的で相手を見下したような声であった。

今、夕闇の中で、チーホノヴナがペトローヴナに小声である事件の話をはじめた。マーシャは、その話にゾッとなったり笑いをこらえたりしながらひどく緊張していたので、縫い目がさけないか心配になるほどだった。

それは、強盗たちによって殺された女子学生とその女子学生の埋葬後に起こったことに関する話であった。

「うそっぱちさ！」不意にクラーヴァが言った。クラーヴァはじつは眠っていなかったのである。

しかしチーホノヴナは、すべてはまさに自分の話すとおりにして起こったと言い張った。

「これはマロヤロスラーヴェッツであったことだよ。ザゴールスクのあるおばあさんがその一部始終を目撃したのさ……見ると、小さなお墓の上にイイスス・フリストス〔イエス・キリスト〕が座って、指で招いている。招いているのさ、こっちにおいで、おいで、って……盛り土がひとりでに音もなく開いて、白い包帯で全身ぐるぐる巻きの殺された美人が出てくる」

病棟では誰も寝てはいなかった。全員がチーホノヴナの話を聞いていた。

「まったく、もう。うそっぱちだよ」再度、クラーヴァが言った。「ぐずぐず引き延ばすものじゃないよ。もうすぐ夕食なのだから」

ペトローヴナが言った。

「ありうることだわ。クリスマスに食事しようと腰を下ろして、わたしが皿にのせた焼き豚をナイフで切ろうとしたら、その豚がブーって鳴くのよ」

そして、初めてのことだが、彼女の声には嘲笑するような感じがなく、真剣さだけがあった。マーシャは体をふるわせて笑いはじめた。ワルワーラおばあさんが言った。

「この人にも困ったものだよ。年寄りの女というものはみんな、馬鹿な話ばかりする。あんたがその豚を見たというのは夢の中だけでのことさ」

すると図星で、ペトローヴナは一度も仔豚を食べたことがないことを白状した。

人をドキドキさせてくれる素敵なチーホノヴナも不意に話をやめてしまい、みんなといっしょに笑いだした。すると、アナスターシャが言った。

「ほら、あんたは神様も売ってしまった。あんたはいつも十字を切っているから、バプテスト教徒で、神に背くことのない人だと思っていたのに」

しかし、ペトローヴナがチーホノヴナを弁護した。

「この人は信仰しているよ。ただ、ずっと他人のパンを食べて生きてきたから、すぐに背いたりしてしまうのさ」

「まさにあんたの言うとおりよ」クラーヴァが合いづちを打った。「そうよね、マーシカ?」

彼女の言っていることが完全には理解できなかったけれど、マーシャは同意した。クラーヴァのする話はそのほとんどがよく分からなかった。

クラーヴァがラーゲリでの愛についての話をはじめた時は、とくに分からなかった。朝から卑猥な罵り言葉を好き勝手にまき散らしているペトローヴナは、そのクラーヴァにしまいまでは話をさせなかった。

「いい加減におおし。子どもなんかのいるところでする話じゃないよ」

ワルワーラ・セミョーノヴナが彼女を支持した。

「わたしの村ではそんな話はお年寄りだって聞きたいなんて思わないよ」

しかし、クラーヴァの、ラーゲリに関係のないある話は、マーシャにはとても気に入った。

それは、産院でクラーヴァの隣のベッドにいた将校の妻の話だった。あのね、将校の美人の奥さんがね、赤ちゃんへの授乳を拒否したの——体形が崩れるのを恐れたからよ。その人は、アマチュア演芸活動に出ていたの。それでその赤ちゃんへの授乳を、未婚の母である若い掃除婦が引き受けたってわけ。その人の赤ちゃんは、生まれてすぐに死んでしまったのさ。その掃除婦は、不美人で、尋常ではないほど貧しい人だった。

そして、ほら、産院の保母さんたちが、将校にすべてを話したのよ。《ああ、そうなのですか》――将校さんはそう言って、その場で保母さんたちに自分はその掃除婦さんと正式に結婚しますと宣言した。そしたら、保母さんたちが将校さんのところにやってきて、未婚の母の掃除婦の靴のサイズは何番だとか、衣服のサイズはいくつだとか、教えたの。そして将校さんが、彼女が産院を退院するとき、新しい靴と新しい衣服と合オーバーを手に持って、彼女と新しい息子とを予診室で迎えたってわけよ。

病棟中の人が将校の美人の奥さんを口汚く罵った。ワルワーラ・セミョーノヴナはいつも、町の老婆ならいざ知らず村の老婆はそうした言葉を使うことを自分に認めたりはしないと言っていたが、そのワルワーラ・セミョーノヴナさえもが、将校の奥さんに関しては卑猥な罵り言葉をいくつか発した。

そもそもワルワーラ・セミョーノヴナは、なにを話すときにも、《わたしの村では》という言葉で始めるのであった。

《わたしの村では、娘は一日に一ヴェドロー〔約一二・三リットル〕の牛乳を飲んでいたよ……それで、娘はでっかい馬みたいだった》

朝、彼女は言った、《わたしの村では、こんな言いつたえがあったよ。五月の寒さはいい収穫をもたらすというのがね》。

食事の後、食器片付けをしていたある看護員が、ある医師の息子さんはすでに大学を卒業しているけれど、まだ結婚はしていないという話をしたとき、彼女は言った、《わたしの村では、ミーチカ・オフシャンニコフが母親のせいで結婚しなかった》。

よくあることだが、夕食の前に食べ物の話になった。食べ物については、ワルワーラ・セミョーノヴナは、なぜかとりわけ真剣に話をした。たぶん、他の人たちよりも彼女の栄養状態が悪いからに違いない。彼女を見ていると、マーシャはパパのことを思い出すのであった――じつにいろんなことについて会話がはじまるのだが、ワルワーラ・セミョーノヴナはその会話をいつの間にか、村へ、村の人たちのほうへと持っていくのであった。ペトローヴナが言った。

「若者たちは艦隊で五年間勤務する」

すると、ワルワーラ・セミョーノヴナが言った。

「そう、そう、わたしの村の人たちは、兵隊になってモスクワに行き、色つやがよくなり身ぎれいになるの。白パンを毎日パクついてね」

そしてまた、クラーヴァが店では果物の品質等級の品定めをどのようにやり、その後で何をいくらにするかをどう決めるかという話をしはじめた時には、ワルワーラ・セミョーノヴナはこう言った。

「わたしの村では、セイヨウミザクラの方がサクランボより甘い。果肉が多いのさ」

子どもたちの話になると、ワルワーラ・セミョーノヴナは言った。

「三年前、村のわたしのところにレニングラードから娘さんがやってきた。その娘さんは建設現場で左官として働いている。彼女が寝支度を始めたら、わたしはこう言ってやるのさ、《おお、娘さん、あんたの足のなんてきれいなこと、あんたの田舎のお母さんの顔より白いよ》って」

クラーヴァがなぜアナスターシャ・イワーノヴナには日曜日に差し入れ品が来なかったのかと訊くと、相手はこう答えた。

「わたしには姪がポドーリスクから差し入れ品を持ってきてくれていたけど、水曜日に出張でウファ〔ロシア共和国バシキール自治共和国の首都〕に飛行機で行ってしまったのさ」

「じゃあ、その娘はそこでウハー〔ロシア風の魚スープ〕を食べるのだね」夢見るようにワルワーラ・セミョーノヴナが言った。

「ウハーにじゃなくて、ウファに行ったのよ。まあ、ワルワーラ、あんたって田舎者だねえ」

そう言われてワルワーラおばあさんは、思いがけないことに、ひどく腹を立てた。

「わたしには同じことさ、ウハーでもウパでも。それに、あんたの姪になんてわたしは関心がないよ」

そしてまさにその瞬間に、マーシャのほうを見たのである。

「あんた、女の先生、どうして歯をみせて笑っているのさ」

ワルワーラ・セミョーノヴナは寝るまでのあいだずっと黙りこくっていた。彼女を怒らせてしまったことに、老婆である彼女が悲しそうな顔をしており、誰も彼女のほうを見たり腹を立てたことに気づいたりせず、彼女のほうを見て気づいているのはマーシャだけだということに、マーシャは悩んでいた。しかしマーシャは、もちろん、彼女と話しだす決心がつかなかった。

やがてマーシャには、ワルワーラ・セミョーノヴナが不機嫌そうにして意地悪な目で自分のほうを見ている、とても自分のことを憎悪しているような気がしてきた。次いで、病棟の全員が寝静まり当直が廊下の灯りを消すとき、痩せて骨のようになった意地悪な老婆が長い髪を振り乱して近づいてきて、その生気のない目を彼女の目に近寄せてこう訊くような気がしてきた。

「おまえはなぜわたしのことを、歯をみせて笑うのかい。あん？」

自分はか弱く、病人で、開腹縫合手術を受け、まったくの一人ぼっちだった。パパとママはウイルス性感冒のせいでここまで入らせてもらえなかった。それやこれやで、恐怖はますます募っていった。

彼女は一日中、初めて目にする見慣れない人たちを強い好奇心を持って見ていた。彼女にとっては新鮮な言葉遣いに聞き入っていた。

そして、今、彼女にはこう思えた。誰かがとつぜんにレコードプレーヤーからレコード盤を取りはずしてしまったのだ。それで静寂がやってきて、自分を面白がらせていたもののすべてが消えてしまったのだ。そして、レコードに没頭していて彼女が気づかないでいた無縁なもの、敵意あるものが残った。もちろんそれは、つまり、奇妙な初めて耳にする言葉は、とても興味深いものであった。彼女には、親しみのあるその言葉――輝く水銀の丸い粒みたいに面白い――の意味が、キラッと光る光みたいに不意に分かったりした。

あれは遊びだったのである。そしてマーシャは、病棟での話し相手である女たちの思いがけない言葉を心待ちにしていたのである。あれは遊びだった。そしていまやその遊びは終わってしまった。

もはやマーシャは、老婆たちが夕食時にしている話に、看護員たちが深皿やマグカップを片づける時にしている話に、聞き耳をたてたりはしなかった。電気の灯りが消されてしまって、ついているのは病院のポーチの小さな灯りの淡い光だけであった。マーシャにはペトローヴナがこう言ったのが聞こえなかった。

「二人の息子は前線で死んだ。四十八年間、わたしは織機の傍らに立っていた。でも、娘たちはわたしのことを気にかけたがらない。この病院でくたばらなかったら、残された道は一つ、傷痍軍人・身障者収容施設に入ることとさ」

マーシャにはワルワーラの言葉が聞こえなかった。

「たいへんなことさ、傷痍軍人・身障者収容施設に入れるなんて！　あそこは、いいかい、病人食が日に三度あるのだよ。砂糖は月に二キロ、ベッドにはマットレスがあって、半ウール地の毛布がある。あんたは労働英雄だから、すぐにでも入れてもらえるよ。費用は年金から差し引かれる。でもまだレモン味のキャンディ分くらいは残るさ。わたしにはどこにそんな金があるというの。働いてきたわ、でも、どこに行けっていうの。亭主は一九三〇年にシベリアで行方不明だし、息子は捕虜になって情報のないまま。わたしの生まれた家だというのに娘の連れあいはわたしを玄関の入口を入ったところにまでしか入れてくれない。将官の奥さん、あんたは愚痴をこぼすけど、ほら、このわたしは愚痴などこぼさない。どんな愚痴をこぼせというのだい」

マーシャだけではなく、病棟の誰も老婆たちの会話を聴いてはいなかった。それに、聴いていたとしても、老婆たちは同じ話を繰り返していたのである。

女たちは眠っていた。マーシャはずっと寝ないで、暗闇で泣いていた。小さな胸は不安にドキドキしていた。ほら、みんなが眠り込んでしまったら、ワルワーラ・セミョーノヴナがわたしに怒りを爆発させるわ。あの女は眠ってはいない。彼女にはそう思えていた。

しかし、ワルワーラ・セミョーノヴナも眠っていたのである。お年寄りたちには、悲しみは、眠ったり微笑んだり笑ったりといった自分のやるべきことをやる邪魔にはならない――それほどまでに、悲しみは長い人生のあいだになじみになってしまったのである。悲しみがつらいものであればあるほど、それはなじみのものとなる。それで、曲がっている腰が、重い荷物を運ぶのに都合のいいように曲がっているのだ、と思えさえする。そう、悲しみはもはや重荷ではなく、それこそが人生なのである。老婆には悲しみが呼吸することみたいに、五月や四月みたいに、自然なものに思えているのである。

マーシャは悲しみというものに慣れてはいなかった。彼女はひどく家に帰りたかった。ムニャムニャいう声と叫び声といびきに囲まれ、ひどい臭いのするなかにいて、パパとママがいないということが、この夜の彼女にはとても堪えがたかった。

彼女はその筋肉と骨とで、死がこの身から追い払われたということを、パパとママがひどく怖いなさけなさそうな眼差しをするようなことはもはやないことを、実感した。

そして彼女という存在がそのことを確信するやいなや、彼女には病棟が堪えがたいものになり、パパとママがなくてはならぬものになった。パパとママなしに過ごす一分、一分が無意味であることに、ショックを受けていた。

しかしそれでも彼女は眠り込んだ。温かい巣から森の寒い土の上に落ちた羽の生えそろっていない分別のない鳥のように、夢の中で哀れっぽい絶望的な叫び声をあげた。一方、悲しみに慣れたワルワーラ・セミョーノヴナは、夜中に目を覚まして、自分がどのように葬られるかをあれこれ考えはじめた。きっと、体を清めてもらえず、しかるべき服装をさせてはもらえない、それに誰が見送ってくれるというのか……でも、労働組合の社会保障部局は葬式には二百ルーブルを支給する。だからほら、ペトローヴナは葬式を出してもらえる。それも当然だ、ペトローヴナはずっと工場で働いてきたのだから。でも、自分は葬式を出してもらえない——運ばれて集められるのさ……まあ、仕方がない。でも、運ばれて集められるのであって、かっぱらわれるのではない。そして、せめて慰めとともにそう考えられることが、人々にとって四月や五月が嬉しいように、彼女にとっては嬉しかった。シベリアで行方不明になった夫と間もなく天国で会えるという希望がどんなに慰めであったことか。あの人は七十四歳になったはずだ……

マーシャが哀れっぽく叫び声をあげた。それでワルワーラ・セミョーノヴナは心配になった——ほら、この娘は眠っていない、苦しんでいる。

「泣くんじゃないよ」老婆は言った。「優しいラープシャ娘のお話をしてやるから」

マーシャは返事をしなかった。それでワルワーラ・セミョーノヴナは喜んだ——ということは、娘は苦しんだりしていたのではなく眠っていたのだ。それに老婆は魔法使いの話なんて何も知らなかった——このラープシャという名前を、欲しがる人には誰にでも白いラープシャ〔麺類の一種〕をただで配るおとぎ話に出てくる優しい女性から思いついたような気がするだけであった。

　マーシャは家に帰ることになった。すこしばかりよろよろしながら、思いつめたような青白い顔をして、彼女は病棟を出てパパとママのいる半ば薄暗い病院の玄関に行くと、幸せのあまり泣きだしてしまった。

　彼女はスタニスラフ・イワーノヴィチのゆったりとした自動車で家へと運ばれた。彼女は後部座席に足を縮めずに横になっていた。自分の大好きな毛布にくるまれて横になっていた――その毛布は、彼女が帰るのを喜び、彼女を待っている何十というおなじみの素敵な家具、身の回りの小物、日用品たちからのよろしくという挨拶を伝えるために、病院に迎えに来たのである。その毛布からは、外から自分の家に入った時にいつもすぐに感じるあの懐かしい家の匂いがした。マーシャは家で服を脱がされ、ベッドに寝かされた。

　彼女は、ガサゴソ音のする枕やクッション類、ブリキ製の小さな深皿といった病棟でのことについては、すぐに忘れてしまうような気がしていた。しかし、そうはならなかった――彼女は病棟でのことばかりを話していた。彼女にはおなじみのスプーンや小さなコップや絵画や本はばつが悪そうに沈黙していたが、マーシャは話し続けていた。

　ペトローヴナが生き返った仔豚の話をしたように、彼女は殺された女学生の話を、登場する各人物になりきりながら語った。

「なんという言葉、溢れる魅力、生き生きとした表現。なんともはや驚くべき正確さ！」パパは言った。「全部書きとめよう、当然のことだ！」

　とび出た彼の目が、音楽を聴くときに輝くように、喜びと興奮に輝いていた。

　間もなくウラジーミル・イワーノヴィチ・バラバーノフがその奥さんといっしょにマーシャを見舞いに来た。パパはマーシャに、もう一度クラーヴァの歌った歌を歌い、《おまえはなぜ歯をみせて笑うのかい》とマーシャに大声で言った陰気なワルワーラの話をするよう、言った。

マーシャは、チーホノヴナのように低い声をだしたり優しいものの言い方をしたりして、話をした。全員が笑い、感心をした、《驚くほど鮮やかな表現力だ。言葉の豊かさだ。なんと的確で、おとぎ話に出てくる生命の水のようだ。ヴォロージャ、きみの電子機械はこんな言葉は決して思いつかないだろうよ》。

みんなが自分の病棟での話に感心してくれることが、マーシャには気に入っていた……マーシャはある人からの称賛にだけは喜べなかった――それはパパからの称賛であった。病棟の病人たちの真似をしてからかうことが、パパにだけは不愉快な恥ずべきことであってほしかった。なのに、パパは彼女の話に感心をしたり、笑ったりしていた。話を繰り返しするよう求めるばかりだった。

やがて彼女のベッドのそばでお茶を飲みながら、みんなが話をしていた。やっと新しい地区の建設が決まったので、野原や野菜畑や小さな村のある場所に美しい高層の建物が建つだろう。そう耳にして、マーシャはもう一度パパのほうを見た。

お客が帰ってしまうと、パパはレコードプレーヤーにベートーヴェンのヴァイオリン・ソナタ第八番のレコード盤を置いた。

「かわいいおまえのために、だ。今回はわたしのためにではなく、おまえのためにだけだ。もとの生活への復帰を記念して、ね」

そして、ゆったりとした電気式レコードのもったいぶったなめらかな動きの中から、何百回となく聴いたものであると同時に別物――予期もしなかったもの、身を刺すように新たなもの――の痛み、悲しみ、別離、老いのやるせなさ、不安、孤独といったものが生まれてきていた。

音楽の演奏は続いていたが、マーシャは不意に大声で泣き出した。

「どうしたのだね」パパが言った。「だってこれは、とても素晴らしいこと、楽しいこと、喜ばしいことだよ、どうしておまえは……でも、どうしたらいいのか……どうしてやったらいいのか……」

マーシャのいないあいだに、家のものはなにもすこしも悪くなってはいなかった。むしろよく――より感じよく、より美しく、より愛すべきものに――なってさえいた。それでもやはり、知り合いの人も、スプーンも、絵画も、本も、音楽も、パパも、ママも、すべてが別のものになってしまったのであった。

一九六三年

1　オーストリア生まれのヴァイオリニスト、フリッツ・クライスラー（一八七五―一九六二）とロシアを代表する作曲家・ピアニストのセルゲイ・ラフマニノフ（一八七三―一九四三）が共演した一九二八年録音のベートーヴェン「ヴァイオリン・ソナタ第八番」がある。また、ともにモスクワ音楽院教授であったヴァイオリニスト、ダヴィド・オイストラフ（一九〇八―七四）とピアニストのレフ・オボーリン（一九〇七―七四）は、当作品「大環状道路で」が執筆された前年の一九六二年にベートーヴェンのヴァイオリン・ソナタ全曲を録音している。

2　アレクサンドル・スクリャービン（一八七二―一九一五）。モスクワ生まれ。音楽界でのロシア象徴主義を代表する神秘主義の作曲家・ピアニスト。一瞬のエクスタシーのうちに神と合一する境地をめざした。

3　アメデーオ・モディリアーニ（一八八四―一九二〇）。エコール・ド・パリの花形的なイタリア人画家・彫刻家。フィレンツェやヴェネツィアの美術学校で学び、一九〇六年パリに出て、モンマルトルやモンパルナスでユトリロやピカソ、ブランクーシらと交友。貧困の中、早世した。

4　ノルウェー人民族学者・探検家のトール・ヘイエルダール（一九一四―二〇〇二）は、一九四七年に大型の筏を建造してペルーから出航し、ポリネシア人の祖先が南米の先住民である可能性を証明した。その漂流航海の記録が『コンチキ号漂流記』である。

5　セルゲイ・プロコフィエフ（一八九一―一九五三）。ロシアの作曲家・ピアニスト。バレエ曲「ロミオとジュリエット」、組曲「ピーターと狼」などの作曲で著名。革命後の一九一八年、ロシアを出て、極東・日本をへてアメリカに渡り、二二年ヨーロッパに拠点を移した。三六年祖国に戻るが、四八年、党による芸術・文化に対するイデオロギーの統制（ジダーノフ批判）で弾劾される。自己批判をしたものの、全作品の上演が禁じられたまま、スターリンと同日に死去。

6　ミハイル・ネステロフ（一八六二―一九四二）。ロシアの宗教的象徴主義の画家。帝国美術アカデミーで学んだのち、「移動派」に参加。ペテルブルクやキエフの教会でフレスコ画を描き、晩年はモスクワのマルフォ＝マリインスキー女子修道院で制作した。

7　マリオ・ランツァ（一九二一―五九）。アメリカ生まれのオペラ歌手。ここで彼の名前が出てくるのは、ロシア語の「卑猥な罵言を吐く」という意味の動詞 материться（マチェリッツァ）と音が似ているからである。

II　アルメニアの旅

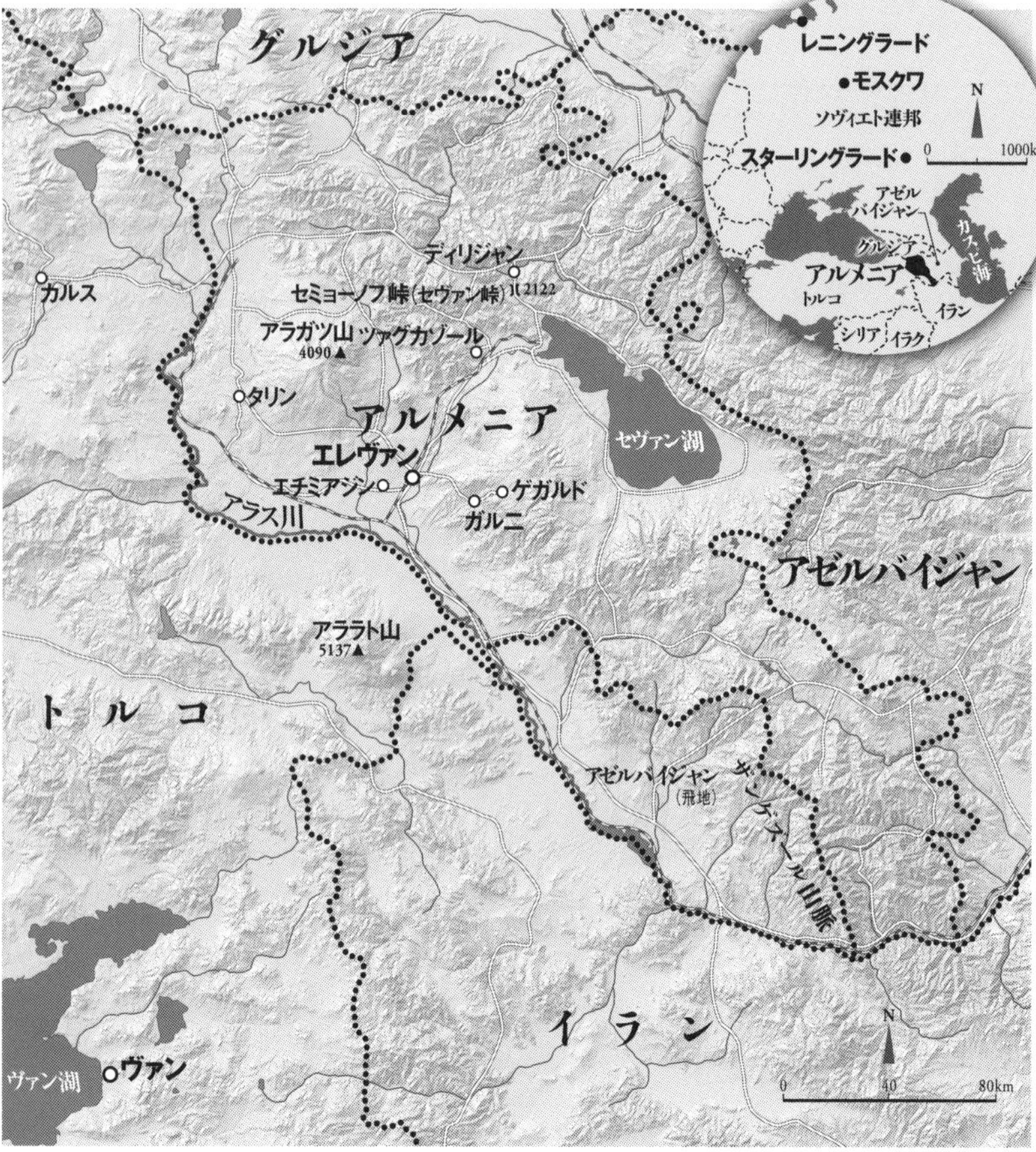
グルジア
レニングラード
モスクワ
ソヴィエト連邦
N
スターリングラード
0
1000km
アゼル
バイジャン
カスピ海
グルジア
アルメニア
トルコ
イラン
シリア
イラク
ディリジャン
カルス
セミョーノフ峠（セヴァン峠）
2122
アラガツ山
4090
ツァグカゾール
タリン
アルメニア
セヴァン湖
エレヴァン
エチミアジン
ゲガルド
ガルニ
アラス川
アゼルバイジャン
アララト山
5137
トルコ
アゼルバイジャン
（飛地）
ザンゲズール山脈
イラン
N
ヴァン湖
ヴァン
0
40
80km

1961年当時の地図

あなた方に幸あれ！（旅の手記から）

1

　アルメニアの最初の印象、それは朝の列車の中でのもの。緑がかった灰色の石。けれどそれは、山のように立ちあがっているのではない。断崖絶壁になっているのでもない。平坦な石の堆積、石の荒野である。山が死んで、その骨が野原にちらばっている。時の流れが山を老いさせ、死なせた。それで山の骨が横たわっているのである。

　線路沿いには、何段もの鉄条網が延々と続く。直ぐには気づかなかったが、列車はトルコとの国境沿いを走っている。白い小さな家が建っている。そこにロバがいる――わが国のロバではない――トルコのロバだ。人影は見えない。トルコの兵士たちは寝ている……

　アルメニアの村だ――灰色の大きな石でできた、平屋根の丈の低い矩形の家々が見える。緑はない――樹木や花の代わりに、家々の周りは灰色の石だらけ。それで、家々は人間が建てたものではないように見える。ときおり灰色の石が息を吹き返し、動いている。これは羊だ。羊も石が生んだのだ。羊たちは、たぶん、石のかけらを食べたり、石のほこりを飲んだりしているのだろう――草はないし、水はない。あるのは平坦な石のステップ――とがって刺さるような、緑がかった黒色の大きな石――だけなのだから。

農民たちは、ソヴィエト勤労大衆の偉大な統一的制服である灰色や黒の刺し子の綿入れ上着を着ている。石に囲まれて住んでいる彼らは石のようであり、皮膚が浅黒いうえにひげをそっていないせいで顔が黒ずんでいる。多くの人が白い毛の靴下をズボンの上にまで伸ばしてはいている。女たちは頭に灰色のプラトークを巻きつけ、口や額の目のところまで隠している。プラトークまでもが石とマッチした色をしている。

するといきなり、明るい赤のワンピースの女性が、一人、二人、と目に入る。赤い上着、赤いチョッキ、赤いリボン、赤いプラトーク。みんな赤である――衣服の各部分が特徴のある赤い色をしていて、それぞれが独自の赤をきわめて甲高い声で自己主張している。クルド人の女性たちである。何世紀、何千年、畜産に従事してきた者たちの妻である。ひょっとするとこれは、灰色の石に囲まれて過ごしてきた何百年という灰色の歳月に対する彼女たちの赤い反乱なのかもしれない。

コンパートメントの相客はどこかの建設現場の責任者だが、グルジアの土壌が天国みたいに肥沃であることとアルメニアが石だらけであることとをずっと比較している。その男は若くて、批判がましい――話が七キロにも及ぶトンネルや玄武岩の間にのびる鉄道路線の話になると、こう言うのである、《これが建設されたのはまだニコライ二世の在世中のことです》。

やがて彼は、ドルや十ルーブル金貨をどうすれば買えるかについて語り、闇相場を教えてくれる。若者は大きな事業を切り盛りしている人間を羨ましがっているように感じられる。その後で彼は、金属の薄板から金属製の花輪を作っているエレヴァンのある職人の話をする。どうやら、エレヴァンでは葬式に――もっとも地味な葬式にでさえ――二百から三百人が来るらしい。そして花輪の数はたいていの場合、やってくる人の数よりわずかに少ないだけなのだという。葬式用の花輪を作るその職人は一番裕福な人間になったそうだ。やがて相客はモスクワで買ったザクロをごちそうしてくれた。モスクワからエレヴァンまでの道中は長い。大きな国なのである。わたしの道連れとなった男はクールスク駅でひげを剃ったのだが、エレヴァンに着くころには黒いひげが伸びていた。

2

エレヴァンを見下ろす丘の上にスターリンの銅像が立っている。どこからでも、元帥の大きなブロンズ像が見える。もし遠い惑星から宇宙飛行士が飛んできて、アルメニアの首都の上にそびえたつこの大きなブロンズ製の巨人を見たとしても、これが偉大にしてとても恐ろしい領袖の銅像だということはすぐに分かるだろう。

スターリンはブロンズ製の長い外套を着ていた。頭には軍帽があった。ブロンズ製の片方の手は外套の打合わせの中に突っ込まれていた。彼は歩いている。その歩みはゆったりとして重々しく、滑らかである——これは、主人の、世界の君主の、歩みである。彼は急ぐことをしない。彼の中には、奇妙で悩ましいことだが、二つの力が合体して存在している——彼は神のみが持ちうるような力を表現している。それほどにその力は巨大である。そして彼はまた、兵士が持ち、官僚が持つ権力、地上の粗暴な権力も表現している。

もちろん、外套を着たこの堂々たる神は、メルクーロフ[1]のとびきり素晴らしい作品である。ひょっとすると、これは彼のもっともよい仕事かもしれない。ひょっとすると、これはわたしたちの時代のもっともよい銅像かもしれない。これは時代の、スターリン時代の、記念碑である。雲がスターリンの頭にかかるように見える。スターリン像の高さは十七メートル。台座を入れると、像は七十八メートルある。記念碑の組み立てが行われブロンズ製の体の各部が地上に置かれていた時には、作業員たちは空洞になっているスターリンの足の中を屈んだりせずに歩いていた。

エレヴァンを睥睨《へいげい》し、アルメニアを睥睨して、彼は屹立している。ロシアを睥睨し、ウクライナを睥睨して、黒海、カスピ海を睥睨し、北氷洋、東シベリアのタイガ、カザフスタンの砂漠を睥睨して、彼は屹立している。スターリンは国家である。

この記念碑は一九五一年に建設された。科学者、詩人、人に知られた羊飼い、先進的な労働者、学生および生徒、古参ボリシェヴィキが、ブロンズ製の巨人の足下に集った。もちろん、雄弁家たちは自らの演説で、偉大な人間のうちでもっとも偉大な人間について、天才のうちでもっとも天才的な人間について、聡明な人間のうちでもっとも聡明にして愛すべきかけがえのない父であり教師である人間について、語った。全員が、主人、領袖、ソヴィエト国家の建設者の前で頭を垂れた。スターリンの国家はスターリンの性格を表現していた。スターリンの性格の中に、彼によって建設された国家の性格が表現されていた。

わたしがエレヴァンに着いたのは、第二十二回党大会の行われていた時であった。町の一番美しい通り、すなわちプラタナスが植えられ道幅が広くてまっすぐで、夜にはアスファルト舗装の道路に埋め込まれた灯りがともるスターリン大通りが、レーニン大通りと名前を変えられた時であった。

わたしの話し相手のアルメニア人たち――そのうちの一人はかつて記念碑の除幕を行うことを任された著名人であった――は、わたしが巨大なモニュメントを称賛すると、とても神経質な反応を見せた。

何人かはそつなくこう言った、《この記念碑の建設に使われた金属に、それがもともと本質として持っていた高貴さというものを見出せるようにさせてやりたいですね》。

しかし、他の人たちはスターリンを罵っていた——一九三七年に行われた数多くの恐ろしい出来事や殺人などをではなく、スターリンがとるに足りぬつまらない人間であることを、すなわち学がなく、虚言癖があり、成り上がり者であることを、非難していた。

ソヴィエト国家建設へのスターリンの関わりについてわたしが語ろうとしても、すべて無駄であった。わたしの話し相手たちは、重工業の工場建設や戦争指揮やソヴィエト国家体制の建設における彼の貢献を認めることを、少しも望まなかった。すべては、彼に反して、彼がいたにもかかわらず、成就されたのである。彼らが客観的でないことがあまりにも明らかなので、わたしは思わずスターリンの肩を持ちたくなった。このようなまったくの客観性の欠如と肩を並べられるのは、たぶん、同じくこうした人たちがスターリン存命中に、彼の知性、意思、先見性、天才を絶対的に神格化しながら見せていたはずの、あの客観性が欠如した状態だけだろう。わたしが思うに、スターリン神格化というヒステリー現象は、スターリンを無条件かつ全面的に侮辱するのと同じ一つの土壌から生じたのである。

エレヴァンの人たちの話を聞きながら、わたしはそこに自分たち多くのロシア人が持つ諸特徴が見られることを知った。どうやら、あらゆる民族に等しく見られる善良さ、理性、気高さだけがグローバルに見られる人間的特徴ではないようである。小心さからくる抜け目のなさもまた、人間にはつきものなのである。北でも南でもそれに出会う。それは、金髪とブルネット、民族、人種、種族を問わない。

一九六一年十一月七日の夕方、わたしはエレヴァンでの知人二人とともに、スターリンの銅像がある丘に登った。太陽が沈もうとしていた。わたしたちは小さなレストランに腰を下ろして、アララト山のバラ色をした雪を見ていた。スターリンの話をしていた。とても塩辛くておいしくない魚が出され、たぶんそのせいで、話し相手の人たちは特別に怒りっぽくなっていた。

暗くなってから、十月革命四十四周年記念日を祝う花火が始まった。いっしょだった人たちは会話を続けていた——その中に二つのグルジア語がしょっちゅう出てきていた——《ソソ》[2]という言葉と《ろくでなし》を意味する《ママ・ジョグルウ》という言葉である。

暗いなか、わたしはスターリンの銅像のそばへと近寄った。目にした光景はまことにショッキングなものであった。数十門の大砲がモニュメントの足下に半円形に置いてあった。一斉に祝砲を撃つたびに、大砲から長い炎が出て周囲の山々を明るく照らし、巨大なスターリンの姿が暗闇の中からとつぜんに浮かび出たのである。ブロンズ製の主人の両足の周囲に、白く浮き出るような灼熱状態の煙が渦巻いた。大元帥が自らの砲兵隊の最後の指揮を執っているように見えた——轟音と炎によって闇が切り裂かれ、数百の兵士が大砲のまわりで右往左往していた。そしてふたたび静寂と暗闇。するとまた号令が聞こえ、山の闇の中からとつぜんに外套姿のブロンズ製の神が浮かび出てくるのであった。いや、いや、もはや彼に帰すべきものを彼からはぎ取ることはできない——彼、彼こそが、非人間的な悪業を数知れず行った、偉大で恐ろしい国家の無慈悲な建設者、指導者なのである。

もはや彼のことをママ・ジョグルウなどと言って済ますことはできない。そのような呼称が彼にそぐわないのは、地球上の諸民族の父にして友などという呼称が彼にそぐわないのと同様である。

エレヴァン市党委員会職員の人たちがこんな話をしてくれた。アララト山の谷間にある一つの村で、スターリンの銅像の撤去がコルホーズ員の全体会議で提議され、農民たちが意見を述べた。この記念碑を建てるために、国家はわれわれから十万ルーブルを集めた。いまや国家はこれを破壊したいと望んでいる。どうぞ、壊してくれ、しかし、わたしたちに十万ルーブルを返してくれ……ある老人は、銅像を撤去しても破壊せずに埋葬することを提案した、《あれは、もしかしたら、まだ役に立つかもしれない。もし新しい政府になったとしても、その時に自分たちはまた金を出さなくて済む》。

なんと恐ろしいことか——スターリンを批判する国家指導者たちへの抗議という形でスターリン国家が肯定される、だなんて。でも、反抗精神は、歴史上もっとも非人間的な悪人であるスターリンを肯定することで自己の言い分を通したいと望んでいるのである。

……エレヴァンから六十キロ離れた静かな山の小さな町ツァグカゾール〔ロシア語ではツァフカゾール〕では、夕方七時近くなると、通りには人っ子一人いない。ツァグカゾールには、ここならではの狂人がいる——七十五歳の老人アンドレアスである。彼はトルコ人によるアルメニア人大量虐殺[3]の時に気がふれたという話である——アンドレアスの目の前で彼の肉親が殺されたのである。アンドレアスは若い時にロシア軍にいて、アルメニア農民によって神格化されているパルチザンでありロシアの将軍である、最近アメリカで死んだアンドラニク＝パシャ[4]の部隊に勤務していたという話である。一年前に狂人のアンドレアスとともに生涯を過ごしたその妻が死んだ。彼は妻が生きているあいだは殴っていたが、老婆が死んだ時には妻を葬らせなかった——彼女を抱き、接吻をし、死んだ妻をしきりに椅子に座らせようとしては、食事をさせたがっていた。自分の妻の死を信じない年老いた狂人のそばには、誰もあえて近寄ろうとしなかった。

いま、アンドレアスは小さな石の家に一人で住んでいる。彼のところには羊が二匹いる。羊たちは彼に対する信頼に満ちた愛でいっぱいである——夜ごとの歌や怒りと絶望の発作や涙と沈黙といった彼の狂気は、羊たちには奇妙には見えないのである。

もしアンドレアスのいるところでアンドラニク＝パシャの名前を口にしたりすれば、彼は泣くだろう。おそらく、年老いた狂人リア王の形象を作るには、シェイクスピアの時代以降、アンドレアスよりいいモデルはなかっただろう。中背で肩幅があり、やや太っている。たぶんむくんでいるのに違いない。温かな農民風の上着の穴の開いたのを着て、頭には羊の毛皮で作った防寒帽をかぶり、節の多い大きな杖を手にしている。彼はツァグカゾールの急な坂道を、堂々とはしているが悲しそうな足どりで、燃え尽きた灰のようにふらふらと歩いている。彼の大きな頭には、灰白色の縮れ髪がびっしりと生えていて、大きな羊毛皮の防寒帽に収まりきらない。レンブラントなら筆をおいてこう言うだろう、《ここにはわたしのすることはなにもない。自然がわたしの代わりにすべてをしてくれた》。アンドレアスの顔はそんな感じなのである。そして事実、この顔は絵にするより写真にする方がいい。アンドレアスは、ライオンを思わせるような額をし、濃い眉は垂れ下がり、口許には深い皺があった。鼻は大きく、頰はヒンデンブルク〔ヒトラーを首相に任命したヴァイマル共和国第二代大統領〕の頰みたいに垂れ下がり、腫れぼったいと同時に生気のない飛び出た黄色がかった灰色の目をしていた。その目には、善良さと疲れ、抑えがたい怒りと恐ろしいほどの憂いがあった。そこには、もの思いに沈んだような知性と狂人に見られるような狂気とがあった。

ツァグカゾールの住人たちはアンドレアスを憐れがっている。シリアからの引き揚げ者であるカラペト＝アガ〔アガは将官や高齢者に対するトルコ由来の敬称〕は、アレッポの町の居酒屋店主からツァグカゾールの軽食堂の主人になった抜け目がなくて打算的な人間なのだが、アンドレアスにはいつもごちそうをしてやる。敬意をこめて老人にごちそうしている。老人はとても誇り高く疑い深いにもかかわらず、カラペトがただでごちそうしてくれることに対して、一度として侮辱を感じてはいない。信頼しきって、熱いハシ——とてつもなくカロリーのあるニンニク入りの仔牛の煮凝り料理——を食べている。ときどきカラペト＝アガは、ワインを蒸留して作ったウオッカの入った小さなグラスを、アンドレアスのところに持ってくる。アンドレアスはそのウオッカを飲み、アンドラニク＝パシャを称える軍歌を歌って、泣くのである。

牧童のハーチクは、アンドレアスの羊を、金をとらずに山で放牧してやっている。隣人のシラヌーシは、ときどき老人の石造りの納屋のペチカを、牛糞で焚いてやっている。わたしはアンドレアスがひどく怒っているのを一度見たことがある。アンドレアスはアルメニア語で罵っていたのだが、そこに炎のようなロシア語の卑猥な汚い言葉を混ぜ込むことで、そのアルメニアの罵言をさらに熱くさせていた。

間もなくわたしはアンドレアスが何に激昂しているのかが分かった。町の広場に建っていた金色に彩られたスターリンの石膏像が、党委員会の指示で夜中に撤去されたのである。

スターリン像が消えたのに気づいたとき、アンドレアスは恐ろしいほどひどく怒った。運転手たちや子どもたち、カラペト＝アガ、エレヴァンからスキーにやってきた学生たちに、杖を振りまわして向かっていった。

彼にとってスターリンはドイツ人をやっつけた人であった。一方、ドイツ人はトルコ人の同盟者であった。ということは、スターリン像を壊したのはトルコ人の手先だということになったのである。とにかく、トルコ人は、アルメニア人の女性や子どもを殺し、アルメニア人の老人を処刑し、平和的ななんの罪もない働き手――農民、労働者、職人――を非人間的に皆殺しにし、アルメニア人の作家、学者、声楽家を殺害したのである。トルコ人はアンドレアスの肉親を殺し、彼の家を破壊し、彼の兄弟を殺した。トルコ人はアルメニア人の商人とアルメニア人の乞食を殺し、アルメニアの人民を殺した。トルコ人に対し、ロシアの将軍、偉大なアンドラニク＝パシャは戦った。そして、スターリンは、そのトルコ人の強力な同盟者たちを打ち破ったロシア軍の最高司令官なのであった。

小さな町全体がアンドレアスの憤怒を嘲笑した――彼は二つの戦争を混同していたのである――理性を失

った彼の脳の中では、一九一四年と一九四一年とがごっちゃになっていた……気の違った老人は、金箔で覆われたスターリンの石膏像がふたたびツァグカゾールの広場に戻るよう要求していた――とにかく、スターリンは、ドイツ人たちを粉砕し、ヒトラーに勝ったのだ。人々は老人を嘲笑していた――老人は気が違っていたが、周囲の人々は気が違ってはいなかったのである。

1　セルゲイ・メルクーロフ（一八八一―一九五二）。ソヴィエトの彫刻家。アルメニアの現在のギュムリに生まれた。レーニン夫妻やレフ・トルストイ、ゴーリキーなど著名人のデス・マスクを担当したほか、一九三〇―五〇年代にかけてスターリンやレーニン像などの巨大彫刻を制作した。神秘家ゲオルギー・グルジェフは従兄。

2　スターリンの母が息子につけた呼び名「ソソ」がスターリンの別名ともなった。

3　一九一五―二三年、オスマン帝国内東部でアルメニア人に対する強制移住と大虐殺が行われた。アルメニア政府によると、約百五十万人のアルメニア人が殺害されたとされる。

4　アンドラニク・オザニヤン（一八六五―一九二七）のこと。アルメニアの民族解放運動の指導者の一人。第一次世界大戦時にはロシアにわたり、ロシア政府から第一アルメニア人義勇大隊の司令官に任命された。一九一八年には少将。その後、一九二二年アメリカにわたり、カリフォルニアで死去。なお、パシャはオスマン帝国で高官に与えられた名誉称号。

3

驚くべきことに気づかされた。アルメニア人には、明るい色の髪の毛の人、灰色や薄青色や碧い色の目の人が少なくない。わたしは明るい色の髪の毛をした村の幼児たちや、薄青色の目をした金髪の四歳の素敵なルザーナを目にしていた。アルメニア人の男性や女性には、理想的な卵型で、大きすぎないすっとした鼻とアーモンド形の薄青色の目をした、古典的なギリシャ・ローマ風の美しい顔をよく見かける。しかしわたしは、平べったい鼻でやや目尻の上がった細い目をした頬骨の出っ張った人や、しし鼻の人と出会ってもいた。長めのとんがった顔やありえないほど大きなとがった鉤鼻をしたアルメニア人も目にしていた。わたしは黒さのせいで青く見えるブルネットや石炭のように黒い目に出会ったり、酷薄そうな薄い唇を見かけたり、裏返ったようなアフリカ人みたいな厚い唇を見かけたりもしていた。それでもなお、言うまでもないことではあるが、この大きな多様性の中に民族の主要で基本的なタイプが存在しているのである。

そして、その多様性と頑とした安定性のどちらにより多く驚くべきなのかを断言するのは困難である。しかしながら、アルメニア人ならごく当たり前と思われる容貌からの乖離は、どのようにして生じたのだろうか。

この多様性は、千年にわたる襲来や侵攻や虜囚の歴史、商業的・文化的相互接近の歴史を反映していると、わたしには思える。とにかく先に言及したいろいろなタイプの顔の中に、古代のギリシャ人も、恐ろしいモンゴル人も、アッシリア人も、バビロニア人も、ペルシア人も、トルコ人も、スラヴ人もが、反映されているのである。アルメニア人は、千年の文化、千年の歴史を有する古くからの民族であり、数多くの戦争を経験してきた民族、旅する民族、何世紀にもわたり侵略者の抑圧に耐えてきた民族、戦って自由を獲得しては再度奴隷状態に陥った民族である。ひょっとすると、このことで、モンゴル人的な平べったい鼻、薄青色のギリシャ人的な目、アッシリア人的な色の黒さ、ペルシア人的な石炭のように黒い瞳を説明できるのではないだろうか。

孤立して族長時代的な暮らしを続けているアルメニアの村で、明るい色の顔と黒ずんだ顔、薄青色の目と黒い目の多様性がとくにはっきりと見られることは、興味深い。そうした村々では、こうした多様性を最近起こった出来事で説明づけることはできない。何世紀もの長い時間をかけて鏡は磨きあげられ、その鏡に現代のアルメニア人の顔が映っているのである。

アルメニア人についてだけでなく、ロシア人、とくにユダヤ人についても、同じことが言えるのである。つまり、こういうことである——はたしてロシア人の顔は一様だろうか、はたして薄青い目と灰色の目のしし鼻をした人、亜麻色の髪をした人と隣り合って、鉤鼻のロシア人や《ジプシー》と呼ばれる南方系の黒い目をした漆黒の縮れ毛の人が、住んではいないだろうか。ところが、隣り合って、モンゴル人の頬骨をし、モンゴル人の細い目、平べったい鼻をした顔の人がいるのである。ユダヤ人がいるのである！　そして、いるのである、黒人も、鉤鼻の人も、しし鼻の人も、色の浅黒い人も、薄青色の目の人も、明るい髪の色の人も——アジア人、アフリカ人、スペイン人、ドイツ人、スラヴ人の顔をした人も……

民族の歴史が長くなれば長くなるほど、その歴史に戦争や虜囚や侵攻や放浪が多くなればなるほど、顔つきの多様性は増すのである……顔つきのこの多様性は、何世紀、何千年にもわたって勝利者が敗者の家で宿泊したことを反映するものである。それは、千年前に鼓動を止めた女性の狂った心の物語である。勝利で猛りたった酔っぱらい兵士の情欲についての、異国のロミオがアルメニアのジュリエットに示した奇跡的なやさしさについての、物語なのである……

4

エレヴァンで、平野部および山岳部の小さな町や村で、わたしはさまざまな人間的性格を持った人と出会った。わたしは、学者、医師、技術者、建築家、古参の革命家、党活動家、芸術家、ジャーナリストのアルメニア人と会った。千年の歴史を有する民族の基礎であり根っこである、農夫、ワイン醸造人、牧夫と会い、石工と会った。人を殺した人間、流行を追うことに余念のない若者、スポーツマン、闇行為をする人間や抜け目のない人間と会い、一人ではなにもできないぐずな人間と会い、大佐やセヴァン湖の漁師と会った。

それぞれの人間らしい職業の背後に、居丈高、率直、ずるい、臆病、柔和、世慣れているなどといった性格があった。わたしは褐色をした指で琥珀の数珠をつまぐる村の老人たちを見たが、玄武岩に囲まれたほぼ百年に及ぶ重労働が彼らを冷酷にしたり粗暴にしたりはしなかった。彼らの目には柔和な微笑みがあり、知性があった。

なかには、戦士、騎士、思想家、ペテン師、小商人、詩人、建築家、天文学者、宗教伝道者だという人もいた。ワイン醸造人、コルホーズ議長、橋梁建設者、物理学者とも会った。

そんな時、わたしの頭に浮かんでくるのは、ロシアの下世話な世界だけではなく世の中に広く流布しているアルメニア人に関する先入観であり、その馬鹿げたいかがわしさに度肝を抜かれるアルメニア人に関する小噺《アネクドート》である。例をあげれば、もちろん、たとえば、アルメニア人は未開で、ホモで、こすからい小商人で、小噺から抜け出てきたようなへんてこりんなやつらだというもの。それから、もちろん、《貧しいカラペトよ、なぜきみは血色が悪いのかね》というもの。それから、もちろん、ソヴィエト時代の今日にいたってもある、「アルメニア・ラジオでの質問と回答」というもの……そして、《言ってみてくれ、カラペト……》で始まる数えきれないほどの小噺。そして、クスクス笑いながら、薄笑いをしながら、言われる言葉、《いいかい、おれたちの教授はアルメニア人だ》《想像してみてくれ、アルメニア人のやつのところに嫁に行ったのさ……》。

情けないことに、地球上のもっとも偉大な文学とその最高の代表者たちは、こすからい小商人、色きちがい、盗人という広く流布しているアルメニア人のよくないイメージづくりに対し、ときとして手を貸したのである。

偉大な文学が下世話な世界や愚かで排外主義《ショーヴィニズム》的な人間憎悪のために働くようなことが、どうして起こりえたのだろうか。

わずかヒトラーの時代になってからのことである。ヒトラー後になって、民族的憎悪、民族的蔑視、民族的優越性の問題が深刻な恐ろしい問題として大きく持ち上がったのである。

こうした下世話な世界で言われているアルメニア人が、圧倒的多数のアルメニア人の農民、兵士、学者、医師、技術者などに見られる複雑で特異な、独自の性格と、なんとかけ離れていることか。

こうした多様な人間的性格を、いったい何が民族の性格として一つにまとめているのだろうか。

人間的性格がどんなに多様であっても、それらにはある種の共通性——民族的性格——が必ずある。とても個性的で多様である人々それぞれに、民族的性格ともいうべき色合いや色彩を見つけることができる。

わたしは何十人と話をした。それぞれの人に、もちろん、それぞれなりの興味、情熱、悲しみ、希望、その人の運命、その人の友人、その人の敵……があった。アラガツ山の傾斜地に住む年配の牧夫の暮らし、運命、悲しみ、希望……と、モスクワの友人を恋しがりながら、十八世紀フランス文学についての論文を書き、ナイロン製の外套《シューバ》を買うことを熱望している女子大学院生のそれとのあいだに、なにか共通するものがあるのだろうか。しかしながら、森や山々の石や砂漠の砂の間を走る幾千もの細流は、あるいは音を立てず、もの思いに沈んでいたり、吠え声をあげたり泡立ったり、透明だったり濁っていたりするが、地下深くの同じ一つの湧き水から生まれたものであり、同じ起源、同じ塩分構成を有している。それと同じように、この数百万という人間の性格と運命全体が、千年にわたるアルメニア人の歴史という共通性によって、トルコ領となっているアルメニアに住む人々に降りかかった不幸という共通性によって、見捨てられたヴァンおよびカルスの地[1]を恋しく思うという共通性によって、一つになっているのである。物事の本質的なことを話そう。民族的性格は、多くの人間の性格から構成されている。したがって、民族的性格はその本質において人間の有する性格なのである。同じ人間的なものを共通の基盤にして生まれた世界中のすべての民族的性格が血縁関係にあり、似ているという理由は、ここにあるのである。

人間の有する性格が民族的性格の基盤である。民族的性格は人間の有する性格の彩りや色調なのであり、その結晶した形なのである。

多様な民族の人々の交流が人間の共同生活を豊かにし、より色彩豊かにする。そのような豊かさに不可欠で最重要な条件が自由である。

自由という条件のもとでの他の民族の人々との交流が、なんと素敵で素晴らしい豊かさを人類にもたらしてくれることか！

われわれロシア人の聡明で観察力に優れた陽気で人のいい村の老婆や働き者の老人や若者や娘が、南北アメリカ、中国、フランス、インド、イギリス、コンゴの人々と、自由な人間的交流の場にいるところを、想像してみてほしい。

なんという豊かな社会的慣習や個人的な習慣、モードや料理や労働が、人々の目の前に見えてくることか。性格と生活様式の民族的独自性から、なんという不思議な共通性が生まれ、浮かび上がってくることか。

そして、民族的な視野の狭さと国家的反目とからくる非人間的な無知が、いかに心貧しいものに思えることか。いまこそ、人類すべてが兄弟であることを認めるべき時である。反動勢力はつねに、人間的基礎を、民族的性格における人間的本質を、ばっさりと切り捨て滅し尽くそうとする。中身ではなくその非人間的なうわべを、その外皮を、つねに前面に押し出して称揚する。

反動勢力、保守主義者は、ナショナリズムを声高に叫びながら、その人道的な、人間的な基礎を滅しつくし、根こそぎにしようとしている。反動的ナショナリズムは、民族的性格の優越性を主張しつつ、国民生活の皮相である外形的なものだけを認め、人々にとって本来的な奥深いところにあるものを滅しつくそうとしている。反動勢力は民族的典型と考えられる人たちの有する諸特徴を神格化する。そして、この民族的なものの神格化と人間的な本質の蔑視は、ロシアの下世話な世界におけるアルメニア人を嘲笑するようなアルメニア人イメージの誤った類型化と同じく、馬鹿げている。この二つのことの本質は同じであり、マイナスの符号がプラスの符号と入れ替わるだけである。

民族の尊厳のための闘い、民族の自由のための闘いは、なによりもまず、人間の尊厳のための闘い、人間的自由のための闘いである。真の民族的自由のために闘う人間は、押しつけの類型化に反対し、その符号がプラスであるかマイナスであるかには関係なく、民族的性格の神格化に反対して闘う。民族的自由のための真の闘士とは、その国の人間の有する性格の大いなる多様性と豊かさを確信している人たち、典型的であることのもつ貧しさをはねのけている人たちのことである。

鉄のような民族的おごりに対置される人間的な豊かさにこそ、民族的自由の唯一の、そして真の本質がある。

ことの本質は何か、そして、どうしてそうなのかを理解することは、とても大事である。もちろん、民族的性格は存在する。しかしそれでもやはり、それは基礎ではなく、人間的本質の響きの色調であり、その表現形式なのである。

二十世紀においては、民族的性格の意義がありえないほど過大に評価されるということが起きた。大国も小国もこの過大評価をしている。しかし、数百万人の軍隊をつくる能力がありかつ恐ろしい武器を有する人口の多い強大な民族による民族的優越性の宣言は、不当な侵略戦争、地上の諸民族の奴隷化を世界に約束するものである。

一方、抑圧された少数民族の民族主義的な陶酔は、尊厳と自由の防衛手段として起きる。

しかし、攻撃的ナショナリズムと防衛的ナショナリズムの差はあるにせよ、それでもやはりこれら二つのナショナリズムは多くの点で似ている。

少数民族のナショナリズムは、その基礎にある人間的な気高さをいとも容易に失ってしまう。それで恐ろしいものになることはないが、みじめなものとなり、自らを道徳的に高めず、かえって貶《おとし》めるものとなる。人間が他人に欠点があることを証明しようとして、自分自身の欠点をあらわにするのと同じである。

アルメニア人知識人と話をしているうちに、わたしは彼らの大きな民族的な誇りに気づいた――彼らは、アルメニアの歴史、彼らの将軍たち、彼らの古代建築様式、詩文学、科学を誇りにしていた。まあ、当然である。素晴らしいのだから！　わたしはその高貴な感情を心の底から理解したのであった。

しかし、わたしの話し相手のなかには、なによりもまずアルメニア人の民族的優越性を、建築や科学や詩文学という人間の創造活動のあらゆる分野においてとくに強調する人たちがいた。彼らには甘ったるい原始的な建築様式にしか見えないアクロポリスの建築物より、ガルニの古代神殿の建築的価値の方が高いと強調した。ある知識人女性は、詩人のトゥマニヤン[2]について語りながら、トゥマニヤンはプーシキンより天才的であることをわたしに納得させようとした。もちろん、ガルニの建築様式がアクロポリスの建築様式より完成されたものであるかどうか、トゥマニヤンがプーシキンよりも天才的であるかどうかが問題にされているのではない。わたしの話し相手の会話の中では、もちろんそれはみじめなことであるのだが、詩文学も建築様式も科学も歴史も本質的にはどうでもよく、そうしたものはアルメニア人の民族的性格が他の民族のそれに対し優越していることを明らかにするためにだけ意味があるのである。詩文学が重要なのではなく、アルメニアの国民的詩人が、例えばロシアの、あるいはフランスの国民的詩人より優れていると証明することだけが重要なのである。

わたしの話し相手たちは、詩文学や建築様式の完成度の高さや科学の偉大さに喜ぶことをやめて、詩文学や科学を自分たちの民族的優越性を確かめる手段としてのみ見ることで、それと気づかずに自分たちの精神や心を貧しいものにしているのであった。そうした衝動がとても狂信的であったり視野の狭いものであったりするので、ときにそれが気違いじみたものに見えるのである。

しかし、アルメニア人が民族的性格を強調しすぎるのは、何よりもまず何世紀もの長きにわたってアルメニア人の尊厳を踏みにじってきた人たちに罪があることを、わたしは理解するようになった。この点に関し罪があるのは、罪もないアルメニア人の血を流してきたトルコ人の殺人者たちであり、侵略者–同化政策支持者たちである。アルメニア人に関する小噺《アネクドート》を冗談交じりに口にする人たちなども、この点で罪がある。

マイナスの符号を有するアルメニア人の民族的典型とそれへの抗議として生まれた巨大なプラスの符号を

有するアルメニア人の民族的典型との論争が重要なのではない。

大事なことはひとつ、すなわち、硬直した鉄のような典型性を離れて人間的なものに向かうことである。人間の精神、性格、心の豊かさを見出すことが重要なのであり、詩文学、科学における人間的な内容、建築様式の全人類的魅力と美しさ、歴史的使命を負った活動家と民族指導者たちの人間的気高さ、雄々しさ、善良さが大事なのである。人間的なものをたゆみなくつねに高めることによってのみ、民族的なものを人間的なものと合一させることによってのみ、真の人間的尊厳を、つまりは、真の自由をも手にすることができるのである。

まさに精神的・物質的な人間的豊かさのための闘いや、人間の思想・発言の自由や農民が播きたいものを播く自由のための闘いの中に、自分の手で得た成果物を享受する自由の中にこそ、民族的尊厳のための真の闘いがあるのである。

民族的自由は、人間的自由の勝利というかたちでのみ勝利を祝えるのである。

少数民族にとっても、国家の力や人口という点から見て大きな民族にとっても、これがとるべき道である。

そしてもちろんロシアの人々は、アルメニア人、グルジア人、カザフ人、カルムイク人、ウズベク人と同じく、自らの民族的性格が優越しているという考えを捨て去ることが、ロシア人の、ロシア民族の、その文学の、その科学の、偉大さと価値を真にゆるぎないものにするということを、深く、深く理解しなければならない。

1　ヴァンは現在のトルコ共和国内ヴァン湖の東岸にあり、紀元前九—六世紀のウラルトゥ王国の首都。一九一五年、オスマン帝国支配下にあったヴァンのアルメニア人がトルコ人に対し蜂起、占領するが、ただちにアルメニア住民は追放された。カルスは九世紀末—十世紀のアルメニア王国（バグラト朝）の首都。一八七七—七八年の露土戦争の結果、ロシア領となるものの、一九一八年のソヴィエトの対ドイツ単独講和でトルコに引き渡された。一九年、アルメニア軍がカルスを再占領するが、翌年、トルコが再併合した。奪還と統合を繰り返した歴史で、多くの住民が虐殺され強制移住を余儀なくされたこれらの都市をふくむトルコ東部は、アルメニア人にとっては現在も「西アルメニア」なのである。

2　オヴァネス・トゥマニヤン（一八六九—一九二三）。アルメニアの国民的詩人であり、小説家。出身地ロリを舞台に小作人の娘の悲劇を描いた長編詩「アヌッシュ」（一八九二）はティグラニヤン作曲の同名のオペラの原作となった。多くの絵本やアニメの原作になった「イヌとネコ」などの詩の作者でもある。

5

列車は十一月三日の朝にエレヴァンに着いた。誰も迎えに出てはいなかった。わたしは、当地に来てその作品を翻訳することになった作家マルチロシャンに、出発するという電報を出しておいた。それなのに、である。わたしは迎えがあるものと確信していた。マルチロシャンだけでなく他のアルメニア人作家も迎えに出てくれるものと、考えてさえいた。暖かい青空の下のプラットホームに、わたしは厚い毛の襟巻をし、ラシャ製の鳥打帽に真新しい合オーバーを着て立っていた。合オーバーは、アルメニアでいわば立派に見えるようにと、出発前に買ったものである。そして実際に、世情に通じたモスクワの人間たちは、わたしをじろじろ見ながら、こう言ったのである、《垢抜けしてはいないが、翻訳家には十分だね》。片手にはかなり重いトランクを持っていた——わたしは二か月滞在する予定でアルメニアにやってきたのである。もう一方の手には重たい原稿——著名なアルメニア人作家の書いた銅溶解工場建設に関する長篇叙事詩のテキストに逐語訳をつけたもの——の入った袋があった。[1]

歓呼の声はなかった。出迎えの人の黒い目が光ることはなかった。タクシーの列に並ぼうと人々は急いでいた。モスクワ—エレヴァン間を走った列車は、待避線に入りはじめた。雨の染みがついて汚れたガラス窓が、ほぼ三千キロを走り疲れきって大汗をかいた車両のほこりまみれの緑色の側面が、ゆっくりと消えていった。周囲は見なれないものばかり。胸がきゅっと締めつけられた——モスクワの名残の最後のひとかけらがわたしからすっと消えたのである。

駅にのしかかるようにして大きな広場があり、ブロンズ製の馬に半ば裸の巨大な若者が乗っているのに気づいた——その若者は抜剣していた——それがサスーンのダヴィド[2]だと分かった。像には圧倒的な力があった。英雄、馬、剣——すべてが巨大で、動きと力に満ちていた。

わたしは広々とした広場に立ち不安だった。なぜ誰も迎えに出てくれなかったのだろうか。傲慢さ？　忘れっぽさ？　東方特有の怠惰？　電報が届かなかった？　わたしは広場と素晴らしいモニュメントに目をやってばかりいた……いまや、ブロンズに込められた動きも、馬の力感も、サスーンのダヴィドの力強さも、過度のものに思えた。これは伝説がブロンズ化されたものではない。これは伝説のブロンズ製広告だ。

ひどく不愉快である。まっすぐホテルに行こうか。予約なしではホテルに入れないだろう。暑い中を太陽に照らされて、毛足の長いオーバーを着て、鳥打帽をかぶり、暖かい襟巻をして、アルメニアの首都の通りをのろのろ歩いていく……知らない町にたまたま現れたにすぎない人間の外見には、もの悲しげでかつ笑えるものがある。蒸し暑い八月の日中に〔モスクワの〕テアトラーリナヤ広場を毛皮の上着を着たヤクート人のおやじさんやフェルト製の長靴を履いた乗り継ぎ客のおばさんが歩いていくのを眺めながら、流行に敏感な若者たちは笑うのである。

列車のコンパートメントでいっしょになった人たちに広場で見られなくてよかった。昨日、彼らがホテルに行くにはどんなバスに乗らねばならないかを説明してくれようとしたのを、わたしは不遜にも断ったのである。彼らはわたしには乗用車の出迎えがあることを理解したのである。

こうやってわたしはいま、薄暗くひんやりとした手荷物預かり所の列に立って並んでいる。ここにはナイロン製の外套《シューバ》の人なんて見かけない。並んでいるのは、おとなしく聞き分けのよい幼児を連れた侘しげな若い女、職業学校の帽子をかぶった若者、祖国の広大さにまだ慣れてはいない田舎の子どもみたいな目をした中尉、その後ろには木製のトランクを持った老人……そして、わたしはいま広場を歩いていく。向こうから来るエレヴァンの人たちは、背広を着たわたしをじろじろ見たりはしない。この人はちょっと散歩しに出かけたのだ。この人はラヴァーシ〔グルジア地方のイーストの入っていない薄くて大判のパン〕、半リットル瓶のウオッカを買いに行くところだ。診療所に処置をしてもらいに行くのだ。わたしが旅行者であり、途方に暮れており、エレヴァンでの唯一の知人である作家のマルチロシャンの住所をうろ覚えにしか知らないなどと、誰も思いつきもしない。

わたしはバスに乗る。切符がいくらするのか知らないと口に出すのが、なぜかきまり悪い。わたしは運転手に一ルーブルを渡す――運転手は細かいのがないかと身振りで訊く。ポケットには銅貨が少なからずあるのだけれど、ないと頭を横に振る。切符の値段はモスクワと同じだと分かる。

見知らぬ町の通りでの最初の数分間——それは特別な数分間である。数か月どころか数年とでも置き換えることはできない。この数分間に、原子エネルギーなみのエネルギッシュな観察力を、核力なみの強い注意力を、よそからやってきた人間は働かすのだ。その人間は鋭く突き刺されるような思いで、全身に興奮がしみわたるような思いで、大きな宇宙——建物、木々、道行く人の顔、看板、広場、匂い、ほこり、空の色、犬と猫の見せる様子——を吸収し、取り込み、吸い込む。この数分間に、全能の神のようにして、新しい世界を完成させつつある。自分のうちに町を建設し創造しつつある。その町には、町なりの広場や通りが全部あり、大小の邸宅があって雀がいる。その町には千年の歴史があり、食料品と日常雑貨品があり、オペラ劇場や軽食堂がある。無からとつぜんに生じるその町は特別な町であり、現実に存在する町とは異なる——それは、その人間の町である。そこでは、秋の葉がその町ならではの二度とは繰り返せないような葉擦れの音をたてている。そこでは、ほこりがその町ならではの匂いをさせている、少年たちがパチンコで撃っている。

町を創造するという奇跡は、数時間などはかからずに数分で成し遂げられる。人間が死ぬとき、その人間によって創造された一つしかない、二度とは繰り返せない世界——それ自身のいくつもの大洋や山々、それ自身の空を有する宇宙——は、その人間とともに死んでいく。こうした大洋と空は何十億もの他の人間の頭の中に存在するそれと驚くほど似ている。この宇宙は、人間とは無関係にそれ自身として存在しているあの唯一の宇宙と驚くほど似ている。しかし、これらの山々、これらの海の波、この草、そしてこのグリーンピースのスープは、無限の時間の中に生じた二度とは繰り返されないなにか、唯一のなにか、すなわち、自分なりの色合い、かすかな音、自分なりの潮騒を、それ自身に有している——それは創造した人間の心の中に生きている宇宙なのである。

そして、わたしはいまバスに乗りながら、広場を歩きながら、巨大なスターリンのブロンズ像や、バラ色と黄色がかった灰色の凝灰岩で造られ、古いアルメニア教会の線描画と輪郭をごく自然な優雅さで再現している家々を見ながら、自分自身の特別なエレヴァンを創造していた——現存する唯一のものと驚くほど似た、今日という日にこの町の通りを歩んでいる何千人の頭の中にあるものと驚くほど似た、同時に何百万というすべてのエレヴァンとは異なった、二つとはないわたしの町を。そこでは秋のプラタナスの葉がその町ならではの葉擦れの音をたて、雀がその町ならではの鳴き方で鳴いていた。

　これが中央広場——バラ色の凝灰岩でできた建物が四つある。すなわち、外国に住んでいるアルメニア人が祖国を見にやってきた時に泊まるインツーリストの《アストリア》ホテル、アルメニアの大理石、玄武岩、凝灰岩、銅、アルミニウム、コニャック、電力を司っている国民経済会議の建物、建築様式としては非の打ちどころのない閣僚会議の建物、そして中央郵便局。中央郵便局では、その後、不安に胸を締めつけられながら局留めの手紙を受け取ったものである。遊歩道《ブルヴァール》。そこでは、プラタナスの茶色くなった葉叢《はむら》で雀たちがけたたましくアルメニア語で鳴いている。ほら、素敵なエレヴァンの市場——赤、白、黄色、オレンジ色、青黒い色をした果物や野菜の山、ビロードのようなモモ、バルチック産の琥珀のようなブドウ、硬くて赤みがかったオレンジ色の多汁な柿、ザクロ、栗、男根崇拝を思い出させるような五十センチはある大きな二十日大根、棒飴《チュルチヘラ》の輪、キャベツの山、砂の山のようなギリシャ産のクルミ、真っ赤なトウガラシ、香りのいいハーブ類。

　アカデミー会員のタマニヤン[3]が古代教会様式を再現する新生エレヴァンの建築様式を創り出したことを、わたしはすでに知っていた。昔からの伝統的装飾が現代建築の上に再生され、ブドウの房やワシの頭部などが表現されていることを、わたしは知っている。その他、アルメニアの建築家たちのすぐれた作品を、エレヴァンの人たちがわたしに詳しく見せてくれた。一つ一つの住宅が小さいながら傑作と言える一戸建て住宅の並ぶ通りを見せてくれた。しかし、エレヴァンの古い建築物と建物に囲まれた中庭は、見せてはくれなかった（そのこと自体はどうでもいいことである）。そうした中庭は、神殿に似ている新しい建物のファサードの後ろやロシア人歩兵といっしょにエレヴァンに入ってきた十九世紀の背の低い建物のファサードの後ろに隠れている。わたしはエレヴァンに来た最初の日にそうした中庭を見たのである。

建物部分に囲まれた中庭！　神殿でもなく政府の建物でもない。駅でもなく劇場でもなくコンサートホールでもない。百貨店の三階建ての堂々たる建物でもない。建物に囲まれた小さな中庭――そこに、エレヴァンの魂、内実がある……滑らかな屋根、階段、階と階をつなぐ小階段、狭い通路、小さなバルコニー、大小のテラス、プラタナス、イチジクの木、蔓になったブドウの木、小さなテーブル、小さなベンチ、渡り廊下、回廊――こうしたすべてが調和して一体化している。それぞれが他の物の中へと入りこみ、それぞれが他の物の中から現れ出てくる……数十、数百本のロープが、動脈や神経線維のように、小さなバルコニーと回廊とをつないでいる。ロープにはエレヴァンに住む人々の色さまざまな、膨大な数の洗濯物が干してある――ほら、あれが眉の黒い男女がその上で眠り、子どもたちをつくるシーツだ。あれが女主人である母親の帆のようにゆったりとしたブラジャー、エレヴァンの娘のシャツ、アルメニア人の老人の前開き部分が色あせたズボン下、幼児のズボン、オムツ、正装用のレースのヴェールだ。建物に囲まれた中庭！　外皮を取り去った町の生き生きとした姿、そこではオリエントの暮らしがくまなく見える。すなわち、心の優しさも、腸の蠕動《ぜんどう》も、神経的発作も、血の結びつきも、地縁関係の強さも。老人たちは数珠をつまぐりながら、のんびりと互いに顔を見合わせ笑っている。子どもたちはいたずらをしている。コンロからは湯気が立ち上っている――銅製の平鍋の中でマルメロとモモのジャムが煮られているのである。湯気が桶の上に漂っている。緑色の目をした猫が、鶏の羽をむしっている女主人を見ている。隣はトルコなのである。隣はペルシアなのである。

建物に囲まれた中庭！　そこでは、エンジン四発の飛行機ИЛ《イーエル》－18がモスクワからエレヴァンまで人間を四時間で運んでいる現代という時間と、隊商宿やラクダの歩く細い道などの時代の時間とがつながっている。

そして、わたしはいま自分のエレヴァンを建設し、つくり上げつつある――バラ色をした凝灰岩や玄武岩、アスファルトや玉石、ショーウィンドウのガラス、スターリンとレーニンの銅像、アボヴィヤン、シャウミヤン、チャレンツ[4]の銅像、アナスタス・ミコヤン[5]の無数の肖像画、人々の顔や話し方、乱暴に運転される乗用車の狂気じみたスピード、わたしはそれらを挽いて粉にしたり、細かく砕いたり、吸収したり、取り込んだりしているのである。

鼻の大きな人を、ごわごわした黒いひげを剃らずに伸ばしている人を、見かけることがとても多い。ひげが鉄のようで剃るのが困難だからこうなるのだということを、わたしは理解しつつある。

わたしは今日のエレヴァンを目にしている。そこには、数々の工場、労働者用の新しい高層建築物が建つ広々としたいくつもの街区、豪華なオペラ劇場、書籍の貴重な保管場所である古文書館《マテナダラン》、バラ色をした素敵な学校、科学研究機関、周囲と調和し優美さをもって建設された科学アカデミーの建物がある。ここのアカデミーは、聡明な頭脳の科学者たちがいることで名声がある。

わたしはアララト山を目にしている。それは、青空高くに優しく温和な姿でくっきりとそびえ立っている。まるで大地からではなく空から伸びているかのようだ。山は雲と空の青さの中から凝縮した。この太陽に輝く青みがかった白い雪の山は、聖書を書いた人たちがその目で見つめていたのである。

流行に敏感なエレヴァンの若者は黒のコスチュームが好きである……当地での物資の供給事情はよい。商店には、バター、ハム、肉が豊富にある。おお、それに、アルメニア人の娘さんと若奥さんたちの素敵なこと。おお、しかしながら、気味の悪いほど大きな鼻をしている人もいる……驚くべきことだが、老人や老女が手をあげさえすれば、運転手がバスを止めてくれる。ここでは人々は優しく思いやりがあるのだ……エレヴァンの魅惑的な女性たちが細くて高いヒールで歩道に音を立てながら歩いている。その一方で、帽子をかぶったしゃれ男たちが、祝日用に買った羊を引いていく。羊は歩道を歩きながら蹄でコツコツ音を立て、女性は流行の靴のヒールでコツコツ音を立てる。周囲には様式美をそなえた立派な建物、ネオンの光。羊は自分たちの死を嗅ぎつけている。なかには足を踏ん張って抵抗するのもいる。するとしゃれ男は、衣服を汚すのを恐れながら、羊を軽く押したりする。羊は、死の近いことを感じて気分的にまいっているので、歩道に横になる。すると帽子をかぶったしゃれ男は、汚されるのを恐れながら、羊を起こしにかかる。死の近いことを感じて気分的にまいっている羊は、黒いエンドウ豆みたいな糞をまき散らす……優しい顔をした女が、脚をつかんで鶏や七面鳥を運んでいく。下向きにぶら下がった鳥の小さな頭がむくんでいた。きっとひどく痛むに違いない。それで鳥は、死を目前にした自分の苦しみを多少なりとも軽減しようと、首を弓状にそり返している。その丸い瞳が、非難することもなくエレヴァンを見ている。めまいがし朦朧となっている鳥の小さな頭の中でもまた、バラ色の凝灰岩から町が生まれつつあり、つくられつつあるのである……

　君主であり創造者であるわたしが、エレヴァンを歩いて行く。わたしは自分の心の中でエレヴァンを、アルメニア人が年齢は二千七百歳だとするエレヴァン、モンゴル人とペルシャ人が攻め入ったエレヴァン、ギリシャ人の商人たちがやってきたりパスケーヴィチ[6]の軍隊が入ってきたりしたエレヴァン、まだ三時間前には存在しなかったエレヴァンを、建設している。

　そして、ほら、その創造者、全能の君主が、不安を感じている。落ち着きなく周囲を眺めまわしはじめている……

誰に訊いたらよいのか。だって、わたしをとり巻く人々の多くはロシア語が分からないのである。彼らに話しかけるのは気が引ける。君主の舌はこわばりつく。そこで、わたしは中庭へと入る。しかし、とんでもない。これはロシアにあるなんにもない中庭とはわけが違うのである。建物に囲まれたオリエントの中庭なのである。何十という目がわたしに向けられる。わたしはあわてて通りに出る。しかし、間もなくふたたび中庭へと入る。不安な気持ちが強まってきている。オリエントでは、中庭は生活の魂であり心であるなどとは、もはや考えてはいない。しかし事実はそのとおりなのである。わたしはふたたび表通りに出る。どこへ行ったらいいのか。わたしは三つめの中庭へと勢いよく突入する。入り組んだ小階段や小さな回廊をまたも目にして、絶望する。老人が小さなコップでコーヒーを飲んでいる。女たちが会話をやめてわたしを見ている。わたしは途方に暮れて微笑を浮かべ、回れ右をする。しかし、至るところに生活があるのである！　どうすればいいのか、わたしは詩情どころではない。一刻も早くマルチロシャンを探すことか。しかし、そうしたからといってどうなるのか。彼の家に行けば、妻や親族への紹介がはじまり、いろいろな質問がはじまる。そうしたことを無視して、便所にまっしぐらに急行するなんて、わたしにはできない。知的なアルメニア人はとてもからかい好きで、くだらない噂話に時を過ごすのが好きだと言われている。もしわたしがアルメニア散文界の指導的巨匠の一人のアパートに飛び込んで小走りに化粧室に急行したりすれば、小噺《アネクドート》が生まれ、わたしがアルメニアにいるあいだずっとついて回るだろう。だめだ、だめだ、そんなことはやめだ。それで、こういう結論が生まれてくる――半ば空っぽである路面電車に飛び乗って、三コペイカで切符を買うのだ。硬い座席にどっかりと座っていると、一時的に気が休まる。わたしはもはや君主ではないし、創造者でもない。尾籠《びろう》な話だが、わたしは自然の欲求の奴隷なのである。その欲求が、わたしを、わたしの思考を、わたしの心を支配している。それがわたしの誇り高い頭脳を金縛りにしてしまった。

全世界——建物の建築様式、山の起伏、住民の習慣や慣習、植生——が、わたしの切なる願いに従わせられてしまっている。

箱型をした背の高い建物が見える。広場、《ガストロノム》という食料品店、テレビスタジオ、パン屋、建築現場が見える。ほら、橋だ、深い峡谷だ。峡谷の岩場の傾斜地には家々がへばりついている。峡谷の狭く深い谷底を急流が泡立って流れている……すべてが自分にとって目新しい。こうしたものすべてを初めて見る。しかしながら、創造者は頭の中で、最新の街区ともっとも古い街区のあるエレヴァンをもはや創造したりはしない。その考えるところは、しぶとく一つことを離れないでいる、と同時に柔軟でもある。あそこの家の化粧室はどんな造りになっているのだろうか。建築現場では作業が十分には機械化されていない。だから多くの労働者がいる。だが、これは自分にとってはありがたくない。どんな煉瓦の山の陰に行ったとしても、そこには、人、人、人だ……しかし、もし橋で下車して崖の上に立ったりしたら、頭がくらくらするかもしれない。高血圧なのが恨めしい……とはいえ、谷底を流れるこの白く泡立つ急流のなんと美しいことか……

児童公園だ……くだらない！　周りじゅうからまる見えだ。木々だって小枝みたいだ、どうやら最近植えられたらしい。あんな木のそばで立ち止まるなんて、子どもにだってきまりの悪いことだ。

工場だ。煙突から煙が出ている。工場の住宅団地……あんな地区には、とくに人口が密集している。小さな家が互いにくっつきあい、どの部屋にも家族がいる。

そして、ほら、車輪がきしんだぞ。路面電車が急カーブをきっている。通りはつきてしまった。周囲は、荒れ地と粘土質の岩屑の堆積。停留所で乗客のほぼ全員が降りてしまった。残ったのは黒くてごわごわのひげを剃らずに伸び放題にした二人の男——一人は長い鼻をし、もう一人はモンゴル人のような平べったい鼻をしている。わたしを入れて三人。女車掌がときどきわたしのほうを探るように見ている。ほら、車内を通って運転手のところに行き、アルメニア語で早口にしゃべりはじめた。どうやら、運転手にうさんくさいと伝えているらしい。そうさ、そうに決まっている。彼女がわたしの方を振り返った――眼鏡をかけた奇妙な男に、粘土質の岩屑が堆積した荒れ地にある路面電車の終点で何の用事があるというのか。

いまにもわたしのところに運転手の男がやってくるぞ。どこからともなく、民警が現れるぞ。彼らにどう言えばいいのか。よそからやってきた者です、モスクワっ子です、エレヴァンを見学しているのです、ってか。エレヴァンを知るのに荒れ地と岩屑の堆積が何の役に立つのか。もちろん、わたしはしどろもどろになるだろう。町はずれに自分が現れた真の理由を隠すだろう。確かに、変である――この男は荷物を手荷物預り所に預けた。誰も迎えに出なかった。通りを半日ぶらついていた。彼は役所へ出張証明書に記帳をしにいかなかった。彼は、ホテルやコルホーズ会館に、駅の母子待合室に、落ち着こうとしなかった。彼は岩屑の堆積と穴ぼこのある町はずれに現れた。そう、これはまったく変だ。いいや、変どころかそれ以上だ。いや、いや、これはもはや変なんてものじゃない、もうこれは明らかに……

そうなれば、窮地に追い詰められ、恐怖にとらえられて、わたしはついにすべてを白状するだろう。わたしがアルメニアの首都の町はずれにまで来ることになった尾籠で滑稽な理由を明かすだろう。しかし、わたしの言うことを誰も信じないだろう――わたしはさんざん嘘をつきとぼけてみせたので、本当のことを言ってもそれが滑稽に思えるだろう。つまりこういうことになるだろう。この破壊工作員の野郎は嘘八百を並べたが、その海千山千の男もついに言うにこと欠きやがったな。

路面電車は終点の停留所に着いた。わたしを押し止める人は誰もなかった。わたしは荒れ地に急行し、岩屑の堆積と穴の間に隠れた……

幸福感……それについて記す必要があるだろうか。詩人と作家は、もう何千年にもわたって、幸福とはどのようなものであるかを紙の上で伝えようと努力してきている……ただ、これがもはや創造者の誇らかな幸福ではなかった、その人の全能ともいえる理性が自らの唯一の、二つとはない現実をつくるという思想家の誇らかな幸福ではなかった、とだけ言っておこう。これはささやかな幸せ、羊、牡牛、人間、キツネザルにも等しく手の届く幸せであった。それを味わうのに、アララト山にまで行く必要があっただろうか。

1　実際のグロスマンの仕事は、ラチイ・コチャルの長篇小説『大きな家の子どもたち』の翻訳だった。
2　七世紀から十世紀ごろに成立したとされる、アルメニアのサスーン（現トルコ領）出身の勇士たちがアラブの侵略者たちと戦う中世アルメニアの叙事詩中の英雄。
3　アレクサンドル・タマニヤン（一八七八―一九三六）。アルメニアの新古典主義の建築家。一九一七年より芸術アカデミー会員。共和国広場やオペラハウスなど、エレヴァンに重要な作品を残し、エチミアジンなどの都市計画や歴史的建造物の保存にも大きな役割を果たした。
4　ハチャトゥル・アボヴィヤン（一八〇九―四八）はアルメニア文学の基礎を築いたとされる作家。ステパン・シャウミヤン（一八七八―一九一八）はアルメニアの革命家、政治家。カフカスの革命運動の指導者。イェギシェ・チャレンツ（一八九七―一九三七）はアルメニアの詩人で革命家。スターリンの大粛清時に監獄で死去。
5　アナスタス・ミコヤン（一八九五―一九七八）。アルメニア出身の政治家、スターリンの側近。約四十年間政治局に属し、副首相等を務めたが、スターリン死後の五六年、フルシチョフに協力してスターリン批判を推進。六四年フルシチョフ追放にも尽力し、最高会議幹部会議長に就任。
6　イワン・パスケーヴィチ（一七八二―一八五六）。帝政ロシア軍のもっとも有名な軍人の一人。

一八二〇年代後半のペルシアおよびオスマン帝国との戦争ではアルメニアをペルシアから解放するカフカス戦線の指揮をとった。ポーランド蜂起やハンガリー革命を鎮圧し、クリミア戦争（一八五三—五六）では西部国境軍の総司令官だった。

6

アルメニア人はみんな素晴らしい人たちだと言うのは、アルメニア人は全員こすからい小商人でペテン師だと言うのと、ほぼ同じである。

アルメニア人は人間であり、人間には悪い人もいい人もいる。さまざまなのである。それでもやはりわたしは、もちろんそれほど全面的にというわけではないが、こう一般化しないではいられない。アルメニア人農民はいい人たちである、と。

わたしはアルメニアに二か月間暮らした——期間のほぼ半分をエレヴァンで過ごした。しかし、エレヴァンで暮らして文学上の知己を新しく得ることはなかった。エレヴァンにやってきた時にわたしが知っていたのは、作家のマルチロシャンと女性翻訳家のゴルテンジヤであった。ゴルテンジヤは銅鉱山に関するマルチロシャンの本に逐語訳をつけたものを用意してくれた人である。そしてわたしは、マルチロシャンと彼の家族と女性翻訳家ゴルテンジヤの知人として、エレヴァンを後にしたのである。

二度か三度、マルチロシャンは通りで友人の作家たちをわたしに紹介してくれた。しかし、そうした紹介があっても、ほんの三十秒ほどうなずくだけであり、どのようにしてやってきたのか、エレヴァンは気に入ったかとかいう、儀礼的な質問さえされることはなかった。なるほど、文学者の一人がわたしに『ダルシアクの回想』[1]を重版するつもりはないのかと言ったのは、事実ではあるけれど。ロシア語の雑誌『アルメニア文学』の編集者と会ったとき、その編集者はわたしがアルメニアに来たことに対しいささかの関心も示さなかった――作品を掲載するよう言ってはくれなかった。彼はわたしに対して人間的な興味も示さなかった。アルメニア人の詩人も、作家同盟指導者も、女性詩人も、それと似たような態度でわたしと会った。こうしたことはどれもわたしをがっかりさせた――エレヴァンのインテリゲンチャはとても愛国的である、他の言語でアルメニア人について書かれていることにとても敏感である、とわたしは聞いていたのである。一方、わたしはといえば、自らの戦争記事の中で、『人民は不死』と『正義の事業のために』という本の中で、アルメニア人についてかなり書いていた。そしてわたしの書いた記事も、『人民は不死』も、『正義の事業のために』も、アルメニア語に翻訳されていて、わたしはアルメニア人の読者から手紙をもらったりしていた。要するに、このように無関心にではなく迎えられることを、わたしの作品を『アルメニア文学』に掲載することに関心が示されることを、わたしは期待していたのである……わたしは作品を求められるかと思い、小品を持ってきてさえいたのである。しかし、そういう求めはなかった。この氷のように冷たい態度は、文学上のわたしの災難の結果だと考えることもできた。わたしが新しく書いた本は編集者たちの怒りをかい、印刷されないでいる[2]……

つらい出来事が原因となっている、まったくそのとおりである。しかし、人間はそのような状況に置かれると、自らの個性の意義を過大評価する性癖をなくしてしまうものである。それでわたしには、さらにもっとつらいことに原因があるように思えてきた——問題は当局からにらまれたことにあるのではない。問題はわたしが文学的に、人間的にまったくとるに足らないということにある……ピグミー、ピグミーよ、お前は何を望んでいるのか。

やがてわたしは慣れてしまった。しかし、ときどきは気がめいって不愉快になり、新年を迎えた日などは、一日中ホテルの部屋にこもっていた。犬でもよいから、誰か電話をかけてきてくれたらよかったのに。要するに、わたしのような状況に置かれた人間には、偉大なエジソンの発明もほとんど役に立たないのである[3]。わたしを幾分かでも慰めてくれたのは、モスクワの作家同盟の事務局職員がアルメニアに来たことを、モスクワの文学財団で休息の家や保養所の利用券の発券の仕事をしていた女性が来たことをさえ、わたしの話し相手の何人かがはっきりと覚えていたことであった。客として来た地位の高い、わたしの見るところでは文学に対する貢献よりも文学に関する組織内での貢献のほうが勝っている、モスクワの人たちについての記憶がまったく鮮やかなものであったことも、幾分かはわたしを慰めてくれた。

ところでわたしは、エレヴァンにいるペンや絵筆の芸術家だけではなく、プラトンと同じように、天文学者、物理学者、生物学者にも、話をすることになると思っていた。

だが、ホテルの廊下にいる当直係員のおばあさんと話をする以上には、ことはうまく運ばなかった。彼女はわたしに好感を持っていた。すなわち、この出張者は朝から晩まで働いていたのである。ホテルの廊下を酔っぱらってふらふらしながら歩かないし、夜の二時にバヤンを弾きながらしわがれ声で歌わないし、部屋に女の子を引っ張りこまなかった。ホテル《インツーリスト》のおばあさんは無邪気にも、こうしたことすべてがわたしのモラルの高さに結びついていると考えたのである。そしてどうやら、わたしの貧しさや病気や年齢のことは考えに入れていなかったらしい。

ある時、マルチロシャンにマンデリシタームのアルメニア滞在[4]について質問したことで、幾分かわたしの気が晴れた。アルメニアでのマンデリシタームの暮らしについては、わたしは魅力的かつ感動的なその細部にいたるまでを承知していた。わたしはマンデリシタームのアルメニアに関する一連の詩を読んでいた。《寓話のようなアルメニアのキリスト教》についての彼の表現を思い出したりしていた。

けれども、マルチロシャンはマンデリシタームのことを覚えていなかった。わたしの求めに応じて、マルチロシャンは世代的にはもっと上の何人かの詩人に電話をかけた——彼らはマンデリシタームがアルメニアにいたことを知らなかった。彼のアルメニアに関する詩を読んでいなかった。マルチロシャンがわたしに言った。痩せて鼻の大きな、みるからにとても貧乏そうな男のことを、ぼんやりと覚えている。二度ほど夕食とワインをおごってやった。酒を飲んだあと、その鼻の大きな男はなにか詩のようなものを読んだ。いろいろ考えあわせてみると、あれがマンデリシタームだった。文学財団の保養所担当課の女性が滞在したことの記憶のほうが、比較にならないぐらいにはっきりとしていたのである。

まあ、仕方がないか、分かったよ。わたしはそう思った。マンデリシタームの詩は美しい。それは詩文学そのものだ。それ自身が言葉の音楽だ。ひょっとすると、その詩は詩文学そのものすぎる、言葉の音楽そのものすぎるかもしれない。わたしにはときとして、二十世紀の詩文学には、それがどんなに輝かしいものであるにせよ、前世紀の詩的天才たちを特徴づける熱い心の持つ力強さと人間らしいひたむきさが少なくなってしまったように思える。まるで詩文学がパン屋から宝石店に変わり、偉大なパン職人に代わって偉大な宝石職人がやってきたかのようである。ひょっとすると、だから何人かの著名な詩人の詩はあれほどまでに難解なのであり、彼らはその難解さで、パリにあるプラチナ製のメートル原器から、すべての魂と諸物の尺度から、その身を守っているのかもしれない。

しかし、マンデリシタームの詩には、魅力的な音楽が響いている。いくつかの彼の詩は、ブロークの死後〔一九二一年〕にロシア人によって書かれた詩でもっともすぐれたもののうちに入る。うち明けて言えば、ブロークもわたしの崇拝するところではなく、彼も魂と諸物の尺度——聖なるライ麦パン——をつくり上げたわけでもない。また、ブロークの詩では、パン職人の魔法の手ではなく宝石職人の繊細な技巧でつくられたところが多くある。そうではあるが、もちろん、ブロークの詩のいくつかは、いくつかの詩句は、プーシキンの死んだ一八三七年とレールモントフ[6]の死んだ一八四一年以後に詩人たちによって書かれた最上のもののなかに入る。そしてマンデリシタームがその肩にロシア詩文学の大きな重みのすべてを負うことはなかったけれど、彼は素晴らしい真の詩人である。うたかたのように消えていく詩人たちと彼とを、深淵が隔てている。なのに、わたしの知るエレヴァンの人たちは、彼のアルメニア滞在のことを覚えていない。分かってきた、分かってきたぞ……

そのうちにわたしは、こうしたつらい日常的な出来事からすっかり離れて、全般的な事柄について考えをめぐらすほうへといきなり移行してしまった。わたしは多くのエレヴァンの美術館で、兵卒に降等されて当時のエリヴァニで勤務服役していたデカブリストたちの肖像画を見た。『知恵の悲しみ』[7]のロシアでの初演がそうした兵卒たち自身の手で行われ、彼らが女役をも演じたということを、わたしは資料を読んで知った。アルメニアのインテリゲンチャがピーテル〔ペテルブルクのこと〕やモスクワでよりも早くエレヴァンでグリボエードフの喜劇〔『知恵の悲しみ』〕が上演されたことを誇りに思っているということを、わたしは資料を読んで知った。追放された貧しいナルバンジャン[8]がヴォルガ河畔のカムイシンというほこりっぽい僻地でなんとか命永らえて住んでいたこと、学生のトゥマニヤンがペテルブルクで貧乏暮らしをしたり、監獄に入れられたりしたこと、コロレンコ[9]がトゥマニヤンの釈放の日に監獄の門のところにやってきたことは、百年は記憶されるだろう。そしてまた、ウクライナのミルゴロドに住んでいた追放されたグルジア人〔詩人のダヴィト・グラミシヴィリ（一七〇五―九二）のこと〕についての記憶、それからウクライナ人漂泊者のスコヴォロダ[10]についての記憶や懲罰隊送りになってカスピ海沿岸の砂漠地帯に住んでいたウクライナ人兵士〔シェフチェンコのこと〕[11]についての記憶は、薄れてはいない。

山の住民、学童、学生の頭の中には、左遷の憂き目にあったテンギン連隊の中尉〔レールモントフのこと〕の詩、ペテルブルクから来た政府に嫌疑をかけられた七等文官〔アレクサンドル・グリボエードフのこと〕の詩が、薄れたり弱まったりすることなく生きており、その活動を続けている。時代の変化と全世界的な歴史的悲劇に耐えている。

流刑された学生たち、コロレンコ、タン゠ボゴラス[12]、お上ににらまれたクロポトキン[13]といった人たちによって始められた好ましい重要な仕事は、タイガの中やヤクーツクのツンドラ地帯で生きており、その活動を続けている。短篇小説や詩、すべての人間にとって何が必要で大事かということについての民話は、人間の心の中に永遠に大事にしまわれている。学校や大学の中で、サークル、伝統的な丸太造りの百姓家、パオ等々の中で生きており、勝利している。まさにこれこそが、プーシキン、ドブロリューボフ[14]、ゲルツェン[15]、ネクラーソフ[16]、トルストイ、コロレンコによってなされている、自由な、好ましい、長続きするロシア化推進事業なのである。

それにつけても、どれほど多くの総督や将軍、二等文官、国家を代表する高官、国によって押しつけられた学問、勲章を受けた小役人的な文学作品等々が、カフカス人の記憶から消えてなくなってしまったことか……

わたしは考えた。人々や民族や文化の幾世紀にもわたる真の紐帯、友好関係は、執務室や県知事の邸宅でではなく、まさにこのようにして、木造の百姓家で、囚人の宿営地で、ラーゲリで、兵舎で生まれるのである。まさにそうしたつながりこそがもっとも強くて生命力のあるものなのである。暗いランプの光のもとで書かれ、木造の百姓家の中で、監獄のような兵営の板寝床の上で、タバコの煙のもうもうとした小さな部屋で読まれる言葉こそが、諸民族の団結、愛、互いの尊敬を結び合わすのである。

そうしたものは永遠の血の流れる動脈であり静脈である。国家に押しつけられるうわべだけの暮らしは、騒々しいばかりで実を結ばないのだが、石鹼の泡のようにして、それ自身が石鹼の泡みたいな人たちの心を虜にする。そういう人たちは、はしゃぎまわり、騒ぎまわり、そして跡形もなく消えていくのである。

一方、そこにはそれと並ぶようにして、石工、大工、錫メッキ工、桶屋、農婦の老婆といった人たちが、結んだり基礎を置いたりしているつながりがある。

ここへは、あれが、ロシアのボルシチの土鍋《ゴルショーク》が伝播してきた。そして、アルメニア人の家のテーブルにのった。そこでは、アルメニアのニンニクのたっぷり入ったハシを、ひげの生えたモロカン派17の男たちがわき目も振らず黙りこくって真面目な顔で食べている。

ここではすべてが興味深い――感受性という点でも、保守主義という点でも。なぜなら何千という労働様式が、何十年、何百年にわたり隣り合って存在しているのに、暮らしの中に溶け込まずにいる、隣人の労働や生活様式の中に反映されないでいる――ロシア人農民とアルメニア人農民は、それぞれ異なる釜でパンを焼いているのである。そして彼らのパンは異なっている。ロシア人はタンドール〔インドなどで用いる炭火を底に置く円筒形の土製の竈〕で焼かれたラヴァーシをかたくななまでに食べたがらない。そして、アルメニア人の男性は、ロシアの釜から出てくる質的に優れた小麦パンに無関心である。だが、その他数十の事柄、品物、仕事のやり方については互いに真似て自分のものにし、それで彼らは自分たちの暮らしと労働の腕前を豊かにしたのである。

例えば、パスケーヴィチのロシア人兵士の一人は、重い長靴の足音を響かせながらアルメニアの端から端までを踏破してから故郷に帰り、アルメニア人石工から習い覚えた今までにない新たな煉瓦の積み方や石の切り方をもたらした。このアルメニア化のためには、ライフル銃や大砲などは必要なかった――笑い合った、互いに背中をポンとたたき合った、一方はウインクをし、もう一方はこう言った、《素晴らしい、気がきいている》――しばらくタバコを吸った。それだけである。

そして、ソヴィエト時代になって結ばれたつながり――大小の工場における労働者と技術者たちのつながり、大学の実験室や図書館あるいは科学研究所の実験室におけるアルメニア人とロシア人の学生や科学者たちのつながり、ロシア人とアルメニア人の農学者、農作物栽培指導員、ワイン醸造人たちのつながり、天文学者たちのつながり、物理学者たちのつながり――がある。

山の中の小さな町ツァグカゾールで、わたしは外国人として、自分にとっては初めてとなる散歩をした。行きかう人がわたしをじろじろ見ていた。みんなから注目されていることをきまり悪く思いながら、平屋建ての小さな石造りの家々の間を、足を引きずるようにしてのろのろ歩いて行くと、給水栓のところにいる女たち、石塀の下に座って数珠をつまぐっていた老人たち、軽食堂のドアの前でガヤガヤ騒ぎ立てていた二十世紀の馬乗り名人である運転手たちが、全員押し黙った。わたしは歩いて通っていった。人々は黙って目配せをしあっていた。

わたしは通りを歩きながら、窓々のカーテンが揺れるのを見た――新たなよそ者のロシア人がツァグカゾールに現れたぞ。

やがてわたしのことが注意深く観察され、入念に調べられた――作家会館の職員たちが知ったことのすべて、つまり、わたしが居住証明書の裏書のために身分証明書を提出したこと、ハシを食べるのを拒んだこと、アルメニア語を話さないこと、モスクワから来たこと、結婚していること、子どもが二人いることが、すべての人の知るところとなった。この男は翻訳家で、作家マルチロシャンの本を翻訳するためにやってきた。翻訳家は若くはない。しかし、コニャックを飲む。ビリヤードは見てはいられないほど下手だ。翻訳家は頻繁に手紙を書く。この男は散歩をし、町はずれにある古い教会に興味がある。アルメニアの犬や猫にロシア語で呼びかける。男は農家に立ち寄った。そこでは、老婆がタンドールでラヴァーシを焼いていた――翻訳家はアルメニア語が分からず、老婆はロシア語の単語を一つも知らなかった。男が笑って、ラヴァーシはどう焼くのかに興味があることを態度で示した。家畜の糞を干し固めた燃料の煙のせいでよそ者のその男の目に涙が出はじめたとき、老婆もまた笑った。

その後で、老婆が床の上に腰掛を置き、よそ者の男はそれに腰を下ろした。燃料である家畜の糞から出る薄絹のような煙が男の頭の上を漂っていた。モスクワからきた人間は、老婆がパン生地を空中で回す、まさに空中で回すのに、見とれはじめた。彼女は平たい板状のパン生地を上に向かって投げ上げては、指を広げて伸ばした両手の上にそれを受け止めていた。パン生地は自身の重さでより薄くなり、しだいに薄い板状になっていくのであった。よそ者の男は老婆の動きに見とれていた。その動きはスムーズでありかつ素早く、慎重であり自信に満ちていた。昔からある美しいダンスのように見えた。実際、そのダンスは古くからあるもので、パン焼きの歴史と同年齢であった。一方、刺し子の破れた綿入れ上着を着て髪をふり乱した七十歳の老婆は、モスクワから来た眼鏡をかけ白髪頭のよそ者の男がパン生地を回したりラヴァーシを焼いたりしている自分に見とれていることを、すぐに感じた。そしてそのことが、彼女にはとても快かった。彼女は陽気でありながら少しもの悲しい気分になった。やがて、彼女の娘とその連れ合いとがやってきた。娘の連れ合いはひげを長いこと剃らずに、ごわごわした青いひげを生やしていた。孫の女の子が、ピンク色のパジャマのズボンをはいて、小さなそりを引きながらやってきた。老婆は彼らといっしょに笑いあっていたが、命令するかのようにアルメニア語でなにかを叫んだ。すると、緑がかった乾いたチーズをのせた皿が翻訳家のところに持ってこられた。チーズはカビが生えているように見えたが、ピリッと辛く香りがあって、とてもおいしかった。熱々のラヴァーシが出され、翻訳家はラヴァーシにチーズをたっぷり広げて塗るよう教えられた。その後で、コップで牛乳が出された。

燃料である家畜の糞の煙で目が赤くなった男が辞去するとき、来た時には吠えていた犬が男に対して少しばかり尻尾を振った——その男からは、犬にはなじみのほろ苦い悲哀の匂いがしていたのである。老婆の色の黒い痩せた娘も、ひげを剃らずにいる色の黒い痩せた女婿も、無煙炭のように黒い目をした孫娘も、石塀のところに立ち、手を振って男を見送った。

その後、モスクワからきたよそ者の男は郵便局に行って、航空便を出そうとした。しかし、郵便局には必要な封筒がないことが判明した——郵便局の黒い目の娘さんたちがロシア語を話さないので、これをはっきりとさせるのは容易ではなかった。みんなが大声を出したり、両手を大きく振ったり、笑ったりした。

次の日、彼は山道を散歩し、墓地にまで行った。そこでは老人が墓穴を掘っていた。翻訳家は頭を数回横に振った。老人は憮然とし、よしてくれとでもいうように手をひと振りすると、吸い終わっていないタバコを放り投げて、ふたたび掘りはじめた。同じその日、モスクワっ子は給水栓のそばを通りすぎ、女性が水の入った桶を運ぶのを見て手を貸そうと思った。しかし、女性は当惑し、目を伏せ、振り返りもせずに桶を持って歩きだした。翻訳家は馬鹿みたいに両手を広げて立っていた。同じその日、バラ色の凝灰岩で学校の敷地の周囲に塀を建てている石工のそばに、彼は長いこと立っていた。石工は石を叩いたり、表面を削ったり、塀のサイズに合わせたりしていた。一方、刺し子の綿入れズボンをはいた若い女たちは、頭や顔をプラトークで巻いて、粥状にした粘土をこねていた。バラ色の石の破片がとんでよそ者に当たったりすると、女たちの目がプラトークの下でさもおかしそうに輝いた。

その同じ日に翻訳家は、歩道を山の放牧地のほうに向かって歩いていくラバや羊と会話をした。町の歩道を歩くのは、主に羊、仔牛、牝牛それに馬であることに、彼は気づいた。ツァグカゾールではなぜか人と犬は車道を歩いていた。ラバは初めのうちはかなり注意深くロシア語に耳を傾けていたが、やがて耳を倒し、後ろ向きになって尻を向け、翻訳家を蹄で蹴ろうとした。肉づきのいい立派な鼻のついたおとなしそうなかわいいその顔が、意地の悪い陰険な顔に急に変わった。上唇にしわが寄り、大きな歯がむき出しになった。一方、翻訳家が撫でてやろうと思った羊は、庇護と援護を求めてラバのほうに身を寄せた。そこには何とも言いようのない胸打たれるものがあった――羊は自分に向かって伸びてきた人間の手が死をもたらすことを本能的に感じるのである。だからこそ死から守ってもらいたいと思ったのである。鋼鉄と熱核兵器をつくったあの手からの庇護を四足動物のラバに求めたのである。

同じその日に、よそ者の男は村の商店で、子ども用石鹸、練り歯磨き粉、プルゲン〔下剤〕を買った。翻訳家のその男は家に向かって歩きながら、羊のことを考えていた。

羊は明るい色の目をしている。どこかブドウに似た、ガラスでできているような生気のない目である。羊を横から見ると人間みたいである――そこにあるのは、ユダヤ人やアルメニア人の横顔、謎めいた、冷淡な、間抜けな横顔である。牧夫たちは羊を何千年にわたって見てきている。羊たちは牧夫を見てきている。だから彼らは似るようになったのである。羊の目は、どこか独特なやり方で、よそよそしく虚ろな眼差しで、人間を見る。馬、犬、猫などの目は、人間をこんなふうにして見はしない。

ラバと羊と会話するグロスマン

もしゲットーが五千年存在し、その数千年間、毎日、ゲシュタポの人間がガス室で殺害される老婆と子どもを選別していたとしたら、ゲットーの住人はまさにこのような嫌悪に満ちたよそよそしい目でゲシュタポの看守を見たことであろう。

羊が人間を赦し、人間をガラス玉のような虚ろな眼差しで見ないようにするためには、ああ、ああ、人間はどれほど長く羊に赦しを乞わなければならないことか。この虚ろな眼差しには、なんとつつましく、誇りに満ちた蔑視があることか。罪なき草食動物は、本を書いたりサイバネティクスの機械等々をつくったりしている殺人者に対して、なんと神々しいまでに優越していることか……翻訳家は、羊に対し懺悔はしたが、明日にはその肉を食べるであろうことを知っていた。

一日、さらに一日と、過ぎていった。よそ者の男は、山の小さな町の通りで自分が外国からきたオウムだと感じることをやめた。すると、人々が彼に会うと挨拶を交わすようになった。彼は町の住民と挨拶を交わすようになった。

彼はすでに、郵便局の娘たち、商店の女店員、オペラの悪役のような顔をした物理学教師、鉄砲を持った陰気くさい夜警、二人の牧夫、ケチャリス修道院の千年前からある壁を守っている老人を知っていた。村の食堂のカウンターに立っている白髪頭で青い目をしたシリア帰りのカラペト＝アガを知っていた。すらりとした美男子の運転手ヴォロージャ・ガロシャンを知っていた。額が出っ張り笑った顔が若い力のある牡羊のような、緑のスキーズボンをはいた体育教師を知っていた。気のふれた老人アンドレアスを知っていた。イチジクの木の下で七面鳥を飼っている女性を知っていた。曲がりくねった通りを猛烈な勢いで走る三トントラックの運転手の若者たちを知っていた。そうした若者たちには、ワシのように勇敢な心とパガニーニにあるような絶妙な名人芸をみせる指とがあった。

グロスマンとツァグカゾールの住民たち

すでにわたしは作家会館で、やせっぽちの料理女のカーチャがとても愛くるしくて素敵な笑顔の持ち主であることを知っていた。彼女の作ったスープを褒めると、ひどく顔を赤らめるのを知っていた。カーチャはアルメニアにザポロージェ〔ドニエプル川下流地域。「早瀬の彼方の地」の意〕から来たことを話してくれた。夫がモロカン派であることを話してくれた。結婚式でモロカン派がお茶を飲み、ワインには手を出さないことが彼女にはとても変に思えること、そして跳躍派〔十九世紀の三〇年代にできたモロカン派の分派〕がどんなに奇妙な分派であるかということを、彼女は照れながら話してくれた。彼女は胸を張って言った、《わたしたち、ツァグカゾールのモロカン派は跳躍したりはしません》。カーチャは柔和な優しい性格をしている。カーチャの声、動作、歩き方は、遠慮がちで思いきりが悪い。彼女はなににでも照れる——彼女の息子、一年生のアリョーシャが入ってくると、顔を赤くし、視線を伏せる。アリョーシャも質問をされると、それがきみは何年生かという簡単な質問であっても、顔を赤くしながらやっと聞こえるくらいの声でつぶやく。顔も母親に似ている——青白く、目が青く、そばかすがあり、小麦色のまつ毛と眉をしている。

《アルメニア人はいい人たちです》——カーチャはそう言い、顔を赤らめる。《アルメニア人は仲良く暮らしています。アルメニア人はお年寄りを敬います》——彼女はそう言い、ふたたび顔を赤らめる。しかし、それでもやがて、カーチャがアルメニア人をごく普通の人たちだと考えていることが分かる。酔っぱらいもいれば、ケンカもする。泥棒もいる。ごく当たり前の人間であり、われわれロシア人と比べて良くも悪くもない。《農民に関して言えば、とても一生懸命に働いています》——そう言ってカーチャは、顔を真っ赤にする。

わたしはサナトリウムの管理婦長をしている顔の浅黒いローザと知り合いになった——彼女の上唇の上には黒っぽい産毛が生えている。そしてローザは、ピカピカの真っ白い歯に人が見とれることができるように、いつも微笑している。クロム革の胴長の長靴を履いて歩きまわっている。ロシア語は一つの単語も知らない。非生産的な仕事に従事しており、いつも会計帳簿をもっていて、創造的な仕事に従事している職員たちが昨日何を食べたか、明日何を食べるかを、そこに書きこんでいる。

わたしは釜焚きのイワンと知り合いになった――金髪の大きな男で、顔は残忍そうに見える――彼は明るい色の口ひげをし、明るい色の目をしている。若くて力がある。ときに粗暴で、ときに不機嫌である。顔は丸くて大きく、白くて血色がよい。なぜかそのせいで特別に意地悪そうに見える。彼は大きくて重い胴長の長靴で大きな足音を立てながら歩く。話すのもその歩き方と同じようにゆっくりと重々しく、一語一語が長靴での一歩のようにはっきりとしている。イワンはモロカン派である。亜麻色の髪、明るい色の目、明るい色の髪、白い歯、いい血色をしているので、そしてモロカン派であるので、彼は白いキビ粥入りの牛乳だけを食べているように見える。しかしイワンは、父祖伝来のモロカン派の慣習を破っているのである――ウオッカ《モスコーフスカヤ》を飲んでいるし、タバコを吸っている。酒を飲むと話に夢中になる――どうやって山に入っていくかを話してくれた――ヤギ、オオヤマネコを撃つのである。ある時は、《バルースク》〔アナグマ〕――彼はバルースクと言うが、これはバルス〔ヒョウ〕のことである――をしとめた。明らかに彼の話はしっかりとした信憑性に欠けている。しかし彼は嘘つきではない。いわば作家＝ロマンティストなのである――夢想家にしてはリアリストである。リアリストではあるが、少しばかりほらの好きな人間なのである。わたしのビリヤードの下手なところがイワンには気に入っている。

功名心はほぼすべての人にある。しかしイワンは特別であり、極端である。マルチロシャンとのゲームに負けると、イワンは悩み苦しむ。普通の功名心のある人なら、そんな場合に苦しんだりはしない。気落ちするだけである。《ゲームをしますか》――彼がわたしに言う。その時、明るい色をした彼の目は、羊の血に飢えてギラギラしている。

わたしは掃除婦のアストラとその舅《しゅうと》である夜警のアルチューン老人と知り合った。

アストラは美人である。わたしはチェーホフの短編小説「美女」を思い出した。それは、こんな具合である。わたしたちは旅籠屋《はたごや》を出発し、長いこと沈黙していた。だが、不意に、御者が振り向いて客のチェーホフに言った、《アルメニア人野郎のところには、いい娘がいるものですね！》

実際、美人である！　美人すぎて、彼女の美しさについていちいち書きたくない。彼女の美しさは彼女の心の美しさの表れであるとだけ言っておこう——静かな歩きぶり、恥じらいがちな動き、つねに伏せられているまつ毛、わずかにそれと分かる微笑、娘らしい柔らかな肩の線、極貧と言っていいくらいにみすぼらしい衣服の穢れのなさ、深いもの思いに沈んでいるような灰色の目、そうしたものに彼女の美が息づいている。木々の枝が影を落とす池の、静かなもの思いに沈む水の中に咲きでる一輪のスイレンの白い花さながらである。

この白いスイレンの花は、森の水を表現したものである。森の薄暗闇、水中に生えている植物のおぼろな姿、静かな水面を音もなく滑っていく白い雲、池に映る上弦の月と星を、表現したものである。そして、そうしたものすべてが一つになっている。すなわち、小さな流れ、川の入り江、森の池と小さな湖水、アブラガヤ、スゲ、朝焼け、夕焼け、泥土が発する奇妙な孤独のため息、木々の葉擦れの音やアブラガヤのカサコソいう音、ブクブクと水の泡立つ音が、スイレンの白い花には表現されているのである。

アストラもまたそのようにして、その顔で、その容貌で、控え目な女性の美しさという素晴らしい世界を表現している。静かな淵に何があるのか、どのような悪魔が棲んでいるのかは、触れれば切り傷ができるようなスゲの中に池のなめらかな表面を乱しながら素足で入りこみ、ずぶずぶはまり込む温かくもあり冷たくもある底泥の上を歩く人に、その判断を任せよう。わたしは岸からスイレンに見とれているばかりだ。

わたしがこうやって静かに見とれていることに、誰も気づいていない。そう思えていた――わたしはつねに黙っているし、不機嫌そうにしている。禁欲主義者みたいに厳しい。アストラのいるところでは二倍もそうである。

しかしある時、わたしのとても親切な共同翻訳者の女性が、タラス・ブーリバ〔ニコライ・ゴーゴリの同名小説に登場するウクライナ・コサックの隊長〕のように声を立てて笑いながら、こう言ったのである、《おお、ワシーリー・セミョーノヴィチも、食べちゃいたいくらいにわたしたちのアーロチカが気に入っているのね》。わたしは渋い顔をして、肩をすくめた。

本当のところ、もしアストラの夫が、その父親に、悲しみに沈みふさぎ込んでいる大きな鼻をした猫背の夜警、アルチューンに似ているとしたら……ああ、そんなことはわたしにはどうでもいいことだ。

アルチューンは悲しげである。ときどき彼の顔と目が、たまらなく憂鬱で不快そうな表情になる。夜、世界中の夜警がみんな眠っている夜明け前の時間に、わたしは音を立てないようにそっと彼のいる近くを通ったりする。それでも彼は、暗闇の中からわたしを見ている。その目は、大きくて静かな憂いに満ちている。

わたしが思うに、彼は決して眠らない――大きな悲しみが眠らせてはくれないのである。彼は誰とも決して話をしない。誰も彼のところにはやってこない。ときおり通りで陽気なアルメニア人の爺さんが彼に出会うことがある。そしてわたしは、アルチューンが今度こそ笑うぞ、足を止めてタバコを吸い、羊やミツバチについて、ワインについて話しはじめるぞと思う。しかし、そうはならないのである。アルチューンは、前かがみになって厚布製の長靴を重そうに引きずりながら歩いていく、大きな憂いに浸ったままで……これはどうしてなのだろうか。

それにしても考えてみると、とても奇妙である。モスクワからきた見知らぬ人間であるこのわたしが、その存在さえ知らなかったこの山の小さな町に生まれて初めて足を踏み入れたのは、ほんの数日前のことなのである。《こんにちは《バレーヴ》——お幸せに《ドブロ》》——出会った人がわたしにそう言う。《こんにちは《バレーヴゼス》——あなたこそお幸せに《ドブロ・ヴァアム》！》——わたしはそう言って帽子をとる。周囲には素敵ないい知り合いばかりである。

一日また一日と、どんどん過ぎていく。わたしはもう、イワンについて、カーチャについて、アストラについて、アルチューン老人について、多くのことを知っている。なんと多くの感動的なこと、人間的に愛すべきことがあることか。そして、それより少ないどころかひょっとするとむしろ多いくらいのつらいこと、無慈悲なこと、恐ろしいことがあることか。

カーチャの夫は歩行のままならない麻痺患者で、もう数年間というものベッドに横になっている。それで、もの静かなカーチャは遠い故郷や父母や女友達を恋しく思いながら、彼の世話をしている。リンゴやキャンディで夫を喜ばせるために小銭を節約しながら、誇らしげにこう言っている、《わたしたち、ツァグカゾールのモロカン派は跳躍したりはしません》。

アルチューンには息子が五人いた。長男はボーリング掘削の熟練工として働いていたが、一年前に酒の上のケンカで殺されてしまった。鋳鉄管の切れ端で頭を殴られたのである。彼はよくない人間だったので、町でかわいそうがられているのは彼ではなく、彼を殺して監獄に入れられた男だということである。アルチューンの二番目の息子が美人のアストラの夫である。一年半前に監獄に入れられた。酒の上のことで、カラペト＝アガの店で運転手を切り殺したのである……酒の上のこととはこうであった——運転手は恋人といっしょに青い湖であるセヴァン湖からトラックでやってきた。彼らは酒を飲んでカラペト＝アガが作る有名なリューリ・ケバブ〔羊のひき肉の串焼き〕を食べたいと思っていた。要するに、いい時間を過ごそうと思っていた。隣のテーブルでは、アストラの夫のアラマイスが仲間と飲んでいた。彼が女性を罵りはじめた。つまり、彼女は結婚しているのに運転手と遊び歩いていたのである。運転手は腹を立て、アラマイスの顔を殴った。それでアラマイスは、フィンランド・ナイフで相手を切り殺したのである。アストラは、怠け者で性行のよくない遊び人ののんだくれのところに嫁に行くのを嫌がったという話である。しかし、アラマイスがひどく彼女に惚れこんでしまって、酔っぱらって彼女の足下に泣きながら這いつくばり、あげくは彼女を切り殺して自分も死ぬと言ったのである。アストラもアストラの母親も、町の全員も、これがたんなる脅しではないことを知っていた。それでいままでは、彼女は履きふるして片側がすりへった長靴をはいて歩きまわっている。ぼろの服を着て、夫への差し入れをより中身あるものにするために小銭を節約し、毎月二百八十キロの道を会いに行っている――夫は現在、収容所で坑夫をしている。彼は刑期を短縮してもらえないだろう――収容所での評判がよくないのである――けんかをするし、働かないし、酒を飲む。アルチューンの三番目の息子は、つい最近、エレヴァンの監獄を出た。アルチューン老人自身も、つい最近、地区の病院から戻った――三番目の息子が家庭内での争いで父親の脇腹をナイフで刺したのである。アルチューンは三か月間病院に入院していた。息子のほうは三か月間監獄に入っていた――父親は息子を救ってやった。予審判事に嘘の証言をしたのである。ほっそりとした顔に大きな鉤鼻をした肩幅の狭いこの三番目の息子は、作家会館のテラスにときどきビリヤードをしにやってくる。彼の顔には、すまなそうとも、狂気じみているとも、あたりのことには一切無関心で厚かましいともとれる、どこか精神を病んだような微笑が浮かんでいる。一方、父親のアルチューン老人は、息子がビリヤードをするのを見ている。ゲームを終えると、息子は黙って父親の脇を通っていく。父親も黙っている。

アルチューンの四番目の息子は一番手におえない息子で、三年前に開拓地に行ってしまったという話である。行ったきり行方不明で、一通の手紙もなく、見かけたという人もなく、彼がどこにいるのか、生きているのかどうか、誰も知らない。

アルチューンの息子でもっとも出来のよい五番目の息子は、知恵遅れの十代の少年である。子どもらしい顔に黒い産毛がびっしり生えている。彼は涎を垂らし、愛想よくにっこりと笑う。絵本をわたしに見せてくれる——動物に関するアルメニアの民話の本である。絵本の動物はみんなアルメニア人のようなオリエント的な顔をしている——髪はブルネットである。オオカミも、ウサギもブルネットである。小さな頭巾をかぶったキツネのおばあさんもブルネットで、眼鏡を下にずらせてずるそうにこちらを見ている。少年はもう十年生のクラスに入っていてもよいころである。なぜアルチューン老人の目があれほどに憂鬱そうなのかが、彼の歩きぶりも、沈黙も、不眠も、曲がった背中も、彼のすべてがなぜ大きな憂いの表現であるのかがようやく、わたしに分かってくる。そう、いまやわたしには、すべてがはっきりしたのである。

わたしたちが朝食をとっていたとき、調理場がいつになく騒がしく陽気だった。あまりにも騒がしく、あまりにも陽気だったので、何が起きているのだろうかと、わたしはドアを少し開けてのぞいてみた。カーチャが顔を真っ赤にして声を立てて笑っていた。管理婦長のローザが白い歯を見せて声を立てて笑っていた。いつも陰気で心配そうにしている作家会館の所長のティグランが笑っていた。このティグランというのは、組織から疎まれた元地区委員会書記であり、六人の幼い娘の父親である。元気のいい小柄な老婆の話に、調理場にいる全員が大笑いをしていた。陽気な老婆で、その目がきらきら輝いていた。わたしはアルメニア語が分からないが、彼女の話を聞いているうちにみんなといっしょに笑いだしてしまった。その後で、この老婆がこの町で一番陽気な女性だという説明を受けた。彼女があの夜警のアルチューンの妻で、彼の五人の子どもを産んだのである……ハムスンの小説に、素晴らしい、まさに不思議としか言いようのないタイトルのついた小説『しかし人生は続く』がある。[18]

わたしにはなぜだか、より正しく言えば、なぜだかではなく、なぜかまったく自然に、エレヴァンの通りでしかるべき地位にある人々と出会って型どおりの挨拶をした時のことが、思い出されてきた。

わたしは暮らしの中に入り込み、山の中の小さな町の暮らしをさらに深くさらに幅広く知るようになっていった。話し相手の人たちがロシア語をあまりよく知らないことや、ある単語の代わりに別の単語を発したり、まったくへんてこりんなところにアクセントをつけたりすることや、わたしはわたしで、精銅所に関するアルメニア語の叙事詩を翻訳しているのに、二つのアルメニア語《チェ（いいえ）》と《バレーヴ（こんにちは）》しか知らないということが、こうした人間らしい物事の進展を邪魔することは、ほとんどなかった。

わたしは気の違ったアンドレアス老人に関する話を知った。その話については、すでにわたしは書いた。白髪頭で美男のアルモは、自分の人生、自分の悲しみとつらさをわたしに話してくれた――父親はアルメニアでもっとも裕福な地主の一人だった。一方、アルモはアルメニアでも一番熱心なコムソモール員の一人になった。そう、この組み合わせは厄介だった。トルコにいたクルド族は、昔どおりにアルモの父親を敬っていたので、彼の困窮ぶりを知ると、国境の向こうから五百匹の牡羊を贈り物として破産した地主のもとへ送ってきた。その同じ時に彼の息子のほうは、息子として心の底から父親を愛し、父親がかつての名士であることを誇りに思い、父親がアラス川のこちら側でも向こう側でも老人たちのあいだで大きな尊敬を勝ち得ていることを誇りに思いつつも、その狂った若い心で働く者の敵である地主と資本家を憎悪しながら、アルメニアのコムソモールの組織化を進めていたのである。しかしながら、アルモの父親はわれわれの時代にまで生きのびることができなかった。彼はシベリアに葬られた。その墓がどこにあるのかは誰も知らない。

魅力的なサルキシャン老人は、動悸がするので息をつまらせながら、自らの人生についてわたしに語ってくれた。彼は年老いた妻とともに静かな家で、波乱なしとは言えないその生涯の最後の時期を過ごしている。彼は若い時には大物の党活動家だった。亡命先でレーニンと会っていた。その後、彼はトルコのスパイだとされ、死ぬほど殴られた。シベリアのラーゲリに送られ、そこで十九年間過ごした。

けれども、こうして戻ってきて、悪意を持つどころか、人間は素晴らしいと固く信じている。極圏の向こう側で素朴なロシア人とつきあうことで心が豊かになったことを、ロシア人の学者や知識人＝思想家たちとラーゲリのバラック内で交わした会話を通じて自分の知性が高められたことを喜んでいる。

彼はたくさん語ってくれた。ラーゲリの人々が、畜生になりさがりつつあったり、野獣と化してしまったりしても、いかに他人を憐れんでいたか、死につつある人が死につつある他の人をいかに死なせないようにしていたか、援助の必要な、やっとのことで生きている栄養失調者が栄養失調の友人をいかに援助していたか、大吹雪もマイナス四十度の寒さも民族の違いも、彼らの善意の障害にはならなかったということ等々について、語ってくれた。

彼は、自分の妻がアルメニアから極圏の向こう側にどのようにして会いに来て、ラーゲリの鉄条網そばの貧しく汚い木造の百姓家に住んだか、彼がどれほどの幸せを彼女の善良さから受けとったか、どんなに彼女を誇りに思ったか、囚人が彼女に対してどんなに親切にしてくれたかを、語ってくれた。彼は、心から笑うことのできる能力を、自らの二十年に及ぶ流刑生活の中で笑うべき滑稽な事柄を見つけだす能力を、いまでも保っていた。

彼は、八十人が――その全員が、教授、古参の革命家、彫刻家、建築家、芸術家、著名な医者といった学識のある人たちだった――どのようにしてエレヴァン監獄の狭苦しい小さな監房に入っていたか、看守が毎回計算を間違えながらどんなに耐えがたいほどの長い時間をかけて人数を数えていたかを、わたしに語ってくれた。ところがある時、看守が陰気な年寄りといっしょに入ってきたのである。その男は板寝床の上や床の上に折り重なるようになっている人間をすばやくさっと見回すと、出ていった。そうしたことが毎日繰り返されるようになった。後で、その老人が羊飼いであることが分かった。監獄当局は、数百、数千匹の羊の群れを一瞬のうちに数えるという男の目を見張るような能力を、囚人の点呼に活用したのである。教授、作家、医者、芸術家の群れを牧夫が数えるなんて、もちろん、これは滑稽なことである。

サルキシヤンはラーゲリから帰ってきてしばらくはアボヴィヤン通りで炭酸水を売っていたが、ある時、地区の中心都市からコルホーズ員の老人がやってきて、シューシュー泡立つ水をゆっくりと飲みながら、いろんな話をした。彼はその時のことを語ってくれた。サルキシヤンはその老人に、地下活動に参加していたこと、やがて一九一七年にツァーリを倒し、それからソヴィエト権力を樹立したこと、その後ラーゲリにいたことを、語ったのである。《ところがどうだい、いまじゃ、わたしは炭酸水を売っている》。すると老人は、ちょっと考えてからこう言った、《じゃあ、どうしてあんたはツァーリを追い払ったのだね、あんたが炭酸水を売るのを彼が邪魔したとでもいうのかね》。もちろん、これは滑稽なことであった。この滑稽な話をしてくれたとき、サルキシヤンの目には涙が浮かんでいた。

一方、わたしはイワンから、最近、モロカン派居住地域全体を揺るがした出来事の話を聞いた。それは、ロシア人モロカン派の二つの大家族、大工の一家と粉屋の一家が、トルコからアルメニアへとアラス川を夜に徒歩で渡ったという出来事である。脱出は、長いこと、何か月もかけて準備された。大工は家族全員でカルス近くから、国境沿いに住んでいる友達の粉屋の家へと引っ越した。トルコの国境警備隊の慣習ややり口が、その綿密さに本当に驚かされるほど詳細にとことん調べあげられた。アラス川の増水や減水は経験で知っていた。川の湿った空気が吹きつけてくる月のない夜に、人々は岸辺に出た。最初に男たちが浅瀬を歩いて渡りはじめた。勢いよくあとからあとから流れてくる水が、胸のところにまで達し、足元を掬うようにしながら音高くざわめいていた。丸みのある石は足元で音もなく滑って転がり、体を支えられなかった。暗闇の中では、速い流れが死のように恐ろしいものに思えた。一方、水面の泡はとても白く、死人のように青白かった。男たちの後に女たちが続いた。両手に乳飲み子を抱えていた。アラス川の中ほどでは父親たちが子どもたちを両手で抱き上げ、水面より上に持ち上げた。顎ひげまで水にぬれたが、その後は浅くなってきた。小さな子どもが暗闇の中で、ざわめく冷たい水の上で、声を出さず、一人として泣き出さなかったのは、驚くべきことだ。男たちはアラス川を二往復し、老人たちや十代の若者や娘たちが川を渡るのを助けた――古くからある大家族なのである。水から岸にあがると、人々はひざまずき、泣きながら大地に、岸辺の冷たい石に接吻した。ソヴィエトの国境警備隊はすぐには彼らに気づかなかった。それほどにとても暗い夜だった。脱出者のうちの誰かが、ヒューっと口笛を吹いた。すぐに国境警備隊員が誰何《すいか》した。岸の上に国境警備隊長がやってきて、脱出者たちに質問をしはじめた。隊長はこの異常な出来事が本来的に感動的なものであることを、直ちに理解した。岸の上に国境警備隊の隊員たちが集まった。小さな町からは隊の幹部の妻たちが、女・子どものための毛布を持って駆けつけてきた。

夜間に行われたこの帰還、トルコから戻ってきたひげのロシア人男性たちと若いロシア人兵士たちとのこの出会い、音立てて流れるアラス川の岸辺でモロカン派の老婆と子どもたちを抱いて泣いているこれらの隊員の妻たちの姿には、どうやらなにかたまらなくなるほど感動的なものがあったようだ。この出来事の話をしながら、イワンは急に泣きだしてしまった。イワンの話を聞きながら、わたしも泣きだしてしまった。その一方で、ツァグカゾールでは、淡々とした日々が続いていた。

カラペト＝アガの店では、運転手、村の商店の店員、教師、石工が集まり、ワインを蒸留してつくったウオッカを飲み、歌を歌い、カッカとし、騒動を起こし、リューリ・ケバブ、バストゥルマー〈塩漬けの干し肉〉、スルグニ・チーズ、ピリッと辛いインゲン豆とコリアンダーを食べ、ふたたびワインを蒸留したウオッカと泡のたつミネラルウォーターのジェルムークを飲んでいた。

酔っぱらった人たちは自慢した——ジェルムークはグルジアのボルジョムより上だ。スルグニ・チーズを最初に作ったのはアルメニア人だ。コニャックはフランス語だが、アルメニアのコニャックよりいいものはない。アルメニアのブドウほど甘いブドウはない。グルジア人はシャシリック〈串焼き〉の焼き方をアルメニア人から習ったが、本当のことを言えば、まだ習いきっちゃあいない。

ときどき、町の静かな通りで、歌や太鼓の響きが聞こえた。これは結婚式が祝われているのだった。

さらに数日が過ぎて、わたしは当地近郊の村にある家に客として招かれた——ウオッカを飲みに、である。

さらに一日後、わたしは図書館に立ち寄った。すると口ひげのはえた肩幅のある女性司書が、アルメニア語に翻訳されたわたしの本を見せてくれた。そしてわたしは、本の頁がふくらんでかさばり綴じ目の端がほころびているのに気づいた。

これ以上わたしにはいったい何が必要だろうか。通りではみんなが微笑んでくれる——こんにちは《バレーヴ》、……こんにちは《バレーヴゼス》……わたしとなんでも話をしてくれる、悲しみや暮らしについて語ってくれる。わたしはイワンの話を聴いた。そして、冷酷な人間に思えたイワンは、泣いた。ワインを飲み、暮らしの話をしに、わたしは農民の家に招かれた。わたしの本はツァグカゾールで読まれていた。その頁が少なからずふくらんでかさばっていた。ということは、成就されたのである。つまり、わたしはここの人々の一人になれたのである。

1　ドストエフスキーの研究などで知られるソ連の文芸学者、作家であるレオニード・グロスマン（一八八八―一九六五）が一九三〇年に書いた作品の書名。プーシキンの決闘事件を扱っている。ここでは、同じグロスマン姓なので間違えられている。

2　一九六〇年に完成した著者の『人生と運命』がKGBの家宅捜索を受けて原稿が没収されたことをさす。

3　電話を発明したのはトーマス・エジソンではなく、アレグザンダー・グレアム・ベルである。

4　オーシプ・マンデリシターム（一八九一―一九三八）。アクメイズムの代表者、「流刑の詩人」として知られた。一九三三年に書いたスターリンを風刺する詩が発見され、翌年逮捕、ヴォロネジへ流刑されたが、釈放されてモスクワに戻り、三七年に再逮捕、ラーゲリで死去した。三〇年、ブハーリンの計らいで実現したアルメニア行は、『アルメニア詩篇』『アルメニアへの旅』に結実した。

5　「燐」註6（二一九頁）参照。

6　ミハイル・レールモントフ（一八一四―四一）。詩人、作家。裕福な祖母の領地で過ごした幼少期、病弱のため、三度カフカスで療養した経験は小説や詩に色濃く影響を与えた。モスクワ大学を中退し、ペテルブルクの近衛士官学校を卒業して少尉に任官、首都の上流階級で放蕩の日々を送る。決闘で死んだプーシキンを悼む詩「詩人の死」で文名を馳せるが、宮廷批判のためカフカスに左遷される。ほどなく原隊に復帰するが、フランス公使の息子と決闘したことでカフカス戦線のテンギン歩兵部隊に送られ、勇敢に戦った。三八年、首都に帰還なるも、三度目のカフカス行きの命令が下り、部隊へ向かう途中で旧友と決闘、二十七歳で生涯を閉じた。代表作に「旅するロシア将校」を主人公とした『現代の英雄』など。

7　帝政ロシアの劇作家で外交官であったアレクサンドル・グリボエードフ（一七九五―一八二九）によるロシア最初の本格的な喜劇（一八二四）。因習的・俗物的なロシア社会を痛切に批判し、検閲は発表を許さなかったが筆写されて反響を呼び、三一年に縮刷版が初上演された。著者は二六年、デカブリストの容疑によりカフカスで逮捕されたものの釈放、赴任したテヘランで現地の暴徒に虐殺された。

8　ミハイル・ナルバンジャン（一八二九―六六）。十九世紀のアルメニアを代表する文学者のひとり。一九九一年に制定された現在のアルメニア国歌の歌詞は彼の詩がもとになっている。ゲルツェンの雑誌『鐘』などに影響を受け、ロシアで最初期の革命運動に参加した。一八六二年ペテルブルクで逮捕・収監され、六五年カムイシンに流刑となり、一年後に結核で死去。

9　ウラジーミル・コロレンコ（一八五三―一九二一）。ウクライナ生まれのロシアの作家、ジャーナリスト。若いころはナロードニキの思想に傾倒、二度、流刑されたのち、創作のほか多くの社会評論を発表した。回想録『わが同時代人の歴史』や短篇「マカールの夢」「悪い仲間」「盲音楽師」などが邦訳されている。

10　フリホーリ・スコヴォロダ（一七二二―九四）。ウクライナの哲学者、詩人。ハルキウ（ハリコフ）で教鞭をとっていたが、倫理学の教授法をめぐって聖職者から批判され、定職をあきらめて二十五年間、東ウクライナを旅して生き、思索を深めた。「ウクライナのソクラテス」と呼ばれた。

11　タラス・シェフチェンコ（一八一四―六一）。ウクライナの大詩人。農奴の悲惨と自由への希求を謳った詩集『コブザーリ』、コサック農民の蜂起を描く叙事詩「ガイダマキ」など。一八四七年、農奴制廃止とスラヴ人の民主的連邦国家創設をめざす秘密結社が発覚、逮捕され、十年間、一兵卒としてカスピ海のカザフ沿岸に流刑となった。

12　ウラジーミル・ボゴラス（一八六五―一九三六）。タンはペンネーム。人類学者、言語学者、小説家。政治犯として青年時代に十年間、ヤクーチアに流刑され、その間にチュクチ族の言語や文化を調査、のちに出版して世界的評価を得る。革命後はペテルブルク大学教授やソ連宗教史博物館長などをつとめた。

13　ピョートル・クロポトキン（一八四二―一九二一）。ロシアの地理学者、アナキズムの思想家。モスクワの名門貴族に生まれるが近衛将校の道を歩まず、シベリア・中国北部・北極圏の氷河などを調査。一八七四年、革命宣伝に従事して逮捕、脱獄してフランスやイギリスで亡命生活を送った。一九一七年に帰国し、相互扶助にもとづく協同組合運動に専心した。

14　ニコライ・ドブロリューボフ（一八三六―六一）。農奴解放前夜の革命派の文芸批評家。五七年より雑誌『現代人』で文芸批評を担当。代表作に、旧世代の「余計者」と対比し新しい行動的人間を待望した『オブローモフ主義とは何か』など。

15　アレクサンドル・ゲルツェン（一八一二―七〇）。「ロシア社会主義の父」として知られる思想家、作家。デカブリストの乱（一八二五）やフランスの七月革命（三〇）に感銘を受け、モスクワ大学内にサン・シモン主義のサークルをつくり逮捕、五年間流刑される。首都に戻るとヘーゲル左派などを研究、四七年、パリに亡命。フランスの四八年の二月革命と挫折を目撃したのち、ロシア独自の発展を求めて社会主義社会建設における農村共同体の重要性を説き、ナロードニキ運動に多大な影響を与えた。

16　ニコライ・ネクラーソフ（一八二一―七七）。農奴解放前後の民衆、とくに農民への愛情をうたった革命詩人であり、ロシア最初の本格的文学雑誌でドストエフスキーの処女作『貧しき人々』などを掲載した『現代人』の編集長としても著名。社会性のつよい抒情詩から出発して、叙事詩に向かった。代表的叙事詩に、夫を追ってシベリア流刑地へ向かう女たちを歌った『デカブリストの妻』（邦題）、七人の農民が幸福な人間を求めて遍歴する『ロシアは誰に住みよいか』など。

17　諸説あるが、十六世紀にロシア正教から生じ、十七世紀に「モロカン」と呼ばれ、異端とされたキリスト教聖霊派の一派。「モロカン」の名称は、断食期間でもミルクを飲むことに由来する。聖書にのみ依拠し、聖職者を置かず、「長老」を指導者とした。帝政ロシアでは迫害され、シベリアやカフカスなどに追放された。

18　ノルウェーのノーベル文学賞受賞作家クヌート・ハムスン（一八五九―一九五二）が一九三三年に発表した小説。

7

わたしの最初の長距離旅行の行先は、セヴァン湖であった。セヴァン湖は、風化した岩石が堆積する中に横たわっていた。とても奇妙である——石の間にいきなり湖の青い水が見えるのだ。セヴァン湖は石の多い乾いた大地と結ばれてはいない——まさに、カット面のある明るい色の宝石とその宝石の置かれた黒色のビロードとのあいだに共通するものがなにもないのと同じである。炎暑と風に焼かれ、時間という地質学的な重みにさすられた、乾いた山や丘がまずあって、それらの中に青い水があるのである。水と陸地は、普通は結ばれている。一方からもう一方へと徐々に移行していくものである——湿った砂、ひたすら低くなっていくぬかるんだ幅の狭い岸辺、みずみずしい草、アブラガヤ、柳——その葉は水に姿を映して、水に息づいている。だがここでは、焼かれた山の石も青い水も、それ自身で完結しているのである。高所にあるこの水は地上のものとは思えない。まるで層となって空から剝がれ落ちたかのようである。とても高所にあり、おそらく、海面よりは空の表面に近いのだろう。そして、この青い透明な冷たい水の中に魚がいるなんて、奇妙でさえある。セヴァン湖の水面の下には空の鳥が飛んでいるに違いない、と思えた。たしかに、ここの魚は他とは違う——銀灰色で、すらりとしていて、全身に星のような斑点がある——イシュハン、つまり魚の貴公子、ニジマスである。

セヴァン湖がその中に横たわっている石製の杯に、人々は立孔をうがった。それで水は谷間へとどっと押し寄せ、自らの青さの重みでタービンを回し、光と電力とをつくり出している。谷間では水は青さを失い、緑色になり、灰色になる。きっと、セヴァン湖のこの青さが光に変わるのだろう。

アルメニア全体に光があふれ、跡形もなく消えてしまった山の中の村々やいまも人々の住んでいるザンゲズール山脈に古くからある岩屋が、電気の光で照らされている。紀元前に、シュメール人が現れるより前に、たぶん石器時代と青銅器時代に、何千年にもわたってこうした岩屋には人々が住んでいた。

こうした岩屋に現在住んでいる人の多くは、このうえなく精巧な精密機器を製造する工場の作業場で働いている。電気の光で明るく照らされた岩屋の中には、ラジオ受信機とテレビが置かれている。電気はいたるところにある――モーターや電車の動きの中にある。音楽の中に、映画ドラマのコマの中に、アラガツ山の望遠鏡のなめらかな回転の中にある。セヴァン湖はその青い体を燃やしながら、それを光と熱に変えている。湖の水面の高さは十一メートル下がった――湖の水があったその場所に、気分を重くさせるような黒褐色の低地が顔を出している。湖は石製の杯から消えていきつつある。電気の光にあふれるアルメニアは、セヴァン湖が死につつあるのを悲しんでいる。最近、セヴァン湖に山の小川の水を引き込むことで湖の死を防止しようとする計画が生まれた。しかし、当面は、青い真珠は日に日に小さくなり、痩せ細ってきている……

もしセヴァン湖が干上がってしまったら、画家は何を描くのだろうか。エレヴァンの画廊で、多くのレストランと駅のホールで、ホテルの部屋やロビーで、わたしは多くのセヴァン湖を目にした。本の挿絵で、絵葉書で、食品や工業製品の広告で、セヴァン湖を目にした。

レストラン《ミヌートカ》でニジマスを食べにセヴァン湖にやってくる市民は、何をするのだろうか。

わたしたちの乗った自動車が、曲がりくねった山道をもう一周して湖を見下ろす高みにとつぜん出たとき、太陽に照らされた山の雪に覆われた稜線が目に入った。それは明るい青色に見えた。どうやら、山の雪は空の青と湖水の青とを吸い取ったらしい。ざらざらごつごつした黒い色や赤茶けた色や褐色の石製の皿の上に、果てしないまでに広く青いセヴァン湖が横たわっていた。

湖が浅くなったために、いまでは岸と地続きになってしまったポッコリと隆起した島の上に、いまの人には理解しがたい簡素さと完成度とをもった古い小さな礼拝堂が建っていた。伝説によれば、この小さな礼拝堂は、一人の若い修道士の美しさに打たれた公妃マリアムが、その修道士のために建てたものである。マリアムは毎朝、山の城の窓から島の上の若い修道士を見ていたのである。なにしろ、ここの空気は清くて澄んでいるから。

ゲーテは、その八十年の人生において幸福な日が十一日あったと言った……わたしが思うに、人はそれぞれ自分の人生において当然のことながら何百回という数多くの日の出、日没を見、雨、虹、湖、海、草原等々を見たはずである。しかし、何百という自然の光景のうちのせいぜい二、三の光景が、なにか不思議な力でもって人間の心の中に入りこみ、その人にとってのゲーテの幸福な十一日となるのである。何百回という、もしかするともっと多くの、燃えるように美しい夕焼けが忘れられ永遠に消え去ってしまっても、ある日の静かな夕焼けの燃えるような茜雲が記憶から消えることは決してない。夏の雨が、それからひょっとすると、四月の森の中の小川のさざなみに覆われた水面に映る上弦の月が、忘れられることは決してないのである。

どうやら、あれこれの光景が人間の中に入り込み、その人の心や人生の一部となるためには、たんに光景が美しいだけではだめらしい。なにか素晴らしいもの、清らかなものが、その瞬間に人間の中にもなければならない――それはいわば、愛情の分かち合い、人間と世界との一体化の瞬間、出会いの瞬間である。その世界で人間は、幸福でもあり不幸でもある。

その日、世界は素晴らしかった。そしてもちろん、セヴァン湖は地上でもっとも美しい場所の一つであった。しかし、わたしは素晴らしい人間ではなかった。セヴァン湖の小さなレストラン《ミヌートカ》の話をあまりにも聞かされすぎていた。恋におちてしまった公妃の話を聞いたあと、わたしはたずねた、《ところで、その小さなレストランっていうのは、どこかね》。

セヴァン湖との出会いは起こらなかった。出会いがわたしの心に刻まれることはなかった。清らかなもの、神々しいものが、わたしの中で勝利をおさめることがなかった。翼のない四足獣みたいな下劣さで、わたしはニジマスのことばかりを気にしていた。問題は、旅行の初めにマルチロシャンがこう言ってわたしを毒したことにある、『《ミヌートカ》にニジマスがいつもあるとは限らない』。この言葉のせいで、わたしは道中ずっと気が気でなかった。

モスクワでセヴァン湖のニジマスを食べることは、普通の人にはできない。ニジマスは、各国大使館に供給するために特別に高速の飛行機でエレヴァンからモスクワに送られているという話である。それに水揚げ量がきわめて少ない。三千キロを走破してセヴァン湖までやってきて、その日は《ミヌートカ》でニジマスを食べさせてもらえないと知ったら、実際、腹が立つというものである。

ひょっとすると、セヴァン湖を描いた無数の絵画が、わたしと高い山の上にある湖との出会いをだめにさせたのだろうか。画家の果たす役割はわたしたちにはいつも素晴らしいものに思える。芸術は、もしそれが型にはまったものでなければ、われわれを自然へと近づけ、豊かにし、より深めてくれる。わたしたちにはそう思えている。絵画はそのための鍵なのである。しかし、本当にそうだろうか。ひょっとすると、百枚の絵を見てきたわたしは、最後にセヴァン湖を見て、この百一枚目の絵も美術家同盟のなんということのない画家が描いたものだと考えてしまったのかもしれない。

モスクワで見たサリヤン[1]の何枚もの油絵は、わたしがアルメニアを心で感じる助けにはならなかった。わたしはそう白状しなければならない。わたしはアルメニアを違ったふうに見ていた。悲劇的なアルメニアの風景の霧に包まれた古い石からなにかを心で感じるためには、自分の心からサリヤンの絵にあるきらきら光るような喜びを削り落とさなければならなかった。ひょっとすると、詩文学や絵画は心を毒しているのではないか、心を深めるためにではなく、心を一定の型にはめるために執拗に働きかけているのではないか。しかしその日、レストランにはニジマスがあった。ニジマスとの出会いは成就したのである。

レストランは、テラスのある木造の平屋建てで、山のふもとに湖を望むようにして建っている。玄関を入ると、足元の板張りの床がよくきしんで、音を立てはじめた。わたしたちは誰もいないホールに、より正確にいえば大きなホールではなく小さなホールに、もっと簡単にいえば広い涼しい部屋に入った。部屋にはテーブルが五、六卓あり、白いテーブルクロスで覆われていた。部屋の窓は湖側に面しているが、部屋は明るくはなかった――建物をとり巻く屋根付きのテラスが光の入るのを遮っていた。

わたしたちはビュッフェの席に行った――ガラスの覆いの下に昔の戦闘用の盾みたいな大きな楕円形や丸い形をした皿があり、その上に、マリネード漬けの緑や赤のトウガラシ、いろいろなハーブ類、詰め物をした暗青色のナスが載っていた。そばには、コニャックやワインの瓶がうず高く天井まで積みあがっていた。これらは、随員や楽隊の鼓手や女官や小姓たち、いわばニジマスの儀杖隊であった。ニジマスそのものは、どうやら、半ば閉じられたドアの向こうにいるらしかった。数分が過ぎ、頭の白くなったビュッフェ従業員が、微笑みながらカウンターの向こう側に立った。そして部屋の中に、縮れ毛の髪が乱れ、背が高く、顔の青白い若い男が入ってきた。その男を見れば、誰でもがこれは詩人だと思うだろう。

若い男はマルチロシャンを見て嬉しがるとともに興奮しさえした。わたしはその若い詩人に紹介された。その後の会話は、わたしの知らないアルメニア語でなされた。それでも、この生き生きとした早口での会話が大事で有意義なものだということは分かった。おかげでわたしたちは窓際のテーブル席に着くことになり、湖をしばらく眺めてから、若い詩人が消えていった調理場のドアのほうを振り返った。

マルチロシャンが手短にわたしに教えてくれた。調理場には朝方に網にかかった新鮮なニジマスがあり、わたしたちはそれを煮魚にして食べる。セヴァン湖の水で煮るのだが、そうすることで味が格別になる。飲み物はコニャックとミネラルウオーターのジェルムークにした。

静かになった。窓の向こうには青い湖が静まり返っていた。がらんとした小ホールにいるのはわたしたちだけだった。音もなくビュッフェ従業員がやってきて、緑黄色がかった液体の入った小さな首長のガラス瓶をテーブルの上に置いた。それは出来立てのまだ熟していないビールを思わせた。マルチロシャンが説明してくれた——これは特製のワイン・ヴィネガーだ、味がソフトで口当たりがいいのが特徴だ。物静かなビュッフェ従業員は、それから、トウガラシの塩漬けピクルス、ナス、ハーブを載せた皿を持ってきた。その後、コニャックのボトルを持ってきて、栓を抜いた。ジェルムークの瓶の栓をあけ、各人のグラスに冷たい水を注ぎ、アルメニア語で数語小さな声でささやくと、音もなく立ち去った。わたしたちは沈黙していた。表面に水滴がついているガラスの中で、銀白色の水銀のような色をした小さな泡が勢いよく立ち上がり、はじける音が盛んにしていた。

わたしたちはひと口水を飲んだ。燃えるようなハーブと火のように辛いトウガラシを少し食べ、氷のような水を二口ずつ飲んだ。まったく静かだった。ふたたびビュッフェの従業員が来て、テーブルを、次いでわたしたちを、見回した——闘牛の主催者は、たぶん、闘牛場に牛を放つ前にこんなふうにして牛を見るのだろう。ビュッフェ従業員は真新しい白いテーブルクロスを、あたかもそこにパンくずが落ちているかのように、ナプキンで払ってから、カウンターの向こう側へと退いた。わたしたちは沈黙していた。

すると調理場のドアがドンという音を立てて開いた。白い上衣を着たひどく太って背の低い血色のいい顔をした黒い瞳の女性が現れた。抑え気味にではあるが、興奮して笑っている男と女の声が聞こえた。そして若い詩人が、頭をそらし盛んに湯気の上がる大きな白い皿を高く掲げもって、わたしたちのほうに向かってきた。

結婚式の様子について話をしている人は、話が若い人たちが寝室に行くその時のことになると口をつぐむ。それとまさに同じように、ニジマスの皿がテーブルに置かれ、マルチロシャンがグラスにコニャックを注いだその瞬間で、わたしも口をつぐむことにしよう。

そう、そう、そうなのだ――高い山の上にある湖、セヴァン湖とのわたしの出会いは起こらなかった。わたしには空を飛ぶ翼がないことが分かった。ニジマスがわたしを地上に釘づけにしてしまったのである。

1　マルチロス・サリヤン（一八八〇―一九七二）。アルメニアの画家。モスクワの美術学校で学び、ゴーギャンとマチスの影響を受けた色彩豊かで奔放な筆遣いの風景画を得意とした。

8

精魂込めて休みなく働くうちに一か月が過ぎた。休息することにして、わたしたちはディリジャン市内へ遊びに行く――当地では、「宴会をやる」と言う――ところである。道はセヴァン湖のそばを通り、セミョーノフ峠を越え、アゼルバイジャン国境へと続いている。

籠の中には瓶や羊の生肉が入っている。昨日アルチューンが羊を屠殺したのである。《かわいそうな羊》――屠殺を言いだした当人であるマルチロシャンが、そう言った。彼は何百匹という羊の命に対して良心がとがめないではいない。シャシリックが好きなのだ。運転手のヴォロージャがトランクに乾いた薪とシャシリック用の金串であるシャンプールを積みこんでいる。

ガラス窓の目立つ小さなバスの一番前の席には、ご婦人方、すなわち、マルチロシャンの妻のヴィオレッタ・ミナーソヴナとわたしの共同翻訳者ゴルテンジヤが座っている。その後ろには、精銅工場をテーマにした叙事詩の作者、作家会館の館長で組織から疎まれた元地区委員会書記のティグラン、そしてアルメニア語は《いいえ《チエ》》と《こんにちは《バレーヴ》》の二語しか知らない翻訳家のわたしである。

ヴィオレッタ・ミナーソヴナは灰色の美しい目をしている。彼女は、アルメニアの鶏のスープ、ブドウの葉で巻いた詰め物――ドルマ――を作るのが素晴らしく上手である。トウガラシと青いナスをつかった詰め物を見事に作る。モモにクルミを詰める。彼女は客好きで親切だが、欠点がないわけではない。彼女といっしょにバスに乗るのは容易でない――工業製品の店だろうと食料品の店だろうと商店一軒ごとに、弱々しいそれでいて高圧的な命令するような声で停車を要求する。彼女は娘のためのブラウスと短靴を見つけたいのである。そのほかには、ソバの実のことが頭から離れないでいる。道中、彼女は夫にガミガミと文句を言う――彼はタバコをたくさん吸うのだが、彼女には煙っぽい空気を呼吸するのがつらいのである。わたしには言っていることは分からないが、互いの声がときどき邪険になり、叙事詩の作者の黒い目に炎が燃え上がる。その目がこんなふうに燃えるのは、彼が《かわいそうな羊》を見るときである。一方、ヴィオレッタの灰色の目は悔しくて涙ぐんでいる。

女性翻訳家のゴルテンジヤが、デブな女のしとやかさを見せて、横向きになってバスに乗りこむ。アルメニア人の若者たちが、若いオオカミのような目をして彼女を見ている。彼女の巨大な胸と信じがたいほどのお尻は、モスクワでは懐疑的な目で見られていたが、ここではうって変わってたいへん評判がいいのである。彼女はここでは自分のことをゴーギャンのように感じている。ゴーギャンは長いこと認められないでいたが、その後スノッブたちの偶像となった。彼女は評判のよいことに酔ってはいるが、とても神経過敏になっている。それは栄光の対価というものである。とはいえ、ゴルテンジヤが自分の行為にかけるエネルギーはたいへんなものである。地上のファウナ（動物相）とフローラ（植物相）が産んだものでこの女性と比べられるようなものはひとつもない。これは、牝のブルドーザーであり、自走式掘削機械のバケットの娘なのである。毎朝、ゴルテンジヤは痩せる。縄跳びをするのである——その昔に富裕なモロカン派のスリーヴィンによって建てられた家が震動する。ヴェスヴィオス山近くの大地みたいに震動する。ゴルテンジヤは、カッとなりやすく、人がよく、ざっくばらんで、シニカルである。

彼女は、男性の友人たちの靴をきれいにしてやるし、靴下、ズボン下を洗濯してやる。彼らに市場《バザール》でリンゴと酢漬けキャベツを買ってきたり、持参した薬を与えたりする。仲間のお年寄りに吸い玉をつけ、もし必要なら、石鹸水の浣腸もする用意がある。仲間の人間に自分の持ち金全部を与えたり、病人のベッドのそばで一か月看護をしたりもするだろう。彼女は情熱的な愛国主義者のアルメニア人女性である。しかし、彼女のお気に入りはロシア人男性である。感受性がとても豊かで、音楽、詩、花そして絵画を愛している。しかし、会話ではもっともどぎついロシア語で悪態をつく。そのなかには卑猥な罵り言葉も入っている。彼女が情熱的になれるのは、主として、彼女が非道徳的であり同時にキリスト教徒らしく善良だからである。ときおり彼女は思いつめたようにして言う、《仕事をしにいって、夕食ぎりぎりまで根をつめて働きます》。夕食ごろにその彼女が、眠そうな、溶鉱炉が燃えるような赤い顔をして出てくる——昼食から夕食まで家じゅうに彼女のいびきが響いていたのである。ときには泣いたりもする。彼女の涙はアフリカの豪雨のように大量である。泣くのはなによりも侮辱されたせいであり、痛みのせいで泣くことはまれで、憐憫を感じて泣くことはもっとまれである。

そう、そんなわけだから、いったい、いい人とは誰のことで、悪い人とは誰のことなのだろうか。親切な人はつねにいい人なのだろうか。悪い人が親切だということもあるのではないだろうか。では、親切な人がそれでもやはり悪い人だということもあるのだろうか。同行するご婦人方はそのような人たちなのである。

ここでマルチロシャンについて、ちょっと触れておく。彼は自分の民族をこの世のなによりも愛している。それは愛でさえない。それは熱烈な崇拝である。諸民族の歴史、世界文学、建築様式、哲学、人間性、太陽系、天の川、銀河系、全宇宙、そういったものすべては、アルメニア人のグローバルで宇宙的な優位性の結果として存在するのである。

その熱烈さはときに感動的であり、魅力的である。ときには愛らしくて滑稽なものに見える。ときには愛らしくて滑稽なものには見えず、狂気じみていて人をまごつかせもする。

マルチロシャンは五十歳である。背が高くて瞳が黒く、感じのいい知的な顔をしている。鼻は少しばかり大きめで肉づきがよい。話し好きであり、話し上手である。美食家で、コニャックにうるさい。アナトール・フランスに言わせれば、神の創造物を通して神を称えるのが好きな人間である。ところがその神の創造物ときたら、際限ないくらいに多様なのである。エヴァの子孫だけではなく、ハシ・スープも、スパス・スープ〔ヨーグルトのスープ〕も、羊の腎臓のシャシリックも、バラ色のニジマスも、田舎の村のマツーン〔ヨーグルトの一種〕も、ジェルムークの水も、ビリヤードも、青ナスの詰め物も、音立てて流れる山の急流の岸辺に建つバラ色の凝灰岩で造られた建物も、国際列車の車両のコンパートメントも、友人たちの会話も、議長団の肘掛椅子等々も、それに入るのである。

マルチロシャンは、見事なアルメニアの建築様式、アルメニアの風景、アルメニアに古くからあるグサンの歌[1]、古代アルメニア語で羊皮紙に書かれたアルメニア人の知恵などに対する崇拝を、とてもごく自然に、彼個人に対する崇拝とあっさりと結びつける。彼は心から深く自分を愛している。セヴァン湖の青い水を、アラガツ山の雪を、咲き誇る桃の花でバラ色に染まるアララト山の谷間を崇拝するのと同じようにして、彼は自分を詩的に崇拝している。古文書館《マテナダラン》の貴重な財産が彼にとって大切であるのと同じように、彼にとっては彼自身が大切なのである。彼がどのようにして滑稽な立場に立たされたか、敵がいかに怒って彼の本を批評したか、学生たちが彼に対しては拍手喝采しないのにシラーズ[2]にはいかに拍手喝采したか、スターリン時代に彼がどのようにして従順さを発揮したかについて、面白い話をするのが好きである。しかしそれは、どんなにそう見えようと、自己批判ではない。反対に、そうした話は自分自身に対する深い愛情の表現なのである。それは神である彼の見せる弱さであり、奇行なのである。

1　古代西アジアのイラン系パルティア王国（前三世紀半ば―後二二六）の喜劇役者（グサン）が即興的に歌った歌に由来する民衆的な歌謡。

2　オヴァネス・シラーズ（一九一四―八四）。アルメニアの詩人。幼少時にトルコの侵攻で父を失い、さまざまな職に従事。一九三五年に第一詩集『春暁』を刊行。共産党のリアリズム路線から独立して、失われた祖国の領土や離散の嘆きをうたった民族色の強い作風で、国内で人気が高かった。

9

ディリジャンへと行く途中の道はとても美しい。

わたしたちはセヴァン湖の岸沿いの道を行った。レストラン《ミヌートカ》が近くに垣間見えたはずである。しかし、わたしはレストランのあるほうを見はしなかった。自動車は山にかかりはじめた。

習慣の力のなんと強く恐ろしくかつ素晴らしいことか！　海、南国の星空、愛、監獄の寝棚とラーゲリの鉄条網——人間が慣れっ子にならないものなどあるだろうか。

情熱にあふれる初夜と子どもの養育をめぐるキーキー声での妻との会話とのあいだには、なんという深淵が横たわっていることか！　海との素晴らしい出会いとキオスクで土産物を買うために蒸し暑い日中に海岸へと歩いて行くことには、どんな共通点があるというのか！　自由を失ってしまった人間の絶望は恐ろしい。なのに、まさにその彼があくびをしながら寝棚の上で考えている、監獄で出される薄くてまずいスープは精白オオムギ入りだろうか、あるいは酢漬けキャベツ入りだろうか、と。この深淵をつくり出しているのは習慣である。単調で変化していないように見えるが、習慣にはあらゆるものを吹っ飛ばすダイナマイトが仕掛けられている。習慣はすべてを滅ぼす、すなわち、情熱、憎悪、悲しみ、痛みを！　なにものもそれには抵抗できない。わたしも、セヴァン湖のニジマスに慣れてしまった。いや、それ以上である——わたしはニジマスに飽きてしまった。

わたしたちは村を通り抜けていく。少年たちが街道をふさぐようにして立ち、ニジマスをかざしている。

「さあ、ニジマスを買おう。焼いてニジマスのシャシリックにしよう」マルチロシャンが言う。ニジマスのシャシリック。これは目新しい。習慣という地ならし用ローラーも、そんなシャシリックの地ならしはまだしていない。

「そうですね、ニジマスを買いましょう。ヴォロージャ、止めてくれ！」

若い売り子たちは、魚を束ねたものをつきつけてくる。死んだ公妃の体はそれでもまだ美しい。しかし、目は死んでいるし、口は半開きであり、顔は死相をみせて歪んでいる。

「いくらだね」わたしが訊く。

「〔一九六一年一月に実施された〕デノミ前のお金でキロ当たり二十五ルーブル」ご婦人方がアルメニア語から通訳する。

わたしの質問は口にしてみただけのものである。わたしは客であり、レストランの支払いをしたり、炭酸水、市場《バザール》で買うリンゴ、トロリーバスの切符、新聞、郵便切手の代金を払ったりする権利がなかった。最初のうちはこのことでわたしは大いに戸惑い、がっかりし、いらだった。しかし、習慣の力というものは途轍もないものである。わたしは、通りではどうやったって一ルーブルどころか五コペイカも使うことができないことに、もう慣れてしまった。けれど、こんな奇妙な習慣にあまりにも早く慣れすぎてしまったのではないだろうか、なぜこんな習慣が気分よく思えはじめたのだろうかと考えて、ときどき落ち着いたのんきな気分でいられなくなるのは確かである。

そんなことを子ども時代に身につけさせられていただろうか。

石の壁のところに三十人ほどのコルホーズ員が腰を下ろしている。平日であり、仕事をすべき午前中の時間ではあるが、彼らが共産主義を建設しているとは見えない――大部分の人が数珠をつまぐっている。

戦後、アルメニアの村の様子は大きく変わった。燃料である家畜の糞の煙で黒くなった丸石を屋根に載せ、地中にめり込むように掘られた、数千年の昔から続く暗くて狭いみすぼらしい家々は、消えてなくなり姿を消しつつある。そうした古くからあるみすぼらしい家の数は年ごとに減少している。多くのアルメニアの村では、完全に消えてしまった。数千年にわたり変わらずにいたのに、そうした家々がないのである。

わたしたちは新しい明るいコルホーズの家々を見学し、その後で古い家々――地中に掘られたタンドールの付いた煙でいぶされた石の穴のような住居――を見学する。新しい明るい家のほうが古い家よりよいことに疑問の余地はない。わたしたちは自動車に戻る。

コルホーズ員がマルチロシャンを取り囲む。生き生きとした会話が交わされる。やがてマルチロシャンが演説をする。アルメニアの農民は、驚くほどよく人の話をじっと聴いていられる。あんなに思慮深い表情でなら、使徒の説教をだって聴くことができる。

マルチロシャンが自動車に近づいてくる。その顔が生き生きとしている。彼が言うには、田舎の話し相手のほぼ全員が彼の小説を読んでいたそうである。とても熱心に読んで小説に出てくる人物に親近感を持ってしまい、何人かの苛酷な運命を変えてやること、つまり、事故で二本の足を失った者に足を一本戻したり、故人となった何人かを生き返らせたりするように、作者に求めているのだそうだ。彼らは、マルチロシャンが創作した人間が住んでいる世界の全能の主人である彼に、神に向かうようにして言葉をかける。マルチロシャンは彼らの人生と運命の主人なのである。なんとうれしいことではないか！　とにかく、これはとても幸せなことだ――自分の創造した人間が自分の愛する民衆の一部となったのだから。それにしても民衆のなんと善良であることか。民衆は決して、片足になった不具者から二本目の足をもぎ取るように求めたりはしない。司令官に授与されたスヴォーロフ勲章を《戦功章》メダルあるいは《優秀なコック》のバッジに代えるよう求めたりはしない。民衆は、前線にいる息子に気休めの嘘だらけの手紙を書いてくる年老いた母親に対し息子が腹を立てるよう求めたりはしない。民衆は、凍えるような吹雪や砂塵の舞う炎熱の中で、月明かりや太陽の光の下で、口を開けば真実を、それもただ真実だけを厳かにのたまう責任ある立場の人間を処罰するよう神に求めたりはしない。

そう、民衆は寛大であり、民衆が神に求めるのは慈悲と憐みなのである。

地上の神たち——作家同盟、美術家同盟、作曲家同盟のメンバーたち[1]——は、自分に似せて世界を創る。

ヘミングウェイの世界がある。一方、グレープ・ウスペンスキーの世界がある。そう、もちろん、そこには違いがある。ヘミングウェイは、闘牛というエキゾチックな楽しみが大好きな人々を描いているし、スペインの爆薬仕掛人、キューバ沿岸の漁師のことを書いている。一方、ウスペンスキーはトゥーラの酒飲みの職人、番小屋の見張り人、巡査、地方の小商人、田舎の女性を描いている。

しかし、それぞれの世界はというと、ロシア人女性をモデルに創られているのでも、宿命的な美男子の闘牛士をモデルに創られているのでもない！　世界はウスペンスキーとヘミングウェイをモデルに彼ら自身に似せて創られているのである。そこで、こうやってみると、とても面白い——ヘミングウェイに、ロシア人の番小屋の見張り人ととことん酔っぱらったトゥーラの手仕上げ工がその世界に住むようにさせてみるのである。世界は同じくヘミングウェイの世界となるだろう。そしてそこにあるすべてのもの——濡れたヤマナラシ、ぬかるんだ田舎道、ほこり、水たまり、小さな家々、ロシアの秋の灰色の空——は、ヘミングウェイ的なものになるだろう。そして、グレープ・イワーノヴィチ・ウスペンスキーの切ないまでにもの悲しい世界においては、スペインの青い空も、ニンニクソースのかかったシラスウナギを食べながらワインを飲んでいる素敵な美男子の闘牛士も、切ないまでにもの悲しいものとなるだろう。

地上のモデルに従い自分に似せて世界を創った地上の神たちは、なんと力弱く、なんと不完全であることか――ホメロス、ベートーヴェン、ラファエロでさえそうである。モデルとは何だろうか、似せるとはどういうことだろうか。リョーリヒ〔レーリヒ〕[2]の青くて宇宙的な、絵具に移し替えられた魂の世界がある――そこにあるものは、山も、人も、雪も、樹木も、雀も、すべて一様に青い。角張ったものと正方形の世界がある。そこにあるものは、すべて角張ったもの、正方形のものばかり――娘たちも花々もそうである。また、それと並んで、曲がったり歪んだりしているピカソの世界がある。さらには、螺旋形やコンマや渦巻き模様の奇妙な世界がある。またさらには、もぐもぐつぶやいているようで聞きとりにくい、霧がかかったようなパステルナーク[3]の哲学的な世界がある。

　意味ありげな馬鹿げた世界がある。馬鹿げてはいるが大きな意味を有する世界がある。なにかにとりつかれた世界がある。ある世界は愛にとりつかれ、もう一つの世界はワインに、三つめの世界は戦争に、四つめの世界は方形固め播き法〔碁盤状をなす点に数個まとめて播く方法〕で種を播きたいという願いにとりつかれている。五つめの世界は絶えずそれと意識せずに思索にふけっている。

　また、天才的な生徒たちによって創られた世界がある。生徒たちはたった一部だけ印刷されたその世界を創造的に再現し、部数多く出したいと願っている。これは偉大な生徒たちである――彼らは世界の不思議を自分の言葉で書き直している。彼らは芸術家・リアリストである……しかし、そうして創られる世界はすべて、生き生きとしたモデルに似せて創られた世界である！　一方、まったく違った神々だっているのである。気がききサービス精神旺盛な給仕みたいな神々、《何のご用でしょうか》という神々が。こうした神々は、事務所からの注文に応じて、上級機関から送られてくる回状に応じて、本省の決定に応じて、よろこんで世界を創るのである。彼らの創る世界には、紙でできた化け物や彩色されたボール紙やろう人形が住んでいる。これは合板やブリキや張り子の世界である。こうした石鹸の泡みたいな世界は、つねに調和と光とに満ちている。ある目的を持った世界であり、そこではあらゆるものが合理的である。しかし、こうした世界は誰の似姿なのだろうか。そこが問題である。

そう、ペンの神様、絵筆の神様、絃と鍵盤の神様と言われる人たちが自分に似せて創る世界は、欠陥だらけ、思慮の足りないところだらけなのである。そうした世界は、最後まで焼きあがってはおらず、歪められ、ひん曲げられており、そこにはバイアスがかかっている。そうした世界は、中途半端で、内容がなく、ときに滑稽である。つまり、そこにあるのは、粗雑さやナイーブさという白痴的な魅力、滑稽な思慮深さや積み木遊びのような善意の情念、自分の創造したものの趣味のよさや美しさの前でのかわいげのある有頂天、苦悩に対する盲目や意味のない希望、一色に染まった退屈な単調さや斑に染められた更紗の馬鹿げたけばけばしさである。

そして、とにかく驚くべきことでもあり奇妙なことでもあるが、もっとも抽象好きの主観主義者が直線や点や染みをぶざまに組み合わせて創ったまさに狂気じみた絵には、事務所からの注文で作り上げられた調和のとれた世界にあるよりも多くのリアリズムがある。というのも、奇妙な馬鹿げた狂気じみた絵は、とにかく一人の生きた人間の魂の嘘偽りのない表現だからである。自然を詳細に描き、よく実った小麦やカシの森が繁った、事務所からの注文で作られた調和のとれた世界は、いったい誰の生き生きとした魂を表現しているのだろうか。だって、事務所に魂はないのだから。事務所は生きてはいないのだから。

完璧な世界は存在しない。存在するのは、絵筆や絃の神たちが自らの罪深かったり無垢だったりする心血を自らの創造物に注いで創った宇宙――滑稽であったり奇妙であったり、泣いたり歌ったりしている、頭部をちょん切られた不完全な宇宙――だけである。宇宙の創造者である真の神サヴァオフ〔万軍の主、ヤハウエ〕は、たぶん、こうした世界を不信や皮肉の微笑みを浮かべて見ているであろう。

売文作家たちは、自分の作品が雑誌の編集部で却下されると、たいていは怒って言う、《なぜわたしの原稿が採用されないのかが理解できない。つい最近、編集長自身が、どう見てもわたしの小説よりよくない、ほんとにまったくくだらない自分自身の作品を発表しているぞ》。まさにそういった方法で、まさに売文作家らしい論拠で、ホメロスとバッハ、レンブラントとドストエフスキーは、神の薄笑いから自分を弁護するはずである。

だって、アイヒマンの心[4]、マイナス六十度というヴェルホヤンスクの極寒、タランチュラとコブラ、人知の及ばないような宇宙のホールや深部、がん細胞、何もかもを焼き尽くし灰にしてしまう放射線、マラリヤの湿地、永久凍土と隣接するようにしてあるカラクム砂漠の燃えるような砂、宇宙の狂気や厳しさ、そして人知の及ばなさを創ったのは、作家や詩人ではないし、作曲家でもないのである。

人間が誰に似せてつくられたのか、誰に似せてヒトラー、ヒムラーがつくられたのかと、皮肉屋である神に質問することは許されるだろう。人間がアイヒマンに心を与えたのではない。人間は彼のために中佐の軍服を縫っただけである。神の手になる創造物の多くは自らの裸体を、憲兵の将官の制服で、刑吏の絹のシャツで覆ったのである。

創造主には謙虚になるよう求めよう。創造主は興奮に駆られて世界を創った。そして、推敲せずにすぐにそれを印刷に回したのである。そこには、なんと多くの矛盾が、冗長さが、誤字脱字が、筋立ての一致しないところがあり、余計な登場人物がいることか！　でも、興奮して書き、興奮するままに出版した、本といういのちある織物を裁ったり裂いたりするのがどんなにつらく残念なことであるかは、職人たちにはよく分かるのである。ところで、わたしたちはいよいよ村から出ていこうとしている。

1　グレープ・ウスペンスキー（一八四三―一九〇二）。ナロードニキ主義を文学に表現した作家。生まれ故郷であるモスクワ南方のトゥーラやサラトフ県などの農村を舞台した作品を発表した。

2　ニコライ・リョーリヒ（一八七四―一九四七）。レーリヒ。画家、東洋思想研究者。ペテルブルクに生まれ、世界を旅したコスモポリタンであった。ストラヴィンスキーの《春の祭典》のための舞台デザインも手がけた。古代ロシアの伝説やインド・チベットの自然や神話に取材した作品も多く、独特の青を基調に描き、「レーリヒの青」と表される。

3　ボリス・パステルナーク（一八九〇―一九六〇）。画家を父に、ピアニストを母に、芸術的な家庭に育つ。スクリャービンに作曲を習い、同時代の象徴的、哲学的な詩を読むことで詩人として出発し、やがて散文に向かう。シェイクスピア、リルケ、ヴェルレーヌなどの名訳も残した。五七年『ドクトル・ジヴァゴ』がイタリアで出版され、ノーベル賞が与えられたが、ソヴィエト国内で集中砲火を浴び、受賞を辞退した。

4　アドルフ・アイヒマン（一九〇六―六二）。ナチ・ドイツのユダヤ人大虐殺の責任者と目された親衛隊（SS）隊員。実際はユダヤ人を担当する部局の課長として、ユダヤ人を収容所へ鉄道移送する運行計画の指揮をとっていた。戦後、潜伏していたアルゼンチンで逮捕、エルサレムに移された。裁判では「自分は職務を忠実に果たしただけだ」「一人の死は悲劇だが、集団の死は統計上の数字に過ぎない」と語り、その存在は二十世紀の良心の欠如した「専門家」の典型として問われつづけている。イスラエル政府により死刑。グロスマンは『人生と運命』第二部にもアイヒマンを登場させ、考察している。

10

アルメニアに来て最初にわたしが目にしたものは、石であった。去るに当たってわたしが持ち帰ったのは、石のイメージであった。それは、人間の顔の場合に記憶されるのが、そこにあるすべてではなく、性格や心をとくにはっきりと表しているいくつかの特徴、つまり皺がひどいとか、優しい目をしているとか、もしかすると濡れた厚い唇をしているといったことであるのと、同じである。そして、このわたしには、セヴァン湖の青さでも、モモの果樹園でも、アララト山の谷間のブドウ園でもなく、石がアルメニアという国の性格と心を表現していたと思えるのである。

あのような石を、あのようにして横たわっている石を、わたしは一度も見たことがなかった。ウラル山脈、カフカスの切り立った岩場、天山山脈の巨大な石を見てきているのに、である。アルメニアで驚かされるのは、岩場の石でも、山の頂や峡谷や岩場の急な斜面や雪の峰々を形成している石でもない。どっしりと動かないで平坦に横たわっている石、いわば石の原っぱ、石のステップに驚かされるのである。

石には始まりも終わりもない。石が平らに、密に、尽きることなく、始まりも終わりもなく、横たわっている。石工たち、数千人、数万人、数百万人の石工が働いていたものと思われる。何年も何百年も何千年ものあいだ、昼も夜もそこで働いていたものと思われる。彼らは楔《くさび》や槌《つち》で巨大な山々を切り崩し、要塞の壁や百姓小屋や神殿の建設に適した石材にするために、穿ったり破片にしたりしたのである。この巨大な石切り場に散乱している石からは、頂上に万年雪を頂く山をつくることができる。三千年前に砂に埋もれてしまったバビロンから、いま大西洋の向こう側で騒々しい唸り音を立てているバビロンにいたるまでの、すべての地上のバビロンを建設するに足るだけの石材を、この石切り場から運び出すことができる。

しかし、こうした黒と緑の石を見ていると、これらの石材を用意した石工が誰だったのかが分かる。それは時間なのである！　石は非常に古いものであり、老齢のせいで黒や緑色になったようにも見える。玄武岩の山塊の頑丈な体を砕いたのは数千年という歳月である。山々が砕け散ってしまったことで、時間のほうが玄武岩の山塊よりも強いことがはっきりした。そうなるともはや、これは世界的な石切り場などではない、これは巨大な石の山と膨大な時間との闘いの場なのだと思えてくる。これらの草原で二つの怪物が闘い、時間が勝利した——山々は死んで斃れた。時間との闘いで蚊が、蝶が、人々が、タンポポが、カシと白樺が斃れるようにして斃れた。時間に敗れて死んだ山々が、屍となって横たわっている。その骸骨が砕けてばらばらとなり、黒と緑をしたその骨が決戦に敗れた地の野原に転がっている。時間が凱歌をあげている。時間は無敵だ。

一瞬こう思えたりもする。地上のこの奇妙な、そして恐ろしい王国が生むのは、いのちではなく死である。ここでは、ヨーロッパノイバラ、ハナミズキ、さまざまな草々の代わりに、大地からは黒い石が生えてくる。四月と五月がここで生むのは花ではなく石だけだ。石が大地の胎内から出てきて、その表面をいっぱいに満たす。ずっしりと重い鉱石と流れ出た鉱物から旋盤で削り出されたような荒涼たる宇宙の球体が、黒土というモスリンの薄い布、いのちにとってのモスリンの薄布でかろうじて覆われていることに、石の不機嫌そうな無関心そのものの力が気づかせてくれる。ここでは、地上の青と緑の天国がいかに偶然的なものであるか、はかないものであるかということも、見ることができる。ここでは、真に不機嫌な大地を、不自然な演技や態度も小鳥のような騒がしさも、春や夏の花々のオーデコロンも生きた花粉というおしろい粉もない、真の不機嫌さを見ることができる。

いま、石の原っぱを歩いていく。なんと奇妙、なんと驚くほど奇妙なことか！　気がつくと、石の骨が平坦な石の臥所《ふしど》の上に横たわっているのである。ここには、そもそも大地がない。鉋《かんな》で削られ磨き上げられた、黒かったり緑がかったり赤茶けたりする石でできた寄木細工の床を、足は踏んでいるのである。床は表面が滑らかで滑りやすく、ワックスがかかっているように思える。ときにはこんな気がする。この先にちょっとばかり黒い土が見えるぞ。しかし違うのである。これは土ではなく、黒い石の床なのである。赤茶けた粘土質の水たまりがあるぞ。違うのである。これは、滑らかでときどきかすかに光るワックスのかかった寄木板の赤茶けた石なのである。わたしは当地の床磨き職人を知っている。ちなみに、その床磨き職人は当地の石工でもある。それはつまり時間、どうやってもそれには勝てない時間なのである。

アルメニアの美術家たちは、巨大な石の寄木細工の床の上に横たわる石の堆積を全力で描くことを一度もしなかった。わたしにはそう思える。花々の咲き乱れる草原や庭園の喜びに溢れた晴れがましい光景を描いている画家がアルメニアの民族芸術家とみなされているかと思うと、とても奇妙な感じがする。古くから存在している民族の歴史の悲劇を背景にして見るとき、砕け散った荒涼たる山々の悲劇を背景にして見るとき、花咲く草原や庭園がどんなに悲しげで、奇妙で、移ろいやすいものであることか！　石の大きな堆積を見ているうちに、わたしにはアルメニア人の民族としての大きな労働に対する特別な感情が生まれた。弱小な民族がわたしには巨人のような民族に思えるようになった。エレヴァンに来た日にコルホーズの市場で見た、たくさんの果実のことを思い出しているわたしの目の前には、もの言わぬ頑固なアルメニアの石が立っているのであった。

石をもっとも甘いブドウに変えたり、みずみずしい野菜の山に変えたりできるのは、巨人のみである。アルメニアのモモとリンゴは熟すと赤くなるが、アルメニアの石は手に負えぬほど揺るぎないし、アルメニアの山々の斜面には水がなく乾いている。巨人のなしうるような労働が、灼熱の石の間にこうしたモモ園を生み、玄武岩からブドウの果汁を引きだしたのである。

かつて若かった時に、わたしはドンバスに働きに行った。わたしはソ連で一番深い、一番ガスの多い、一番熱い炭鉱、《スモリャンカ－11》で働くことになった。そこの主立坑の深さは八百三十二メートルで、何本もある東斜面の坑道は一キロ以上の深いところにあった。《スモリャンカ》の暑くて湿気の多い深部で働く採鉱夫、坑道補強夫、トロッコ引きの馬方を目にし、わたしはいわゆる全ソ連のボイラー室とでもいうべきものの荒々しい力に驚愕したのだった。いま、アルメニアの青い空のもとで石の間に横たわるアルメニアのブドウ畑と野菜畑を眺めながら、わたしはそのドンバスのことを思い出した。

溶鉱炉工と炉前工の偉大な労働による照り返しのせいで空が赤らむのと同じようにして、ブドウ畑の上に赤みを帯びた煙が漂っている、アラガツ山の石が鉱山労働者の破砕用ハンマーで砕かれコールカッターのドリルで切断されている、わたしにはときおりそう思えた。

なんと膨大でつらい、そして熟練を要する労働であることか！　しかし、この労働はたんに膨大なだけではない。この労働は、人間の勇気、大胆さの証なのである。もし兵士たちが戦争での単純労務者だとするならば、槌、踏み鍬、犂をもった人間は、その身に兵士の大胆不敵さを有する人間なのである。

小さな巨人は攻撃する。山々と時間という二頭の怪物に向かって手を振り上げる。アルメニアの石は身震いし、退却を始めた。敵から奪いとった、石から解放した、水で甦らせたアルメニアの土地が、面積を拡げていく。

ここでは水が、なにか特別な魔法の力を持っている。事実、これはおとぎ話でみられるような、死人を生き返らせるいのちの水なのである。

急峻な石の間にくりぬかれた用水路を水が流れ、山の斜面を四方に流れくだり、果樹園や野菜畑に素晴らしい奇跡をもたらしているのを見ると、アルメニアの農民、労働者、技師はニュートンの万有引力の法則を論破し無効にしてしまったように思える――水はまるでひとりでに上のほうへとよじ登っていき、下のほうへは走っていかないかのようなのである。水は、アルピニストのように、ひたすら山の頂へと向かっていく。歩いて、一歩また一歩と進んで、石の丘へと這いあがっていく。呻き、ハアハアいい、顔をしかめ、恐れを知らぬ人間が指示した難所を苦労して登っていく。

一方、小さな巨人はヘラクレスのように倦むことなく、英雄的行為をなしている。山の水の奔流は光の奔流へと変化していき、荒涼たる石の堆積は生き生きとした喧騒に満ちた家々となっていく。アルメニアの山々、丘陵、谷には、道が絹に似た灰色の網目のように走っていた。

攻撃は人間に特有のものである。攻撃は、人間の文化の戦略である。人間は、沼地と大洋という空間に、氷原に、病気に、こんもりとした森に、永久凍土に、攻撃を加える。人間は空にさえ進出した。

小さな巨人は疲れを知らず恐れを知らずに、アルメニアの水のない石を攻撃している。小さな巨人は水を山の絶壁の上方へと追いたてる。すると水は、石から小麦とブドウを産み出す。巨人は山の水を谷間に投げ落として、水から電気の火花を打ち出す。小さな巨人は荒涼たる石を甦らせる。すると、石はいのちある結晶となる。小さな巨人は鉱石の塊をよい響きのする銅に変える。小さな巨人は千年という長い歳月の厚みに穴を穿ち、ひんやりとした古文書館《マテナダラン》の中に昔の蜂蜜を集める。

小さな巨人は、アラガツ山の凍てついた雪の中に踏み入って、何パーセクもの深さのある樽の底を穿ちながら、もやもやした不透明な空間を克服し、宇宙の瞳孔を覗きこんでいる。赤みを帯びた煙が、不眠不休の労働による照り返しのせいで空が赤らむのと同じようにして、雲ひとつないアルメニアの空の青さの中に漂っている。

しかし、小さな巨人は仕事に励むだけではない。酒を飲んだりつまみをつまんだりするのも好きである。小さな巨人は酒を飲み、つまみをつまむ。酒を飲むと、踊ったり、騒いだり、歌ったりする。

バスは、ロシア人のモロカン派の村に入った。すると急に、ペンザやヴォロネジやオリョールで見覚えのある光景や人の姿が立ち現れてきた――ひげだらけの男がいる、履き古した大人用のフェルト製の防寒長靴を履いて破れた繻子のシャツの裾をズボンの中に入れずに着ている金髪の少年がいる、光がよく入らないような窓のついた木造の百姓家がある。それに、犬の吠え声、雄鶏の歩き方にさえロシアが感じられた。

そして、わたしたちはセミョーノフ峠の上に出た。ディリジャンへと続く素晴らしい道がここから始まる。この道を一九二八年に、マクシム・ゴーリキーが通った。この道を一九四一年に、オデッサから疎開させられたわたしの叔母のラヒーリ・セミョーノヴナが通った。[1] もちろん、そんなことを文学的手記に書く意味はない。ゴーリキーは世界的に有名な作家だが、わたしの叔母は文学の中にはどうやったって入り込めはしないのである――彼女の父親セミョーン・モイセーエヴィチは保険代理人であり、親戚のあいだでは視野の狭い頭のよくない人間だとみなされていた。それに叔母だって、オデッサのレベンゾン私立中学校で学んでいたとき、その成績はぱっとしなかったと言われている。文学と数学が苦手というところを父親から受け継ぎ、母親のソフィア・アブラーモヴナとは似ていないとされていた。しかし、ラヒーリ・セミョーノヴナは親戚全員から愛されていた――とても気立てがよく、愚痴をこぼさず、愛想のよいことで、彼女は際立っていた。彼女の人生は容易ではなかった。経済学者の夫は、罪がないのに一九三七年に弾圧され、コルイマで死んだ。息子のヴォロージャは、若年にもかかわらず大学で微生物学を講義していたのだが、弾圧されて監獄で予審判事に殴り殺された。井戸に毒を入れたと認めることを望まず、自白しなかったからである。娘のニーナは驚くほどかわいらしい美しい娘だったが、化学大学で優等の卒業証書を授与されたその日に自殺してしまった。下の息子のヤーシャは騎兵隊の攻撃の際に前線で戦死した——彼は騎兵隊の兵士だった。オデッサに残った彼女の親戚、近しい人たち、友人たちは、ドイツ人がオデッサのユダヤ人九万人を処刑するために引っぱっていったドマネフカ村で、その全員が恐ろしい死に方をした。

このおとなしい女性のディリジャンへの旅は、文学的手記の中には入り込めない。山の道の素晴らしい美しさを目にしながら自分の人生を振り返って彼女は泣きだしたのか、あるいは少しは期待を持ち、悲しげに微笑み、この美しさに慰めと希望を見つけたのか。そうしたことはさして重要ではないことなのである。

偉大な人物たちの中でこの素晴らしい道を通ったのは誰か。わたしは同行者たちに質問を浴びせた。しかしもちろん、わたしは《いいかい、わたしの叔母は一九四一年の冬にここを通ったのだ》と告げようとは思わなかった。生を思う存分生きることができなかった彼女は、老婆として、いわばカタクチイワシやニシンといった名もない魚の群れの中にずっといい続けている。周知のように、カタクチイワシやニシンの人生がどうだなんてことは、歴史には出てこないのである。

さて、バスはセミョーノフ峠を通り過ぎた。街道が山岳地帯に入っていく。谷間に降りるまでに、何キロもあるような大回りのカーブを十六回も螺旋状に描いていくのである。ここでは急いではならない——道は狭く、断崖から落ちたら死ぬ。アルメニア人運転手でさえ、この道ではその気性の荒さを発揮するわけにはいかない——自動車は、自分の命を危ぶむ理性的な生き物のようにして、粛々とゆっくり進む。

あわてることなくゆっくりと流れるようにして、素晴らしい絵のような景色が広がっていく。そうした景色が浮かび上がり、目の前を流れ、ゆっくりと消えていく。カーブを曲がり終えると再び現れて、流れ出し、大きくなって、巻きつき始める。しかし、すでにその位置が多少変化していて、ちょっとばかり違って見える。そしてすでに見慣れた景色とともに、見たことのない新たな奇跡のような素晴らしさが惜しげもなく現れてきて、大きくなっていく。

山の斜面には松の林が茂っていた。巨大な松である。太陽がその力を惜しみなく松に与えたのである。山の峰々は雪で覆われている。丸みのある緩やかな曲線で隈取られた峰々が、円錐形の砂糖の塊を思い出させる。五十歳以上の人間なら思い出せるが、円錐形の砂糖の塊――肩のところまで青い厚紙で包まれた円錐形の砂糖の塊――が工場から出荷されなくなって、もう何十年にもなる。

並はずれた力を持つ景色を創造するために、自然はなんという質素でありふれた材料を使うことだろうか。穏やかに晴れわたった冬の日、山々の雪、松、白い色、緑色、青い色……絵画的な魅力、単純さ、内に秘めた叡智という点で驚かざるをえないこの景色をつくり上げているのは、空の大きさと赤銅色をした果てしない森の広大さなのか、峻厳な静けさなのか、絵具のこの上ない清らかさ――清らかな山のこの雪より白い白さも、この山の雪の上の空の青さより清らかで深くて澄んだ青さもありえない――なのか、谷間に広がり息づいている煙なのか、そうしたものすべてが一つにまとまったものなのか。それは分からないが、とにかくそうした景色がつくり上げられている。

この静まり返った清澄な世界、静寂と清らかさの結晶のような世界を眺めているうちに、人は谷間での日常生活のから騒ぎが自分には必要のない、自分の心をだめにするものであることを理解しはじめる。山の雪の頂の崇高な清らかさに魅了された人間には、隠遁生活の功徳がほの見えはじめる。その人には森の中の茅屋が見え、山の小川のせせらぎが聞こえる。星が見える。星が針のような松の葉のあいだに瞬いている。

わたしもひとりでにそんなことをいろいろと考えはじめた。とにかく、実際、谷間で暮らすのはとてもつらいことであり、先の見えないことである。自分はどれほど多くの不幸を人々にもたらしただろうか。たぶん、人々がこのわたしにもたらしたものよりも多いはずである。孤独のうちに生きねばならない。

しかし、わたしが雪の山の上での暮らしについて考えているうちに、ガラス窓の目立つわたしたちのバスは谷間に下りてしまい、平坦な道をスピードを上げて走りはじめていた。

路肩は雪に覆われてはいなかったが、ドロドロにぬかるんでいた。ぬかるみの水たまりに太陽が映っていた。それが十二月の太陽であることは、誰も疑わなかっただろう――それらしい明るく暖かい太陽であった。

わたしたちは村に入った。するとすぐに、隠遁生活の夢は消えてしまった。小さな家々が松のあいだに建っていた。家に巡らされたちょっとしたテラスや回廊には、子どもや老人や女たちの生活の匂いが充満していた。村の四季と村の一日の二十四時間が想像されてきた。こうした家々や泉のそばの回廊での人々の暮らしが、手に取るように浮かんできた――春の夜明け時のことも、歌う男の声やズルナー〔オーボエに似た楽器〕の響きや牝牛のモーという鳴き声が聞こえる夏の宵のことも、老人たちが日陰の涼しい場所でまどろみ、数珠をつまぐり、水差しと桶をもって泉へと歩いていく若い女たちに目をやる蒸し暑い日中のことも。

人のいい正直そうな顔をした屠殺者たちが、その手で殺したばかりの血まみれの羊の死体を処理している。酒をしこたま飲んだ酔っ払いがよろよろしながら歩いている。ここには、罪深い谷間の罪深い暮らしがある。

ついさっき考えたことがなぜかある種のばつの悪さを呼び起こし、サーシャ・チョールヌイ[2]の嘲笑的な詩の一節が思い出された。

山の頂に暮らし、素朴なソネットを書いて
谷間の人たちからパン、ワイン、肉だんご《カトレータ》をもらう。

いったい隠遁生活に雄々しさなんてあるのだろうか。日常生活から去ることに雄々しさなんてあるのだろうか。自殺だって、この世から去ることだ。永遠の隠遁生活へ去るということだ。これは何なのだ——弱さか、臆病さか、逃走か。しかし、そうだろうか。ときどきわたしにはこう思える、自殺は弱い人間の最高の力である、と。あの男は弱い人間だった、清らかとは言えないような生き方をしてきた。それで、あの男は自分の失われてしまった清らかさのために、弱い人間である自分にはないもの——そうあらねばならないように生きる力——のために、この世から去ったのだ。これは弱さだろうか。わたしには分からない。しかし、考えてみよう——弱い人間がその持っているものすべて——インゲン豆入りのボルシチ、ワイン、海、愛、春の空——を拒否するのはたやすいことだろうか。

ときには自殺がまったく違った力の表れであるように思える——自殺とは、気まぐれで甘やかされることに慣れきった者の絶望である。ある者は自分のほしいものが手に入らなかった。そして、彼、気まぐれ者のその男は、自分のほしいものが手に入らないことには耐えられないと考え、この世から去る。甘やかされなくなったことへの腹立ちから逃れるために、絶望へと変わった忌々しさから逃れるために、去るのである。

ときに自殺は、前途に壁や深淵や沼のあることが見えている大きな知性——近視眼的な人間や愚かな人間が希望や楽観主義の泥沼の中を這いずり回っているとき、大きな知性にはそれらが見えている——が出す結論である。

ときに自殺は、盲目性、視野の狭さの表れである。つまり、人間は壁だけを見て絶望に陥ってしまい、近視眼的であるために、すぐ隣に道が、扉があることに気がつかない。

また、しばしば自殺は、アルコール中毒の人間やモルヒネ患者の、そして本人にとっては草地の緑も海も太陽もすべて憂愁と心の痛みというかさぶたで覆われてしまっている人間の、心の病の結果である。

こうした人々は、自分たちの住む世界が自分たちの手で意味をなくし、殺されてしまったがゆえに、自発的に死んでいくのである。

ときに自殺は、大義への忠誠である。つまり、こういうことである。わたしにとってこのわたしのいのちがなんだというのか。わたしが献身的に奉仕してきた大義は死んでしまったのだ。

ときに自殺は、大義への裏切りである。つまり、こういうことである。優しく愛おしい大切な恋人がわたしから去ってしまった以上、わたしにとって偉大な大義がなんだというのか。

しかし、ひとつのことがわたしには明らかである。つまり、自殺はたんなる行為ではない。これは、強い人間か弱い人間かによる一定の限度を超えた行為なのである。強い人間と弱い人間の中の少数者、それもきわめて少数の者が、この峻厳な恐ろしい一歩を踏み出すことができる。自由意志による、最後の一歩を……

二十世紀の隠遁生活者が住んでいるのは僧坊や洞窟ではない。森の一軒家でもなく、荒野でもない。だから、文明化した現在の世界には隠遁生活者がいないように見える。しかし、そうではない。隠遁生活者は多数いるのである。キリスト教徒受難時代にいたよりも多い。彼らの僧坊はカムフラージュされている。そうしたものは現代世界の都市の中に、市営共同住宅の中にある。モスクワやキエフの通りにある。隠遁生活者は、作業場で一生懸命働いたり、官庁に勤めたり、ペンキ塗装工として働いたりしている。彼らは背広や合オーバーを着、アストラカン毛皮のつばなしの中折れ帽をかぶって歩いている。

しかし彼らは、破れた獣の毛皮を身にまとい枯れ草で織ったシャツを着て人里離れた森の中での自己犠牲的行為によって最高の啓示を求めた者たちと同じように、俗界を去って荒野へと入った隠遁生活者なのである。

自らの僧坊へと隠遁したこうした隠遁生活者のうちの何人かは、神の前で罪を懺悔している。謎めいた詩の中で自由や愛や美を歌っている者もいれば、ピーメン[3]のように年代記を書く者もいる——彼らは、自分たちの人生において重要とみなされるものが時間やあわただしい日常生活の諸事ではなく、隠遁所でのひっそりとした生活であるという点で、全員が一致している。彼らはごく秘密裏に自らの神に奉仕していて、自らの受けた啓示を世界と分かちあおうとはしない、自ら引きこもっていった荒野から戻って、自らに訪れた光を人々に伝えようとはしないという点では、全員が一致している。

まさに二十世紀の隠遁者には、荒野への隠遁者に俗人がつねに見出していた崇高さと無力さが、まったくこれ以上ないほど明確に見てとれる。わたしにはそう思える。市営共同住宅にいる隠遁生活者は、心に秘めた真実のために隠遁生活をする者の運命とその真実を伝道したり予言したりする者の運命とのあいだに横たわる深淵のことが、つねに頭にあるのである。

どうやら、現代の隠遁生活者はこの深淵を越えようとは決して思わないようだ。深淵の縁に近づこうとさえ思わないようである。世界には多くの隠遁生活者がいる。しかし、予言者と伝道者はごくまれである。

ディリジャンは素晴らしい町である。それが素晴らしい町であるのは、鉄道が通っていないからである。町を世界と結ぶ航空路線がないからである。それは隠遁生活者なのである。もちろん、程度問題ではあるが。山々が町を現代的な交通手段から守ったのである。森が町を隠したのである――町にある石造りと木造の家々は背の高い松の生えた山の斜面に建っている。この町は静寂に満ち、町であると同時に村でもあり、別荘地でもある。

ディリジャンは落ち着きに満ちている。嫌なことの多かった族長時代の昔の懐かしいものをその内に保っている。それは自然に対して敵対的ではない。山の森は安心して町を自分の内に取り込んでいる。町と森が共生している。

ディリジャンの家々の多くは、明るい青色のペンキで塗られている。森はこうした建物が木造だということに怖れをなしてはいない。庭の木々は、自分たちのいわば飼いならされてしまった森の兄弟たちと、並んで立っている。ディリジャンの果物の値段は安い。というのも、町から搬出されるものが少ししかないからだ。鉄道がないのである。ディリジャンのリンゴは大きくて、甘くて、果汁が多い……市場《バザール》には、ワインがたくさんある。乳濁色で冷たい。瓶、水差し、マグカップ、コップに入れて売られている。ディリジャンの市場では、売り手の数が客の数より多い。

ディリジャンには誰もが一目ぼれする。一目ぼれした人間は最初にこう考える——ここだ。心を癒すには、ここに来るのが一番だ。ここでなら、心の落ち着き、平安、静寂を見つけることができる。夕暮れ時の山々の魅力、静まり返った森や小川のせせらぎの魅力を感じることができる。しかしながら、とにかくこれは正しくはない。あのように書いた若き日のレールモントフは、正しくはなかった。

……その時、わたしの心の動揺はおさまり……

人間の心の動揺は恐ろしいものであり、なくせるものではない。それを鎮めることはできない。それから逃げることはできない。それに対しては、村の静かな夕焼けも、永劫に続く海の水音も、愛しいディリジャンの町も、無力である。だからこそレールモントフはマシューク山の麓で自分の動揺を鎮められなかった。[4] 静寂によって憂愁のきしむ音から救われることはできない。心の内でくすぶり燃える脂《やに》を山の冷気で冷やすことはできない。ディリジャンという素敵な町での生活で、血にまみれた傷口を埋めることはできない。疎開させられた老女のラヒーリ・セミョーノヴナも、ここで心安らかに、心穏やかに、寝ていただろうか。夜ごと泣いてはいなかっただろうか……ラヒーリは自分の子どもたちのことを思って泣き、慰められたいとは望まない。だって、子どもたちがいないのだから……

わたしたちはアゼルバイジャン国境へと向かっている。右手には、渓流が音を立てている。左手には、道沿いに村らしさの魅力が極限まで溢れた村々がある。しきりと町に出たがっている村人たちはそうした魅力を評価していないが、バスの窓からそれに見とれているのは、楽しくて快い。遠くにはいくつもの高い丘が、さらにその向こうにはいくつもの断崖がそびえている。森が終わると、丘は夏の猛暑で焼かれた棘のある草で覆われている。断崖は赤や黒褐色をして切り立っている。それでも、ここでは大地が平坦になり、山々がなくなって、カスピ海へと続くステップが生まれてきている。

マルチロシャンがわたしに赤い切り立った岩場を指差しながら、ここには野生のミツバチがいると話してくれる。きわめて垂直に近いので、まだ誰もそれをよじ登ったことがない。それで、数えきれないほどの世代にわたる無数のミツバチの労働によってためられた蜂蜜が、岩の割れ目から溢れて、高いところから流れてくる――人々がそれを岩場の下で集めている。

でも、わたしたちが選んだ場所は河川敷だった。ヴォロージャが大きな玉石でかまどをつくる。火をおこし、金串に羊の肉を刺す。公妃〔ニジマスのこと〕の腸《はらわた》を取り除いて身を川で洗う。そのあいだにご婦人方はテーブルクロスを広げ、端をずっしりと重い玉石で押さえる。網目の買い物袋と籠からラヴァーシ、新鮮なハーブ類、瓶、コップを取り出す。フォークとナイフの響くような音が山川のざわめきとまじりあう。

わたしたちはテーブルクロスの周りに腰を下ろした。ニジマスのシャシリックはいける。焼けた公妃の皮がところどころ裂けて、バラ色をした身が見える。わたしはたくさん飲む、いつもよりたくさん飲む。コニャックがすんなりと入っていかず、いやいや入っていく。頭が明るいアルコールの蒸気で満たされてこない。体がほてるように熱くならない。冷たい風に、飲む前と同じように指と耳が凍りつき、鼻水が流れる。自分の鼻は見えないけれど、わたしはそれが赤みを帯びた暗青色になっているのを感じる。わたしは飲みかつ食べる。そして、風が冷たいときには女性たちも飲むから、コニャック二本では足りないのではないかと、ずっと気にしている。ヴォロージャが飲まないのはよいことだ――なにしろ、この後につらい帰り道が待っているのである。しかし、マルチロシャンがヴォロージャにアルメニア語でなにか言っている。ヴォロージャが笑いながらうなずき、小さなコップを空ける。わたしはたくさん飲んだが、コニャックが効いてこなかった。ときにはそんなこともあるものだ。百グラム飲んで世界が魔法のように変わる時もある。そんな時には、内部の世界と周囲の世界、すべてがはっきりとした響きをもつ。秘密であったものが明白なものとなり、人々の顔にかかっていた蜘蛛の巣がとれ、人々の一つ一つの動きに、一つ一つの人間的な言葉に、特別な意味と関心をひくものがあり、退屈でつまらなかったその日が魅力でいっぱいになる。あらゆるものの中に魅力があり、それが興奮させ喜ばせてくれる。そして自分自身を、どこか特別なやり方で、奇妙なやり方で、深く感じることができる、認識することができる。そうした幸せな百グラムが起きるのは、いつも午前中、昼食までのことだ……

だが、飲めば飲むほどますます不機嫌になる時もある。まるで刺さるようなガラスの破片で自分が満たされていくかのようで、体が重くなり、脳と心がどこかおっくうで働かなくなり、手足が縛られていく。まさにそんな時に、運転手と手仕上げ工たちは、胃やむかつく心や鬱憤を抱えた手と足からこみ上げてくるひどい悪意にとらえられて、ナイフを手に喧嘩をするのである。

そして、まさにそんな時に、人はたくさん飲むのである。天国に行きたい、なんとか憂愁の手から逃げだしたいと、これといった理由のない絶望や自己嫌悪、もっとも近しい人に対する煮えくり返るような腹立ち、これといった理由のない不安や恐怖、災厄の予感、そういったものから逃げ出したいと、ずっと望んでいるのである……

だが天国に行けないと分かると、また飲むのである。こうなるともはや、馬鹿になるために、眠るために、ご婦人方が《ガブ飲みしてグデングデンに酔っぱらった》という言葉で定義する状態にまで行きつくために、飲むのである。

わたしたちが帰途についたのは日の暮れ方であった。夕方の大いなる静寂が、聴覚ではなく視覚によって実感される。バスのガラス窓越しにそれが見えるのである。それは大きな海である。小さなバスはガタガタと音を立てながら、表面にほんのわずかばかりの波を立てて、静寂という大きな海の中を走っていく。

わたしたちがアスファルトのくねくねした道を上りはじめたとき、沈んでいく太陽が何十という山の雪の頂を照らした。すると、日中の光の下でのくっきりとした白さが、不意に、まったく信じられないほど豊かな色彩と色合いに変わった。それはあまりにも驚嘆すべきものであり、あまりにも美しく、あまりにも素晴らしく、落ち着いてじっと見ていられないほどであった――静かな夕暮れ、日の陰った谷間、薄闇の中に黒ずんで見える松。一方、斜面と山の峰々は青色や紫色、赤銅色、赤色やバラ色に見える。一つ一つの頂が独自の輝きを持ち、すべての頂が結びついて一つの大きな奇跡をつくりあげ、途方もない素晴らしさとなっている。山々のこの信じられないような桁外れの美しさはたんなる興奮以上の感覚を呼び起こしていた。それは恐怖に近いほどの心の動揺を呼び起こしていた。山々の雪の頂は青い空を背に、丸く柔らかな輪郭をした完成されたもののように思えた。一方、山々の色はと言えば、生気に溢れるとともに清らかな色、優しいと同時にアフリカの花々のように鮮やかな色、冬の太陽によって冷たい雪の上に生まれた熱を帯びた色をしており、そうした色があたりの空気を音楽で満たしているかのようであった。そして、その音楽は大いなる静寂を破ることなく鳴り響いていた。このような瞬間には、なにかありえないようなことが、人々の心の変革が、一人の人間の内部にあるものすべて、その人間の周囲にあるものすべてを根本から変化させるようなことが起きるに違いない。なのに、奇妙で情けないことであるが、この変革への期待は、抑えがたい幸せな興奮を生みつつあると同時に、まったく反対の感情を呼び起こしてもいた。我慢のならないこの絵のような景色を一刻も早く消してくれ。落ち着いていられる夕闇が、快いおなじみの灰色の世界が、早く来るようにしてくれ。色彩なんか死んでしまえ。みんな元どおりにしてくれ。耐えがたい変化なんて要らない。いつもどおりに、なじんだとおりにしてくれ。桎梏から解き放ってくれる新しいものなど要らない、骨の折れる、血をみるような苦痛を与える新しいものなどは……

これはたぶん、もっとも暗くかつ宿命的で、ひょっとするともっとも救いをもたらしうる人間の心の最深部が生む感覚であるに違いない。男の抱く恐怖、そして、女の抱く恐怖、である。

まあ、とにかく、わたしのささやかな期待はかなえられた。アフリカの花々はしぼみ、夕闇がやってきた。わたしたちは小さな町に入った。わたしは軽食堂のドアの前でバスを止めてくれるように頼んだ。わたしは飲み助たちがガヤガヤやっているカウンターのところに行き、自分の番を待った。

「百五十グラム、三ツ星のやつを」

軽食堂の従業員のアルメニア人は、ロシア語が分からないが、もちろん、わたしの言葉を理解した。わたしが飲み終わったとき、彼はもの問いたげにわたしのほうをちらっと見た。わたしは空になったコップの底からそう高くはないところを指で線を引くようにした。すると、従業員はまたわたしを理解した。さらに五十グラム注いでくれたのである。

わたしは頭がボーっとなり、家に着いて自分の部屋にたどり着くと、着たまま眠り込んだりしないように急いで服を脱ぎ、椅子の上で眠り込んだりしないように急いでベッドに入った。要するにわたしは自分の望みをかなえたのである。いつもは寝る前に窓を開けていた——イワンがストーブを焚いてひどく暑くするからであった。涼しいとよく眠れた。ときには窓の下を流れるせせらぎのかすかな水音が夢の中で聞こえた。しかし、この時は窓を開けなかった。おそらく蒸し暑かったから、あるいはもしかすると、すでに酒が心臓によくないものになっていたからかもしれないが、わたしは夜中に目が覚めた。

深酒したあとに夜中に目覚めるとはどういうことであるかは、中年や初老の酒飲みや酒好きの人なら、たぶんご存じだろう。

静かだった。心臓が不安そうに激しく脈打っていた。しかし、痛みはない。呼吸は苦しくない。体に冷たい汗をかいている、それだけである。あたりは静まりかえっている。しかし、まさに痛みで目が覚めたのではないということが、おびえさせ、警戒心を起こさせる。なにかが起きたのだ、でもいったい何が？　起き上がりたい、動きたい、灯りをつけ、窓を開けたい。それでいて、なぜか体を動かすのが怖い。咳をするのが、枕元のそばの椅子の上に置いてある時計を見るのが怖い。夜の蒸し暑さの中になにか目に見えない災難が充満していた。なにかとても恐ろしいことが間もなく起きるに違いない。その恐ろしいことを回避するためには動いたり騒ぎ立てたりする必要がある。しかし、指を動かしたり頭を起こしたりすれば、その恐ろしいことが起きてしまうように思える。人は尋常ならざる孤独感にとらえられる——寝ている妻の寝息が隣で聞こえるだろうか。あるいは部屋に一人きりで、寄る辺のないまったくの一人ぼっちなのだろうか。

わたしは夜中に目覚めて、自分が死につつあることを理解した。胸や肩が冷たい汗で覆われていた。心臓が自分とは別個に脈を打っているように思えた。規則正しく呼吸はしていたが、肺の中に空気はなかった。まるで役に立たない窒素だけを呼吸しているようであった。わたしは死を目の前にしたようなやるせない気持ちになった。死んでいくことの恐怖、いのちの終わりの恐怖が、刻々と大きくなっていった。その恐怖は、体が悩ましいほどにひどく軽く、この体がもはやわたしのものではなく、わたしのたった一つの家、すなわちこのわたしの《わたし》の家ではないことからきていた。体がわたしを見捨てた、わたしを投げ捨てた、と思えた――わたしの手足、わたしの肺、心臓がわたしを見捨ててしまった。このわたしの《わたし》はもはやそうしたものの中にはなかった。わたしは自分の指を、誕生以来感じ慣れてきた自分の内側からではなく、外側から感じているのであった。切り離せないはずのこのわたしの《わたし》とわたしの額や耳や膝や毛の生えた胸との一体性がめちゃめちゃに壊されてしまって、わたしはわたしでひとり立ちし、体は体でわたしとは別のものになりつつあった。わたしは自分の脈拍を手探りに確かめてみた。わたしは手のひらで額が冷たい汗で濡れているのを感じた。しかし、わたし、わたし、このわたしの《わたし》は、そうした指の中にも、このわたしの《わたし》に避難所を与えることを拒否した指で押さえた下で脈打っている脈拍の中にも、ほぼいないも同然であった。冷たい手のひらの中にも、手のひらの下の冷たい額の中にも、わたしはますます少なくなってきており、刻々と、わたしとわたしの体は互いにますます離れていくのであった。あの言うに言われぬ近しい関係の破壊が、それと比べれば夫と妻との一体性や母と目に入れても痛くはないほどかわいい子どもたちとの一体性もなんということのない、口に出して言われることのなかったわたしとわたしの体の一体性の破壊が、起きているのであった。まるで、その生成の瞬間から一つであった川がいきなり二つに分かれてしまって、二方向に流れていく、層状にはがれていくかのようであった。

一方でわたしは、暗い夜の蒸し暑さの中で、自分の中から滑り出し這いだしていく自分の体にもはやほぼ打ち捨てられてしまって、ガラスのような恐ろしいほどの明晰さで何が起きているかを考えていた。わたしは死につつあるのであった。そして、この世にある何物とも似てはいない死という感覚と、それからくる死の憂愁による懊悩が生じた。ということは、このわたしの《わたし》は少しの翳《かげ》りをみせることなく続いている、わたしの体とは別個に独立して続いているのであった。同時に、わたしの冷たい汗まみれの胸やわたしのみっともない汗ばんだ指がわたしを放棄したということは、わたしの終わり、わたしの一巻の終わり、わたしの破滅、死というわたしのどん詰まり、かつてない完全なわたしの消滅、完膚なきまでの取り返しのつかない消滅なのであった。そうしたものの中にこそ、すなわち、この指、この足、この腋の下、この寝息を立てている鼻の中にこそ、わたしがあったのである。だが、まさにそこのところで、恐怖は姿を消した。わたしは自分の腋の下や臍の中ではなく、太平洋とともに、大熊座とともに、四月の花咲くリンゴの木とともに、このわたしの肉体のない《わたし》の中にいた。ママへの愛情、近しい人たちに対する熱い思い、良心の呵責、わたしの読んだ本、ベートーヴェンの音楽およびヴェルチンスキーとレシチェンコの歌、身に染みる侮辱や恥ずかしさ、動物に対する憐れみの気持ち、破壊し殲滅するファシズムの力に対する憎悪、五十年前に初めて海を見た時の歓喜、八時間前に見た雪の山々に対する歓喜、子ども時代のけんかの思い出、やむなく他の人にもたらした侮辱などとともにいた。

しかし、この肉体のない世界、肉体のない宇宙、かつてのわたしの《わたし》は、わたしの指、頭蓋骨、心臓の筋肉がわたしから一層ずつ剝がれていくから、このわたしの《わたし》から滑り出ていくから、死につつあるのであった。暗い部屋の中で、蒸し暑い暗闇の中で、宇宙的な悲劇が起きてしまった。近しい人たちから遠く離れて、どこかトルコ国境の近くで、中年の男が死につつあった。死にながら、その男は自らの孤独を悲しんでもいた――そばには身近な人がいない。もしいれば、その人の絶望にひょっとしたら慰めを見つけられたかもしれないのに。この肉体のない世界が、その人の心に、涙にぬれた目に、悲しみの刻印を残せるのに。

走行中に列車から大きな荷物もろともに放り出された切符のない乗客みたいにして、わたしは汗まみれで横になっていた。不意に役に立たないものとなった数万もの馬鹿げた考えや感情や記憶が、ぎゅうぎゅう詰めのトランクや籠から永遠の冬の闇へと飛び散っていくのを、目で追っていた。

わたしは死につつあった。そしてわたしは、指がふたたびわたしのものとなったことや、わたしがあらためて指の中にいることに、心臓がわたしの中に収まり、わたしがその中にいることや、このわたしの《わたし》が酸素を呼吸している肺の中に戻ったことに、すぐには気づかず、感じもしなかった。わたしはそうしたものの外にいるのでなかった。汗びっしょりの皮膚に覆われた頭蓋骨が、わたしのいつものぬくもりのある乾いた額となっていた……わたしとわたしの体はもはや一層ずつ剝がれたりはしなかった。ふたたび合体して一つになり、ワシーリー・グロスマンとなっていた。そして、前と同じようにあたりは静かで暗く、どんな些細な物音も動きもなかった。わたしは身じろぎもしなかった。灯りをつけることを思いつきもしなかった。しかしながら、恐怖や憂愁はもはやなかった。薄暗がりでは、生が死にとって代わっていた。わたしは眠くなり、寝入ってしまった。

わたしはこう考えるのである。矛盾や冗長さや誤植、水のない砂漠やラーゲリの警備司令官や馬鹿者が、あったりいたりする世界、夕暮れの太陽によって彩られた山々の頂の世界は、素晴らしいものである。もしも世界がそれほどに素晴らしいものでなければ、死につつある人間の何物とも比べようのない恐ろしい死の憂愁などはないであろう。だからこそ、永遠の世界の真実と自らの死すべき《わたし》の真実とを愛情で一つに結びつけ、確かなものとしている人たちの作品を読んだり鑑賞したりしながら、わたしはあれほどまでに興奮したり、喜んだり、泣いたりするのである。

1　グロスマンの母の妹マリア（ユダヤ名ミリアム）・ビニアシュがモデルとなっているが、以下の記述にはフィクショナルな面が多い。

2　サーシャ・チョールヌイ（一八八〇—一九三二）。オデッサ生まれの詩人、ジャーナリスト、児童文学作家。亡命先のパリで死去した。ショスタコーヴィチが彼の風刺詩により五曲のロマンスを作曲している。「ヨールカ祭の森の精」の邦訳がある。

3　ムソルグスキーのオペラ『ボリス・ゴドゥノフ』に登場する老僧。

4　一八四一年、レールモントフはカフカスのマシューク山麓のピャチゴルスクで決闘の末、果てた。

5　ヴェルチンスキーは「キスロヴォーツクで」註10（八〇頁）参照。

ピョートル・レシチェンコ（一八九八—一九五四）は「ロシアン・タンゴの王」と呼ばれて人気のあった歌手でダンサー。ウクライナのオデッサ州で生まれた。亡命してパリとルーマニアに移住したが、第二次大戦後、ソヴィエトへの帰国を希望するようになり、一九五一年、当局の居住許可書を得て帰国するや逮捕された。その後、ルーマニアの刑務所に送られ、所内の病院で死去。

11

アルメニアには、古くからの教会、小礼拝堂、修道院が数多くある。アルメニアにはゲガルド修道院[1]がある。それは崖の内部に掘られていて、石の中に生まれた奇跡ともいうべきものである。この奇跡は、途方もない才能だけではなく途方もない信仰心を持った人間の三十年にわたる労働によって成し遂げられた。山の内部に調和のとれた壮大で優美な教会を造った人間は、古代アルメニア語で次のような言葉を刻んだ、《祈らば吾《われ》を忘るるなかれ》。

花で敷き詰められたような街道が、エレヴァンからエチミアジンという小さな町まで通じている。その町には全アルメニア人のカトリコス（総主教）、ヴァズゲン一世[2]の公邸があり、非常に美しい大聖堂や修道院や神学校がある。

人間は何千年という長い時間、たゆまず大地の上で働き、さまざまな物品と精神的価値とを創ってきた。人間によって創られたものの多くは、その繊細さ、壮麗さ、豊かさ、複雑さ、大胆さ、豪華さ、華麗さ、優雅さ、知恵、詩情で、子孫を驚嘆させる。

しかし、完成されたといえるものは、人間の創造物のうちのいくつかだけであり、そう多くはない——これら真に完成された創造物は、壮麗さ、豪華さ、群を抜いた繊細さで際立っているわけではない。高い完成度が偉大な詩人の詩にときどき見られるが、その偉大な詩人の詩のすべてが天才であることをうかがわせはしても、その詩のすべてに高い完成度が見られるわけではない。しかし、二、三の詩についてだけは、真に完成されていると言うことができるのである。それらの詩句には、何物もつけくわえてはならない。音楽や楽章も、完成されたものでありうる。数学的推論、物理学の実験と理論、飛行機のプロペラ、旋盤工によって作られた部品、ガラス吹き工の作品、陶工によって創られた水差しも、完成されたものでありうる。

古いアルメニアの教会と小礼拝堂は完成された建築物だと、わたしには思える。完成されたものはつねに簡素であり、つねに自然である——高い完成度とは、本質のもっとも深い理解のことであり、そのもっとも完全な表現のことである。高い完成度とは、目指すものへの最短距離、もっとも単純にして明快な証明、もっとも分かりやすい表現のことである。高い完成度はつねに民主的である。高い完成度は誰にでも分かるのである。

小学校・中学校の生徒は完成された理論を理解できる。完成された音楽は人間だけではなく、オオカミ、イルカ、ヤマカカシ、カエルにも理解可能である。完成された詩は規制強化ラーゲリの看守と気難し屋のくそ婆の心にも深く残る。わたしにはそう思える。

アルメニアの古い教会はその簡素な姿によって、牧夫、美しい女性、学者、老婆、勇士、石工といった人たちの神、すなわちあらゆる人たちの神がその壁の中に生きていることを表現している。

このことは、澄んだ山の空気の中でそれを遠くから見れば、すぐに理解できる。それは、ニュートンの思惟のような平易さで、千五百年前ではなくわずか昨日ここに出現したかのような若々しさで、人間味のある神々しさを持って、神々しい人間味を持って、山の上に建っている。子どもが玄武岩の積み木でこの教会をつくったと思えるほど、それは子どもみたいに素朴で自然なのである。信徒ではないわたしは、その教会を眺めながら考える、《ひょっとすると、神はいるのではないか。はたして神の家が神の住まないまま千五百年も建っていたりするだろうか》。

ただ子どものような純粋な信仰心だけが、人々がこうした教会、修道院、小礼拝堂を建設する助けとなったのである。

これらの教会は完成されたものである。しかし、これらの完成された教会を建設したアルメニア人はそれでもやはりキリスト教徒の民ではなく、異教徒の民であるという印象が、わたしの中にはできあがった。

わたしにはそう思えるのである。わたしは村でも町でも信徒を見かけなかった。しかしながら、儀式を行っている人は目にした。信徒かなと感じられる人はいても、たしかに信徒だという人を見たり聞いたりはしないのである。わたしは一度もこの人は信徒だと感じたことがなかった。多くの田舎のお年寄りの男女を目にしたが、彼らに信仰心というものを感じなかった。

アルメニアには異教の神殿の廃墟が数多くある。そうした神殿は一つとして残らなかった。二千年という試練に耐えられなかったのである。しかし、異教の精神は残っていた。異教の精神が廃墟になることはなかった。それは千年単位の試練に耐えたのである。その精神を、キリスト教の精神を感じることができるのと同様に、感じることができる。それが感じられるのは、説教や言葉や祈りの中でではない。アルメニア人がワインを飲み、肉を食べ、パンを焼き、儀式を行うやり方に、彼らの歩き方、彼らの歌、彼らの笑いの中に、わたしは異教の精神を感じたのである。アルメニアの教会は素晴らしいし、異教神殿は廃墟となっているけれど、わたしがキリスト教の精神を感じることはなかった。

数年前にエチミアジン大聖堂の祭壇の下から、古い異教の神殿が発見された。発掘作業で、玄武岩の一枚岩から作られたとても大きな奉献台が出てきた。それは、血を流し出すための粗削りな注ぎ出し口のついた陰気な感じのするすべすべした大鍋である。奉献台はとても大きくて、現代の最高馬力の牽引トラクターや戦車でも動かせないだろうと思える。石に囲まれた地下の暗闇の中で、いまだに古い昔の残酷さを残している。この黒ずんだ石の上にはどんな生贄が運ばれてきて、その血がこの注ぎ出し口を流れたのだろうか。わたしたちをカーピシチェ〔東スラヴなどのスラヴ人のキリスト教以前の多神教神殿〕へこっそりと案内してくれた教育を受けて教養のある若い修道士は、いたずらっぽくかつ得意げに微笑んでいた。なんと不思議な象徴的な意味合いを持つことか、異教の神殿の上にキリスト教の大聖堂が建っているだなんて。

わたしたちが地上に出たとき、大聖堂の祭壇で、でっぷりと太り黒い目をした司祭が子どもに洗礼を授けていた。彼は左の手に福音書を持ち、大きな銀色の洗礼盤の中に灌水刷毛を浸してから、右の手で新生児に聖水を振りかけた。司祭は聖書に書かれている言葉を早口で不明瞭に歌うようにして読んだ。彼の両足が立っているのは異教の黒い奉献台の真上にあたるところであった——異教の神殿の円天井が浮かぬ顔で上目遣いをしながら、キリスト教の祭壇の下で支えているのである。大量の金細工と礫のキリスト像で飾られた祭壇で、全アルメニア人の最高司祭ヴァズゲン一世が奉神礼を厳かに行っている。遺体が大聖堂の入口近くの大理石の下に葬られている何代にもわたるカトリコスは、足下に異教の犠牲の石が陰気に隠れていることを知らずに、キリストを称えながら教会の奉神礼を執り行ってきたのである……

しかし、異教の精神は隠れてもいず、死んでもいなかった。それは、アルメニアの村々に、酔っぱらいたちの昔話や歌、老人たちの疑い深い知恵に、嫉妬深い人々の狂気じみた憤激や恋人たちの狂気に、老婆のあけすけで下品な意見に、ブドウの木とモモの木を称賛することに、仔羊を屠るナイフに対する獣的といえるほどの信頼に、千年にわたる経験を聖典にではなくつらい生活の中に蓄えたという民族の知恵に、小さなグラスや女性の抱擁の中に、生きているのである。

異教の精神がその姿を現すのは、ブドウ畑と牧場だけではない。村の家々の中、すなわち、イコンなどには決してお目にかかれない場所、キリスト教的慎みなどはない場所、老人たちがワインから作った自家製のウオッカや栗色がかった黄金色のコニャックを飲む場所でも、それは姿を現すのである。異教の精神は神の家の扉のすぐそばにまで近づいてくる。祝日には羊が扉近くに連れてこられ、雄鶏と雌鶏が運ばれてくる。そうした生き物たちは憐れにも、キリスト教の神を称えるために、教会の扉のところで殺されるのである。活動中の教会と文化財保護対象地区とされた教会とを問わず、ほぼすべての教会の中庭において、大地に犠牲の血が流され、鶏の頭が転がり、羽や毛が散乱する。犠牲として運ばれてきた生き物は、教会から遠くないその場で煮られ、炭で焼かれ、その場で犠牲の肉が通行人にごちそうとしてふるまわれる。

異教は神殿や教会自体の中でも生きている。それは、外国にいる百万長者のアルメニア人たちの神への献上品のあからさまな物質性――大量の黄金、巨大なエメラルド、ダイヤモンド、何プードもある銀の洗礼盤

——の中にある。

異教の精神は、千年前の羊皮紙に書かれた、太陽中心説について、地球が球形であることについて、愛の素晴らしさについて論じた古い本の中に、生きている。これらの本は、地球上で数千年生きてきた民族、ロシア人より六百年早くキリスト教を受け入れはしたが、キリスト誕生のずっと以前にいた異教諸民族の知恵・気高さ・善良さについての記憶を保ってきた民族の、その民族の言葉で書かれている。この記憶がアルメニア人を、宗教的非寛容から、ファナティズムの残酷性から、自由にしたのである。

真の善意は、形式や形式的なものとは無縁である。儀式や聖像として具象化することには無関心である。ドグマでその身を固めようとはしない。すなわち、それは、善良で人間的な心のあるところにあるのである。異教徒の善良さ、信徒でない人間や無神論者による慈悲心の発露、異教を信じている人の温厚さといったものに、キリスト教徒の善良なる神の勝利が見られるように、わたしには思える。そこに神の力があるのである。

すべてはそのとおりである。しかし、繰り返して言う。ある人が神を信じている人間だということは、多くの徴候から感じとれるものである。それは、話の内容にだけでなく、声のイントネーション、フレーズの組み立て、目の表情、歩き方、食べたり飲んだりするやり方などにも表れる。信徒だということは感じとれる。それなのにアルメニアでは、わたしには信徒を感じとれなかった。

しかし、わたしは儀式を行っている人たちは目にした。その善良な心の中に善良なる神が住む異教徒たちは、目にしたのである。

わたしたちは、エチミアジンの大聖堂や外国に住んでいる百万長者のアルメニア人たちによる神への献上品を見て回った。わたしがとくに驚かされたのは、金銀で彩られた祭服を飾る信じられないほどの大きさのエメラルドとルビー、福音書の何プードもある高価な表装、大粒のダイヤモンドを配したいくつもの十字架であった。

この豪華な福音書の表装には、子どもにもわかる見え透いた嘘がどれほどあることか！

大聖堂を出る時にわたしたちは、カトリコスの秘書が頻繁にやってくるアメリカ人客の一人を見送っているのを目撃した。秘書――平服を着た見栄えのしない若い男――は、アメリカ人をインツーリストの《ヴォルガ》に乗せてしまうと、わたしたちのほうにやってきた。

いつもと同じように、わたしはマルチロシャンと秘書の会話からはなにも分からなかった。そのことをなぜかわたしは滑稽とは思っていなかった。アルメニア語からの翻訳を行う者が、アルメニア語で何の話がされていたのかを、自分の翻訳する作品の原著作者からロシア語で説明してもらうのを待つのは当然だと、思っていた。というのも、わたしはテキストの各行の下につけられた逐語訳をもとに翻訳をしていたからである。ところで、その時は、マルチロシャンは、マルチロシャンとその客が来たことをカトリコスに報告し、わたしたちの相手をすることができないかどうか訊いてくれるよう、秘書に頼んでいたのである。

わたしたちは教会の中庭の真ん中に立って、返事を待っていた。わたしは興奮していた。これまでわたしは最高位にある聖職者、教会総主教に会ったことがなかった。生まれて初めて目にするものは、新たな町であれ、新たな海であれ、これまでにない特別な人間であれ、たとえどんなものであっても、つねに興奮させてくれる。カトリコスは、もちろん、わたしにとって新たな人物、特別に目新しい人物であった。しかしながら、なぜか人間はその持前として、遠慮したり、自らの自然な興奮、さらには多くの素直で自然な感情を恥じたりするものなので、わたしは総主教の秘書が戻ってくるのを心待ちにしているあいだ、マルチロシャンに虚勢を張りながら冗談を言ったり笑ったりして、自分が教会指導者と話をすることにどれほど慣れているか印象づけようしていた。一方、マルチロシャンのほうは不機嫌にしていた。どうやら、彼も不安だったらしい。つまり、ヴァズゲン一世がわたしたちに会ってくれないとなれば、マルチロシャンはわたしに対して面白くないことになるのである――彼はカトリコスとよい関係にあると二度ほどわたしに言っていたから、ほら話を吹聴していたことになってしまう。

しかし、総主教の公邸へと続く赤いアーチの下から秘書が出てきて、カトリコスがお待ちですと、感情のこもらない声でぼそっと言った。

マルチロシャンはしかめ面をやめて微笑んだ。わたしは微笑むのをやめてしかめ面になった。

わたしたちはアーチをくぐり、感じのいい大きな庭を目にした。背の高い秋の花々の中に、東屋が建っていた。わたしは、聖職者たちが語らう夕方の時間にここでコーヒーを飲みながら《語らう》様子を想像した。しかし、わたしには聖職者たちが語らう中身まで考える暇はなかった。わたしたちはカトリコスの応接間に入ったのである。わたしは風邪をひいたあと嗅覚を失っていた。それで残念なことに、ただ視覚のみを通してその部屋のたたずまいを受け止めることになった。部屋は天井がかなり低く、壁は版画で飾られていた。部屋には、現代の若い人たちが遺産として受け継いでもすぐに放り出して流線形をしたコンパクトな家具と入れ替えてしまうような年代物の家具があった。応接室には、おそらく、糸杉、香《こう》、熱くなった蠟、ヤグルマギクのドライフラワーなどのいい匂いが漂っていただろう。チェーホフの小説に出てくる少年が、将官であるおじさんのトランクは火薬や弾丸がびっしり詰まっていると想像したのと同じようにして、わたしはそうした匂いがするものと思っていた。しかし、実際に応接室で糸杉の匂いが感じられたのかどうかを質問する暇はなかった。わたしたちは全アルメニア人のカトリコスであるヴァズゲン一世の執務室へと案内されたのである。

エチミアジン大聖堂前にて、‘マルチロシャン’とグロスマン（右）

広々とした明るい執務室は、美しい高価な品々、絵画、豪華本でいっぱいであり、手書きの原稿や本が散らばっている巨大な書き物机の向こうに、でっぷり太った五十歳くらいの男が黒い絹の聖衣《リヤサ》を着て座っていた。カトリコスの顔は微笑んでいた。とても善良そうな黒っぽい目が微笑んでいた。白くなりつつある黒い顎ひげの下から肉づきのよい濡れた唇が微笑んでいた。飾りのない彼の聖衣は禁欲主義をではなく、洗練された優雅さを物語っていた。

わたしたちは互いに笑いながら微笑みながら、挨拶しあった。マルチロシャンとわたしは、書き物机に対して直角におかれた小さなテーブルのそばの肘掛椅子に腰を下ろした。

おそらくきっと、わたしは少しばかり大きすぎる声で笑っていただろう。そして、過度に嬉しそうにして微笑んでいただろう。実際、カトリコスとの面会に、なぜそれほどの大きな喜びを態度で示しているのかが、自分でもよく分からなかった。

ネズミ色の背広にズボンの顔色の悪い男性職員が、小さなカップに入ったコーヒー、いかにもそれらしいほっそりとしたグラスに入ったコニャック、箱に入ったチョコレート菓子を運んできた。

わたしたちは少しのあいだ、職員の男がそれらをテーブルの上に置くのを黙って見守っていた。それで、わたしがずっと嬉しそうにして微笑んでいるのはコニャックとチョコレート菓子のせいだと、思われる可能性があった。

カトリコスの肘掛椅子のそばには、黒い聖衣を着、額まで覆いかぶさるような黒いとんがり頭巾をかぶった修道士が立っていた。わたしはエチミアジンの修道士の多くは非常な美男子だと聞いていたが、この修道士を見るまでは、本当の男の美しさとはどんなものかをどうやら思い描けないでいたようだ。この修道士は、実際、心が揺さぶられるほどに美しかった。

彼は、甘ったるい美しさ、偽りの美しさで美しいのではなかった。彼の美しさは悪魔的な美しさであった。黄褐色のきらきら光る目、鼻、唇、青白い頬と額は、全体として非常に素晴らしくはあるが傲慢で誇り高い一枚の絵であった。カトリコスの肘掛椅子のそばで彼がとっているつつましやかな姿勢と彼の妖しげな美しさとのあいだには、なにか鋭い矛盾のようなものがあった。

カトリコスが愛想よくグラスをあげて二言三言、言い、コニャックに唇をつけた。わたしは心静かにグラスを飲み干した。わたしがアルメニア語からロシア語に翻訳していた作家マルチロシャンが、総主教の言葉をわたしに通訳した。総主教はわたしの健康のために飲んだのだそうだ。総主教はわたしと知り合えて嬉しいのだそうだ。

会話が始まった。最初の瞬間から、わたしは自分が興奮したのは無駄だったと感じた。カトリコスはわたしにとって特別な、新たなタイプの人間ではなかった。その人が狂信にとらえられた人間、預言者、憑依された人間であり、その一つひとつの言葉、動き、視線が内なる生命によって丸ごと完全に決められている宗教指導者であったならば、その人はわたしにとって特別な、新たな人間となったであろう。神を信じていないこのわたしの内にとるに足らないこの世のくだらないものがどれほど多くあるかを、ちらっとわたしを見ただけで見抜くような人間とこれから面会する、そう思ってわたしは興奮していたのである。

しかしわたしは話し相手に、憑依された人間を感じなかった。わたしが彼に感じたのは、教養があって頭のいい上品な人間であった。まさに教養のある上品さが彼の基本的な特徴であった。

わたしたちは文学の話をした。カトリコスはわたしに言った。ドストエフスキーを読むだけではなく研究もしました。人間の心を真剣に深く知ることはドストエフスキーの研究なしには考えられません。カトリコスは言った。ドストエフスキーに関する論文を発表しましたが、残念なことにあなたにお読みくださるようにとは言えません。つまり、その論文は、ヴァズゲンがブカレストの主教であった時にルーマニア語で書いたものだったのである。

その後でカトリコスは、一番好きな作家はレフ・トルストイですとわたしに言った。わたしには変だとは思えなかった。すべては過ぎゆくのである――ちなみに教会はその昔、トルストイを破門したのである[3]……

その後でカトリコスは、アルメニア人とアルメニア民族の歴史について書いている作家たちの話を始めた。やがて、カトリコスがわたしの本を読んではいないことがはっきりした。

その後でカトリコスは、わたしのアルメニアの印象について質問をした。わたしは古くからある素晴らしいアルメニアの教会の話をした。できれば本というものが、無駄を削り表現性豊かに建てられたこれらの教会のようであってほしい、できればそれぞれの本の中に、教会でのように神が住んでいてほしい。わたしはそう話をした。

しかし、こうしたわたしの言葉が気に入ったのはわたし一人だけだったらしい――カトリコスは気のなさそうににこやかに微笑みながら、わたしの言うことを聴いていた。わたしはヴァズゲンの肘掛椅子のそばに立っている修道士のほうをちらと見た。彼にはわたしたちの会話が聞こえていないように見えた。わたしは不意に、彼の黒い聖衣の下からこげ茶色のセーム皮〔植物油でなめしたカモシカの皮〕の流行の短靴と模様のついたナイロン製の靴下が見えているのに気づいた。

それから、カトリコスとマルチロシャンとのあいだで会話が始まった。わたしは一言も分からなかった。会話はアルメニア語で行われていた。しかし、会話は分からなくても、なにがしかのことは分かるように思えた。これは、教養があって頭のいい、立派な、人生と日常生活での人間関係とをわきまえた二人の人間同士の会話、しゃれが分かり、互いを重んじ、互いに尊敬をもって真摯なよい関係を結んでいる人間同士の会話なのであった。彼ら――立派な身なりをした共産党員であり、アルメニアの歴史に通暁した人物で、居心地のいい別荘の所有者にしてワイン好きで収集家でもある人間と、教会の総主教であり、机の上には複数の電話があるヨーロッパ的な教育を受けた文学研究家にして育ちのよい上品な人物――の心と心を、なにかが結びつけていた。

彼らを結びつけていたこの《なにか》とは、腹をすかしながら、咳をしながら、破れ外套に身を包み、革命の激情の炎に燃えていた人間とマルチロシャンが似ていないということであり、神の言葉を説きつつ欣然として焚刑へと向かった人間とヴァズゲン一世が似ていないということであった。

人類の二つの偉大な理念、すなわち、天上の王国と地上の神の王国とが、この二人の人間によって代表されていた。

わたしは思った。偉大な人物と会う前には興奮するが、会ってみれば、その偉大な人物が、飾り気がなくて優しくて感じのいいあらゆる人間と同じように、飾り気のない優しくて感じのいい思いやりのある人間だと分かって安心するということは、よく読んだり聞いたりすることだ。トルストイやレーニンやアインシュタインについて、そう言われることが多い。

しかし、カトリコスとの場合は、これとは違うことがわたしには起きた。とにかく、アインシュタインが魅力的で飾り気がないことを知っても、対話者が彼の天才性に疑問を抱くことはない。だが、ヴァズゲン一世は感じがよくて飾り気がなくわたしに親切ではあったが、わたしは彼についてはじめに持っていた自分の考えに疑問を抱いてしまった。自分の知っている人間と似たような人間に会ったので、わたしの興奮は冷めてしまった。わたしは、自分の会ったことのないような人間と会うことになると、考えていたのである。

わたしはつまらない浮世の俗事にどっぷりとつかっている人間なので、座ったまま、わたしたちの会話の詳細を記憶しておこう、会話にまつわるいろいろなつまらないことを記憶しておこうとしていた。全アルメニア人のカトリコスであるヴァズゲン一世とコーヒーを飲みながら、どのようにドストエフスキーとトルストイの話をしたかをモスクワの友人たちに話してやることを念頭に置いて、わたしはそうしていたのである。演劇公演の批評をしているようなものであった。

面会は二十分で終わり、わたしたちは別れの挨拶をした。黒い頭巾をかぶった美男子の修道士がわたしたちを自動車のところまで送ってくれた。彼はマルチロシャンと並んで歩き、笑いながらなにか話をしていた。彼はもはや舞台上にいる人間ではなかった。一方、わたしはこんなことを考えていた。大聖堂を背景にして修道士と写真を撮ったらいいのにな、わたしたちがヴァズゲンと写真を撮らなかったのは残念だ、文学と教会についての話は上手にできたな。

わたしたちは目の見えない乞食のそばを通った。乞食の顔は悲しげで、ヨブの顔であった。わたしたちは農民のそばを通った。農民は羊を縄につないで大聖堂に連れていくところであった。死を観念した羊は、感動的なほど従容としていて、痛ましかった。わたしは隣を歩いている美男の修道士のほうをちらと見た——善良さと憐みの神が彼のその素敵な目とかかわりを持つことはなかった。なにかをつぶやいている老人と運命の決してしまった無力な動物のそばを、彼は笑いながら通り過ぎた。

この面会から一か月半が過ぎ、わたしは釜焚きの仕事をしているイワンのところにお客に行った。わたしは、彼の父親のアレクセイ・ミハイロヴィチと知り合いになりたかったのである。イワンの父親は、ツァグカゾールの町に住んでいるモロカン派の長老なのである。

冬の夕方、わたしたちはツァグカゾールの雪の積もった急な坂道を歩いていった。高い山の上の雪はどこか特別で、とてもふわふわとしていて非常に軽い。

イワンは押し黙っていた。わたしも押し黙っていた。なぜかわたしはすこし退屈に感じるようになった。誰も歩いた人のない雪の上を歩いていくのはたいへんだった。わたしは息切れがしだした。わたしたちはひどく急な坂道がどこまでも続いている通りを下りていった。帰りは深い雪道を登らなければならないかと思うと、気がめいってきた。

半ば崩れた編垣をまたいで、わたしたちはようやく家の敷地に入った。ためらうようにして一声ワンと吠えた子犬のそばを通りすぎ、さびたブリキと古い板でどうにかこうにか造ったような納屋のそばを通りすぎた。羊小屋の暖気と鶏小屋の臭いがした。その臭いは、わたしたちが薄暗い玄関内に入った後も続いていた。玄関入口の小部屋に入ると、山、アルメニア、アラス川、トルコ国境などが感じられなくなった。足元の床も、そこの部屋の薄暗さも、水を入れておく樽も、ベニヤの板切れで覆った小さな桶の上のブリキのマグカップも、すべてはとてもロシア的であり、ロシアの田舎風であった。

やがてわたしたちは居室に入った。おお、なんと、そこには、クールスクやオリョールにあるようなロシアの田舎があった。ロシア風の大きな暖炉、隅の壁のところには造り付けの白木の寝台兼用長椅子、皺のない枕の置いてあるきちんとしたベッド。ロシアの田舎だ。そこにウクライナの息吹がわずかに感じられる。ロシア、それはリゴフ地域〔クールスク州の都市〕でグルホフ地域〔ウクライナのスムスク州の都市〕と、オリョール地域でスームの町々〔スーム州はウクライナ北東部にある〕と、ヴォロネジ地域でスヴァートヴォ〔ウクライナのルガンスク州の都市〕のステップと境を接している。このウクライナの息吹というものは、チョーク〔泥質の柔らかい石灰岩〕を白く塗った壁に、土間に、ベッドの上の壁にかけられた模様のついた目の粗い麻布に、玄関入口の小部屋の造作に表れている。しかし、これはウクライナの息吹ではなかった。つまり、アルメニアがロシアの百姓家に与えた影響だったのである。

ロシアの伝統的な丸太造りの百姓家。それについて学者や思想家は深く考究してきたのだろうか。その多様性と画一性、その進化と極端な保守性が、研究されているのだろうか。ロシアの暖炉についての――ロシアに存在する暖炉の数十という、もしかすると数百という型式についての――論文はあるのだろうか。ヴォルガ地方の、沿ヴォルガ地方の暖炉がある。カムイシンの、サラトフの暖炉がある。それらはすべて外見が同じ型式だ。鉄のようにゆるぎない数学的法則みたいに類似している。それらをつくった職人を誰が覚えているだろうか。職人はどこにも記さなかったのである、《祈らば吾を忘るるなかれ》などとは。だが、どれほどのパンを、どれほどのキャベツ・スープ《シチー》を、どれほどの暮らしのぬくもりを、彼のつくった暖炉が生んだことか。ところが、沿ヴォルガ地方型暖炉の王国がいきなり終わって、ヴォロネジ型暖炉の王国が始まる。煉瓦の積み方も、排気口も、暖炉の上の寝床も、どの点も同じであり、それでいて、どの点も違っていて新規なのである。ある別の職人がそこの土地で自分なりの決まりを作り、自分なりの性格を表現したのだ。しかし、その彼だって、《祈らば吾を忘るるなかれ》なんてことを、あえて書いたりはしなかった。そして、クールスク型の、オリョール型の暖炉が見かけられるようになる。そうした暖炉がいきなりはじまり、支配的になり、天下をとり、調理に使われているが、いきなり途絶えて消えていく。ロシアの暖炉の独自の型式という旗のもとに、なにか目には見えない頭領《アタマン》が地区や州を一つにまとめているのである。ほら、ここが境界だぞ。すると、暖炉の新たな頭領が、自分に似せて暖炉をつくるのである。ところで、家に関しては、掘立小屋のような北方の家々がある――ヴィヤトカ風の、アルハンゲリスク風の、ヴォログダ風の家々が。

東シベリアのどこかで、極東で、そして極東の最果てで、人は不意にあっと言って驚くのである。ああ、これは、ポルタワの、ヴォルイニの、わたしたちの暖炉だ。ほら、焚口前の床が、わたしたちのものと同じだ。暖炉の上の寝床もそうだ。移住者たちが、きしみ音をたてながら何千ヴェルスターという距離をのろのろ進む荷馬車で自分たちの暖炉の型式を大切に運び、他からの新たなる影響という不断の圧力から、現代風の、デカダン的な、異教的なかまどから、自分たちの暖炉を何百年にわたり守ったのだ。そのことについて深く考え込まずにいるなんてことが、どうしてできようか。

そして、ひょっとすると、カナダで、あるいはブラジルの複数のウクライナ人入植地に、これとまったく同じ暖炉の決まりが、伐採に際しての決まりが、玄関入口の小部屋や屋根についての決まりがあるのかもしれない。

ある外務省の職員がわたしに話してくれた。アマゾン川のジャングルに住むインディアンとの混血の老婆が、息子の嫁に向かって不意に歯のない口で、英語とロシア語のちゃんぽんでモグモグと言った、《ウインドウをしめな。さもないと、チルドレンたちがイルになっちまう……》。

精神世界や性格の不易性、言語の不易性、習慣や慣習や生活用具の不易性が、大洋という広大な空間や赤道の暑さや熱帯のジャングルの力に対して、何十年、何百年かけて侵入してくるキラキラとして活気のある違った生活様式の力に対して、抵抗するのである。

わたしはアルメニアにおいても、ロシアの暖炉、ロシアの百姓家、ロシアの階段つき張り出し玄関、ロシアの玄関入口の小部屋が持つ安定した持久力を、この目にしたのである。

わたしはこう考えた。暖炉や鋳鉄が問題なのではない、人間の心の深いところにある本質的なものが問題なのだ。伝統的な丸太造りの百姓家に力があるのではない。力は、この百姓家にイワンが住んでいたということにあるのだ。

だが、〔ロシア人である〕イワンは、アルメニア人が彼の語彙の豊富さや発音、村の方言のニュアンスに関する彼の知識を羨み、アルメニア人の言い回しや口癖的表現や地口を彼が豊富にたくさん知っていることを羨むほどのアルメニア語の使い手なのであった。

マルチロシャンはわたしに、イワンのアルメニア語は完璧だと思っていると言った。イワンはアルメニア人とだけ親しくつきあっていた。アルメニア人と酒を飲み、アルメニア人と猟に行き、アルメニアのハシとアルメニアのスパスを食べていた。

それはさておき、わたしたちは家の中に入り、イワンの妻である愛想がよくて美人のニューラと挨拶をした。暖炉の上には、イワンの金髪の子どもたち――二人の男の子と二人の女の子が座っていた。子どもたちは騒いだり、甘えたりはしなかった。明るい顔をしてわたしのほうを見ていた。わたしたちは民話の話をはじめた。子どもたちは「王子イワン」「イワンの馬鹿」「火の鳥」「イワヌーシカとアリョーヌシカ」についての会話を、ちゃんと真面目に聞いていた。暖炉の上に座っているこれらの子どもたち、彼らの亜麻色の髪の小さな頭やその目、そしてロシアの民話に関する真面目なしみじみとした会話が、アルメニアの山の中ではなにか特別に感動的なものに感じられた。彼らはなんていい子たちなのだ――おとなしいが、ものおじしてはいない。暖炉のそばにイワンが立って、そうしたものが彼にあるなどとはわたしが思ってもみなかったような優しさと愛情をもって、子どもたちを見ていた。そしてわたしにとっては、この子どもたちとロシアの民話が、この百姓家が、そこに住んでいるイワンが、一体のものとなった。そう、このアルメニアの山の中で自分たちの時代を過ごした父親や祖父や曽祖父のロシア人性が、この場所において開示され、表現されたのである。

しかし、その時、部屋にイワンの両親が入ってきた――アレクセイ・ミハイロヴィチ老人と老婆のマリヤ・セミョーノヴナである。

田舎者風の年老いた人たちであった――アレクセイ・ミハイロヴィチは顔が浅黒く肩幅のある白髪の農民

で、みすぼらしい木綿のひどくくたびれた上着を着ていた。シャツには白いボタンが付き、防水厚布製の長靴に端を差し込んだ木綿のズボンの膝には継ぎが当たっている。そして彼の老妻、マリヤ・セミョーノヴナは、ロシアの田舎者風の老婆で、その皺だらけな顔、撫肩、褐色をした大きな手は、長い人生と絶え間のないつらい労働を物語っていた。

わたしたちは挨拶を済ますと、テーブルの席に着いた。アレクセイ・ミハイロヴィチは、わたしが関心を寄せているのを見て、顔をしかめた。当惑しているように見えた。

ところが一分もするともう、わたしたちはこの世でなによりも強く彼の興味を引いている話題について話をしていた。すなわち、人々に対する愛、真実と虚偽、善と悪、信仰と無信仰についてである。

わたしはアレクセイ・ミハイロヴィチの顔やその目を見ながら、その脈絡がよくわからない文法的にあまり正しくない農夫らしいとつとつとした話を聴いていたが、彼の言葉を少し聴いただけで、カトリコスのところでは感じなかった信仰心の抑えがたさを感じた。信じている人間を感じた。彼の言葉によってではなく、決して間違うことのない直観によって、そう感じた。

彼はわたしを説得しているのではなかった。人生の大切な法——自分の願い望むものを例外なくあらゆる人に対して願い望むということ、貧富とは無関係に、どの民族に属するかとは無関係に、信仰のあるなし、党籍のあるなしとは無関係に、願い望むということ——に人間が従うのを望まないでいることについて、彼は悲しみをもって語った。自分には悪いことを望まない、自分には悪いことをしないというのであれば、人に対して悪いことを望んではいけないし、悪いことをしてはいけないのである。

とにかく、あなたは自分にはよいことを願い望んでいる。ならば、人にもよいことを願い望みなさい。彼はそのことについて、顔を赤くして、興奮しながら、つかえながら、言葉を探しながら、話をしていた。顔に汗が出て、彼は何回かハンカチで額をぬぐった。だが、汗はなおも出てくるのであった。

こうした言葉にはなにか特別な力があった——それを発しているのは、神殿の祭司ではなかった。それを発しているのは、着古した上着を着ている年老いた農夫、その両肩につらい毎日の労働がのしかかっている農夫、狭くて蒸し暑い百姓家に住んでいる農夫であった。しかし、つらい暮らしも、つらい労働も、彼の精神の力に対してはお手上げなのだった。

妻の老婆と息子の嫁は、彼の話を注意深く聴いていた。そしてときどき会話に口をはさんだ。人々の善良さや誠実な生き方について、アレクセイ・ミハイロヴィチと同じく真剣で深い関心を持って、彼女らは語っていた。そして、たぶん、一番注目すべき点は、彼女らの信仰が彼女らの暮らしの外にあるのではなく、信仰が彼女らの長年の苦しい暮らしそのものとなっていることであった。信仰は、彼女らが煮るボルシチと、彼女らが洗濯をする下着類と、彼女らが束ねて森から運んでくる薪と、融合して一体となっていた。

女たちが同意し、イワンが注意深く聴き、暖炉の上でおとなしくしていた子どもたちも聴いていたアレクセイ・ミハイロヴィチの語ることすべてに、精神的興奮も宗教的熱狂もなかった——それは、すべての人を憐れまなければならない、すべての人に自分自身の願い望むものと同じものを願い望まなければならないという素朴な言葉であった。これは暮らしの中からの言葉であって、説教の言葉ではなかった。貧しい丸太造りの百姓家で毎日のつらい労働の中に営まれている暮らしから出てきた言葉であった。

すべてはとても容易なことだと思えるのだが、人間は善良さと正しさという法にしたがってよく生きることができないでいる、つねに挫折している。そのことについて、説教じみたところも衒《てら》いもなく、悲しみをもって言葉が発せられているのであった。

アレクセイ・ミハイロヴィチが、悪人について、虚偽について、誹謗中傷についぃて、人間の憎しみについいて語りながら、誰をも非難せず、顔をしかめながら小さな声で《これはしなくていいことです、余計なことです》と言うだけであったのが、わたしにはとても記憶に残った。

やがてイワンとわたしたちは、塩でもんだキュウリをつまみながらウオッカを飲んだ。アルメニアのハシを食べた。ボイルした鶏を食べた。だが、アレクセイ・ミハイロヴィチにニューラが出したのは、パンとお茶だけであった。彼は自分が信仰心の篤い人間であることを鼻にかけたりせずに、あたかもそうであることを人に見せるのを恥ずかしがるようにしながら、どこか申し訳なさそうな顔をしてお茶を飲みパンを食べていた。

わたしは殺生についてどう思うかと彼に訊いてみた。すると彼はこう答えた。

「仕方のないことです。どうやら、人間はそれなしにはやっていけないようです。ですが、楽しみのために狩りに出かけるのは、これはもうしなくていいことです、これはもう余計なことです」彼は息子を見てため息をついてこう言った、「うちのイワンは血も涙もないのです」。するとイワンはなにも言わず、これまたため息をついた。

話をすればするほど、わたしの興奮は高まっていった。些細なことなど目には入らなかったし、興味を呼ばなかった。わたしは自分にとっての思いがけない感情に、冗談ぬきでとらえられてしまっていた。

不思議なことだが、天賦の才のある著名な人が、もしかすると天才でさえある人が、その精神構造に関してはごくありふれたただの人だということがよくある。その人の天賦の才がその人の精神とは別物なのである。するとどうしてか、この平均的なただの人がどこかの実験室で、オペラ劇場の舞台で、あるいは外科手術で、あるいは創作をしながら、その天賦の才を発揮しているなんてことは、あっという間にどうでもよいことになってしまう。

しかし、もっと悪い場合もある。すなわち、ある人が、誰かと面会をする際に自分になにかありきたりではない心的特徴や資質のあることが期待されていると知り、そして、自分がそうしたものを持っていないことを知りながら、ポーズをつくったり、ご託宣を述べたり、媚びるような態度をとったりしはじめる、そんな場合である。そうしたことが起きるのは、もちろん、天才にではなく、才能はあるが最高の部類には入れなかった人である。また、カトリコスとの面会の際にわたしに起きたように、面会した相手が、教養があって頭がよく、感じはいいのだが、しかし、期待したような出来の人間ではまったくないということは、よくあることである。

ところで、今回起きたのはこういうことであった。すなわち、急な坂道の通りに雪が積もり、そこを歩いていくのはとても難儀だった。息切れのするわたしにはとくに困難だった。それでわたしは自分自身に対し腹を立て、イワンとその父親のところにお客に行く約束をしたことを悔やんだ——この企てが無駄で退屈なものに、作家会館で夕食をとってビリヤードをし、雑誌『外国で《ザ・ルベジョム》』を読んでいたほうがよかったかもしれないように思えた。

その後で、ロシア風の暖炉や金髪の子どもたちから受けた心温まるような感動的な印象と、ロシア人の性格について、および雄弁なアルメニア人に負けないくらいにアルメニア語を話すロシア人の不易性を伝統的な丸太造りの百姓家が表現していることについて思索した。

その後で、わたしは、脂じみた上着を着て防水厚布製の長靴を履いた、あまり読み書きができない年寄りの農夫とテーブルの席に着いた。すると、わたしの人生の多くの場面では起こらなかったような心の興奮がわたしをとらえた。

そこではもはやアルメニアもロシアも問題ではなかった。民族的性格についての思索も偉大さや天才性についての思索もなかった。そこにあるのは、人間の心、パレスチナの石の堆積とブドウ園の中で不安に思いながら、苦悩し、信じていたあの心、ペンザ州の小さな村でも、インドの空の下でも、極圏のパオの中でも、人間的に素晴らしいあの心と同じ心であった――どこにおいても、とにかく、よいものは人々の中にある。なぜなら彼らは人間であるから。

その心は、その信仰は、読み書きのよくできない老人の中に生きていた。それは、彼の暮らしやパンと同じく素朴なものであり、そこには飾ったような言葉はひとつもなく、高飛車な説教などもなかった。なのに、わたしの目は涙でいっぱいになった。それはわたしがその信仰に触れたからであった。わたしが不意に、神に向けられたのではなく人間に向けられたその信仰の持つ力を理解したからであった。パンと水なしには生きていけないように、アレクセイ・ミハイロヴィチが信仰なしには生きていけないということを、彼が信仰のためにはためらうことなく十字架の死の苦しみへと、もっとも恐ろしい無期の流刑へと向かうであろうことを、理解したからであった。

科学と文学の天才がもつ才能や、詩人と科学者がもつ才能よりも高い才能というものがある。天賦の才のある人や才能に恵まれている人たちのなかにも、ときには、数学的公式や詩句や曲のフレーズの天才的達人や彫刻や絵筆の天才的達人のなかにも、精神面ではとるに足らない人間、弱い人間、しがない人間、好色な人間、大食漢、おべっか使い、打算的な人間、やっかみ屋、ぐうたら人間、意気地なしの人間がたくさんいる。そうした人たちは、言ってみれば、真珠を生むのに良心の呵責がついて回っているのである。人間の最高の才能とは、心の美しさや寛大さや気高さや善意の名のもとで個人が発揮する勇気のことである。それは、遠慮がちな名もない勇士たちの、一兵卒たちの才能のことであり、その人たちのおかげで、人間は野獣とならずにすんでいるのである。

1　三〇一年、キリスト教を最初に国教に定めたアルメニアにおける最古の修道院。二〇〇〇年、ユネスコの世界遺産に登録された。

2　アルメニア教会（アルメニア使徒教会）の長はカトリコスと呼ばれる。「全アルメニア人の最高司祭にしてカトリコス」ヴァズゲン一世（在位一九五五—九四）は、レヴォン・バルジヤンとして一九〇八年、ルーマニアの首都ブカレストのアルメニア人コミュニティに生まれた。ブカレスト大学で哲学と文学を学び、やがて神学に進み、叙階され、ルーマニアの主教をへてカトリコスに選出された。ソヴィエト体制とその解体、アルメニア独立という期間を通じて在位した。

3　ロシア正教会批判を続けるレフ・トルストイにたいし、一九〇一年二月、ニコライ二世下の宗務院は、トルストイの「反キリスト教的、反教会的偽学説」に関連して信徒たちに「書簡」を送るという文書を発表し、これが事実上の破門となった。以後、トルストイは教会の一員とは認めない者とされ、一部の民衆からは「悪魔」とみなされ、死ぬまで当局の監視がついた。

12

わたしは結婚式に招かれた——マルチロシャンの甥が結婚するのである。新郎は運転手であり、新婦は村の商店の売り子であった。遠方、アラガツ山の南斜面のタリン地区まで、車で行かなければならなかった。

わたしは行けるかどうか自信がなかった。夕方から胃が痛く、自分の力に自信のない泳ぎ手のように、こちら岸を離れて遠い所へ泳ぎつけるか懸念していた。しかし、朝に電話が鳴りだし、マルチロシャンが『エレヴァン代表団――わたしとヴィオレッタ・ミナーソヴナとゴルテンジヤ――が、もうホテルまで来てあなたを待っています』と言ったとき、わたしは勇気をふるって意を決した。

　じきにわたしたちのガラス窓の大きなバスは街道を走っていた。バスの中で朝食となった――マルチロシャン一家は家で食事する時間がなかったのである。わたしは、まどろみはじめた野獣を起こしてしまうのを恐れて、食事には手をつけず、魔法瓶のコーヒーを一口飲むだけにしておいた。

　わたしたちの左手には、アララトの谷間が横たわるとともに、大アララト山と小アララト山の頂がそびえていた。右手には、アラガツ山の雪の斜面が幾重にも連なっていた。道の両側には死んだ山々の遺骨である石の平原が広がっていた。

　道はいつでも興味深い。走ればどんな道も興味深いものになるように思える。興味のわかない道というものをわたしは知らない。わたしたちの道は、空間と時間の中を進んでいた――千年の歴史を持つ静かなたたずまいの神殿や小礼拝堂、かつては騒がしかった隊商宿のしんとした廃墟、テレビ・アンテナの林立する小さな町々、威勢のいい楽天的なスローガンの掲げられた矯正労働ラーゲリのバラックなどのそばを、わたしたちは進んでいった。ノアがその上で洪水から助かったという山が見えた。だが、頭を右に向けると、遠い宇宙の成り立ちを研究しているアンバルツミヤンの反射望遠鏡[1]がその上に立っている山が見えた。

　谷間の石の堆積が、アララト山とアラガツ山に、この世のすべては過ぎゆくということを思い出させていた――転がっているこれらの石は、かつては同じように力あるものであり、雪の帽子をかぶっていた。なのに、いまは死んで骸骨に変わってしまった。

　たぶん、アラガツ山の谷間で見たような石の果てしなさを、わたしはアルメニアのどこにおいても目にしたことはなかったように思う。この信じられないような実感をどう伝えたらよいのかを、わたしは知りさえもしない――横に広がり、下に深く、上に高く、石は三次元をなしている。石だけ、ただ石だけなのである……いいや、石は三次元なのではない。石は世界の四番目の座標――時間の座標――をも表現しているのであった。民族の移動、異教、マルクスとレーニンの思想、ソヴィエト国家の怒りが、アララト山の石に、神殿の玄武岩の壁に、墓標に、クラブや文化宮殿や十年制学校の端正な建物に、採石場と鉱脈での採掘作業に、矯正労働ラーゲリの石の壁に、表現されているのであった。

しかし、じきに、周囲にあるのは打ち捨てられた谷間の石――過ぎ去った過去の地質学的な世紀に死んだ山々の遺骨と骸骨――だけとなった。教会の石の中に表現された天の王国における未来の幸福をめぐるキリスト教の神話は、消えてしまった。未来の地上的至福のための石の採掘現場と鉱山は、消えてしまった。

そして、前方にあるのは何千万年か前に死んだ山々の石の遺骨だけということがはっきりした時に、わたしたちは、若い運転手が村の商店で売り子をしていたかわいらしい娘と結婚式を行う村へと入った。

アラガツ山の村々はアルメニアでも一番貧しいこと、そこの農民がつい最近まで事情も分からずに課される税の重さに苦しんでいたことを、わたしはあらかじめ聞かされていた。形式的に事務をこなす官僚たちは、コルホーズに隣りあう数万という石の平原から、肉、羊毛、ブドウを供出するようコルホーズに要求したのである。しかし、石からワインを絞り出すことは不可能である、玄武岩を羊の肉に変えることは不可能である。石に課される税が外されたのは、ほんのつい最近のことであった。コルホーズは、耕作適地なのに作物が育っていない場所にだけ責任をとるということになった。人々は楽にはなったが、豊かにはならなかった。

ガラス窓の大きなバスは、石の中にのめり込んだり石の中から伸び出たりしている石造りの小屋のあいだを、石の村の石の通りに沿ってゆっくりと走っていった。小屋から小屋までは石の塀が続いていた。どっしりとした大きな石に家畜に水を飲ませるための長い溝がくりぬかれていた。小屋のそばには、石をくりぬいてつくった樽、玄武岩製の洗濯桶や羊用のえさ入れがあった。

石にかまどがくりぬかれていた。階段の踏板や階段のついた小さな張り出し玄関が、すべて石でできていた。住居と日常生活に必要な家財道具が、玄武岩で作られていた。ここでは石器時代が続いている、そんな感じがあった。通りでは風が石のほこりを運んでいた。

しかし、ラジオの音がし、電気の時代が来たことを告げていた。石の通りに沿って石の柱が立ち、石器時代の小屋へ電気照明のための電線が引かれていた。結婚式の横笛の心にしみるようなひどく悲しげな音に、心がしめつけられた――人々は石に囲まれて生きているのであった。

わたしたちは、切り立った石の崖を見下ろすようにして立っている、特別に貧しそうな小さな家々へと近づいた。わたしたちは待たれていたのである。太鼓がドンとなり、横笛の演奏が始まった。

新郎の母親である疲れきったような顔をした背の高い老婆が、マルチロシャンを抱擁した。彼らは互いにキスしあい泣き出した。彼らが泣いたのは、息子が結婚し母親から離れていくからではなかった。アルメニア人の運命の上に降りかかった損失や苦難が数えきれないほどであるから、アルメニア人大虐殺の際の近しい人たちの恐ろしい死を泣かないではいられないから、民族の苦しみやアララト山の反対側にある生まれた土地を忘れさせてくれるような喜びがこの世にはないから、彼らは泣いていたのである。だが、太鼓の音が勝ち誇るようにあたりを圧して鳴り響いていた。鼻の大きな太鼓打ちの顔は、あくまでも陽気だった。なにがあろうともいのちは続いていくのである、石の大地に生きる民族のいのちというものは。

農民の群集がわたしたちを取り囲んだ。マルチロシャンはわたしに姉とその夫――緑色の詰襟軍服を着た痩せた老人で、銅の留め金と五芒の星のついた兵士用の革帯を締めていた――を紹介してくれた。新郎の父親であるその老人は、悲しそうな目をし、とても貧しい身なりをしていた。しかし、星のついた留め金は陽に輝いていた。どうやら、結婚式だというので、念入りに磨いたようだ。わたしは数十人と握手を交わした。誰もが詩人マルチロシャンの友人と知り合いになりたがっていた。

屋外にテーブルが置かれていた。わたしたちはそこに案内され、酒を飲み軽くつまむように言われた。見慣れない儀式と民族的慣習は、つねに敬意の念を呼び起こすものである。わたしは、自分がその慣習のなんらかを実行しないことで人々を侮辱することがありうると考えると、つねに恐ろしくなり、恐怖をさえ感じる。わたしが新郎の両親のもてなしを断るのをみたら、村の人たちはどう思うだろうか。

わたしはワインを蒸留して作ったウオッカをコップ一杯だけ飲み、トウガラシとマトン一切れをつまんだ。それから、慣習を破らないようにするため、二杯目のウオッカを飲み、新たに緑の水漬けトマトをつまんだ。ピリッとしてとても辛い。それで、トマトのその火のような辛さを鎮めるために、強いウオッカをもう一杯飲みたくなった。アルメニアではそうやって飲むのである——トウガラシの火のような辛さでウオッカの火を消し、火のようなウオッカでトウガラシの火を消すのである。

夜中に胃が痛くて苦しんだ後に飲んだウオッカは、普段とは違う素晴らしい力で、わたしに作用を及ぼした。たぶん、彫刻家はこんな具合に石に作用を及ぼすのである——余計なものがすべて不意に割れて剝がれ落ちた。彫刻家の彫刻刀が石の中に隠れていた生き物を石の中から解放した。まさにそんな具合なのである。

わたしの知覚、世界を見る目は、不思議な飛躍を遂げた——わたしは人々の顔が太陽の光だけではなくその人自身の内側からの光で照らされていることに気づいた。わたしには人々の性格がはっきりと分かるようになった。人々に対するわたしの愛情と信頼が極度に大きくなった。わたしはまるで観客席から舞台へと移動したかのようであった。習慣だ、慣習だといった感覚がわたしから消えた。わたしはまるで整然とした一幕の素晴らしい荘厳な舞台――《人生》――にはじめて参加したかのようであった。わたしはすっかり興奮し驚いていた――頭上の空のなんと青いことか。ひんやりとした空気のなんと澄んでいることか。山々の峰の雪のなんと輝いていることか。結婚式の音楽にはなんという喜びと悲しみがあることか。新郎の両親の家に集まった人たちが、自由に、気軽に、わたしの心のもっとも大切な奥深いところにまで入ってくるのであった――彼らのつらい労働を、彼らの貧しい服装と履物を、彼らの皺を、彼らの白くなった髪を、美しい娘や美しくない娘の若々しい冷やかし半分の好奇心を、働き手たちの強い心と不思議なくらいの飾り気のなさを感じていた。彼らの正直さを、彼らの苛酷なまでの貧窮ぶりを、彼らの善良さを、彼らがわたしに寄せる温かい気持ちを実感していた、理解していた。わたしは身内の人間に囲まれて、自分の家にいるのであった。わたしたちは石造りの部屋に入った――なんというあられもない貧しさであることか！　清く貧しくあることのなんと素晴らしいことか。壁、天井、床は、大きな石でできていた。千年の歴史のある古くからの道具類には、かろうじて鉄器時代の息吹がみられたが、容器類、穀物やバターやワインの保管場所、かまどは、石器時代の光景を呈していた。

わたしたちはふたたび中庭に出た。わたしの真正面に、大アララト山の雪の頂が太陽に輝いていた。感覚のみならずわたしの思考までもがいつになく鋭敏になっていた。

人類にとってもっとも重要な山――信仰の山――をめぐって生じうる多くの連想が、不意にわたしの脳裏で跳びはねた。聖書が驚くほどすんなりと今日という日と結びつき、わたしはキリスト誕生以前にアルメニアの山々の斜面に住んでいた人たちの目でアララト山を見ていた。ノアの洪水の真っ黒な水が滔々と流れるのを見ていた。溺れていく羊やロバ、重い荷を積んで水の上を行く舳先の丸い大型帆船を見ていた。わたしはノアによって救われた動物たちと血塗られた屠殺場とを目にした。その屠殺場ではノアの子孫がノアによって救われた動物の子孫を殺しているのであった。しかし、わたしは聖書に出てくる山のことだけを考えていたのではなかった。わたしは無意識に山の美しさを楽しんでもいた。山全体があますところなく輝くのを、エレヴァンの建物群、工場の煙突群からの煙、アララト山の谷間の雲や霧が覆い隠してはいなかった。山は石でできた足の先から白い頭のてっぺんまで、朝の太陽に照らされて、すっくと立っていた。それは今日という日の暮らしに共同参加していた。それは過去数千年にわたる暮らしに共同参加していた。それは今日の結婚式を三千年前にこの地で響いた横笛の音と結びつけていた。すべては過ぎゆく、何物も過ぎゆくことはない……ウオッカにはなんという力が隠されていることか！

わたしたちはせかされた。新婦を迎えに行かなければならなかったのである。彼女の村までは十八キロあった。結婚式の車列は、二台のトラックとわたしたちのガラス窓の大きなバスからなっていた。若者たちはトラックの荷台に立って、踊ったり、焼いた鶏や丸い小麦パンあるいはシャシリックを刺した金串を盛んに振り回したりしていた。何人かの踊り手の手にはときどき、ドイツ軍からの戦利品の短剣《コルチク》と両刃の短剣《キンジャル》が光っていた——刃先にはリンゴが突き刺してあった。煌めく刃の上には、《すべてをドイツのために《アレス・フュア・ドイッチュラント》》という言葉が彫られていた。

甲高い横笛の音が鳴り響いていた。太鼓の音が繰り返し鳴っていた。しかし、周囲には結婚式の華麗な車列にどよめきの声をあげる人は誰もいなかった。周囲にあるのは目も見えず耳も聞こえない平坦な石であった。陰気な石ばかりで誰もいないということが、陽気さになにか特別な力を与えていたのである。人類は続いていくのであった——結婚式の横笛と太鼓は石を嘲笑していた——これは挑戦なのであった。

新郎の村と新婦の村の道のりをおよそ半ばまで行くと、道路脇にいくつかの面白味のない建物が建っていた——修理工場が付属する配車センターであった。

すると突然、これはアルメニアに来てから二度目のことだが、わたしは観照と思索の高みから地上へと放り出された。

しかし、今回はずっと恐ろしいことになった。今回、わたしは一人ではなかった。わたしは結婚式の賓客なのであった。わたしはガラス窓の大きなバスの中で、人々の友情あふれる温かい視線が自分に注がれるのを感じていた。わたしの動きの一つひとつが関心を呼んでいた。一方、新婦の住んでいる村では、わたしたちをいまや遅しと待っていた。すなわち、わたしたちはひどく遅れていたのである。とっくに食卓の用意はできていた。そしてわたしは、バスが新婦の家に近づくや、わたしたちは彼女の親戚や友人たちの数えきれないほどの人だかりにとり囲まれて、結婚式の音楽が響くなかを意気揚々と家の中に入っていくことになるのを知っていた。

わたしは自分が新婦の住んでいる村まで無事には行きつけないと感じた。恐ろしい力がわたしの体内で、わたしの哀れな意志によるコントロールを振り切って、荒れ狂っていた。トラが世の中へと出てみたいと鉄の爪でもがいていた。そして、怒り狂う猛獣の恐ろしい筋肉には、誰も対抗できなかった。そう、そうなのだ、塩漬けトマトとキュウリがきいたのである。肺や心臓の鼓動を抑え込んだり、火山の噴火を止めたりする力のない人間が無力であるのと同じように、いまのわたしは無力であった。ああ、なんということか、ああ、神よ。わたしは途方もない動物的恐怖にとらえられた。ひどい絶望にとらえられた。頭のてっぺんから足の先までが死ぬかと思えるような冷や汗でびっしょりになった。狂ったような速さで思考は廻っていた。バスを止めようか。そのようなことはきわめて礼を失することではあるが、止めるように言ってみたとしよう。その後は、その後はどうなるのか。

周囲は、半割り丸太の断頭台を思わせるような平坦な石の荒野。バスは全面ガラス窓。そのうえ、後ろからは歌を歌っている若者たちを乗せたトラックが来ていた。

わたしはこれまで生きてくるあいだに、一度ならず恐ろしい目にあった、恐怖を味わい、茫然自失状態にも陥った。わたしは戦争に行った。砲撃をかいくぐってヴォルガを渡河した。何度も空からの集中攻撃にあった。迫撃砲や高射砲の猛烈な砲火のもとに置かれたこともあった。それに、戦争でだけ恐ろしい目にあったわけではなかった。

しかし、変だし奇妙であるかもしれないが、わたしはこの結婚式のバスの中でのような恐怖を味わったことがなかった。ああ、神よ。しかもそれはすべて、音楽の鳴るなかでのことなのである！　ああ、神よ。そして、そばには、結婚式に作家マルチロシャンのモスクワの友人が来てくれたことを誇りに思っている数十人もの親切で友情あふれる尊敬すべき人たちがいるのである。わたしに拳銃があったなら……いいや、だめだ。わたしは、おそらく、それでもやはり自分を撃ったりはしないだろう。身を焼くような、かつて経験したことのないような恥をかくかもしれない。猥雑なフォークロアの芳しくない伝説的ヒーローになるかもしれない。それでもわたしはピストル自殺などしないだろう。何年もして、老いぼれた白髪の老人になり、恐ろしくもありみじめでもある屈辱的なこの日のことをつぶさに思い出して、恥ずかしさに声をあげるかもしれない。あらためて夜中に全身これ冷や汗となるかもしれない、あらためて呻き声をあげ、頭を抱えるかもしれない。しかしそれでもやはり、わたしは自殺などしないだろう。ああ、神よ。それにしても、これはみな聖書に出てくるアララト山の麓での、音楽の鳴るなかでの、結婚式の太鼓の鳴るなかでの、古くからある横笛の鳴るなかでのことなのである！　自分が結婚式でこのような拷問を受ける運命にあるなどと考えることが、わたしにできただろうか。

どうやらバスの中の人たちはわたしの緊張した顔に気づいたらしい。おそらく、顔が死人のように青ざめていたのだろう、おそらく、額と頬にものすごい脂汗が見えたのだろう。誰かがブロークンなロシア語で訊いてきた。乗り心地はよろしいですか、前のほうの席に移動しませんか、蒸し暑くはないですか。わたしは回らない舌でなにか言ったが、何を言ったかは覚えていない。

　すると不意に、運転手のヴォロージャが乗客たちのほうを振り向き、アルメニア語で話しはじめた。その言葉がわたしに通訳された。しばし道をそれて、修理工場が付属する配車センターに立ち寄らなければならない――給油する必要がある。そういうことであった。

　わたしたちが配車センターの門までどうやって行きついたのか、わたしは覚えていない。わたしはバスを降りた。そして、最初に目にしたのは、小さな建物、ブリキでできた小屋、つまり、一人用の便所、簡易洗面所、厠、船便所、手洗所、掘り込み式便所、わたしの子ども、わたしの太陽、であった。わたしには小屋のところまで堂々とした足どりでゆっくりと歩いていくだけの余力はあった。

　もちろん、すべてがかなりみっともないことにはなった。わたし以外には、誰もバスから降りなかった。友達がヴォロージャのところに油の缶を持って電光石火のような速さで駆けつけてきた――とにかく、自分たちの仲間の運転手が結婚するのである――ヴォロージャは茶目っ気たっぷりに二度ほど警笛を鳴らした。ところが、あの世間知らずがいないのである、いくら待っても戻ってこないのである。ブリキ小屋の中で気を失ったのではないか、死んでしまったのではないか――マルチロシャンがバスから降りて、わたしのいるほうへと向かった。彼がブリキ製の小さなその一人用のスポーツ宮殿に近づいたとき、まさにその時に、わたしはそこから出たのである。二人は当惑し、互いに一言もしゃべらずに黙ったまま、いわば深くもの思いに沈んだ状態で、バスへと戻った。

　年金生活者であるでっぷりと太った年寄りの党員、コルホーズ議長、地区中心都市から来た二人の幹部職員、彼らの中年の聡明な妻たちといった尊敬すべき人たちが、同情に耐えないというような沈黙でわたしを迎えた。もちろん、わたしがスポーツ宮殿に隠れた時に、彼らは、おそらく、顔を見合わせ、冗談を言い、笑ったであろう。しかし、彼らのことなどどうでもいい。ともかくこのみっともなさは、礼儀作法の限界内であったのだから。

エレヴァンに着いた最初の日と同様、わたしには幸せな気分などなかった。わたしは恐怖を味わったことでへとへとに疲れきっていた。手術室から運び出され、やっと息をついている、まだ汗まみれの人間なのである。わたしには考えも感情もなかった。あるのはただ、助かったという漠然とした意識だけであった。

そしてふたたびガラス窓の大きなバスは街道を走りはじめた。もちろん、事態が考えられないほどハッピーな方向に展開してくれたのは、運がよかった。わたしは小声での会話に聞き耳をたてながら、同行者たちのほうを遠慮がちにちらちら眺めながら、なんとか恥辱はまぬがれることができたと胸をなでおろしていた。

わたしを好いてはいないモスクワのある文芸批評家のことが思い出された。その文芸評論家は、自分は不成功者たちのことをもっとも哀れな人種だと思っていると言っていたが、彼の意見では、わたしは文学での永遠の不成功者の典型であり代表であった。彼は正しいと言えるだろうか、わたしはそう思った。だって、事態は本当にハッピーな方向に展開して、わたしは屈辱的な破局から救われたのだから。もちろん、すべてはそのとおりである。しかし、もし人には一定量の成功と幸運が与えられているとすれば、わたしはつまらないやり方でそれを消費してしまったのではないだろうか。だって、わたしの幸運、わたしの成功が今日、向かっていった先は、全世界的な栄光ではなかったし、富と名誉ではなかったのだから。

さて、わたしたちは新婦のいる村へと入っている。黒い瞳をした黒い縮れ毛の少年たちが、スペインの画家ムリーリョのキャンバスを抜け出て、わたしたちの車列の後を走っている。塀のそばには見物人が立っている。自動車の荷台に乗ってやってきた若者たちは、力を倍にして騒いでいる。これは祝婚のための儀礼的な陽気さである。葬式の際の死を悼む涙と同じものだ。陽気に騒ぐ者たちは、ときどき暗く心配げな顔になる。彼らは、働いているのと同じようにして、過度に陽気にしているのである。

遠くにいるうちから、通りを埋め尽くす群集が見えた。わたしたちは新婦の家に近づいている。音楽が演奏されている。いないのは映画カメラマンと報道カメラマンだけ——自動車を降りるわたしたちは、友好国の政府閣僚が大型定期旅客機でヴヌコヴォ空港に着いた時とそっくりだ。老人たちがわたしたちと心からの挨拶を交わし、両手で握手をする。銅鑼《どら》が鳴らされる。

そして、わたしたちは新婦の家に入っていく。とても貧しい家である。貧しさは、その家の壁、窓、そこにある物のどれを見てもわかった。この貧しさは特別なもの——村の、アルメニアの、山地の貧しさ、清廉な貧しさだった。そして、この貧しさを背景に、広い部屋の中を壁に沿って曲がりくねるように縦横に延びるテーブルが、なにか普通とは違った晴れがましさを持って見えていた。テーブルの上には、濁りのある白ワインやワインを蒸留して作った黄色みがかったウオッカがいっぱいに入った数十本の瓶と水差しが立っていた。テーブルの上には、野菜、魚、焼いた羊肉、糖蜜菓子、クルミ類が置いてあった。

しかし、ここ、新婦の家で、わたしは慣習を破っている——食べも飲みもしない。テーブルで隣に座った人たち、すなわちもっとも尊敬すべき人たちが、がっかりしたような驚きと軽い非難の目でわたしのほうを見ている——というのも、新婦の母親、新婦の父親の健康を祝して乾杯をし、若者のために乾杯をしているのに、わたしが飲まないからである。わたしは飲まない——慣習や儀礼を破る恐ろしさよりも大きな恐ろしさを、わたしは身をもって経験したのである。わたしはもう底なしの深淵の崖っ縁になど近づきたくはなかった。

新郎と新婦が並んで座っている。乾杯のたびに、彼らは立ち上がる。新郎は格子縞の新しい外套を着て、格子縞のハンチングをかぶっている。彼は皮膚のカサカサした赤い顔をしている。なんとなく粗暴な感じで、鼻が大きく美男ではない。警察に協力する人民パトロール隊員が着けるような赤い腕章を袖にしている。

新婦はとてもかわいらしい。長いまつ毛がうつむいたその目を隠している。話しかけられても、黙りこくっていて、目を上げることをしない。頭には、白いヴェールのついた花の冠がのっている。新郎同様、外套を着ている。その外套は真新しいもので、明るい空色をしている。両手には明るい空色の小さなハンドバッグを持っている。

客たちは乾杯のたびごとに、音楽家たちの脇に置かれた皿の中にルーブル札を無造作に投げ入れる。緑色の札〔三ルーブル紙幣〕や青い札〔五ルーブル紙幣〕を投げる者もいる。一、二度は、皿に赤い十ルーブル札があった。こうしたことがすべて、デノミ後の新しい価値の尺度に合わせて行われている。音楽を注文する際のこの気前の良さの競争は、音楽家たちに数千ルーブルという稼ぎをもたらす。村の結婚式におけるこの音楽のオークション競争で破産状態に長いこと追い込まれる人がいると、エレヴァンの新聞でさえ書いていた。音楽家たちは皿の中にすっと滑るようにして入ってくる紙幣をできるだけ見ないようにしている。しかし、見ないでいるなんて考えられないことである。それでときどき、横笛吹きと太鼓たたきが大事な皿のほうを素早くちらと眺めたりする。驚くほど生き生きとした目でちらと眺めるのである。

結婚式の食卓では、人間関係、階層の違い、職業、親戚関係と血縁関係がはっきりとする。

テーブルの席には、九十歳の村の老人たちがいる。彼らは若者みたいに飲んだり笑ったりしている。というのも、彼らは踊り手や歌い手で名高いサスーン村から来たのである。彼らはサスーンのダヴィドの子孫なのである。テーブルの席には、みすぼらしい上着や兵士用の詰襟や立襟の軍服を着た農民たちがいる。彼らの妻たちは黒っぽいいかにも老婆らしい更紗を着ている。地区の幹部が二人いる。赤ら顔の自信たっぷりな人間で、モスクワ縫製工場製のスーツを着ている。豊満な胸をした彼らの妻たちは、みな同じような鮮やかな青色のドレスを着ている。テーブルの席には、細身のズボンをはいたエレヴァンのしゃれ者とナイロン製の外套《シューバ》を着た流行に敏感なほっそりしたエレヴァンの娘たちがいる――彼らは、学生、大学院生、科学研究機関の職員である。テーブルの席には、肩幅があり、青い上着を着て赤いネクタイを締めた党中央委員会職員がいる。著名なアルメニア人作家マルチロシャンがいて、彼の妻がいる。ソフホーズの機械工、自動車運転手、トラクター運転手、石工と大工がいる。その大部分が、若くてがっしりとした体格の若者である。こうした人々の全員が、血縁、地縁で固く結ばれている。この結びつきは永遠である。その堅固さは数千年という歳月によって確認済みだ。そして、権勢並びないスターリンが血縁と地縁に激しい非難攻撃を加えたけれど、血縁と地縁はまさにスターリン自身の激怒の前でも一歩も退くことがなかった。

新婦の家での祝宴はピリピリした興奮状態のうちに進行した。毎回、新郎の婚礼介添人――《代父《クム》》と呼ばれる――が立ち上がり、ほとんど粗野といえるほどまでにいら立って、新婦を新郎の村に行かせてやるように要求する――彼女はもうとっくにそちらに行っていてよいころである。新婦の親類縁者が怒って代父に食ってかかる。

この言いあいは本気なのは半分だけで、一部は儀式なのである。しかし、結婚式は実際に予定を超過してしまっていた。だから代父が怒るのはごく当然で、演技ではないのである。

代父は結婚式の総司令官である。彼は新郎と同様、袖に幅の広い赤い腕章を着けている。彼にはたくさんの容易でない複雑な仕事と義務があるので、その顔は結婚式らしくない心配そうなしかめ面に見える。計画を達成できないでいる工場長のそれである。

彼には冗談どころではないのである。ほんのたまにはっと気がつき、あわててつくり笑いをしながら、コップを空けるが、ふたたび気が気ではなくなる。

「行かなくちゃあ、行かなくちゃあならない！」彼は大声で叫び、時計を見せる。代父が結婚式の宴席のために自分の金で七十キログラムのチョコレート菓子を買ったという話を、わたしは聞かされていた。彼の肉づきのいい浅黒い顔は、断固たる決意に満ちていた。どうやら、問題決着までは引き下がらない覚悟らしい。

結婚式というものはそれほどまでにややこしく、人が多くかつガヤガヤと騒々しいものなので、結婚することを決めた外套を着ている若い二人のことは、ほとんどまったくといっていいほど忘れ去られる。そのことは、新郎の村で二百人が村のクラブのテーブルの席に腰を据えた時に、とくにはっきりと感じられた。

しかしながら、代父や代父の代理、代父と同じ考えの人や代父に味方する人たちの要求がついにかなえられ、新婦が生家に別れを告げはじめたとき、その数分間は、祝宴参加者の全員が胸打たれるような悲しみにとらえられた。新婦は泣いていた――これはもはや儀式ではなく、人間としての涙なのであった。

実際、起きていることのすべてが、なんと重みのある、感動的なものであったことか。娘は両親の貧しい家を出ていくのであった。彼女は新郎の貧しい家に行くのであった。わたしは彼女の新居を見て知っていた――石でできた天井の低い狭苦しい小さな部屋である。窓は小さくて、山の斜面に建っている。これが彼女の運命であり定めであり、彼女の全人生なのであった。石また石である。そこでは平日の日にも雨は降らず、休日の日にも雨は降らない。

ところがその後でふたたび、人間的な心が、彼女の興奮と悲しみが、儀式によって覆い隠されることになった。新婦は家から出してもらえなかったのである。青い外套、青い小さなハンドバッグ、白い繻子の短靴姿の娘を取り囲んだ少年たちに、代父代理たちと代父の意向を受けた者たちが金をつかませた。金をせしめたガキどもは、三ルーブル紙幣と五ルーブル紙幣をしっかりと握りしめ――ある者は十ルーブル紙幣を握っているのをわたしは目にした――脇へどいて道を開け、新婦を通してやった。青ずくめの新婦の姿が、青い小さなハンドバッグが、わたしたちのガラス窓の大きなバスへと歩んでいくその短靴が、娘を待っているあの困難な貧しい暮らしとなんと似つかわしくなかったことか。

母親が、別れを告げながら、白い雛鶏、白い皿、真っ赤なリンゴなどを娘に与えた。

この時には、太鼓の大きな音がして、甲高い横笛の音がするなか、嫁入り道具のトラックへの積み込みが始まっていた。人々が品物をよく見られるように、わざとトラックを家のそばには着けなかったのである。

先頭を歩いていくのは九十歳の酔っぱらった老人たちであった。歌いながら、踊るように足を動かしながら、新婦のトランクを頭に載せて運んでいた。彼らの後ろからは、力持ちの男たちが、鏡のついた新しい戸棚やテーブルやミシンを手で高く掲げ持って進んだ。女や子どもたちは、椅子を運んでいた。混成楽団がにぎやかに音を立てはじめた。見ると、友人たちがニッケルメッキのベッドをスプリング付きマットレスとども運んでいた。どうやら、コルホーズ員たちの口にする冗談はきわどいものであるらしかった――観衆が声を立てて笑いながら頭を振り、娘や女たちは下を向いていた。

新婦が新郎側を代表する女性の群れに取り囲まれてバスに近づいたとき、十五歳くらいの少年が女性の一人のところに駆け寄って、抱きついてキスをした。激怒した男たちが少年めがけてとびかかり、瞬く間に少年の顔が血だらけになった。わたしは最初、この少年は分別がつかなくなるほど飲んだのだと思い、制裁にしては厳しすぎるような気がした。しかしその場で、こう説明された。これは結婚式の儀式としてなされたものである――少年は花嫁の弟で、自分の姉の復讐に花婿の村から来た女性の一人にキスをしてやろうと思ったのである。これは儀式であった、約束事であった。しかし、なんというむごい儀式、なんという荒っぽい儀式であることか。

ところがいきなりわたしは、新婦が泣きはらした目をあげて弟を見、顔が血だらけで目は涙でぬれた少年が姉を見るのを、目にしたのである。泣きはらした彼らの目が互いに微笑みあった——それは愛の微笑みであった。わたしはすぐにとてもうれしい気持ちになり、心がとても温かくなるとともに、ひどくもの悲しい気分になった。

わたしたちはふたたびガラス窓の大きなバスに乗った。新郎と新婦は並んで座っていた。彼らは知りあいではないかのように、顔をこわばらせて座っていた。道中一度も一言も発さず、一度も互いに視線を交わさなかった。

山々の遺骨である石の上方の空では、太陽が沈みかけていた。輝きのない炎が充満したくすんだ巨大な発光体から、時間という地質学的な底なしの深淵からの息吹がさっと吹きつけた。赤い石の上空には、おぼろな赤い光が煙のように漂っていた。その時、アララト山とアララト山に関する聖書の神話が今日的なものに思えた。

わたしたちは暗くなってから新郎の村に戻った。星が、南国の、アルメニアの星が、頭上に出ていた。聖書がまだ書かれていなかった時にアララト山の空に出ていた星が、いまでは骸骨のようになって力のない石の堆積として横たわっている、かつては雪に覆われていた高い山々の上空にあった。いつかアララガツ山が死んで骨となって横たわり塵となる時に昇るであろう星が出ていた。

その夜のことはわたしの記憶にとてもよく残っている。わたしたちは暗闇のなか、村をゆっくりと歩いていった。通りの真ん中に支度のできたテーブルが白く見えた。わたしたちがそこに近づくと、みすぼらしい家の屋根の上で自動車のヘッドライトがパッと灯り、目がくらむようだった——そこは新郎のおじが住んでいる家であった。わたしたちは彼のもてなしを受けねばならなかった。彼の息子たちは運転手で、彼らが屋根に投光器を設置したのである。投光器の白い光の中で、わたしたちは賑やかに杯を合わせ、笑い、若者たちの幸せを祈った。その後で、わたしたちは青い闇にふたたび飲みこまれて、支度が出来て白く見える次のテーブルのほうへと、村の通りを歩いていった——そのテーブルには、婚礼の行列のために代父が用意したごちそうがあった。

そしてやっと、わたしたちは村のクラブに入った。それは貧しい山地の村のみすぼらしいクラブであった。アララト山の谷間やセヴァンやラズダンにある農村地区行政中心地に建っているバラ色をした凝灰岩の豪華な文化宮殿とは、似ても似つかない。天井が黒ずんだ丸太でできた石造りのバラックである。壁際にテーブルが並べられ、テーブルの席には客たちが腰を下ろしていた——二百人はいた。ここには、花嫁の家にあったような、町や地区中心の村ならではの派手さや彩りといったものはなかった。ここにいるのは田舎の人たち——農民ばかりであった。

クラブにいる人たちのことが、大工、牧夫、石工、十人から十二人の子どもを産んだ母親といった具合に、小声でわたしに告げられていた——大使館でのレセプションで、あそこで大使とスペイン語で話をしている真紅のベレー帽をかぶった人は誰々であると、小声で説明されるのと同じことである。

新郎と新婦が椅子に座らされた。客たちは空箱の上に渡した板の上に座っていた。しかし、新郎と新婦はあまり腰を下ろしているわけにはいかず、乾杯の時には立ち上がるのであった。乾杯の辞は長く、乾杯の辞ではなく演説であった。新郎は格子縞の外套を着、格子縞のハンチングをかぶり、袖には赤い腕章をして、新婦は青い外套を着、手には小さな青いハンドバッグを持って、若い二人は並んで立っていた。新郎は浮かぬ顔をして自分の前方を見ていた、新婦は長いまつ毛に隠された泣きはらした目を下に落としていた。

人々はたらふく飲み、たらふく食べていた。タバコの煙と熱い湯気が空気中に漂っていた。わんわん響く声がますますかまびすしくなった。これは農民大衆の気晴らしの機会なのであった。

しかし、白い顎ひげの、あるいは、黒い口ひげの男が立ち上がり演説を始めると、そのたびに広い石造りの納屋のようなみっともない建物の中は静かになった。ここの人たちが人の話を聴く能力は驚くほどであった。マルチロシャンが小声でこう説明してくれていた、《話をしているのは、養鶏場の作業班長だ……この老人は九十二歳……かつて土地部の部長をしていた人で、古参の共産党員だ。彼は、いまは引退して、村で暮らしている》。

演説の中で、新婚夫婦のことや、彼らのこれからの幸せな生活について語られることは、ほとんどなかった。人々は、善と悪について、誠実に働くことやつらい労働について、民族の不幸な運命、民族の過去、未来への希望について、無辜《むこ》の血の流されたトルコ領アルメニアの豊穣な土地について、世界のすべての国々に散らばったアルメニア民族について、労働と善良さとがどんな虚偽よりも強いという信念について、語っていた。

祈りの時にも似たなんという静けさのなかで、人々はこうした演説を聴いていたことか——皿をガチャつかせたり食べ物を噛んだり飲んだりする人は、誰もいなかった。誰もが息をひそめて聴いていた。

かつて土地部の部長をしていた、村の共産党員の老人は、自分は引退生活で、いまは聖書を読んでおり、聖書の叡智を理解しつつあるという話をしはじめた。もちろん、古参の共産党員の口からそのような演説を聞くのは奇妙であった。しかし、それでも、老人がアララト山近くで引退生活をしていることを考慮に入れる必要があった。たまたま彼は自分でもその点に触れた。

次いで、兵士の詰襟軍服を着た痩せた白髪頭の農夫が話をはじめた。黒ずんだ石のようなその顔よりもいかめしい顔を、わたしは滅多に見たことがなかった。マルチロシャンがわたしにささやいた、《コルホーズの大工で、わたしたちに向けて話をしている》。

納屋のような建物の中には、なにか不思議な静寂が漂っていた。数十の目がわたしを見ていた。わたしは話している人の言葉は分からなかったが、注意深く優しくわたしの顔を見ている多くの目の表情が、なぜかわたしを強く興奮させた。マルチロシャンが大工の演説をわたしに通訳してくれた。彼はユダヤ人について話をしているのであった。彼はドイツ人の捕虜だった時に、憲兵がユダヤ人の捕虜を選り分けて引っ張り出しているのを見たと、話しているのであった。彼はわたしに、彼の仲間のユダヤ人がどのようにして殺されたのかを語った。彼は、アウシュヴィッツのガス室で死んだユダヤ人女性と子どもたちへの自らの同情と愛について話をしていた。彼はアルメニア人のことを書いているわたしの従軍記事を読み、多くの苛酷な苦しみを体験した民族の人間が、ほら、このように、アルメニア人について書いてくれていると思った、と言った。彼は、多くの苦しみを味わったアルメニア民族の息子がユダヤ人について書くように希望した。そのことを願って、ウオッカで乾杯をするというのである。

すべての人が、男も女も、席から立ちあがった。そして、長く続く力ある拍手の響きが、アルメニア民族の農民がユダヤ民族に対する同情に満ち溢れているということを、証明したのであった。

その後、老人と若者たちがわたしに向けて言葉を発した。彼らはみな、ユダヤ人とアルメニア人のことについて、流血と苦難がユダヤ人とアルメニア人を近づけたことについて、語った。

わたしは老人と若者たちから、ユダヤ人に対する、ユダヤ人の勤勉さや知性に対する、尊敬と感嘆の言葉を聞いた。そして、老人たちはそれぞれ確信をもって、ユダヤ民族のことを偉大な民族であると呼んだ……

ごく普通のロシア人や教養のあるロシア人から、ヒトラーによる占領時にユダヤ人を襲った苦しみに対する同情の言葉を聞くことが、わたしには一度ならずあった。

しかしときには、黒百人組〔革命にいたる過程で結成された極右団体の総称〕的な憎悪に遭遇することも、その憎悪を自らの心と肌で感じることもあったのである。バスの中や行列や食堂の中にいる酔っぱらいが発する、ヒトラーによってさんざんに苦しめられたユダヤ民族に向けられた口汚い罵詈雑言が、聞こえてくることもあった。わが国の講師や教宣活動家やイデオロギー戦線で働く人々が、コロレンコやゴーリキーがしたように、レーニンがしたように、反ユダヤ主義に反対する演説をしたり本を書いたりしないことを、わたしはいつも残念に思っていた。

わたしは誰に対しても、地に届くほど低く頭を垂れたことは一度もなかった。ファシストのヒトラーが猛威を振るった時代のユダヤ民族の苦悩について、ドイツ人ファシストがユダヤ人女性と子どもを殺害した死の収容所について、山の中の小さな村での結婚の祝宴の際に人前で語りはじめたアルメニアの農民たちに対して、わたしは深く感謝の頭をたれる。厳粛に、悲しく、そうした話を黙って聴いていた人たちすべてに対して、深く感謝の頭をたれる。彼らの顔は、彼らの目は、わたしに多くのことを語ってくれた。今日の極端な反動主義者たちから面と向かって「ヒトラーがお前たち全員の息の根を止めなかったことは残念だ」という軽蔑と憎悪の言葉を投げつけられていた生存者に代わって、粘土質の長くて深い溝の中で、ガス室で、土の穴の中で死んだ人たちへの悲しみに満ちた言葉に対して、わたしは深く頭をたれる。村のクラブで耳にした農民たちの言葉を、わたしは生涯忘れないだろう。

結婚式は粛々と進んでいった。客たちに細いろうそくが配られた。そして人々は、手をとり合って、ゆっくりとした厳かな結婚式の輪舞を始めた。二百人——老人、老婆、娘、若者——が、灯されたろうそくを手に持ち、滑るように、厳かに、納屋のような建物のざらついた石の壁に沿って動いていた。その動きにつれて数百の炎が揺れた。からみ合った指を、錆びついたり切り離されたりすることのない、労働をする黒ずんだ褐色の手の鎖を、明るい炎を、わたしは見ていた。人間らしい人々の顔を見ているのは、大きな喜びであった。ろうそくではなく人々の目が、柔らかい心温まる炎で光を放っているように思えた。そこにはどれほどの善良さが、穢れのなさが、陽気さが、悲しみが、あることか。老人たちは去りつつあるいのちに別れを告げていた。老婆たちは茶目っ気たっぷりで熱っぽくかつ陽気な眼をしていた。若い娘たちの顔は内気なはにかみの魅力に溢れていた。娘や若者たちはしっかりとして見えた。

鎖、民族のいのちは、強固に結びついていた。若さも、成熟した世代も、この世を去りつつある人たちの悲しみも、その鎖の中に結ばれて一つになっていた。この鎖は断ち切られることのない永遠のものに思えた。悲しみや死、侵攻や奴隷制度が、それを断ち切れるはずがなかった。

新郎と新婦が踊っていた。新郎は鼻の大きな浮かぬ顔をひたと前方に向け、まるで自動車を運転しているかのようであった。新郎は若い花嫁のほうを見なかった。新婦が一度か二度、まつ毛をちょっと上げたので、ろうそくの光のおかげで、わたしには新婦の目が見えた。青い外套に蠟が落ちなければよいがと、新婦が気にするのを、わたしは見ていた。結婚式とはなんの関係もないように思えた思慮深い演説のすべては、この若い二人に向けられていたのだ。わたしにはそう納得できた。

不死といわれる山々は骸骨になるにまかせておけばいい。だが、人間は永遠に続いてほしい。アルメニア語を知らないアルメニア語翻訳家からのこの一文を、受けとってほしい。

きっとわたしは、多くのことを支離滅裂に、しかるべき語り方ではなく語ったに違いない。筋道立ったことも支離滅裂なことも、すべてをわたしは愛情をもって語ったのである。

こんにちは《バレーヴゼス》――アルメニアの人たち、そしてアルメニア人でない人たち、あなた方に幸あれ！

1　一九四六年に創設されたビュラカン天文台。グルジアのトビリシ生まれのアルメニア人でソヴィエトを代表する理論天体物理学者のひとりヴィクトル・アンバルツミヤン（一九〇八―九六）が創設時から一九八八年まで所長を務めた。

一九六二―六三年

訳者あとがき

グロスマン（一九〇五―六四）は、一九三四年に『ベルディーチェフの町で』で作家としてデビューし、ゴーリキーに認められた。そして一九三七年には、ソヴィエト作家同盟入りを果たす。当時のグロスマンは才能豊かな社会主義リアリズムの作家であった。一九四一年には自ら志願して従軍記者となり、第二次世界大戦が終わるまでの四年間のうちの大部分を前線で過ごした。彼の従軍記事は赤軍の機関紙『赤い星』に定期的に掲載された。とりわけスターリングラードからの報告は人気を呼び、彼の名前は広く知られるところとなった。戦時中の彼の関心は、主として英雄的な出来事にあり、その記事は愛国心に貫かれていた。しかし、彼は従軍中に戦争の悲惨さを体験し、さらにはユダヤ人の殺戮の現場を直接目にすることにもなった。また、一九四四年には、自分の母親がベルディーチェフのゲットーで一九四一年に死んでいたことを知る。そうしたことがグロスマンに大きな衝撃を与えた。

グロスマンは、スターリングラードの戦いを描いた長篇小説を一九四九年に完成させる。しかし、スターリングラードの戦いが独ソ戦の転機を画したものとして注目され神話化されていくなかで、ユダヤ人作家であるグロスマンがそのような作品を発表することは、すんなりとは許してもらえなかった。結局その作品はタイトルを『正義の事業のために』と変えられ、大幅に書き直しを施されて公刊されたのは、一九五二年になってからのことであった。

作品ははじめ好評をもって迎えられた。だが、翌年になると、事態は急変する。二月十三日の『プラウダ』に批判論文が掲載されるのである。論文はグロスマンを「作品中のソヴィエト人民の形象が貧しく卑しく精彩がない」と批判した。

第二次世界大戦後の当時のソ連においては、スターリンの反ユダヤ政策がその頂点を迎えていた。ちなみに前月には、その象徴的事件として、医師団陰謀事件が起きていた。ユダヤ人を中心とする著名な医学専門家グループが党の要人および軍人に対する暗殺を企てたとされる事件である。ユダヤ人に対してはすでにそれまでにも、一九四八年に国立ユダヤ劇場の名優で反ファシスト委員会の議長を務めたこともあったミホエルスが交通事故を装って暗殺されたのをはじめ、多くの文化人が逮捕・銃殺されるなど、厳しい弾圧がなされていた。したがって、作品が共産党機関紙『プラウダ』紙上で非難されたということは、作品が党によって否定されたことを意味し、作家としてのみならず個人としてのグロスマンの前途に暗い影を投げかけるものであった。だが、事態は思いがけない展開を見せる。この直後の三月に、スターリンが死去するのである。そして、まもなく事件は捏造されたものであったことが明らかにされる。

作品は無事だということになった。しかし、こうした一連の出来事は、その後のグロスマンの作家活動に影響を与えないではいなかった。すなわち、グロスマンはいかなる妥協をも排して流れに抗して生きはじめ、やがては『人生と運命』で全体主義をはっきりと否定する方向に、舵を切るのである。

以上のようなグロスマンの作家としての歩みを踏まえ、この作品集では、グロスマンがその一九五三年以降に執筆した作品十篇を取り上げた。これらの作品は大きく三つのグループに分けることができる。一つは短篇小説（『動物園』『アベル』『ママ』『道』『燐《りん》』『キスロヴォーツクで』『大環状道路で』）、二つは自伝的な省察録とでも言うべきもの（『システィーナの聖母』『永遠の休息』）、もう一つは旅の手記の体裁をとったもの（『あなた方に幸あれ！』）である。作品を一冊に収めるにあたって、年代順にすることも考えたが、各作品の内容、長短、そのほかも合わせ考慮し、編集者とも相談のうえ、作品それぞれの舞台が設定されたおおよその年代順に置くことにした。

なお、底本には **Эксимо** 社（エクシモ社）の **Русская классика**（ロシア古典）シリーズの『*Гроссман* グロスマン』（二〇一〇年刊行）を使用した。ただし、「アベル」については **Советский писатель** 社（ソヴィエト作家社）の『*Старый учитель* 老教師』（一九六二年刊行）に所収のものを、「キスロヴォーツクで」についてはウェブサイト Lib.Ru 掲載の『**Василий Гроссман**（ワシーリー・グロスマン）』に所収のものを用いた。

『燐』　**Фосфор**

一九五八年から六二年にかけて執筆された、作者の自伝的な色彩の強い作品。

大学を卒業した主人公の「わたし」はドンバスの炭鉱で技師として働くことになる。全面的集団化と第一次五カ年計画が始まった一九三〇年のことである。モスクワと大学時代の友人たちが恋しくてならない主人公は、やがてモスクワに戻り、仲間との交流を再開する。仲間はみな燐のように光を発する才能を有する人間たちであった。が、そのなかに一人、そうしたものを持たず、大学で輝くことのなかった男がいた。

三十年がたち、仲間たちは著名な数学者やピアニストやエンジニアになり、いわば人生の勝利者になった。が、あの男だけはうまく行かず、戦後には仕事上の不法行為で禁固刑に処せられてしまう。

作家となった主人公に人生の困難な時期がやってきた。けれど、友人たちの誰も助けにはやってこなかった。ただ一人、彼のことを心配してくれたのは、ラーゲリにいるあの男だけであった。

作者グロスマンの素顔がうかがえるとともに、友情とは何か、人間にとって大切なものは何かを考えさせられる心温まる作品である。

『アベル（八月六日）』 Авель (Шестое августа)

一九五三年の作品。広島に最初の原爆を投下した爆撃機の搭乗員たちの話である。南太平洋の小さな島で五人の爆撃機搭乗員が休息をとっている。搭乗員たちはその誰もが才能のあるスペシャリストであった。ある日、彼らは司令官のところに呼ばれ、新しい兵器について知らされる。そして彼らは出撃を命じられる。

原爆を投下し、島に戻った搭乗員たちは、軍人のつねとして任務は任務と割り切っている。だが、ひとり爆撃手だけは、自分が爆弾投下のボタンを押した人間であることに苦悩し、自殺を図るまでに追いつめられる。

この作品は、広島の原爆投下を非難するとともに核時代の到来に対する強い懸念を表明した作品である。科学に関心の強かったグロスマンは、冷戦時代の核開発競争を憂慮していた。ちなみに、ソ連による原爆実験の成功は一九四九年、水爆実験の成功は一九五五年である。

なお、本作品には、北垣信行氏による翻訳（筑摩書房『世界文学大系』94所収。一九六五年）がある。

『キスロヴォーツクで』 В Кисловодске

一九六二年から六三年にかけて執筆。

キスロヴォーツク保養所の医師として働いている主人公は、一九四二年にドイツ軍がカフカス地方に迫りはじめたときに疎開しないでいたが、町はやがてドイツ軍に占領されてしまう。彼はドイツ軍による町の警備指令本部に呼び出され、赤軍傷病兵担当の医師になる。恵まれた待遇をうけながらそれなりの生活が続くが、ある日、ナチ秘密諜報機関の大佐から、傷病兵の殺害を行うよう指示される。その夜、彼とその妻は自殺を決意する。

華美な暮らしに憧れつづけながら生き、歴史の激変に遭遇することとなった男の人生が、淡々とした筆致で書かれている。グロスマンには珍しく、その結末はあくまでセンチメンタルで耽美的である。

『動物園』　Тиргартен

一九五三年から五五年にかけて執筆された作品。ドイツ軍が降伏しソ連軍がベルリンを占領した一九四五年五月に、従軍記者としてベルリンに入ったグロスマンは市内を見てまわった。その際、動物園にも行っており、死んだゴリラの檻の前で三十七年間、猿たちの世話をしてきたという老飼育員と会話を交わした。その経験が、戦争末期のベルリンの動物園を舞台としたこの作品のもとになっている。

運命に見放されたような老人である猿小屋担当飼育員のラムは、ゴリラのフリッツにとても愛着を感じている。フリッツはラムにキスをしてくれるのである。猛獣たちは世界でもっとも抑圧された生き物であると思っているラムは、硬化症にかかった頭でいろいろ考える。しかし、ナチスの支配するドイツでは、ビヤホールで飲みながらする言動までもが保安機関に通報されるのである。ラムの言動も当局に報告されることになるが、その時にはナチの情報収集担当責任者は戦後には暴かれるはずの自分の罪を恐れ、すでにピストル自殺していた。

まもなくベルリン中心部で戦闘が始まる。動物園も戦火を免れられなかった。動物園にやってきたソ連軍の将校は、大きな猿の死体のそばで泣いている飼育員の老人を発見する。

原題のTиргартенは、動物園という意味のほかに、ベルリン中心部の地区名や公園名でもある。ベルリン動物園は、ティーアガルテン地区の南西に位置している。

『道』Дорога

一九六一年から六二年にかけて執筆された作品。ラバの目を通して描くという視点の思いがけなさが新鮮である。しかもそのラバが哲学者さながらに考えるのである。

ヒトラーは一九四一年六月にソヴィエトに侵攻し、いわゆる東部戦線での戦端を開くのだが、イタリアのムッソリーニはその東部戦線への参加を約束した。それで、イタリア軍の輜重隊で働くラバのジューも、アフリカからロシアへと転戦することになる。そのロシアの広大な平原に秋がきて、さらに雪が降ってくる。やがて道沿いにはラバや人間の死骸が横たわるようになるが、そのときにはジューは相棒と同じく何事にも無関心になっており、ハムレット的問題は解決してしまったかのようであった。

まもなくソ連軍の攻撃が始まり、イタリア人の輜重隊員も相棒も死ぬ。生き残ったジューはソ連軍の輜重兵に見つけられ、馬が一頭いるだけで相棒のいない四輪荷馬車につながれる。ジューは無関心なまま働き続けるが、やがて並んで走っているその馬が自分に対して無関心ではないと感じるようになり、二頭のあいだに信頼と愛情が生まれる。

この作品は、一九六一年二月に『人生と運命』の原稿等をすべて没収された直後に、そのショックを癒すために書かれたとも言われている。

『システィーナの聖母』　Сикстинская мадонна

一九五五年の作品。第二次世界大戦後ソ連軍によって没収されたドレスデン美術館の至宝であるラファエロの「システィーナの聖母」は、一九四五年にソ連軍によって没収されたが、一九五五年には東ドイツに返還されることになった。それに先立ち、モスクワのプーシキン美術館で九十日間一般公開され、グロスマンもこの絵を見た。この作品はその時の作者の受けた印象と思索をもとにしている。

短い作品ではあるが、人間が生きている限りこのラファエロの絵が死なないと言いきる作者の深い洞察力に支えられた歴史認識、幼子を抱いた若い母親の姿を見てすぐに従軍記者として一九四四年の夏に訪れたポーランドのトレブリンカ絶滅収容所のことを思い出し、移送列車から降ろされてガス室へと向かう母親や子どもの姿に思いを重ねる作者の真率な人間性は、読者に大きな衝撃を与えないではおかない。作者は、「システィーナの聖母」を見送りつつ、いのちと自由は一体であるという信念を持ち続けることをあらためて誓うのである。

なお、この作品でもグロスマンが、新しい世界戦争の始まりを告げるものとして原爆や水爆のことに触れているのは注目される。

『ママ』　Мама

一九六〇年の作品。大粛清の元締めとして人々を恐怖に陥れた内務人民委員エジョフの養女となった孤児の実話に基づいている。運命によって翻弄される女の子とその保母の目を通して、戦後ソヴィエトの動きと空気が感じられる作品である。

ロンドンの大使館勤務の若者とその妻である歌の上手な女性とのあいだに生まれ、生後五か月でエジョフ夫妻の養女となったナージャは、そうしたことはなにも知らないまま育てられている。ママのところにはバーベリのような作家や音楽家たちが、パパのところには大物政治家たちがお客として大勢やってきていた（エジョフの妻のエヴゲーニヤ・ソロモーノヴナ・エジョワは雑誌の編集者で、エジョフ家は当時のモスクワの魅力的なサロンの一つであった）。

だが、ママは病院で急死し、パパは家に戻らなくなってしまった（これは、一九三八年十月に憂鬱症で入院したエジョワが、十一月に三十四歳で死んだこと、エジョフが一九三九年四月に逮捕され、一九四〇年二月に銃殺されたことを踏まえている）。

女の子は孤児院に入れられ、苛酷な生活を強いられながら成長し、女工になる。近く結婚することになったある日、彼女は胸に子供をひしと抱いた哀れげな女性の夢を見る。そして、その優しい顔を夢に見たのはなぜかと考える。

なお、モデルとなった女性本人は九歳で孤児院に収容されたのち、エジョワの姓からエヴゲーニヤの最初の夫の姓ハユーチンをもらってハユーチナと改姓し、のちに音楽家となって実際に劇場に出演したりした。

『永遠の休息』　На вечном покое

一九五七年から六〇年にかけて執筆された作品。墓地をテーマに、生者と死者の関係について深く思索をめぐらしている。グロスマンは一九五六年に死んだ父親をヴァガンコーヴォ墓地に葬ったあと、自分の住んでいたアパートから近いその墓地をしばしば散歩していたと言われる。その時の思索が結晶した作品といえる。

この作品では、なぜ人々が喜んで墓地に行くのかをはじめ、墓地の確保にまつわるエピソード、墓碑銘、墓地に関連したさまざまな職業、盗掘をはじめとする墓地をめぐる犯罪等々が考察の対象とされている。それぞれの対象の中に発見される《人間的なもの》に共感を寄せるグロスマンの考察が読む人の心を打つ。

『大環状道路で』 В большом кольце

一九六三年に、グロスマンが最後に書いた短篇作品。友人の娘に関する実話にもとづいている。マーシャはパパとママと一緒に、モスクワ郊外にある科学者や芸術家ばかりが住む九階建ての建物に住んでいる。この作品はそこでの生活が九歳のマーシャの目を通して描かれるとともに入院を経験したことで世界がこれまでとは違って見えるようになったマーシャ自身の成長が語られている。

夜中に腹痛で目が覚め、地元の病院で盲腸の手術を受けたマーシャは、病棟でコルホーズ員や織女工や元家政婦の老婆たちと同じ病室になる。はじめて目にする庶民をマーシャは強い好奇心をもって観察し、その新鮮な言葉遣いや耳新しい話に聞き入る。

やがてマーシャは家に帰ると、パパやママや周囲の人々に病棟でのことばかりを話すようになった。その一方で、これまで何百回となく聴いたレコードからは、予期もしない新たなもの、痛み、悲しみ、別離、不安、孤独といったものが生まれてきていた。マーシャにとって、すべてがこれまでとは別のものになってしまっていた。

世界の広がりを知って微妙に揺れ動く少女の心の動きを捉えた作品である。

『あなた方に幸あれ！（旅の手記から）』 Добро вам！（Из путевых заметок）

一九六二年から六三年にかけて執筆された作品。『人生と運命』の原稿等がすべて没収されたあと、グロスマンは経済的にも困窮し、アルメニアの戦争小説の翻訳の仕事を引き受ける。その総仕上げのために、原本の逐語訳をした翻訳家と作品の原作者と会うために、二か月間の予定でアルメニアを訪問する。一九六一年十一月のことである。これはその時の手記という体裁をとった作品である。

首都エレヴァンや山間の静かな町ツァグカゾールでさまざまな人々と出会いながら、地上で最も美しい場所のひとつとされるセヴァン湖やアゼルバイジャン国境に近いディリジャンといった地方の町を訪れながら、作者はアルメニアの美しい風景、貧しくも人間的な魅力に溢れる人々、思いがけない出来事を生き生きとした筆致で記録するとともに、アルメニア人の容貌や性格や文化にみられる多様性やアルメニアの村々に息づく異教の精神について、さまざまな考察をめぐらす。

そして、ある日、出席した田舎の結婚式で、乾杯の挨拶に立った白髪頭の農夫がナチ・ドイツによるユダヤ人虐殺について話をする場面に遭遇する。やがてその話を静かに聞いていた全員が席から立ち上がって乾杯をし、アルメニア民族の農民がユダヤ民族に対する同情に満ち溢れていることが明らかになる。

この思いがけない出来事に感激したグロスマンは、その場面に続けて「私は深く頭をたれる」と書くのだが、そのパラグラフは作品発表に当たって削除を求められることになる。グロスマンがその削除要求を拒否したために、この作品の発表は没後の一九六五年となった。しかも、その時の版ではスターリンを扱った第二章やナショナリズムを扱った第四章等は削除されていた。完全版が出版されたのは、一九八八年の十一月である。

なお、作品中で言及されているオスマン帝国統治下におけるトルコからの強制移住については、それから百年となる二〇一五年になって、ローマ法王が「二十世紀最初の大虐殺」と発言し、また、EUの欧州議会が大虐殺だとして非難するとともにトルコとアルメニアに真の和解を促す決議を採択した。これに対してトルコは、トルコとアルメニアの不幸な出来事とはしつつも、強く反発している。約百五十万人のアルメニア人が犠牲になったとされる事件をめぐるこのような動きは、グロスマンのこの作品における問いかけが今日的なものであることを証明しているとも言えよう。

グロスマンにはまだ翻訳されないままになっている作品があるが、自分としてはグロスマンを日本で紹介するという任はとりあえず果たせたと思っている。ロシア文学の研究者でもなく翻訳の専門家でもない私がグロスマンと出会って、『人生と運命』『万物は流転する』そして今回の作品集と、出版することができた。振り返ってみるとき、まさに人生には思いがけないことが起こるものだと、あらためてつくづく思うしだいである。私は幸せ者であるに違いない。

この八年間は、私の実感としては、グロスマンの作品の素晴らしさを読者に伝えるために自分なりに日本語表現を工夫しながら苦闘した歳月であった。一つひとつの単語を、動詞として訳すか名詞として訳すか、形容詞の並び方をどうするか、原文どおり形容詞として訳すか、それとも副詞として訳すか、「彼」とあるのを人物名に変えるかどうか、そしてそれよりも何よりも記述を誰の視点からのものにするか、すなわち、作者の神のような客観的な視点と登場人物の主観的な視点をどのように日本語的な表現に移し変えるのか、翻訳に必然的に伴うそういった数多くの問題に直面することの連続であった。

今日のこの日を迎えるには、いろいろな人の支えがあった。なかでも、みすず書房の編集者川崎万里さんのグロスマン作品出版にかけるなみなみならぬ意欲は、それを感じるだけで私が翻訳作業を続けるうえでの大きな励ましとなった。彼女が払った努力に対し、私は心からのお礼を言いたい。

今の私は、自分の翻訳作品が多くの人に読まれることを、ただただ願うばかりである。

最後に、擱筆するに当たって、私を支えてくれた家族に一言書き添えることを許してもらいたいと思う。本当にありがとう。

二〇一五年四月
六度目となる自らの干支の未年の春に

齋藤 紘一

著者略歴

（Василий Гроссман 1905-1964）

ウクライナ・ベルディーチェフのユダヤ人家庭に生まれる．モスクワ大学で化学を専攻．炭鉱で化学技師として働いたのち，小説を発表．独ソ戦中は従軍記者として前線から兵士に肉薄した記事を書いて全土に名を馳せる．43年，生まれ故郷の町で起きた独軍占領下のユダヤ人大虐殺により母を失う．44年，トレブリンカ絶滅収容所を取材，ホロコーストの実態を世界で最初に報道する．次第にナチズムとソ連の全体主義体制が本質において大差ないとの認識に達し，50年代後半から大作『人生と運命』を執筆，60年に完成．「雪どけ」期に刊行をめざすが，KGBの家宅捜索を受けて原稿は没収，「今後2〜300年，発表は不可」と宣告される．「外国でもよいから出版してほしい」と遺言し，死去．80年，友人が秘匿していた『人生と運命』の原稿の写しがマイクロフィルムに収められて国外に持ち出され，スイスで出版された（仏訳83年，英訳86年，ソ連国内では88年）．死の2年前の1961年11月から2か月間，経済的苦境などからアルメニア語の小説の翻訳を引き受け，アルメニアに滞在した経験は「あなた方に幸あれ！」に結実した．アルメニアの農民がユダヤ民族に向けた言葉を含む場面等の出版当局による削除要求をグロスマンは拒否し，当作品が生前に発表されることはなかった．

訳者略歴

齋藤紘一〈さいとう・こういち〉1943年群馬県生まれ．東京大学理学部化学科卒．在学中に米川哲夫氏にロシア語を学ぶ．通産省入省後，課長・審議官を務める．93年退官後，ISO（国際標準化機構）日本代表委員，独立行政法人理事長等をへて現在，翻訳家．99年，通訳案内業免許（ロシア語）取得．訳書にソログープ『小悪魔』（文芸社），ソコロフ『スターリンと芸術家たち』（鳥影社），グロスマン『人生と運命』（全3巻，日本翻訳文化賞受賞）『万物は流転する』（みすず書房）など．

システィーナの聖母
ワシーリー・グロスマン後期作品集
齋藤紘一訳

2015年 5 月15日 印刷
2015年 5 月25日 発行

発行所 株式会社 みすず書房
〒113-0033 東京都文京区本郷 5 丁目 32-21
電話 03-3814-0131(営業) 03-3815-9181(編集)
http://www.msz.co.jp

本文組版 キャップス
本文印刷・製本所 中央精版印刷
扉・表紙・カバー印刷所 リヒトプランニング
地図製作 ジェイ・マップ

Printed in Japan
ISBN 978-4-622-07899-9
[システィーナのせいぼ]
落丁・乱丁本はお取替えいたします